MAGIE D'HIVER

NORA ROBERTS

Contre vents et marées

BestSellers

Collection : BEST-SELLERS

Titre original : IN FROM THE COLD

Traduction française de MARIE-CLAUDE CORTIAL

HARLEQUIN®
est une marque déposée par le Groupe Harlequin
BEST-SELLERS®
est une marque déposée par Harlequin S.A.

Photos de couverture
Boules de Noël
© ROYALTY FREE/COMSTOCK IMAGES/JUPITER IMAGES
Réalisation graphique couverture : T. SAUVAGE

83/85, boulevard Vincent-Auriol, 75646 PARIS CEDEX 13.
Tél. : 01 42 16 63 63
Service Lectrices — Tél. : 01 45 82 47 47
www.harlequin.fr
ISBN 978-2-2802-3162-6 — ISSN 1248-511X

1

Son nom était MacGregor. Il s'accrochait à cette unique certitude, aussi désespérément qu'aux rênes de sa monture. Une douleur insupportable courait le long de son bras comme une armée de diables. Brûlante, malgré le vent de décembre et les rafales de neige.

Incapable de guider sa jument, il se laissait porter. Shelter saurait retrouver son chemin à travers les traces laissées par un Indien, un daim ou un homme blanc. Il lui faisait confiance. MacGregor était seul dans la lueur du crépuscule, seul avec l'odeur de la neige et des pins, le bruit étouffé des sabots de sa jument. Un monde réduit au silence, traversé par le vent qui balayait les arbres.

Instinctivement, il savait qu'il se trouvait loin de Boston maintenant. Loin de la foule, des foyers chaleureux, loin de la civilisation. Sauvé. Enfin, peut-être… La neige allait effacer les pas de son cheval et les taches de son propre sang.

Sauvé, oui, mais ce n'était pas suffisant. Cela ne l'avait jamais été. Il était résolu à rester en vie pour une raison d'une importance capitale : un homme mort ne pouvait pas se battre. Or, il s'était promis de se battre au nom de la liberté, il en avait fait le vœu sur ce qu'il avait de plus cher au monde.

MacGregor frissonna sous son épaisse pelisse en peau de daim. Il claquait des dents, envahi par un grand froid qui provenait autant de l'intérieur que de l'extérieur. La douleur provoquée par sa blessure le faisait transpirer, mais ses veines étaient aussi glacées que les branches dénudées des arbres qui l'environnaient. Une vapeur blanche sortait des naseaux de sa jument tandis qu'elle avançait avec difficulté dans la couche de neige toujours plus profonde. Il se mit à prier comme seul peut le faire un homme qui sent sa vie s'écouler avec son sang.

Il devait vivre ! Il avait encore une bataille à livrer. Il serait damné s'il mourait avant d'avoir levé son arme contre l'ennemi.

Il se pencha sur l'encolure de Shelter et lui parla doucement en gaélique. La jument hennit, comme pour le réconforter, quand il s'affala sur son cou en haletant. Elle rejeta la tête en arrière et poursuivit sa route, luttant bravement contre la bise glaciale ; elle suivit son propre instinct de survie et se dirigea vers l'ouest.

La douleur était comme un rêve maintenant. Il la sentait flotter dans son esprit, nager à travers son corps. Si au moins il pouvait se réveiller, elle disparaîtrait. Comme font les rêves. Il en avait d'autres, violents et vivaces : combattre les Anglais pour tout ce qu'ils lui avaient volé. Reprendre son nom, sa terre, lutter au nom de tout ce que les MacGregor avaient conquis avec leur sueur, leur sang et leur fierté. Et qu'ils avaient perdu.

Il était né pendant la guerre. Ce ne serait que justice et logique s'il mourait sur un champ de bataille.

Mais pas tout de suite. Il lutta pour se redresser… Pas tout de suite ! La bataille ne faisait que commencer.

Il força un souvenir à remonter à la surface de sa mémoire. Un superbe souvenir. Des hommes vêtus de peaux de daims et de plumes, le visage noirci par du charbon de bois et du suif, à la manière des Indiens Mowhawks, montant à bord des navires *Dartmouth*, *Eleanor* et *Beaver*. Des hommes ordinaires, marchands, artisans, étudiants. Certains encouragés par le grog, les autres par la vertu. Les coffres remplis de thé, ce maudit breuvage qu'ils détestaient. La satisfaction de les entendre tomber dans les eaux froides du port de Boston, sur le quai Griffin. A marée basse, une partie des coffres avaient été retrouvés dans la vase, éventrés, leur contenu transformé en meules de foin détrempées.

Une belle tasse de thé pour les poissons ! Oui, cela les avait réjouis. Unis comme les doigts de la main, ils étaient prêts à tout, et ils devraient l'être encore pour mener à bien cette guerre, que tant de gens n'avaient pas vue commencer.

Combien de temps avait passé depuis cette glorieuse nuit ? Un jour ? Deux jours ? Il avait joué de malchance en rencontrant deux Tuniques Rouges, alors que l'aube pointait. Les soldats de Sa Majesté étaient complètement éméchés. Ils le connaissaient. Son visage, son nom, ses idées politiques étaient célèbres à Boston. Il n'avait rien fait pour être apprécié des troupes royales.

Peut-être ces deux-là n'avaient-ils voulu que le tourmenter et le bousculer un peu ? Peut-être n'avaient-ils pas vraiment eu l'intention de mettre à exécution leur menace de l'arrêter… Mais quand l'un d'eux avait tiré son épée, sa propre arme avait surgi dans sa main.

Le duel avait été bref, et insensé, il fallait l'admettre aujourd'hui. Il ne savait toujours pas s'il avait tué ou seulement blessé son adversaire. Ce qu'il savait, c'est que le camarade de ce soldat avait eu un regard meurtrier en brandissant son arme vers lui.

Au souvenir de la balle de mousquet qui avait pénétré dans son épaule, MacGregor sentit la douleur redoubler. Il avait pourtant sauté en selle pour partir à bride abattue, mais le tireur avait été plus rapide.

Maintenant, il sentait le projectile dans son épaule. Dieu merci, le reste de son corps était engourdi, mais le muscle atteint palpitait sous cette minuscule pointe de feu. Puis son esprit s'engourdit à son tour, et il ne sentit plus rien.

Il se réveilla avec difficulté. Etendu sur la couverture de neige, le visage tourné vers le ciel, il entrevoyait le tourbillon de flocons blancs contre les nuages plombés. Il était tombé de son cheval. La mort n'était pas assez proche pour qu'il ne se sente pas gêné par la situation. Avec un violent effort, il se redressa sur les genoux. La jument attendait patiemment, le regardant avec un air doux et étonné.

— Garde cela pour toi, ma belle, chuchota-t-il.

La faiblesse de sa voix déclencha en lui la première traînée de peur. En serrant les dents, il réussit à saisir les rênes et à se relever péniblement.

— Shelter…

Il chancela tandis que sa vue s'obscurcissait. Jamais il n'aurait le courage de monter en selle. Serrant les rênes, il fit claquer sa langue et se laissa traîner par la jument en s'appuyant de tout son poids sur elle.

Mettant difficilement un pied devant l'autre, il lutta

contre l'envie de s'évanouir et de se laisser saisir par le froid. On lui avait bien dit que c'était une mort qui ne faisait pas souffrir. C'était comme le sommeil ; un sommeil glacé, indolore.

Mais comment diable pouvait-on le savoir, à moins de renaître pour raconter l'histoire ? A cette idée, MacGregor se mit à rire, mais son rire se transforma bientôt en une toux qui l'affaiblit.

Il avait perdu la notion du temps, des distances, et le sens de l'orientation. Il essaya de penser à sa famille, à la chaleur de leurs sentiments. Ses parents, ses frères et sœurs, là-bas, si loin en Ecosse. Sa chère Ecosse, où ils faisaient tout pour garder l'espoir. Il pensa à ses tantes, ses oncles et ses cousins installés en Virginie, où ils travaillaient pour gagner le droit à une nouvelle vie dans un nouveau pays. Et lui, il était quelque part au milieu, pris entre son amour des traditions et sa fascination pour tout ce qui était inconnu.

Cependant, un ennemi commun existait dans les deux pays. Le seul fait d'y penser lui rendait une partie de ses forces. Les Anglais, maudits soient-ils ! Ils avaient proscrit son nom, et massacré son peuple. Et maintenant, ils étendaient leurs mains cupides de l'autre côté de l'océan pour que leur roi, qui était à moitié fou, puisse imposer ses lois inflexibles et collecter des taxes qui étranglaient les habitants du Nouveau Monde.

Il trébucha et faillit lâcher les rênes. Il se reposa un instant, les yeux fermés, la tête appuyée contre le cou de sa jument. Le visage de son père, les yeux brillant de fierté, lui apparut.

— Trouve une place pour toi, lui avait-il dit. N'oublie jamais que tu es un MacGregor.

Non, il ne l'oublierait jamais.

Il se força à ouvrir les yeux. A travers la neige tourbillonnante, il discerna un bâtiment. Prudent, il cligna des paupières et frotta ses yeux fatigués du revers de la main. La forme était toujours là, grise et un peu floue, mais bien réelle.

— Regarde, ma belle.

Il se laissa aller lourdement contre l'animal.

— Après tout, ce n'est peut-être pas encore le moment de mourir.

Soutenu par sa monture, il se traîna vers l'étable à pas lents. Il était épuisé. C'était une belle construction en rondins de pin. De ses doigts gourds, il essaya maladroitement de soulever le loquet. Ses genoux menaçaient de céder sous son poids. Il y arriva enfin et se retrouva à l'intérieur, accueilli par l'odeur et la chaleur bénies du bétail.

Il faisait sombre. Il se dirigea instinctivement vers un monceau de paille dans la stalle d'une vache à la robe mouchetée, qui poussa un mugissement nerveux.

Ce fut le dernier son qu'il entendit.

Alanna s'emmitoufla dans sa cape de laine. Dans la cheminée de la cuisine, le feu ardent dégageait une agréable odeur de branches de pommiers. Rien que de très normal, pensa-t-elle, mais c'était si plaisant. Elle s'était réveillée d'humeur joyeuse. A la réflexion, cette bonne humeur était certainement due à la neige. Contrairement à son père, qui s'était levé ce matin en ronchonnant, elle aimait la neige, pour sa pureté et sa façon de s'accrocher aux branches nues des arbres.

Les flocons tombaient déjà plus légèrement. Dans une heure, la cour immaculée serait pleine d'empreintes de pas. Elle fit mentalement le tour du travail qui l'attendait : traire les vaches, collecter les œufs, réparer un harnais et couper du bois. Mais pour l'instant, elle s'offrait le plaisir de contempler ce beau spectacle par la fenêtre.

La jeune femme soupira. Si son père la voyait, il secouerait la tête en la traitant de rêveuse. Il dirait cela d'un ton bourru, sans colère, mais avec une nuance de regret. Oui, elle était peut-être rêveuse, comme sa mère. Mais sa mère était morte avant de voir se réaliser son rêve d'avoir une maison, une terre, et de vivre dans l'aisance.

Alanna eut un sourire attendri. Son père n'était pas un homme dur. Il ne l'avait jamais été. C'était la mort des siens qui l'avait rendu un peu rude et ombrageux. Deux enfants, et ensuite, leur mère chérie. Puis encore un fils, le jeune et beau Rory, tombé sous les balles des Français.

Alanna était songeuse. Son mari, le doux Michael Flynn, avait été emporté lui aussi, de façon moins dramatique peut-être, mais il n'était plus de ce monde.

Elle ne pensait pas souvent à lui. Après tout, elle n'avait été son épouse que pendant trois mois, et cela faisait trois ans qu'elle était veuve. Mais Michael était un homme bon, généreux, et elle regrettait qu'ils n'aient pas eu le temps de fonder une famille.

Cependant, aujourd'hui, il n'y avait pas de place pour les regrets et les chagrins. Noël approchait, et elle était bien décidée à ce que ce jour de fête soit joyeux.

Elle tira sa capuche sur ses cheveux et sortit de la maison.

Elle avait déjà passé plusieurs heures à son rouet et à son métier à tisser, pour confectionner des moufles, des mitaines et des bonnets destinés à ses frères. Bleus pour Johnny, rouges pour Brian. Pour son père, elle avait peint un portrait miniature de sa mère. Et elle avait donné une belle somme de pennies à l'orfèvre du village pour qu'il lui fabrique un cadre argenté.

Elle sourit. Ses cadeaux leur feraient plaisir, elle le savait. Tout comme le repas de Noël qu'elle avait prévu. C'était la seule chose qui comptait pour elle : garder sa famille unie, heureuse, et en sécurité.

La porte de la grange n'était pas fermée. Avec un petit soupir agacé, Alanna la tira derrière elle. Heureusement qu'elle s'en était rendu compte elle-même, plutôt que son père, sinon Brian, son plus jeune frère, aurait eu droit à une belle semonce.

Comme elle pénétrait dans la grange, elle secoua la tête pour se débarrasser de sa capuche et tendit automatiquement la main vers les seaux de bois suspendus derrière la porte. La grange étant sombre, elle prit aussi une lampe et alluma la mèche avec précaution.

Alanna se mit à fredonner tout en parcourant la large allée qui partageait l'étable en deux. Mais elle s'arrêta brusquement à la vue d'une jument rouanne. Le flanc creux, l'animal baissait la tête et paraissait éreinté.

— Doux Jésus !

Le cœur d'Alanna tressauta dans sa poitrine. La jument souffla et s'écarta en la voyant approcher.

Alanna écarquilla les yeux. S'il y avait un cheval, il y avait sans aucun doute un cavalier. Elle avait vingt ans, ce qui signifiait qu'elle n'était plus assez jeune ni assez naïve pour croire que tous les voyageurs étaient pleins de bonnes intentions, et qu'ils ne présentaient pas un danger pour une femme seule. Elle aurait pu faire demi-tour et partir en courant, appeler son père et ses frères. Mais bien qu'elle eût pris le nom de Michael Flynn, elle était née Murphy. Et un Murphy était capable de se protéger tout seul.

Redressant la tête, elle avança.

— Où êtes-vous caché ? Je veux connaître votre nom et la raison pour laquelle vous êtes ici, déclara-t-elle d'un ton ferme.

Seule la jument lui répondit. Quand elle fut près d'elle, elle posa une main sur ses naseaux.

— Quel genre de maître est le tien pour te laisser ainsi toute mouillée, avec ta selle sur le dos ?

Elle posa bruyamment ses seaux par terre et éleva la voix.

— Sortez de votre cachette ! Vous êtes sur les terres de Cyrus Murphy.

Les vaches poussèrent des meuglements sonores.

Horripilée, Alanna posa ses mains sur ses hanches et regarda autour d'elle.

— Personne ne va vous reprocher de vous être abrité de l'orage ! On ne vous refusera pas un repas, si vous en avez besoin. Mais en ce qui concerne votre pauvre cheval, vous allez m'entendre !

Comme il n'y avait toujours aucune réponse, Alanna commença à s'énerver. En marmonnant, elle entreprit d'ôter la selle de la jument. Et elle faillit tomber en trébuchant sur une paire de bottes.

Elle baissa les yeux. C'étaient de fort belles bottes en cuir marron, tachées de boue et de neige. Alanna se pencha et vit qu'elles étaient solidaires de deux longues jambes musclées gainées d'un pantalon de daim usagé.

Glorieusement masculines dans leurs hauts-de-chausses un peu avachis… Elle s'approcha hardiment, découvrit des hanches minces, une taille étroite entourée d'une ceinture de cuir, et un torse couvert d'un long pourpoint et d'une pèlerine en fourrure.

Une magnifique silhouette, d'un homme qu'elle ne se rappelait pas avoir jamais vu. Et puisqu'il avait choisi sa grange pour dormir, ce n'était que justice qu'elle le contemple jusqu'à satiété.

Les yeux toujours rivés sur lui, elle leva sa lampe un peu plus haut. Il devait être grand, plus grand que ses frères. Elle se pencha en avant pour finir de découvrir ce qu'elle n'avait pas encore vu. Il avait les cheveux en bataille. Alanna fronça les sourcils et ses yeux s'étrécirent. Ces cheveux-là n'étaient pas châtains, mais roux foncé, comme le cheval hongre de Brian. L'intrus avait une barbe naissante au menton et autour de la bouche. Une belle bouche, sensuelle. Alanna hocha la tête. Il avait aussi un visage osseux, aristocratique, aux traits ciselés, aux sourcils très arqués.

Le genre de visage qui pouvait faire palpiter le cœur d'une femme, elle n'en doutait pas. Mais cela ne l'intéressait pas. Elle ne voulait qu'une chose : que cet homme se réveille et déguerpisse pour qu'elle puisse continuer à traire ses vaches.

— Monsieur…

Elle donna un léger coup de pied dans une des bottes. Pas de réaction. Agacée, elle posa encore une fois ses mains sur ses hanches. Cet homme dormait comme une souche, il devait être ivre mort, c'était la seule explication.

— Réveillez-vous, espèce d'ivrogne ! Vous m'empêchez de m'approcher de cette vache pour la traire.

Elle lui donna un coup de pied dans la jambe, un peu plus énergique que le premier. Un léger grognement se fit entendre.

— Puisque c'est comme ça !

Elle s'accroupit pour le secouer. Alors qu'elle s'attendait à sentir des relents d'alcool, ce fut une odeur de sang séché qui lui monta aux narines.

Oubliant sa colère, Alanna s'agenouilla et repoussa doucement la pèlerine de fourrure qui couvrait les épaules de l'inconnu. Effarée, elle poussa un petit cri. L'homme avait une large tache rouge sur la poitrine. En cherchant son pouls, Alanna se retrouva avec les doigts humides de sang.

— Vous êtes encore vivant, marmonna-t-elle. Si Dieu le veut, et avec un peu de chance, nous allons faire en sorte que cela dure.

Avant qu'elle ait eu le temps de se relever et d'aller chercher son père et ses frères, elle sentit son poignet emprisonné dans une main de fer. L'inconnu venait d'ouvrir les yeux. Des yeux verts, légèrement irisés de bleu. Comme la mer. Mais qui reflétaient une expression de souffrance… Prise de compassion, Alanna se pencha vers lui pour le réconforter.

Brusquement, deux mains s'emparèrent de ses épaules : perdant l'équilibre, elle se retrouva couchée sur l'homme. Elle eut l'impression fugitive d'un corps ferme sous le sien, et d'une chaleur ardente. Elle poussa un cri indigné, vite étouffé par des lèvres brûlantes qui se posèrent sur sa bouche. Le baiser fut bref mais étonnamment ferme.

Puis l'homme rejeta la tête en arrière en lui adressant un petit sourire fatigué, et rassuré.

— C'est certain, je ne suis pas mort. Des lèvres comme les vôtres n'auraient pas de place en enfer.

Comme compliment, elle avait connu mieux. Mais elle n'eut pas le temps de le lui faire remarquer avant qu'il s'évanouisse.

2

Il dérivait sur une mer déchaînée où alternaient la douleur et le soulagement. Une bonne rasade de whisky lui réchauffait le cœur et émoussait ses sens. Malgré cela, il se souvenait d'une souffrance aiguë, d'un couteau incandescent enfoncé dans sa chair, de malédictions s'abattant sur sa tête. Une main chaude prenant la sienne pour le réconforter. Un morceau de tissu merveilleusement frais sur son front fiévreux. Un liquide écœurant versé dans sa gorge.

Il avait crié. Mais avait-il vraiment crié ? Quelqu'un était-il venu, mains douces, voix de velours, senteur de lavande, pour le rassurer ? Avait-il vraiment entendu une adorable voix de femme qui fredonnait ? N'avait-elle pas chanté en gaélique ? Ou plutôt en écossais ? Se trouvait-il en Ecosse ? Mais non, quand la voix lui parlait, elle n'avait pas cet accent familier, un peu grasseyant, mais cet étrange accent irlandais.

Le bateau ! Le bateau s'était peut-être égaré et l'avait emmené au sud au lieu de le ramener chez lui. Il se souvenait d'un bateau. Mais il était au port. Il y avait des hommes qui riaient entre eux, le visage noirci et peint. Des haches… Du thé. Ce maudit thé !

Voilà ! Tout lui revenait à la mémoire. C'était assez rassurant. Les hommes avaient pris la barre. Et lui, il avait été blessé. Pas à ce moment-là, mais plus tard. A l'aube. C'était une erreur, une erreur insensée.

Ensuite, la neige et la douleur. Il s'était réveillé et il avait vu une femme. Belle. Un homme ne demanderait pas mieux que de se réveiller auprès d'une femme aussi belle, que ce soit dans ce monde ou dans l'autre. Cette idée le fit sourire. Il leva ses paupières lourdes.

Elle était assise devant un métier à tisser, sous une fenêtre inondée de soleil. Les rayons faisaient briller ses cheveux, qu'elle avait aussi noirs que les plumes d'un corbeau. Elle portait une robe de laine bleu foncé avec un tablier blanc par-dessus. D'où il était, il voyait sa silhouette fine, ses mains gracieuses qui couraient sur les fils. Au rythme du peigne qui claquait en allant et venant, elle dessinait un motif rouge sur l'épaisse laine verte.

Elle chantait en travaillant. Il reconnut sa voix. C'était la même qui l'avait réconforté quand il s'était débattu dans la chaleur et le froid de ses rêves. Il ne voyait que le profil de son hôtesse. Une peau blanc et rose, une bouche aux lèvres généreuses, l'ébauche d'une fossette sur la joue, et un petit nez qui semblait se relever très légèrement.

Le simple fait de la regarder l'emplissait d'un tel sentiment de paix qu'il était tenté de fermer les yeux et de se rendormir. Mais il voulait la voir, la voir tout entière. Et il avait besoin qu'elle lui dise où il se trouvait.

Dès qu'il remua, elle leva la tête et se tourna vers lui. Il pouvait voir ses yeux maintenant. D'un bleu aussi profond que le saphir. Comme il la contemplait en cherchant la force de lui parler, elle se leva, lissa ses jupes et se dirigea vers lui.

Elle posa sa main fraîche sur son front. Cette main lui parut familière. Très doucement, mais avec dextérité, elle vérifia ensuite son bandage.

— Vous avez décidé de rejoindre le monde des vivants ?

Elle s'approcha d'une petite table et versa un liquide dans une tasse d'étain.

— Vous devriez connaître la réponse mieux que moi, parvint-il à dire en faisant un grand effort.

Elle rit tout bas en approchant la tasse de sa bouche. Cette odeur lui était familière, elle aussi, mais désagréable.

— Que diable y a-t-il dans ce breuvage ?

— Quelque chose qui vous aidera à guérir.

Sans lui demander son avis, elle fit couler le liquide dans sa bouche et il ne put faire autrement que de l'avaler. Il la regarda d'un œil sombre. Elle éclata de rire.

— Vous l'avez recraché si souvent que je sais comment m'y prendre désormais.

— Cela fait combien de temps ?

— Que vous êtes chez nous ?

Elle posa de nouveau la main sur son front. Sa fièvre était tombée au cours de la dernière nuit.

— Cela fait deux jours. Nous sommes le 20 décembre.

— Et ma jument ?

— Elle va bien.

Alanna hocha la tête, contente qu'il y ait pensé.

— Vous feriez mieux de dormir encore. Pendant ce temps, je vais vous préparer un bouillon de viande et de légumes qui vous redonnera des forces, monsieur… ?

— MacGregor. Ian MacGregor.

— Eh bien, reposez-vous, monsieur MacGregor.

Il tendit la main vers celle d'Alanna et la prit dans la sienne. « Une si petite main, si compétente », pensa-t-il de façon absurde.

— Et vous, quel est votre nom ?

— Alanna Flynn.

Elle laissa sa main dans celle de Ian, qui était beaucoup moins rugueuse que celles de son père ou de ses frères.

— Vous êtes le bienvenu ici jusqu'à ce que vous soyez guéri.

— Merci.

Il ne la libérait toujours pas, jouant avec ses doigts d'une façon qu'elle aurait qualifiée de provocante dans d'autres circonstances. Brusquement, elle se souvint qu'il l'avait embrassée alors qu'il perdait son sang dans l'écurie. Elle retira doucement sa main. Ian eut un sourire fugitif.

— Je vous suis redevable de tout, mademoiselle Flynn.

— Ah, vous l'avez dit !

Elle se leva, pleine de dignité.

— Et ce n'est pas mademoiselle, c'est madame Flynn.

Ian ne se rappelait pas avoir jamais éprouvé une telle déception. Non pas que cela l'eût dérangé de flirter avec une femme mariée, si elle était agréable. Mais il n'aurait jamais eu l'idée d'aller plus loin que quelques sourires et murmures avec l'épouse d'un autre. C'était sacrément dommage, pensa-t-il tout en observant Alanna Flynn. Sacrément dommage.

— Je vous suis très reconnaissant, madame Flynn, à vous et à votre mari.

— Réservez votre gratitude à mon père.

Alanna adoucit cet ordre avec un sourire, qui creusa un peu plus sa fossette.

Ce MacGregor était un gredin, elle n'en doutait pas une minute, mais pour l'instant, c'était un homme faible, dont la santé était entre ses mains.

— Vous êtes ici dans sa maison, reprit-elle. Il sera bientôt de retour.

Les mains sur les hanches, elle l'examina. Il avait repris des couleurs, mais, Dieu lui vienne en aide, il avait besoin d'une bonne coupe dans cette crinière embroussaillée qui lui tenait lieu de chevelure ! Et un coup de rasoir ne lui ferait pas de mal non plus. Malgré cela, c'était un fort bel homme. Elle était suffisamment femme pour avoir reconnu la lueur qui s'allumait dans ses yeux quand il les posait sur elle ; elle avait intérêt à garder ses distances.

— Si vous ne voulez plus dormir, vous pourriez peut-être manger. Je vais vous chercher du bouillon.

Elle le laissa et se rendit dans la cuisine, en faisant claquer ses talons sur le plancher. Quand il fut seul, Ian resta sans bouger et promena son regard tout autour de la pièce. Le père d'Alanna avait bien œuvré. Les fenêtres étaient vernies, les murs passés à la chaux. Les pierres de l'âtre, près duquel il lui avait installé un matelas, avaient été frottées. Sur le manteau de la cheminée, des chandelles brûlaient, à côté d'une paire de plats chinois peints ; au-dessus étaient accrochés deux fusils de chasse et un solide fusil à silex.

Le métier à tisser était installé sous la fenêtre, et dans un coin, il aperçut un rouet. Il n'y avait pas la moindre trace de poussière sur le mobilier, rehaussé par quelques coussins brodés aux vives couleurs. Une odeur de pommes au four flottait, mêlée à celle de la viande épicée. C'était une maison confortable, un havre de paix. Un homme capable de réussir ainsi méritait le respect. Et il devait être prêt à se battre pour garder ce qu'il avait créé.

Ian soupira. Il y avait des choses qui valaient la peine qu'on se batte pour elles. Qu'on aille même jusqu'à mourir pour elles — sa femme, son territoire, sa liberté. Ian se sentait plus prêt que jamais à utiliser son arme. Croyant que ces pensées lui rendaient ses forces, il voulut s'asseoir, mais la confortable chambre se mit à tourner autour de lui.

Alanna revint à cet instant précis.

— Ah, voilà bien le comportement d'un homme ! Vous allez ruiner tout mon travail. Asseyez-vous et restez tranquille. Vous êtes aussi faible qu'un nouveau-né, et deux fois plus agité.

— Madame Flynn…

— Mangez d'abord, vous parlerez ensuite.

Par sécurité, il avala la première cuillerée de bouillon qu'elle lui enfourna dans la bouche.

— Ce bouillon est excellent, mais je peux m'alimenter moi-même.

— Et en faire couler partout sur mes draps propres. Non merci.

Lui adressant un bref sourire, Alanna prit un ton apaisant.

— Vous avez perdu beaucoup de sang avant d'arriver chez nous, et encore plus quand la balle a été extraite.

Elle lui donna une autre cuillerée de bouillon, s'étonnant de voir la fermeté de sa main, qui ne tremblait pas. Cependant, elle n'aurait pu en dire autant de son cœur.

De son côté, Ian décida qu'il valait mieux abdiquer, et apprécier la situation à sa juste valeur, même si elle lui paraissait un peu humiliante. La jeune femme dégageait une douce odeur de lavande, et, de si près, il avait tout loisir de contempler ses yeux.

— S'il avait fait moins froid, continua-t-elle, vous auriez saigné encore plus abondamment et vous seriez mort dans la forêt.

— Je dois donc remercier aussi la nature.

Elle lui adressa un regard entendu.

— Les voies du Seigneur sont impénétrables. Apparemment, il a trouvé préférable de vous garder en vie, bien que vous ayez fait de votre mieux pour mourir.

— Et il m'a mis entre les mains d'une adorable voisine, ajouta Ian avec un sourire désarmant. Je ne suis jamais allé en Irlande, mais il paraît que c'est très beau.

— C'est ce que dit mon père. Je suis née ici.

— Mais vous avez un léger accent irlandais.

— Et vous, un accent écossais.

— Je n'ai pas revu l'Ecosse depuis cinq ans.

Son regard se voila.

— J'ai passé quelque temps à Boston. J'y ai fait mes études, et j'ai des amis là-bas.

Alanna hocha la tête. Elle s'était bien doutée qu'il avait de l'éducation, à la façon dont il s'exprimait. Elle l'envia d'avoir pu étudier.

— A Harvard, ajouta-t-il.

— Je vois.

Elle l'envia d'autant plus. Si sa mère avait vécu... Mais elle était morte, et elle-même n'avait jamais eu qu'un seul livre écorné pour apprendre à lire et à écrire.

— Vous êtes loin de Boston, ici. A une journée de

cheval. Avez-vous de la famille ou des amis qui risquent de s'inquiéter ?

— Non, personne, se contenta-t-il de répondre.

Il ne quittait pas Alanna des yeux. Il avait une folle envie de la toucher. C'était mal, c'était contre son propre code de l'honneur. Mais il aurait aimé voir si ses joues étaient aussi merveilleusement satinées qu'elles paraissaient l'être. Si sa chevelure était aussi épaisse et lourde. Sa bouche aussi douce.

Elle leva les paupières, et ses yeux, calmes et limpides, rencontrèrent les siens. Pendant un instant, il ne put voir que son visage qui glissait au-dessus du sien. Et il se souvint : il avait déjà goûté ces lèvres une fois.

En dépit de ses meilleures résolutions, il laissa son regard errer sur elles. S'y attarder. Comme Alanna se raidissait, il battit des paupières et les releva rapidement. Avec un regard où se mêlaient le regret et l'amusement, il dit à voix basse :

— Je dois vous demander pardon, madame Flynn. Je n'étais plus moi-même quand vous m'avez trouvé dans l'étable.

— En tout cas, il ne vous a pas fallu longtemps pour revenir à vous, répliqua-t-elle sèchement.

Il se mit à rire, mais la douleur le fit bientôt tressaillir.

— Eh bien, je vous demande d'autant plus pardon, et j'espère que votre mari ne voudra pas me chasser.

— Il y a peu de danger. Il est mort il y a trois ans.

Il voulut parler, mais une nouvelle cuillerée de bouillon l'en empêcha. Même si Dieu devait le foudroyer sur-le-champ, il n'aurait pas pu dire qu'il était navré d'apprendre que Flynn était retourné vers son Créateur.

Après tout, ce n'était pas comme s'il l'avait connu.

Et quel meilleur moyen de recouvrer rapidement la santé que de se retrouver entre les mains d'une jeune et jolie veuve ?

Sentant monter le désir de Ian comme une meute sent sa proie, Alanna se redressa et s'écarta hors de sa portée.

— Maintenant, reposez-vous.

— J'ai l'impression de m'être reposé pendant des semaines.

Il soupira. Bon sang ! Alanna était vraiment adorable, tout en courbes et en couleurs. Il lui offrit son sourire le plus reconnaissant.

— Puis-je vous importuner encore une seconde ? J'aimerais que vous m'aidiez à m'asseoir sur une chaise. Je me sentirais mieux si je pouvais regarder par la fenêtre.

— Comme vous voudrez. Mais vous allez prendre votre temps, et vous appuyer sur moi.

— Avec plaisir.

Alanna n'eut pas le temps de réagir. Il lui prit la main et la porta à sa bouche. Avant qu'elle puisse la retirer, il la retourna et l'effleura de ses lèvres, comme aucun homme ne l'avait jamais fait. Alanna sentit son cœur bondir dans sa poitrine.

— Vos yeux ressemblent aux joyaux que j'ai vus un jour sur la couronne de la reine de France. Des saphirs, murmura-t-il. C'est un mot séduisant.

Elle ne bougea pas. Elle en était incapable. Jamais de sa vie un homme ne l'avait regardée de cette façon. La chaleur l'envahissait, montant du nœud qui s'était formé dans son ventre jusqu'à ses seins brusquement tendus, et jusqu'à sa gorge que son pouls martelait. Ian eut un sourire bref tandis qu'elle libérait vivement sa main.

— Vous êtes un gredin, monsieur MacGregor, dit-elle d'une voix moins cinglante qu'elle l'aurait souhaité.

— Eh oui, madame Flynn. Mais il n'empêche que ce que j'ai dit est vrai. Vous êtes belle. Comme le dit votre nom… Alanna.

Il s'attarda sur chaque syllabe.

Alanna se redressa. Elle n'était pas idiote au point de se laisser séduire par des paroles flatteuses. Mais la paume de sa main était brûlante.

— C'est mon nom, et vous êtes prié d'attendre que je vous donne l'autorisation de le prononcer.

Soulagée, elle entendit des bruits à l'extérieur de la maison. Visiblement, ils étaient aussi arrivés aux oreilles de Ian, qui semblait occupé à rassembler ses esprits.

— Voilà mon père et mes frères. Si vous avez toujours envie de vous asseoir près de la fenêtre, ils vous aideront.

Sur ce, elle se dirigea vers la porte.

Il fallait qu'elle mette le couvert, ses hommes devaient être affamés. Ils allaient dévorer les tourtes à la viande et les tartes aux pommes sans accorder une pensée au mal qu'elle s'était donné pour les préparer. Comme toujours, son père remarquerait davantage ce qui restait à faire. Johnny serait impatient de retourner au village pour courtiser la jeune Mary Wyeth. Quant à Brian, il n'attendrait que le moment de pouvoir se livrer à son occupation favorite : lire au coin du feu jusqu'à ce qu'il dodeline de la tête.

Ils entrèrent dans la cuisine, apportant avec eux un grand coup de vent froid, de la neige fondue et de grosses voix masculines.

Ian se détendit. Apparemment, il s'agissait bien de la famille d'Alanna. C'était peut-être ridicule de craindre que les Anglais l'aient suivi à la trace, mais il n'était pas de ceux qui baissent la garde. Il vit trois hommes, ou plutôt deux hommes et un garçon presque adulte. Le plus âgé des trois, à peine plus grand qu'Alanna, était râblé. Son visage était rougi et boucané par des années de vent et d'intempéries, ses yeux une pâle réplique de ceux de sa fille. Il ôta sa casquette de travail, laissant apparaître des cheveux blond-roux clairsemés.

L'aîné des garçons lui ressemblait, mais il était plus grand, moins costaud. Son visage exprimait une tranquillité et une patience qui semblaient faire défaut à son père.

Le plus jeune était le portrait craché de son frère, mais ses joues étaient ombrées d'une barbe légère.

— Notre hôte s'est réveillé, annonça Alanna.

Trois paires d'yeux convergèrent vers Ian.

— Ian MacGregor, voici mon père, Cyrus Murphy, et mes frères, John et Brian.

— MacGregor, dit Cyrus d'une voix grondante. Drôle de nom.

Malgré la douleur, Ian se raidit et se redressa autant que possible.

— J'en suis fier, dit-il d'un ton âpre.

— Un homme doit être fier de son nom, répliqua Cyrus tout en toisant Ian. C'est tout ce qu'il a en naissant. Je suis content que vous ayez décidé de vivre, car le sol est gelé et nous n'aurions pas pu vous enterrer avant le printemps.

— C'est un soulagement pour moi aussi.

Satisfait de cette réponse, Cyrus hocha la tête.

— Nous allons nous laver avant de souper.

— Johnny !

Alanna retint son frère en posant une main sur son bras.

— Tu veux bien aider M. MacGregor à s'installer sur la chaise qui est près de la fenêtre, avant de manger ?

Johnny ébaucha un sourire en regardant Ian.

— Vous êtes bâti comme un chêne, monsieur MacGregor. Nous avons eu un mal de chien à vous porter à l'intérieur de la maison. Brian, viens me donner un coup de main.

— Merci.

Ian ravala un gémissement quand il leva les bras pour les poser sur les épaules des deux frères. Maudissant ses jambes en coton, il se promit d'être debout et de marcher tout seul dès le lendemain. Mais quand les garçons le firent asseoir sur la chaise, il était couvert de sueur.

— Vous vous en tirez assez bien pour un homme qui a vu la mort de près, commenta Johnny, comprenant la frustration qu'il devait éprouver.

— J'ai l'impression d'avoir bu un tonneau de rhum et d'être ensuite sorti en mer par gros vent.

Johnny lui donna une bourrade amicale sur son épaule valide.

— Rassurez-vous, Alanna va vous guérir.

— Monsieur MacGregor ?

Brian posa sur lui un regard à la fois timide et intense.

— Vous êtes trop jeune pour vous être battu dans le Quarante-Cinquième ?

Comme Ian relevait un sourcil, Brian s'empressa d'ajouter :

— J'ai lu tout ce qui a été écrit à ce sujet : la rébellion des Stuarts, le beau prince et toutes les batailles. Mais vous êtes sûrement trop jeune pour y avoir participé.

— Je suis né en 46, déclara Ian. Pendant la bataille

de Culloden. Mon père faisait partie de la rébellion. Mon grand-père aussi, il est mort en se battant.

Les grands yeux bleus de Brian s'élargirent.

— Alors, vous pourrez me raconter ce qui n'est pas dans les livres.

— Bien sûr…

Ian eut un léger sourire.

— Je pourrai t'en raconter plus.

— Brian !

La voix d'Alanna était autoritaire.

— M. MacGregor a besoin de se reposer ! Et toi, tu dois venir manger.

Brian s'éloigna de Ian, mais il continua à le regarder.

— Nous pourrions discuter après le souper si vous n'êtes pas trop fatigué.

Ignorant le coup d'œil noir d'Alanna, Ian sourit au garçon.

— J'en serais enchanté.

Alanna attendit que Brian ne puisse plus l'entendre. Puis elle se tourna vers Ian. Etonné, il décela dans sa voix une fureur à peine contenue.

— Je vous défends de lui bourrer le crâne avec des histoires héroïques de guerre, de batailles et de grandes causes.

— Il me paraît assez grand pour décider lui-même de ses sujets de conversation.

— C'est encore un jeune homme, et il se laisse facilement tourner la tête avec des idées absurdes.

Nerveusement, elle se mit à faire des plis à son tablier, mais elle ne détourna pas les yeux. Ian put y lire qu'elle ne tolérerait aucun compromis.

— Je serai peut-être incapable de l'empêcher de

courir vers la prairie pour participer aux manœuvres, mais tant qu'il sera sous le toit paternel, il n'entendra pas parler de guerre, ajouta-t-elle d'un ton ferme.

— Il y aura plus que des conversations, et sans tarder, dit doucement Ian. C'est ridicule de ne pas s'y préparer.

Alanna pâlit mais garda la tête haute.

— Il n'est pas question de parler de guerre dans cette maison, répéta-t-elle.

Et elle se dirigea d'un pas décidé vers la cuisine.

3

Ian se réveilla tôt le lendemain, sous la pâle clarté du soleil hivernal. Une bonne odeur de pain chaud et de levain vint lui chatouiller les narines. Il avait une faim de loup. Pendant un instant, il resta immobile, jouissant des bruits et des odeurs de la matinée. Il sentait derrière lui la chaleur réconfortante des bûches qui se consumaient lentement dans le foyer de la cheminée. De la cuisine lui parvint la voix d'Alanna. Cette fois, elle chantait en anglais. Les premières minutes, Ian fut trop ravi par la mélodie elle-même pour prêter attention aux paroles. Mais quand elles pénétrèrent dans son esprit, il écarquilla les yeux de surprise, puis d'amusement.

C'était une chanson paillarde, qui aurait été plus à sa place dans la bouche d'un marin que dans celle d'une respectable jeune veuve.

Il ne put s'empêcher de rire tout haut. Ainsi, l'adorable Alanna avait un sens de l'humour bien particulier, elle ne détestait pas la grivoiserie. Elle ne lui en paraissait que plus aimable, bien qu'il doutât qu'elle puisse chanter avec une telle assurance si elle avait su qu'il l'écoutait. Essayant de se mouvoir sans bruit, il glissa ses jambes hors du lit. Ce ne fut pas une mince affaire d'arriver à se tenir debout, mais il y parvint, et sentit aussitôt sa tête tourner. Il était faible comme un oisillon. Furieux, il dut s'appuyer d'une main contre le mur. Quand la chambre autour de lui voulut bien se stabiliser, il fit un timide pas en avant. La pièce recommença à chavirer, et il serra les dents jusqu'à ce qu'elle se remette d'aplomb. La douleur, dans son épaule blessée, était lancinante. En se concentrant sur elle, il réussit à faire encore un pas, puis un autre, heureux que personne ne soit là pour le voir marcher comme un vieillard.

C'était vraiment humiliant de penser qu'une malheureuse petite balle d'acier pouvait abattre de la sorte un MacGregor.

Le fait que cette petite balle fût anglaise le poussa à mettre un pied devant l'autre. Ses jambes paraissaient être remplies d'eau, et une sueur froide se répandait sur sa nuque et son front. Mais, au fond du cœur, il éprouvait une fierté immense. Si la mort l'avait épargné pour qu'il se batte encore, eh bien, il se battrait, de toute son âme ! Mais tant qu'il serait incapable de marcher, il ne pourrait rien faire.

Quand il atteignit la porte de la cuisine, épuisé par l'effort et trempé de sueur, Alanna avait entonné un chant de Noël. Apparemment, elle n'était pas gênée de passer d'une chanson gaillarde à un hymne traditionnel.

Mais Ian se moquait bien de cela. En regardant Alanna, en l'écoutant, il sut qu'il se souviendrait de cette voix jusqu'à l'heure de sa mort. Il n'oublierait jamais cette tonalité claire et riche, ce léger voile qui lui donnait envie de voir la jeune femme avec les cheveux détachés, éparpillés sur un oreiller.

Sur son oreiller… Ian tressaillit en faisant cette

constatation. C'était là qu'il voulait voir Alanna, inutile de le nier, et avec une telle force qu'il pouvait sentir la douceur soyeuse de ses cheveux entre ses doigts.

Pour l'instant, la plupart des épaisses boucles noires de la jeune femme étaient dissimulées sous une coiffe blanche. Cela aurait dû lui donner un air très convenable, voire collet monté ; cependant, quelques mèches s'étaient échappées sur son cou. C'était charmant, et très séduisant. Il ne put s'empêcher d'imaginer la sensation qu'il aurait en laissant ses doigts suivre le même chemin. En sentant la chaleur de sa peau, et le corps d'Alanna remuer contre le sien.

Etait-elle aussi agile au lit qu'elle l'était à ses fourneaux ?

Ian eut un petit rire silencieux. Après tout, il n'était peut-être pas aussi faible qu'il le croyait si son sang se mettait à circuler plus vite chaque fois qu'il voyait cette femme. S'il n'avait pas craint de tomber, il aurait traversé la pièce et lui aurait volé un baiser. Mais c'était impossible. Il devait encore patienter, et prier le ciel que ses jambes ne tardent pas à se raffermir.

Alanna préparait une miche de pain tandis que d'autres étaient déjà en train de cuire. Il voyait ses petites mains habiles pousser, enfoncer, façonner la pâte. Patiemment. Inlassablement. Pendant qu'il l'observait, son esprit s'emplit de pensées si vigoureuses qu'il émit un léger grognement.

Alanna fit volte-face, sans lâcher la boule de pâte. Quand elle le vit sur le seuil, dans son justaucorps défraîchi, avec sa chemise ouverte, elle eut une idée qui lui fit honte : comment pourrait-elle l'amener à lui embrasser de nouveau la main ? Rougissante, elle laissa tomber la pâte sur la table, et se précipita vers Ian, qui chancelait, le visage livide. D'après sa précédente expérience, elle savait que s'il s'affalait par terre, elle aurait un mal fou à le remettre au lit.

— Que faites-vous dans ma cuisine, monsieur MacGregor ? Vous n'êtes vraiment pas raisonnable. Allons, appuyez-vous sur moi.

Comme Ian pesait un poids considérable, elle le conduisit vers la chaise la plus proche. Puis elle se retourna vers lui et s'écria, le soulagement l'emportant sur la colère :

— Quel idiot vous faites ! Mais j'ai constaté que la plupart des hommes sont stupides ! J'espère que vous n'aurez pas rouvert votre blessure. Je viens de laver le carreau et je n'ai pas envie de le voir taché de sang !

— Oui, madame.

C'était une faible repartie, mais c'était tout ce qu'il pouvait faire quand le visage d'Alanna était si près du sien qu'il aurait pu compter ses longs cils noirs veloutés.

Alanna vérifia son pansement. Il était sec.

— Vous n'aviez qu'à appeler, reprit-elle, un peu calmée.

Comme s'il s'était agi d'un de ses frères, elle commença à boutonner sa chemise. Il dut retenir un autre grognement.

— Il fallait que je voie si mes jambes voulaient me porter, marmonna-t-il.

Son sang ne se contentait pas de circuler plus vite, maintenant qu'Alanna était près de lui, il bouillonnait. Et, conséquence prévisible, sa voix prit un accent rauque.

— Je ne recouvrerai jamais mes forces si je reste au lit.

Faisant de son mieux pour ignorer le regard pénétrant de Ian, elle rétorqua :

— Vous vous lèverez quand je vous le dirai, pas avant.

Elle versa un liquide jaunâtre dans une tasse d'étain. En reconnaissant l'odeur, Ian grimaça.

— Je ne boirai plus une goutte de ce poison !

— Vous le boirez, et vous m'en serez reconnaissant si vous voulez vous mettre autre chose sous la dent.

Elle fit claquer la tasse sur la table et soutint son regard.

— Vous êtes en colère parce que j'ai parlé avec Brian, hier soir, dit Ian.

Relevant légèrement le menton, Alanna prit un air arrogant.

— Et vous, si vous vous étiez reposé au lieu de jacasser au sujet de la guerre, vous ne seriez pas aussi faible et irritable ce matin.

— Je ne suis ni faible ni irritable.

Comme elle ne reculait pas d'un pouce sur ses positions, il regretta de ne pas avoir la force de lui prouver qu'elle se trompait. Il l'aurait embrassée jusqu'à la faire se pâmer, elle aurait vu de quel bois un MacGregor se chauffait.

— Si je suis irritable, dit-il entre ses dents serrées, c'est parce que je meurs de faim.

Alanna lui sourit, ravie d'avoir le dessus.

— Vous prendrez votre déjeuner dès que vous aurez avalé le contenu de cette tasse, dit-elle, inflexible.

Faisant virevolter ses jupes, elle retourna pétrir le pain.

Pendant le bref instant où elle lui tourna le dos, Ian chercha un endroit à sa portée où il pourrait cracher cette horrible boisson. N'en trouvant pas, il croisa les bras et regarda Alanna d'un air frustré. La jeune femme retint un sourire. Elle n'avait pas grandi dans une maison pleine d'hommes sans savoir comment ils fonctionnaient. Elle devinait exactement ce qui se passait dans la tête de Ian. Il était têtu, mais il avait affaire à plus têtu que lui.

En pétrissant la pâte, elle se mit à fredonner.

Furieux, Ian ne pensait plus du tout à l'embrasser. A cet instant précis, il lui aurait volontiers tordu le cou. Il était là, mourant de faim dans l'odeur appétissante du pain tout frais. Et tout ce que cette femme trouvait à lui donner, c'était une tasse de breuvage répugnant !

Sans cesser de fredonner, Alanna déposa la pâte dans une terrine pour la laisser lever et la recouvrit d'un torchon propre. Ignorant Ian, elle vérifia la cuisson des miches de pain dans le four et jugea qu'il était temps de les sortir. Quand elle les déposa sur une grille pour qu'elles refroidissent, leur odeur envahit la cuisine.

Ian en avait l'eau à la bouche. Il n'en pouvait plus, mais il avait sa fierté. Cependant, à quoi rimait la fierté pour un homme à deux doigts de mourir de faim ? Soupirant silencieusement, il leva la tasse et la vida à contrecœur en regardant Alanna d'un œil noir. Elle le lui paierait, elle ne perdait rien pour attendre !

Alanna lui tourna le dos avant de se laisser aller à sourire triomphalement. Elle réchauffa une montagne d'œufs brouillés dans un poêlon. Puis elle les versa dans une assiette qu'elle posa devant lui, avec une épaisse tranche de pain croustillant. Elle ajouta un morceau de beurre et une tasse de café très chaud.

Pendant qu'il mangeait, elle continua de s'affairer, gratta le poêlon, nettoya la table pour qu'il ne reste pas une once de pâte ou de farine. Elle aimait travailler seule dans sa cuisine, le matin. Cependant, la présence de Ian ne la dérangeait pas, bien qu'elle sentît son regard intense constamment fixé sur elle. Curieusement, cela lui procurait une sensation familière, comme si c'était normal qu'il soit assis là, à sa table, et qu'il goûte la nourriture qu'elle avait cuisinée.

Non, sa présence ne la dérangeait pas, mais elle ne la détendait pas non plus. Le silence qui se prolongeait entre eux ne paraissait plus être dû à la mauvaise humeur. Il était teinté de quelque chose d'indéfinissable qui la rendait nerveuse, et qui faisait cogner son cœur un peu trop fort dans sa poitrine.

Eprouvant le besoin de rompre ce silence, elle se tourna vers Ian. Effectivement, il la regardait. Non pas avec un air frustré, mais avec intérêt maintenant. C'était un mot bien faible pour ce qu'elle lisait dans ses yeux, mais c'était un mot sans danger. Alanna éprouvait brusquement le besoin de se sentir en sécurité.

— Un gentleman me remercierait pour ce repas ! dit-elle d'un ton un peu ironique.

Le sourire qui retroussa les lèvres de Ian était éloquent : il se conduisait en gentleman quand cela lui chantait.

— Mais je vous remercie, madame Flynn, très sincèrement. Et je me demande si je peux vous prier de me donner une autre tasse de café.

Alanna lui jeta un regard soupçonneux. Il parlait convenablement, mais elle ne faisait pas entièrement confiance à ses yeux. Elle prit sa tasse tout en veillant à rester hors de sa portée.

— Le thé serait meilleur pour vous, dit-elle à voix très basse, comme si elle se parlait à elle-même. Mais nous n'en buvons pas dans cette maison.

— Par protestation ?

— Oui. Nous ne boirons plus de ce maudit breuvage

tant que le roi ne sera pas revenu à la raison. Il y a des protestations plus folles et plus dangereuses.

Ian la regarda prendre la cafetière sur le feu.

— A quoi faites-vous allusion ? interrogea-t-il.

Elle haussa les épaules.

— Johnny a entendu dire que les Fils de la Liberté s'étaient arrangés pour détruire des caisses de thé qui se trouvaient dans les cales de trois bateaux, dans le port de Boston. Ils se sont déguisés en Indiens et sont montés à bord, avec à leur tête trois combattants armés de fusils. Avant le petit matin, ils avaient jeté à la mer toute la cargaison de l'East Indian Company.

— Et vous trouvez que c'est de la folie ?

— C'est certainement très courageux, répondit-elle avec un autre geste d'impatience. Même héroïque, surtout aux yeux de Brian. Mais c'est de la folie car cela va uniquement inciter le roi à imposer des mesures encore plus draconiennes, dit-elle en posant un peu brusquement la tasse de café devant lui.

— Alors vous trouvez qu'il vaut mieux ne rien faire face à une injustice aussi scandaleuse ? D'après vous, il est préférable de rester assis comme un chien bien dressé et d'accepter les coups de bâton ?

Le sang des Murphy monta aux joues d'Alanna.

— Aucun roi n'est éternel !

— Evidemment. Alors, d'après vous, il vaut mieux attendre que ce fou de George ait passé l'arme à gauche plutôt que d'exiger la justice ?

— Nous avons vu assez de guerres et de cœurs brisés dans cette maison.

— Il y en aura encore plus, Alanna, tant que la question ne sera pas réglée.

— Réglée ! répliqua-t-elle en le regardant siroter tranquillement son café. Réglée en se mettant des plumes dans les cheveux et en envoyant des caisses à la mer ? Réglée comme cela l'a été pour les femmes et les mères de ceux qui sont tombés à Lexington ? Et au nom de quoi, vous pouvez me le dire ?

— Au nom de la liberté et de la justice.

— Ce sont des mots !

Elle secoua la tête.

— Les mots ne meurent pas, eux. Ce sont les hommes qui meurent.

— C'est inévitable, que ce soit à cause de leur grand âge, ou sur le champ de bataille. Préférez-vous que nous acceptions les chaînes que les Anglais nous imposent, que nous fassions le gros dos jusqu'à en être brisés ? Ne devons-nous pas plutôt nous battre pour ce qui nous revient de droit ?

Alanna sentit un frisson de peur en voyant la lueur qui brillait dans ses yeux.

— Vous parlez comme un rebelle, MacGregor.

— Comme un Américain, corrigea-t-il. Comme un Fils de la Liberté.

— J'aurais dû m'en douter, dit-elle d'une voix à peine audible.

Elle ramassa son assiette d'un geste brusque, la mit de côté. Puis, incapable de se maîtriser, elle se pencha vers lui.

— Est-ce que le fait d'envoyer le thé à la mer aurait valu la peine que vous y laissiez votre vie ?

Il porta une main à son épaule.

— Ce n'était rien qu'une erreur de calcul, dit-il, rien à voir avec notre petite *Tea Party*.

— Votre petite *Tea Party* !

Alanna ricana en levant les yeux au plafond.

— C'est bien d'un homme de présenter une rébellion comme un moment de plaisir.

— Et c'est bien d'une femme de se tordre les mains en y pensant.

Elle baissa les yeux et les planta dans les siens.

— Je ne me tords pas les mains, dit-elle lentement en détachant chaque syllabe. Et je ne verserais pas une larme sur quelqu'un comme vous. Vous pouvez bien vous faire étriper !

Ian changea si rapidement de ton qu'elle cligna des paupières.

— Je suis sûr que je vais vous manquer quand je serai parti.

— Certainement pas !

Elle retint un sourire.

— Maintenant, allez vous mettre au lit.

— Je crains de ne pas être assez fort pour y aller tout seul.

Elle poussa un profond soupir, mais elle s'approcha de lui pour lui offrir son aide. En un clin d'œil, il l'attira vers lui et elle se retrouva sur ses genoux. Elle se débattit en jurant avec une aisance qui le fit éclater de rire.

— Mis à part nos divergences politiques, vous êtes un beau brin de femme, Alanna, et je viens de découvrir qu'il y a trop longtemps que je n'en ai pas tenu une dans mes bras.

— Fils de crapaud, dit-elle en se débattant.

Il tressaillit. Alanna avait réveillé la douleur dans son épaule.

— Mon père vous pardonnerait s'il vous entendait, mon ange.

— Je ne suis pas votre ange, espèce de vaurien.

— Continuez comme ça, et vous allez rouvrir ma blessure. Le carreau de votre cuisine sera rougi par mon sang !

— Rien ne me ferait plus plaisir !

Amusé, il sourit et prit le menton d'Alanna entre deux doigts.

— Pour quelqu'un qui ne veut pas entendre parler des horreurs de la guerre, vous êtes plutôt assoiffée de sang.

Elle le couvrit d'imprécations à en perdre le souffle. Son frère John n'avait dit que la vérité quand il avait affirmé que Ian était construit comme un chêne. Elle avait beau se débattre — ce qui apparemment le réjouissait fort —, il la tenait toujours aussi fermement.

— Soyez maudit ! réussit-elle à souffler. Vous et tout votre clan d'Ecossais !

Ian l'avait attirée sur ses genoux uniquement pour la mettre dans l'embarras, pour se venger gentiment du fait qu'elle l'avait forcé à boire le médicament nauséabond. Mais quand elle avait commencé à se débattre, il s'était dit qu'elle avait bien mérité qu'il la taquine un peu et qu'il se fasse plaisir. Avec un seul baiser. Un baiser volé, furtif. Après tout, elle fulminait déjà, alors un peu plus, un peu moins !

Il riait encore quand il posa sa bouche sur celle d'Alanna. Ce n'était qu'une innocente plaisanterie, autant pour lui-même que pour elle. Et il était curieux d'entendre le nouveau chapelet d'injures qu'elle ferait pleuvoir sur lui quand il aurait fini.

Mais son rire s'éteignit rapidement dans sa gorge. Et Alanna cessa de se débattre.

La tête en feu, il s'exhorta à suivre ses bonnes résolutions. Rien qu'un baiser, rapide, inoffensif. Mais il se retrouva pris de vertige, et aussi dénué de forces qu'au moment où il avait remis les pieds par terre pour la première fois.

Cependant, cela n'avait rien à voir avec une blessure vieille de plusieurs jours. Et pourtant, il avait mal, d'un mal très doux qui se répandait dans tout son être. Ebahi, il se demanda si la mort l'avait épargné non seulement pour qu'il se batte encore, mais aussi pour qu'il puisse recevoir le cadeau de ce merveilleux baiser.

Alanna ne cherchait plus à se débattre. Elle aurait dû continuer, elle le savait au fond de son cœur de femme. Mais c'était impossible. Elle l'avait compris dès que Ian avait posé ses lèvres sur les siennes.

Des lèvres à la fois douces et fermes ; sa barbe de plusieurs jours lui chatouillait la peau. Elle entendit son propre soupir quand elle entrouvrit les lèvres et qu'elle goûta celles de Ian du bout de la langue.

Pendant un instant éblouissant, il lui donna un baiser plus profond, qui l'emporta bien au-delà de ce qu'elle avait jamais connu, dans un monde qu'elle n'avait vu qu'en rêve. Elle goûta la richesse de sa bouche sensuelle, sentit son souffle. Puis elle entendit le bref juron qu'il poussa en relevant la tête.

Il la regarda, pétrifié. Il avait bousculé sa coiffe, faisant ruisseler ses cheveux comme une pluie d'ébène sur ses épaules. Elle avait des yeux si grands, si bleus et profonds qu'il eut peur de se noyer en eux.

Cette femme pouvait lui faire tout oublier : son devoir, son honneur, son amour de la justice.

Elle était capable de le faire mettre à genoux par un seul mot tendre.

Mais lui, il était un MacGregor. Il ne devait pas l'oublier. Il ne pourrait jamais se mettre à genoux.

— Je vous demande pardon, madame.

Sa voix tendue était polie, mais si froide ! Alanna sentit la chaleur se retirer de ses veines.

— C'est inexcusable, ajouta-t-il.

Lentement, Alanna se mit debout. La vue brouillée, elle chercha sa coiffe sur le carreau de la cuisine, la ramassa et se redressa.

— Je vous demande encore une fois de vous mettre au lit, monsieur MacGregor, dit-elle d'une voix étranglée.

Elle resta sans bouger jusqu'à ce qu'il soit sorti de la cuisine en s'appuyant au mur. Puis elle essuya une larme malencontreuse et se remit au travail. Elle n'allait plus penser à Ian MacGregor, c'était promis. Il n'en valait pas la peine. Elle ne penserait plus jamais à lui.

Forte de cette bonne résolution, elle se remit à pétrir le pain.

4

Alanna avait toujours aimé préparer les fêtes de Noël, qu'il s'agisse de cuisiner, de faire des pâtisseries, ou de coudre et de nettoyer la maison. Depuis longtemps, c'était un jour où elle pardonnait toutes les offenses, dans un esprit de générosité. De plus, elle attendait impatiemment de porter sa plus belle robe et de se rendre au village en voiture attelée pour assister à la messe.

Mais cette année, au fur et à mesure que Noël approchait, elle se sentait tour à tour déprimée et irritée. Plus d'une fois, elle se surprit à parler à ses frères sur un ton cassant, et à faire preuve d'impatience envers son père. Elle se mettait à pleurer pour un oui ou pour un non, et elle sortait en trombe de la maison si Johnny essayait de plaisanter sur ce qui avait provoqué ses larmes. Ce jour-là, c'était un gâteau qu'elle avait fait brûler.

Assise sur un rocher au bord du fleuve où flottaient des glaçons, elle posa son menton sur ses mains et prit le temps de réfléchir.

C'était injuste qu'elle passe ses nerfs sur sa famille. Ni ses frères ni son père n'avaient mérité cela. Ils lui servaient de têtes de Turc, alors que celui qu'elle avait vraiment envie de passer sur le gril, c'était ce

MacGregor. En soupirant, elle donna un coup de pied dans la neige durcie.

Oh, il avait gardé ses distances, ces deux derniers jours, le lâche ! Il avait réussi à se lever et à se faufiler hors de la maison comme le chenapan qu'il était. Il avait même donné un coup de main en s'occupant des animaux, et Cyrus Murphy lui en était reconnaissant. Mais elle, elle ne s'en était pas laissé accroire. Elle connaissait la véritable motivation qui avait poussé Ian MacGregor à nettoyer l'écurie et à réparer les harnais.

Il avait peur d'elle. Elle pinça les lèvres en un sourire ironique. Oui, il avait peur qu'elle fasse pleuvoir sur sa tête la colère de l'enfer. Et elle aurait pu. Quel genre d'homme pouvait embrasser une femme jusqu'à ce qu'elle devienne sourde et aveugle à tout ce qui l'entourait, pour finalement s'excuser poliment comme s'il lui avait marché sur les pieds par inadvertance ?

Il n'avait pas le droit de l'embrasser, et encore moins le droit d'ignorer ce qui s'était passé quand il l'avait fait.

Alanna secoua la tête. Elle lui avait sauvé la vie. C'était la vérité. Elle l'avait sauvé, et il l'avait remerciée en provoquant en elle un désir qu'aucune femme vertueuse n'avait le droit d'éprouver pour un homme qui n'était pas son mari.

Et, Dieu lui pardonne, elle le désirait ! D'une manière si différente de celle dont elle avait désiré Michael Flynn qu'elle aurait été incapable de la décrire.

Bien sûr, c'était insensé. Ian était un rebelle, et il le serait toujours. C'étaient des hommes comme lui qui faisaient l'histoire, et qui laissaient des veuves. Tout ce qu'elle demandait à Dieu, c'était de pouvoir mener une vie tranquille, avoir des enfants, une maison. Elle voulait un homme qui rentrerait tous les soirs, toute sa vie, pour dormir près d'elle. Un homme qui serait heureux de s'asseoir près du feu, le soir venu, et de parler avec elle de la journée écoulée.

MacGregor ne serait jamais ainsi. Non, elle avait reconnu en lui la même flamme que celle qui brûlait dans les yeux de Rory. Il y avait des hommes nés pour défendre de grandes causes et mourir sur un champ de bataille, et rien ni personne ne pouvait les en détourner. Le destin en avait décidé ainsi, bien avant leur naissance. Rory, son frère aîné, celui qu'elle préférait, avait été de ceux-là. Et Ian MacGregor en faisait partie lui aussi ; elle ne pourrait jamais se permettre de l'aimer.

Tandis qu'elle méditait tristement, une ombre se dessina devant elle. Tendue, elle se retourna et afficha un sourire en voyant son jeune frère Brian. Il paraissait hésitant.

— Tu ne risques rien, dit-elle. Je n'ai plus envie de jeter quelqu'un dans le torrent.

— Le gâteau n'était pas si mauvais, il suffisait d'enlever la partie brûlée.

Elle plissa les yeux et dit en plaisantant :

— Après tout, je vais peut-être t'envoyer nager !

Brian se mit à rire. Il connaissait bien sa sœur. Une fois qu'elle avait recouvré sa bonne humeur, c'était rare qu'elle se laisse de nouveau aller à la colère.

— Regarde, je t'ai apporté un cadeau, dit-il.

Il lui tendit une couronne de houx, qu'il avait jusque-là cachée derrière son dos.

— Tu pourrais lui ajouter des rubans et l'accrocher à la porte pour Noël.

Alanna la prit et l'examina d'un air attendri. La

couronne était confectionnée maladroitement, mais elle n'en avait que plus de valeur. Brian était plus doué avec son esprit qu'avec ses mains.

— J'ai vraiment été si méchante ?

— Oui.

Il se laissa tomber à ses pieds dans la neige.

— Mais je sais que tu ne peux pas rester de mauvaise humeur à l'approche de Noël.

Il fit une pause.

— Alanna, crois-tu que Ian sera encore avec nous pour le repas de Noël ?

Le sourire de la jeune femme s'évanouit. Elle répondit en faisant un effort pour ne pas laisser transparaître ses sentiments.

— Je n'en ai aucune idée. Il semble reprendre des forces assez rapidement.

— Papa dit qu'il est très efficace, bien qu'il ne soit pas fermier.

L'esprit ailleurs, Brian prit de la neige pour en faire une boule.

— Et il sait tant de choses ! Tu te rends compte, il est allé à Harvard, et il a lu des tas de livres !

Pleine de regrets pour elle-même et pour son frère, Alanna dit en soupirant :

— Oui, je sais.

Elle regarda tendrement Brian dans les yeux.

— Si les récoltes sont bonnes, ces deux ou trois prochaines années, tu iras à l'école. Je te le promets.

Brian hocha la tête sans rien dire. C'était quelque chose dont il avait tant rêvé, mais il avait déjà accepté de vivre sans avoir cette chance.

— Avec Ian, c'est presque aussi bien. Il sait tellement de choses, dit-il.

Alanna pinça les lèvres.

— Oui, je n'en doute pas.

— Il m'a prêté un livre. *Henry V*, de Shakespeare. C'est la vie du jeune roi Henry, et il y a des batailles magnifiques.

Alanna se raidit. Des batailles, encore ! Apparemment, les hommes ne s'intéressaient pas à autre chose dès le moment où ils étaient sevrés. Sans se laisser décourager par son silence, Brian continua avec enthousiasme :

— Il m'a raconté comment sa famille s'était battue en Ecosse. Sa tante a épousé un Anglais, un jacobite, et ils sont partis en Amérique après que la rébellion a été écrasée. Ils ont une plantation de tabac en Virginie. Ian a un autre oncle et une tante qui vivent en Amérique, mais son père et sa mère sont restés en Ecosse, dans les Highlands. Cet endroit paraît être merveilleux, avec des falaises abruptes et des lacs profonds. Ian m'a dit qu'il était né dans une maison forestière pendant que son père se battait contre les Anglais à Culloden.

Alanna eut la vision d'une femme luttant pour mettre son bébé au monde. Décidément, les femmes comme les hommes avaient leur propre bataille à livrer. La femme se battait pour la vie, l'homme pour la mort.

Mais Brian n'avait pas terminé.

— Après la bataille, les Anglais ont massacré les survivants.

Il regardait au loin, par-dessus le fleuve étroit pris par les glaces, et il ne vit pas sa sœur poser les yeux sur lui.

— Les blessés, ceux qui s'étaient rendus, même les gens qui travaillaient dans les champs d'à côté. Ils ont poursuivi les rebelles et les ont abattus sur place. Quand ils en trouvaient dans des granges, ils mettaient le feu et les faisaient brûler vivants.

— Doux Jésus !

Alanna avait toujours fermé ses oreilles aux récits de guerre, mais cette fois elle en fut incapable. Elle était horrifiée. Brian continua :

— La famille de Ian se cachait dans une grotte pendant que les Anglais cherchaient les rebelles dans les collines. Sa tante, celle qui a la plantation, en a tué un elle-même. Elle lui a tiré dessus alors qu'il voulait assassiner son mari, qui était blessé.

Alanna avait la gorge sèche.

— Je pense que MacGregor exagère, murmura-t-elle.

Brian tourna vers elle son regard bleu, et secoua tristement la tête.

— Non, je ne pense pas. Crois-tu que ce genre d'événement risque de se produire ici quand la rébellion va commencer ?

Alanna serra si fort la couronne de houx dans ses mains que les feuilles lui piquèrent les doigts à travers ses mitaines.

— Il n'y aura pas de rébellion. Le gouvernement va être raisonnable. Et si Ian MacGregor te dit…

— Il n'y a pas que Ian. Même Johnny le pense, et tous les hommes du village. Ian dit que la destruction du thé à Boston n'est que le début d'une révolution qui était inévitable pour repousser le joug britannique et prendre notre destinée en mains. Pour devenir un peuple libre. Ian dit aussi…

— Ian dit… Ian dit… !

Les sourcils froncés, Alanna se leva brusquement.

— Je trouve que Ian parle beaucoup trop ! Emporte cette couronne à la maison, Brian. Je l'accrocherai à la porte dès que je reviendrai.

Sans attendre la réaction de son frère, elle s'éloigna à grandes enjambées. Brian soupira. Qu'arrivait-il à sa sœur ? Elle n'en finissait pas d'être irritable, cela ne lui ressemblait pas.

Ian aimait travailler dans la grange. Mais, surtout, il était heureux de constater qu'il était de nouveau capable de se rendre utile. Bien qu'encore raides, son bras et son épaule ne le faisaient plus souffrir. Il esquissa un sourire. Ce matin, que tous les saints en soient loués, Alanna n'avait pas essayé de lui faire absorber une de ses infectes décoctions !

Mais il préférait ne pas penser à elle. Pour se libérer l'esprit, il mit de côté la selle qu'il était en train de nettoyer au savon et prit une brosse. Il allait étriller sa jument pour la préparer au voyage qu'il aurait déjà dû entreprendre depuis deux jours.

Aujourd'hui, il avait certainement recouvré suffisamment de forces pour parcourir de courtes distances. Bien sûr, il était préférable qu'il ne se montre pas à Boston, mais il pouvait se rendre en Virginie en faisant plusieurs étapes. Il passerait quelques semaines en compagnie de son oncle, de sa tante et de ses cousins.

La lettre qu'il avait confiée à Brian pour qu'il l'emporte au village devait maintenant être sur le bateau voguant vers l'Ecosse. Sa famille saurait bientôt qu'il était toujours vivant et qu'il allait bien. Et qu'il ne passerait pas Noël avec elle.

Ian soupira. Sa mère allait pleurer, il le savait. Bien qu'elle ait d'autres enfants, et des petits-enfants, elle serait triste que son fils aîné soit absent pour la fête sainte qui les réunissait tous chaque année.

Il pouvait la vivre en pensée, cette merveilleuse fête de Noël. Il voyait le feu dans la cheminée, la lueur des chandelles. Il sentait les riches odeurs qui s'échappaient de la cuisine, il entendait les rires et les chants. Et, brusquement, il eut un coup au cœur ; cet éloignement provoquait en lui un manque plus important qu'il n'aurait cru.

Ian se ressaisit. Il aimait tendrement sa famille, mais sa place était ici. De l'autre côté de l'océan.

Il flatta l'encolure de Shelter. Oui, il y avait du travail à faire en Amérique. Il devait contacter des hommes dès qu'il serait sûr de ne pas courir de danger. Samuel Adams, John Avery, Paul Revere. Et il fallait qu'il connaisse les répercussions de leur action à Boston et dans d'autres villes.

Cependant, il s'attardait, alors qu'il aurait déjà dû être loin. Il rêvassait, alors qu'il aurait dû mettre au point une conspiration. S'il avait eu le bon sens de garder ses distances par rapport à Alanna, elle n'était malheureusement jamais très éloignée de son esprit.

— Ah, vous êtes là ! A nous deux !

La voix d'Alanna le tira de ses réflexions. Visiblement essoufflée, la jeune femme posa ses poings sur ses hanches, dans une attitude qu'il connaissait bien maintenant, et le scruta d'un air furieux. Sa capuche avait glissé, laissant ses cheveux tomber librement, noir d'encre contre le tissu bleu clair de sa robe.

Ian fit un effort pour détendre sa main qui s'était crispée sur la brosse.

— Oui, c'est bien moi ! dit-il en riant.

— A quoi pensez-vous, MacGregor ? On n'a pas idée de remplir la tête d'un gamin avec toutes ces horreurs ! Vous voulez le voir porter un mousquet sur l'épaule et mettre en joue la première Tunique Rouge qu'il rencontrera ?

— Je crois deviner que vous parlez de Brian, dit Ian dès qu'elle lui laissa placer un mot pour reprendre son souffle. Mais quant au reste, je m'y perds.

— Que ne vous êtes-vous perdu avant d'arriver ici !

Hors d'elle, Alanna se mit à marcher de long en large. Ses yeux bleus lançaient des éclairs. Ian se demanda en riant intérieurement s'ils allaient mettre le feu à la paille.

— Je n'ai que des ennuis depuis que je vous ai trouvé à moitié mort dans les bottes de foin. Si j'avais su, j'aurais oublié mon devoir de chrétienne et je vous aurais laissé pourrir !

Ian ne put s'empêcher de sourire devant sa véhémence. Il voulut parler, mais son hôtesse ne lui en laissa pas le temps.

— Vous avez commencé à m'attirer dans la paille en m'embrassant, alors que vous aviez une balle dans la peau. Ensuite, presque à l'instant même où vous avez ouvert les yeux, vous m'avez embrassé la main en me disant que j'étais belle.

— En effet, quelle audace ! Je devrais être fouetté, dit-il en souriant malicieusement.

— Le fouet est trop doux pour ceux de votre espèce ! lança-t-elle férocement en rejetant la tête en arrière. Pour finir, il y a deux jours, alors que je vous avais préparé votre déjeuner — ce qu'un homme comme vous ne méritait pas…

— C'est tout à fait vrai, dit-il d'un ton ironique.

— Taisez-vous, je n'ai pas fini ! Je vous prépare votre repas et vous m'attirez sur vos genoux comme si j'étais une vulgaire…

Elle fit une pause.

— Que vous arrive-t-il ? Vous êtes à court de mots ? dit Ian, sarcastique.

— Une vulgaire prostituée ! cracha-t-elle en lui jetant un regard qui le mettait au défi de rire. Et comme le mufle que vous êtes, vous m'avez embrassée contre ma volonté.

— Dois-je vous rappeler que vous m'avez embrassé aussi, mon ange ?

Il passa la brosse sur la robe de Shelter.

— Et quel baiser ! ajouta-t-il en la regardant du coin de l'œil.

Suffoquant d'indignation, elle s'écria :

— Comment osez-vous ?

— Il est difficile de répondre, à moins que vous me donniez quelques précisions. Si vous me demandez comment j'ai osé vous embrasser, je vous avouerai que je n'ai pas pu résister. Votre bouche est faite pour les baisers, Alanna.

Se sentant rougir, Alanna recommença à aller et venir, les jambes soudain en coton.

— Eh bien, vous avez vite recouvré vos esprits !

Ian releva un sourcil amusé. Ainsi, elle n'était pas furieuse qu'il l'ait embrassée, mais qu'il se soit arrêté. Il l'observa sous la lumière tamisée de l'écurie. Effectivement, c'était surprenant qu'il ait pu mettre si rapidement un terme à ce baiser. Maintenant, il en serait incapable.

— Si c'est ma retenue qui vous ennuie, mon ange…

— Je vous interdis de m'appeler ainsi !

De plus en plus amusé, il refréna une envie de rire.

— Comme vous voulez, madame Flynn. Je disais donc…

— Je vous ai demandé de vous taire tant que je n'avais pas fini.

Elle fit encore une pause pour respirer.

— Où en étais-je ?

— Nous parlions de ce baiser.

Les yeux brillants, il fit un pas vers elle.

— Voulez-vous que je vous rafraîchisse la mémoire ?

— Ne m'approchez pas !

Elle s'empara d'une fourche.

— Je ne parlais de cela que pour donner un exemple des ennuis que vous m'avez apportés. Et maintenant, pour couronner le tout, vous avez tourné la tête de Brian avec cette idée de révolution. Je ne vous laisserai pas faire, MacGregor. Brian n'est encore qu'un enfant.

— S'il me pose des questions, je lui répondrai par la vérité.

— En lui faisant croire qu'elle est romantique, et héroïque par-dessus le marché ! Je ne veux pas voir mon frère entraîné dans une guerre déclarée par des hommes irresponsables. Je ne veux pas le perdre comme j'ai perdu Rory.

— Ce ne sera pas une guerre déclarée par des hommes irresponsables, Alanna.

Il la contourna, en restant à distance respectable de la fourche.

— Quand le jour viendra, nous la ferons tous, et nous la gagnerons, ajouta-t-il.

— Vous pouvez épargner votre salive.

— Parfait.

Rapide comme l'éclair, il attrapa la fourche par le manche, la prit des mains d'Alanna, la jeta sur une botte de foin et attira la jeune femme contre lui.

— Assez parlé ! dit-il.

Il croyait savoir quelle réaction il allait éprouver en l'embrassant, et, pourtant, ce fut encore plus violent, plus excitant que la première fois. Le visage d'Alanna était froid ; il le réchauffa avec ses lèvres, effleurant voluptueusement ses joues. Il passa une main dans ses cheveux et la posa en coupe sur sa nuque. De son autre bras, il la serra fort contre lui.

— Pour l'amour du ciel, embrassez-moi, Alanna, murmura-t-il contre sa bouche.

Il la regardait avec des yeux brûlant de désir.

— Je vais devenir fou si vous ne m'embrassez pas, mais je vais devenir fou aussi si vous le faites.

Brusquement, Alanna lui enlaça le cou et répondit passionnément à son baiser. Sans hésitation, sans remords. Les lèvres d'Alanna étaient aussi affamées que les siennes, sa langue aussi audacieuse. Elle se laissa aller contre lui, et leurs cœurs se mirent à battre follement, à l'unisson.

Alanna avait le vertige. Le corps de Ian était solide, et dur contre le sien. Jamais elle n'oublierait cette sensation, ni la chaleur de sa bouche sur la sienne, ni les soupirs de plaisir qu'il laissait échapper.

Elle n'oublierait jamais cette minute d'abandon, parce qu'elle savait qu'elle ne se renouvellerait pas.

— Laissez-moi, murmura-t-elle, à demi défaillante.

Il enfouit son visage dans la courbe parfumée de son cou.

— Je doute que j'en sois capable, dit-il.

— Vous devez. Je ne suis pas venue ici dans ce but.

Il lui effleura l'oreille du bout des lèvres et la sentit frémir entre ses bras.

— Aviez-vous réellement l'intention de me tuer, Alanna ?

— Oui.

Comme il la croyait, il sourit de nouveau.

— Vous n'êtes pas une jeune femme ordinaire, dit-il en lui mordillant le lobe de l'oreille.

— Arrêtez !

Mais elle laissa retomber sa tête en arrière. Que Dieu lui vienne en aide, elle voulait que cela ne cesse jamais.

— Ce n'est pas bien, chuchota-t-elle.

Il la regarda sans sourire et dit d'un ton convaincu :

— Je crois que si. Je ne sais pas pourquoi, mais je crois que c'est bien.

Elle voulait qu'il l'embrasse encore, qu'il ne s'arrête plus. Mais elle se ressaisit.

— Ce n'est pas possible. Vous avez votre guerre à faire, et moi, je dois m'occuper de ma famille. Je ne donnerai pas mon cœur à un homme qui ne pense qu'à guerroyer.

— Bon sang, Alanna, je…

— Ecoutez, je vais vous faire une proposition.

Elle se retira vivement de ses bras. Encore un moment, et elle aurait tout oublié : sa famille et tous les espoirs qu'elle nourrissait en secret pour son propre avenir. Prenant son courage à deux mains, elle déclara :

— Considérez que ce sera mon cadeau de Noël.

Ian la regarda d'un air interrogateur. Se doutait-elle qu'à cet instant précis il lui aurait sacrifié tout ce qui faisait sa vie, y compris sa vie elle-même ?

— Que voulez-vous ?

— Que vous restiez pour les fêtes de Noël. C'est important pour Brian. Et je veux que vous me promettiez de ne pas parler de guerre ni de révolution jusqu'à ce que Noël soit passé.

— Vous me demandez peu de chose.

— Détrompez-vous. Pour moi, c'est très important.

— Eh bien, j'accepte sans hésiter.

Elle recula d'un pas. Relevant un sourcil, Ian prit fermement sa main dans les siennes, la porta à ses lèvres et l'embrassa.

— Merci, dit-elle doucement en la libérant.

Elle la cacha derrière son dos.

— Je vous laisse. J'ai du pain sur la planche.

Elle se rua vers la porte. La voix de Ian l'arrêta.

— Alanna... croyez-moi, nous n'avons rien fait de mal.

Elle tira sa capuche sur sa tête et sortit précipitamment.

5

La veille de Noël, la neige tomba sans discontinuer. Alanna était aux anges. Au fond de son cœur, elle espérait que la tempête ferait rage pendant des jours, empêchant ainsi Ian de partir le surlendemain, comme il l'avait prévu. Elle soupira. Ce souhait était aussi fou qu'égoïste, mais elle s'y accrochait comme à une planche de salut.

Alanna serra son châle autour d'elle et se dirigea lentement vers l'écurie. Elle soupira, plongée dans ses réflexions. Quelle que soit sa façon d'envisager l'avenir immédiat, elle le redoutait. Si Ian restait, elle allait être mal à l'aise. S'il partait, elle allait avoir le cœur brisé. La seule solution était de l'oublier, de se concentrer sur les tâches qu'elle devait accomplir et sur ses responsabilités.

Elle poussa la porte de la grange, qui grinça en tournant sur ses gonds. Elle prit les seaux et s'apprêtait à commencer la traite quand une main se posa sur son épaule. Elle sursauta en poussant un petit cri et laissa tomber les récipients.

— Excusez-moi, madame Flynn.

Ian sourit en la voyant porter ses deux mains à son cœur.

— Je vous ai fait peur.

Elle l'aurait volontiers insulté si elle n'avait pas eu le souffle coupé par la surprise. Et elle n'aurait jamais osé le regarder en face s'il s'était douté qu'elle était en train de soupirer à son sujet. Prenant une profonde inspiration, elle secoua la tête.

— Que faites-vous là ?

— Je suis sorti de la maison juste derrière vous. La neige vous aura empêchée d'entendre mes pas.

« La neige, ou ma rêverie ? » s'interrogea-t-elle tout en faisant un effort pour recouvrer son sang-froid.

Elle se baissa pour ramasser les seaux au même moment que Ian. Ils se cognèrent l'un contre l'autre. Alanna s'exclama, furieuse :

— Que diable espérez-vous, monsieur MacGregor ? Vous ne trouvez pas que vous m'avez suffisamment empoisonné l'existence ?

Ian ne se laissa pas démonter. En se frottant la tête, il se promit d'être patient. Même si cela devait lui coûter la vie. Il répondit humblement :

— Je voulais vous aider pour la traite.

Les yeux d'Alanna s'élargirent de stupeur.

— Pourquoi ?

Ian soupira. Il allait avoir du mal à rester patient si chaque parole d'Alanna prenait la forme d'un interrogatoire ou d'une accusation.

— Parce que j'ai remarqué, depuis quelques jours, que vous aviez beaucoup trop de corvées à faire.

Alanna redressa fièrement le menton.

— Je suis capable de m'occuper de ma famille toute seule.

— Je n'en doute pas.

— J'apprécie votre offre, mais…

— Je vais seulement traire une vache, Alanna ! Ne pouvez-vous accepter mon aide de bonne grâce ?

— Naturellement.

Raide comme un piquet, elle tourna les talons et se dirigea vers la première stalle.

S'asseyant sur le tabouret, elle ôta ses mitaines d'un geste nerveux. Elle n'avait absolument pas besoin de l'aide de Ian MacGregor. Pour qui se prenait-il, à la fin ? Elle était parfaitement à la hauteur de ce qu'elle avait à faire. Et au printemps, il y aurait deux fois plus de travail avec les semailles, le jardin, les fenaisons. Elle était forte, et capable ; la voyait-il comme une de ces femmelettes qui passaient leur temps à se lamenter ?

Ian MacGregor avait probablement l'habitude de fréquenter des dames. Alanna émit un petit ricanement. Des dames au visage poudré, qui papillonnaient derrière leurs éventails. Eh bien, elle ne portait pas de robe de soie ni de souliers de satin, mais elle n'en avait pas honte.

Après avoir jeté un regard assassin à Ian, elle se mit à presser le pis de la vache à la robe mouchetée, envoyant des jets de lait chaud et odorant dans le seau.

De son côté, Ian s'était attelé à la même tâche, qu'il effectuait avec moins de dextérité que sa belle hôtesse. Il secoua légèrement la tête. Il ne comprenait pas la réaction d'Alanna. Quelle femme ingrate ! Il ne souhaitait que la soulager d'une partie de son travail. N'importe quel imbécile pouvait se rendre compte qu'elle n'arrêtait pas, de l'aube au crépuscule. Quand elle avait fini de traire les vaches, elle se mettait à faire le pain, puis à filer la laine. Si elle ne filait pas, elle tissait, ou frottait et cirait les meubles.

Les femmes de sa propre famille n'avaient jamais été oisives, mais elles étaient nombreuses et pouvaient s'entraider. Alors qu'Alanna devait s'occuper à elle seule de trois hommes, qui ne se rendaient pas compte un seul instant de tout ce qui retombait sur ses épaules.

Eh bien, il l'aiderait, qu'elle le veuille ou non.

Ayant fini de remplir son seau, la jeune femme se leva et tapa impatiemment du pied en attendant que Ian ait fini de remplir le sien. Quand ce fut fait, elle se pencha pour l'attraper.

— Laissez, je vais le porter, et le vôtre aussi, dit Ian.

— Pour quelle raison ?

— Parce qu'ils sont lourds ! cria-t-il, horripilé.

Il partit à grands pas, un seau à chaque main.

— Continuez à les balancer de cette façon, MacGregor, et tout le lait va tomber par terre !

Elle ne comprit pas ce qu'il marmonnait, mais ce n'était certainement pas un compliment.

— Puisque vous insistez, je vais ramasser les œufs, lança-t-elle.

Ils partirent chacun de leur côté.

Quand Alanna revint dans la cuisine, Ian était encore là. Il alimentait le feu avec des bûches.

— Si vous attendez le déjeuner, il faudra patienter un peu plus longtemps.

— Je vais vous aider, dit-il, les dents serrées.

— A quoi faire ?

— A préparer le repas.

C'en était trop. Sans se préoccuper du nombre d'œufs

qui allaient se casser, Alanna laissa tomber son panier sur le carreau.

— Ma cuisine ne vous plaît pas, MacGregor ?

Ian n'avait qu'une envie : la prendre aux épaules et la secouer. Au lieu de quoi, il prit une profonde inspiration et se contenta de répondre :

— Bien sûr que si.

— Mmm…

Elle s'approcha du poêle pour préparer le café. En se retournant, elle faillit trébucher dans les pieds de Ian.

— Si vous restez dans ma cuisine, MacGregor, mettez-vous dans un coin.

— Etes-vous toujours aussi aimable, le matin, madame Flynn ?

Ignorant sa question, elle s'empara d'un jambon qu'elle avait pris dans le fumoir et entreprit de le découper. Faisant de son mieux pour ignorer Ian, elle remua ensuite la pâte à crêpes, qu'elle considérait être sa spécialité. Elle allait montrer à MacGregor ce que c'était que de faire la cuisine.

Sans rien dire, Ian mit le couvert en faisant claquer les assiettes en étain sur la table. Quand les autres membres de la famille Murphy arrivèrent, la cuisine était pleine d'odeurs appétissantes, et d'une tension à couper au couteau.

— Des crêpes ! dit joyeusement Johnny. Quelle bonne idée pour la veille de Noël !

— Tu es bien rouge, dit Cyrus en examinant le visage de sa fille. Tu ne vas pas tomber malade, au moins ?

— Non, c'est la chaleur du poêle, répondit-elle sèchement.

Voyant son père l'observer d'un œil préoccupé, elle se mordit la lèvre.

— Voici de la compote de pommes pour accompagner les crêpes. Je l'ai faite hier.

Elle posa le bol sur la table et retourna préparer le café.

Troublée par le regard de Ian, qui ne la quittait pas des yeux, elle prit la cafetière en oubliant d'envelopper la poignée avec un chiffon. Elle se brûla les doigts et poussa un cri, suivi d'un juron.

— Inutile de t'en prendre au Seigneur parce que tu n'as pas pris de précautions, dit doucement son père.

Il se leva et étala du beurre fondu sur ses doigts, pour apaiser la brûlure.

— Tu es bien nerveuse, depuis quelques jours, Alanna.

— Ce n'est rien.

De l'autre main, elle lui fit signe de se mettre à table.

— Asseyez-vous tous, et mangez. Dépêchez-vous, je ne veux pas que vous traîniez dans ma cuisine, j'ai encore des gâteaux à faire.

— J'espère qu'il y en aura un aux raisins, dit Johnny.

Il sourit en versant de la compote sur sa crêpe.

— Personne ne le fait mieux que toi, Alanna. Même quand tu le laisses brûler, ajouta-t-il avec un sourire malicieux.

Alanna eut un rire forcé. Elle les rejoignit à table, mais elle n'avait pas beaucoup d'appétit.

Les hommes en eurent pour elle. Ils jacassèrent comme des pies pendant tout le repas tout en engloutissant les tourtes qu'elle avait préparées le matin, sans rien laisser aux oiseaux. Soulagée, elle les vit se préparer à repartir pour leur travail de l'après-midi. Elle aurait bientôt la cuisine et toute la maison à elle seule et pourrait réfléchir à ce qu'elle éprouvait pour Ian MacGregor.

Mais Ian était à peine parti qu'il revint, portant un seau rempli d'eau.

— Qu'est-ce que vous faites encore ? demanda-t-elle sans cacher son agacement.

Elle essaya vainement de dissimuler ses cheveux rebelles sous sa coiffe.

— Je vous apporte de l'eau pour la vaisselle, répondit-il calmement.

Sans lui laisser le temps de réagir, il versa l'eau dans un pot et la mit à chauffer.

— J'aurais pu aller la chercher moi-même.

Puis, se sentant injuste :

— Mais je vous remercie.

— Je vous en prie.

D'un coup d'épaule, il se débarrassa de sa pèlerine qu'il suspendit à une patère, derrière la porte.

— Vous n'allez pas aider les autres ? s'enquit Alanna, inquiète.

— Ils sont trois, et vous, vous êtes toute seule.

— Et alors ?

— Aujourd'hui, c'est vous que je vais aider.

Alanna savait que sa patience était mince. Elle laissa passer un instant avant de parler.

— Je suis parfaitement capable de…

— Je l'ai bien vu.

Il se mit à empiler les assiettes qu'il fallait laver.

— Vous travaillez dur comme une mule.

— Bigre ! Voilà une comparaison ridicule, et peu flatteuse.

Elle releva le menton.

— Maintenant, sortez de ma cuisine !

— Je le ferai, si c'est ce que vous voulez.

— J'ai du travail !

— Parfait. Nous allons nous y mettre sans plus attendre.

— Vous allez me gê…

Avant qu'elle puisse aller jusqu'au bout, il prit son visage entre ses mains et lui donna un baiser fougueux. Puis il releva la tête et dit d'un ton péremptoire en plongeant ses yeux dans ceux d'Alanna :

— Je reste près de vous, Alanna. Un point, c'est tout.

— Vous croyez ?

Elle avait eu l'intention de mettre une menace dans sa voix, mais elle n'entendit qu'un vagissement. Mortifiée, elle s'éclaircit la gorge, s'écarta de Ian et lissa ses jupes.

— Allez me chercher des pommes dans le cellier, dit-elle sans le regarder. Je vais préparer des tartes pour Noël.

Elle mit à profit le temps pendant lequel Ian s'absenta pour composer son attitude. Que lui arrivait-il ? Elle perdait complètement l'esprit à cause d'un baiser ? Oui, mais pas n'importe quel baiser. C'étaient les lèvres de Ian. Tout cela était confondant. Elle avait des réactions inattendues depuis que cet homme était sous son toit. Elle priait le ciel pour qu'il reste plus longtemps, et, la seconde suivante, elle avait du ressentiment contre lui et souhaitait qu'il se trouve à des milliers de kilomètres. Puis elle acceptait qu'il l'embrasse, et elle espérait qu'il allait recommencer à la première occasion, tout en étant furieuse contre lui.

Née dans les colonies, elle était une femme du Nouveau Monde, mais elle avait du sang irlandais, et les mots « destin » et « fatalité » avaient gardé un sens profond pour elle.

Alanna se mit à gratter les plats en soupirant. Si son destin prenait la forme d'un MacGregor, alors elle n'était pas au bout de ses peines.

Ian revint en portant un panier de pommes et commença à les éplucher. Voyant ses tentatives maladroites, Alanna dit d'un ton rogue :

— Ce n'est pourtant pas compliqué d'éplucher une pomme, vous n'avez qu'à passer le couteau sous la peau.

— C'est ce que je fais.

— Et vous emportez toute la chair avec !

Il lui adressa son sourire le plus charmeur.

— Je vais m'appliquer, madame Flynn, je vous le promets.

— Et vous ramasserez toutes ces épluchures que vous avez fait tomber par terre.

— Oui, madame Flynn.

Le rouleau à pâtisserie à la main, elle l'incendia du regard.

— Essayez-vous de me mettre en colère, MacGregor ?

Il reluqua l'arme culinaire.

— Je tiens à la vie, mon ange.

— Je vous ai déjà prié de ne pas m'appeler ainsi !

— C'est vrai.

Il la regarda s'attaquer à la pâte à tarte. C'était un plaisir d'observer ses petites mains habiles. Rien qu'en allant du four à la table, Alanna faisait preuve d'une souplesse dans ses mouvements qui lui faisait battre le cœur plus vite.

Qui eût cru qu'il avait dû frôler la mort et se retrouver gravement blessé au fond d'une écurie pour tomber amoureux ?

Malgré les critiques d'Alanna à son égard, il passait les plus beaux jours de sa vie. L'épluchage des pommes ne le passionnait pas particulièrement, mais c'était un moyen simple de rester près d'elle, de respirer cette douce odeur de lavande qui semblait émaner de sa peau. Tout en elle était grisant, jusqu'à son caractère bien trempé qui agissait sur lui comme un aiguillon ; et Dieu sait qu'elle était encore plus belle quand elle se mettait en colère !

Mais elle n'avait pas cru qu'il voulait vraiment l'aider. Il était plus à l'aise dans une réunion politique ou avec un fusil à la main que dans une cuisine, mais il avait voulu la soulager de ce qu'il considérait comme un injuste fardeau de responsabilités.

Cependant, Alanna ne semblait pas considérer les choses de cette façon. Au contraire, elle paraissait heureuse de remplir ces tâches, heure après heure. Il désirait lui montrer qu'il y avait autre chose dans la vie. Il s'imaginait chevauchant à côté d'elle à travers champs, l'été, quand la verdure luxuriante pourrait lui donner une idée de ce qu'était l'Irlande, qu'elle n'avait jamais vue. Il voulait aussi l'emmener en Ecosse, vers les merveilleux Highlands. Il rêvait de s'étendre avec elle dans les bruyères pourpres, près d'un lac, pour écouter chanter le vent dans les pins.

Il voulait lui offrir une robe de soie, des bijoux qui s'harmoniseraient avec la couleur de ses yeux. C'étaient des idées sentimentales, romantiques, il le savait bien.

S'il essayait de les exprimer, les mots l'étrangleraient certainement.

Mais il voulait lui donner tant de choses, de cela il était certain… S'il pouvait trouver le moyen de les lui faire accepter.

Alanna sentit son regard dans son dos, aussi sûrement que si une main s'était posée sur elle. Elle aurait préféré sa main. Elle aurait pu la repousser énergiquement. Faisant un effort pour l'ignorer, elle recouvrit la première tarte et fit quelques stries à l'aide d'une fourchette sur la couche supérieure.

Puis, n'y tenant plus, elle lança par-dessus son épaule :

— Vous allez finir par vous couper un doigt à force de me regarder.

— Vos cheveux s'échappent de votre coiffe, madame Flynn.

Elle leva machinalement une main pour les remettre en place, mais elle ne réussit qu'à les éparpiller un peu plus.

— Et je n'apprécie pas le ton que vous prenez quand vous m'appelez madame Flynn.

Avec un large sourire, Ian mit de côté une pomme abîmée.

— Comment voulez-vous que je vous appelle ? Vous protestez quand je vous dis « mon ange », alors que cela vous va si bien. Vous prenez un air offensé quand je vous appelle « Alanna » sans votre permission. Et maintenant, vous allez vous mettre en colère parce que, très respectueusement, je vous dis « madame Flynn ».

— Respectueusement ! Laissez-moi rire. Vos mensonges vous mèneront en enfer, Ian MacGregor.

Elle se tourna vers lui en brandissant le rouleau à pâtisserie.

— Il n'y a pas une once de respect dans le ton que vous prenez. Vous avez un sourire ironique, et une drôle de lueur dans les yeux. Si vous croyez que je ne sais pas ce qu'elle signifie, cette lueur, vous vous trompez. D'autres hommes s'y sont essayés, et ils ont reçu un bon coup de gourdin pour leur peine.

— Je l'apprends avec grand plaisir, madame Flynn…

Elle émit un son qu'il ne put comparer qu'à un jet de vapeur sortant d'une bouilloire.

— Je me demande pourquoi j'ai pris le parti de Brian en vous demandant de rester pour Noël. C'est un vrai mystère, mais Dieu sait que je n'ai aucune envie de vous voir ici. Vous encombrez ma cuisine, et vous êtes une bouche supplémentaire à nourrir, et, par-dessus le marché, vous vous permettez de m'imposer vos soi-disant attentions.

Il s'appuya contre la table et dit en riant :

— Attention, ce gros mensonge va vous conduire tout droit en enfer, mon ange !

Ce fut un simple réflexe. Alanna ne put retenir le rouleau à pâtisserie, qui partit voltiger vers la tête de Ian. Elle regretta aussitôt son geste. Et elle le regretta encore plus vivement quand Ian rattrapa le rouleau juste avant qu'il vienne percuter son front. S'il avait été atteint, elle aurait pu se confondre en excuses et soigner son ecchymose. Déçue, elle se déchaîna contre lui.

— Maudit Ecossais. Fils du diable ! Que tous les fléaux s'abattent sur vous et sur tous les MacGregor, jusqu'au jour du jugement dernier !

Comme elle l'avait manqué avec le rouleau de bois, elle attrapa la première chose qui lui tomba sous la main.

Heureusement, le lourd moule de métal était vide. Ian le repoussa d'un coup de rouleau.

— Alanna…

— Ne m'appelez pas ainsi.

Elle souleva une chope d'étain et le visa. Cette fois-ci, Ian ne fut pas aussi rapide et il reçut l'objet sur la poitrine.

— Mon ange…

Le son qu'elle émit aurait fait frémir un bataillon entier d'Ecossais. Le plat qu'elle lança vint frapper Ian au tibia. Il se mit à clopiner en riant tandis qu'elle cherchait une autre arme.

— Arrêtez !

Se tordant de rire, il l'attrapa par la taille et la fit tournoyer, tandis qu'elle continuait à lui assener des coups de plat sur la tête.

— De satanées têtes dures, ces Ecossais ! fulmina-t-elle.

— Dieu merci ! Sinon, je serais à dix pieds sous terre à cette heure-ci.

Il la souleva et planta son regard dans le sien.

— Epousez-moi, madame Flynn. Il y a une erreur dans votre nom. Vous auriez dû vous appeler MacGregor.

6

Ian était abasourdi. Cette demande en mariage n'était pas préméditée. Il était tombé amoureux, c'est vrai, et c'était bien assez stupéfiant. Mais jusqu'à cet instant, son cœur n'avait pas communiqué à son cerveau que la seule solution était de passer la bague au doigt d'Alanna. Epouser Alanna ? Il éclata encore de rire. C'était une fine plaisanterie que Dieu leur faisait à tous les deux.

Alanna était pétrifiée. Les paroles de Ian résonnaient encore dans sa tête, rebondissaient comme une balle. « Epousez-moi ». Elle ne s'était certainement pas méprise sur ce qu'il lui avait dit. Mais c'était impossible, de la folie à l'état pur, ils ne se connaissaient que depuis quelques jours. Cependant, cela lui avait suffi pour comprendre que MacGregor n'était pas le compagnon de ses rêves. Avec lui, elle ne passerait jamais de soirées paisibles au coin du feu. Il y aurait toujours une cause à défendre, une bataille à mener.

Et pourtant… Pourtant, elle l'aimait d'une façon qu'elle n'aurait jamais imaginée. D'un amour qui ne lui laissait jamais de répit, un amour ardent, dangereux. La vie avec lui serait… c'était impossible à imaginer ! Alanna porta une main à sa tête dans le vain espoir de chasser le vertige qui s'était emparé d'elle. Elle avait besoin d'un instant de calme pour recouvrer ses esprits et réfléchir. Après tout, quand un homme demandait à une femme de l'épouser, la moindre des choses était de…

Brusquement, elle prit conscience que Ian la tenait toujours à plusieurs centimètres du sol, et qu'il riait comme un fou.

Il riait ! Elle plissa les paupières. Quelle idiote elle était ! MacGregor venait de lui faire une bonne plaisanterie, tout en la soulevant en l'air comme un sac de patates. Il s'offrait une bonne partie de rigolade, voilà tout. Et dire qu'elle avait failli le croire !

Suffoquant d'indignation, elle serra le poing et lui administra de tout son cœur un grand coup sur le nez.

Il poussa un petit cri et la posa si brusquement sur ses pieds qu'elle faillit tomber. Les poings sur les hanches, elle le dévisagea d'un air furieux.

Ian tâta son appendice nasal. Il saignait. Cette femme avait une sacrée droite. En la surveillant, de peur qu'elle ne recommence, il sortit un mouchoir de sa poche.

— Est-ce que cela signifie que vous acceptez ma proposition ? demanda-t-il d'un ton ironique.

— Sortez !

Elle était tellement déchaînée que sa voix tremblait.

— Sortez de ma maison, allez au diable !

Elle ravala les larmes qui jaillissaient sous ses paupières. Des larmes de colère, parfaitement justifiées !

— Si j'étais un homme, je vous tuerais et je danserais une gigue sur votre dépouille !

Ian hocha la tête.

— Vous avez besoin d'un peu de temps pour réfléchir. C'est parfaitement compréhensible.

Alanna resta muette de saisissement.

— Je vais parler à votre père, continua Ian sur un ton respectueux.

— Cessez ce petit jeu ! Je vous tuerai, je le jure sur la tombe de ma mère !

— Ma chère madame Flynn, je comprends qu'une femme puisse parfois être stupéfaite par une demande en mariage, mais dans votre cas…

Il se tut en voyant les larmes qui coulaient sur ses joues.

— Qu'avez-vous ?

Mal à l'aise, il passa un pouce sur son visage mouillé.

— Alanna, mon amour, ne pleurez pas. Poignardez-moi, mais ne pleurez pas, je vous en supplie !

— Laissez-moi. Allez-vous-en. Comment osez-vous m'insulter de la sorte ? Maudit soit le jour où j'ai sauvé votre misérable vie !

Cette accumulation de malédictions l'atteignit en plein cœur. Il l'embrassa doucement sur le front.

— Vous insulter ? Mais comment ?

— Comment ?

Derrière le voile de ses larmes, ses yeux brillaient comme des soleils bleus.

— Vous vous moquez de moi. Vous me parlez de mariage sur le ton de la plaisanterie. Vous pensez que je n'ai pas de sentiments parce que je ne porte pas de beaux habits ni de chapeaux extravagants.

— Qu'est-ce que les chapeaux viennent faire ici ?

— Je suppose que les belles dames de Boston se contentent de sourire avec indulgence en vous donnant un petit coup d'éventail sur la main quand vous voulez les séduire, mais moi, je considère le mariage comme une chose sacrée, et je ne supporte pas que vous le piétiniez en voulant en faire une farce.

— Seigneur Dieu.

Ian secoua la tête. Lui qui avait toujours eu la réputation d'être doux et prévenant avec les femmes, il venait de gâcher la seule relation qui avait jamais compté dans sa vie.

D'une main légère, il prit le poignet d'Alanna.

— Je me suis conduit stupidement, Alanna. Pardonnez-moi, et écoutez-moi.

— Je n'ai rien à écouter. Ôtez vos sales pattes !

Il l'attira contre lui.

— Laissez-moi vous expliquer.

Avant qu'il en ait eu le temps, la porte s'ouvrit. Cyrus Murphy entra. Il embrassa du regard le chaos qui régnait dans la cuisine, sa fille qui cherchait à échapper à Ian MacGregor, et sortit calmement le couteau de chasse qu'il portait à sa ceinture.

— Laissez ma fille tranquille, MacGregor, et préparez-vous à mourir.

— Papa !

Les yeux élargis de stupeur à la vue de son père blanc comme un linge et brandissant son arme, Alanna se jeta devant Ian.

— Papa ! Non !

— Ecarte-toi, ma fille. Un Murphy se doit de protéger sa famille.

— Papa, écoute-moi.

— Laissez-nous, Alanna, dit tranquillement Ian. J'ai un mot à dire à votre père.

— Vous, taisez-vous !

Elle se planta résolument sur ses pieds et se tourna vers son père.

— Nous nous sommes disputés, papa. Je peux me débrouiller seule. Il était en train de…

— Je proposais à votre fille de l'épouser, l'interrompit Ian.

Alanna fit volte-face pour le regarder.

— Espèce de sale menteur ! Vous ne pensiez pas un mot de ce que vous m'avez dit. Vous riiez comme un idiot en parlant. Je ne tolérerai pas d'être insultée, d'être humiliée.

— Vous pouvez vous rassurer, rugit-il. J'étais sincère. Si je riais, c'était de moi-même, parce que j'étais assez stupide pour tomber amoureux d'une femme têtue comme une mule, une mégère à la langue de vipère, capable de me sourire et de me donner un coup de couteau deux secondes après.

— Une mégère ?

La voix d'Alanna fit un couac.

— Une mégère ?

— Oui, confirma Ian avec un hochement de tête. C'est bien ce que j'ai dit, et c'est bien ce que vous êtes. Une…

— Assez ! tonna Cyrus.

Il secoua la neige de ses cheveux.

— Doux Jésus, quel couple vous faites !

Un peu à contrecœur, il rengaina son couteau.

— Prenez votre manteau, MacGregor, et suivez-moi. Alanna, finis de préparer les gâteaux.

— Mais, papa, je…

— Fais ce que je te dis, ma fille.

Il fit signe à Ian de prendre la porte.

— Avec tout ce remue-ménage, c'est difficile de se

rappeler que nous sommes à la veille de Noël, ajouta Cyrus en fronçant les sourcils.

Il s'arrêta sur le seuil et planta ses poings sur ses hanches, dans un geste dont sa fille avait hérité.

— J'ai un travail à faire, MacGregor. Vous allez venir avec moi et vous expliquer.

— Oui.

Ian jeta un dernier coup d'œil furibond vers Alanna.

— Oui, je viens avec vous.

Ils s'éloignèrent dans la neige, sous les flocons qui continuaient à tomber en formant un rideau serré. Ian n'avait pas pris la peine de fermer sa pelisse. Il fourra ses mains nues dans ses poches.

— Attendez-moi là, dit Cyrus.

Il disparut dans un petit appentis et réapparut presque aussitôt en portant une hache. Remarquant le regard étonné de Ian, il la bascula sur son épaule.

— Je ne vais pas m'en servir contre vous. Pas encore, du moins.

Il se dirigea vers la forêt, Ian sur ses talons.

— Alanna est très à cheval sur les traditions. Comme l'était sa mère.

Cyrus éprouva un coup au cœur, comme chaque fois qu'il pensait à sa femme.

— Elle voudra un sapin… et, de toute façon, il vaut mieux lui laisser le temps de se calmer.

Poussé par l'habitude, Cyrus chercha des traces de gibier dans la neige. Ils auraient bientôt besoin de venaison fraîche.

— C'est vous qui avez eu l'idée de lui mettre un fil à la patte. Comment cela se fait-il ?

— Si je pouvais trouver une seule bonne raison, je vous la dirais.

Il souffla entre ses dents serrées.

— Je lui demande de m'épouser, et elle me donne un coup de poing en pleine figure.

Il porta une main à son nez encore douloureux en riant tout bas, encore incrédule.

— Seigneur, Murphy, je suis fou d'amour pour votre fille. Je veux l'épouser.

Cyrus s'arrêta devant un sapin, l'examina, décréta qu'il ne ferait pas l'affaire et reprit sa marche.

— Il faut voir.

— Je ne suis pas pauvre, dit Ian. Ces sanguinaires d'Anglais ne m'ont pas tout pris, et j'ai pu me refaire, grâce à de bons investissements. Alanna ne manquera de rien.

— Elle a pris Michael Flynn, et il n'avait rien de plus qu'un lopin de terre rocailleuse et deux vaches.

— Elle n'aura plus à travailler de l'aube au crépuscule.

— Le travail ne lui fait pas peur. C'est sa fierté.

Cyrus s'arrêta devant un autre arbre, hocha la tête et tendit la hache à Ian.

— Celui-ci fera l'affaire. Quand un homme est frustré, il n'y a rien de tel que quelques bons coups de hache pour le remettre en forme.

Ian écarta les jambes, planta fermement ses pieds dans la neige et logea la hache dans le tronc. Des éclats de bois voltigèrent.

— Je lui plais, j'en suis certain.

— Ce n'est pas impossible, reconnut Cyrus.

Il sortit une pipe de sa poche et la bourra soigneusement.

— Elle traite toujours ceux qu'elle aime le plus en les frappant et en leur criant après, précisa-t-il.

— Alors elle doit m'aimer à la folie.

La hache entra dans l'arbre. Ian avait l'air triste.

— Je l'aurai, Murphy, avec ou sans votre accord.

— Cela va sans dire.

Cyrus continua à bourrer patiemment sa pipe.

— Elle est adulte, elle peut décider toute seule. Dites-moi, MacGregor, allez-vous combattre les Anglais avec la même passion que vous mettez à courtiser ma fille ?

Ian attaqua encore une fois l'arbre. Le son du métal contre le bois siffla à travers la forêt.

— Oui, répondit-il avec conviction.

— Alors, laissez-moi vous dire que ce sera difficile pour vous de gagner les deux.

Sa pipe étant remplie, Cyrus frotta une allumette contre un rocher.

— Alanna refuse de croire qu'il y aura la guerre, dit Ian.

Il fit une pause.

— Et vous ? interrogea-t-il.

— Je n'aime ni les Anglais ni leur roi.

Cyrus tira sur sa pipe et envoya la fumée rejoindre le rideau de neige.

— Et même si je les aimais, j'ai une vision assez précise de la situation. Cela peut prendre un an ou deux, ou plus, mais il y aura la guerre. Elle sera longue et sanglante. Quand elle éclatera, je risque de perdre mes deux autres garçons.

Il poussa un long soupir.

— Je ne veux pas de votre guerre, Ian MacGregor,

mais il arrive un moment où un homme doit se lever et prendre les armes pour défendre ce qui lui revient de droit.

— La guerre a déjà commencé, Murphy ; qu'on le veuille ou non, rien ne changera l'histoire.

Cyrus l'observa pendant que l'arbre tombait sur le moelleux tapis de neige.

« C'est un homme fort, pensa-t-il, un de ces satanés géants écossais, avec un physique qui plaît aux femmes. Une tête bien faite, et un nom. » Mais ce qui l'inquiétait un peu, c'était son esprit rebelle.

— Dites-moi : est-ce que vous allez attendre de voir ce qui va se passer, ou préférerez-vous aller au-devant ?

— Les MacGregor n'attendent pas pour défendre ce en quoi ils croient.

Avec un hochement de tête, Cyrus l'aida à soulever le sapin coupé.

— Je n'interviendrai pas en ce qui concerne Alanna. C'est à vous de jouer.

Alanna se précipita vers la porte dès qu'elle entendit la voix de Ian.

— Papa, je veux te… oh !

Elle s'arrêta net en les voyant porter le sapin.

— Vous m'apportez un arbre de Noël !

— Croyais-tu que j'allais oublier ? dit Cyrus d'un ton bourru tout en lui lançant un coup d'œil complice.

Il ôta sa casquette et la fourra dans sa poche.

Soulagée et heureuse, Alanna vint l'embrasser sur la joue.

— Merci, papa ! Il est magnifique.

Il la serra dans ses bras.

— Et je suppose que tu vas vouloir le décorer avec des rubans et Dieu sait quelles fanfreluches… J'ai la boîte de décorations de maman dans le placard de ma chambre.

Alanna l'embrassa encore tendrement.

— J'irai la chercher après le souper, dit-elle.

— Bon, j'ai encore des choses à faire. Tu pourrais demander à MacGregor d'installer l'arbre à l'endroit qui te convient.

Il lui donna une petite caresse sur la main avant de s'éloigner.

Alanna s'éclaircit la gorge.

— Près de la fenêtre, s'il vous plaît.

Ian traîna l'arbre à l'endroit indiqué en le balançant sur les planchettes que Cyrus avait clouées au bas du tronc. Le silence qui régnait dans la pièce n'était troublé que par le bruissement des branches et le feu qui crépitait dans la cheminée.

— Merci, dit-elle vivement. Vous pouvez retourner à votre travail, maintenant.

Avant qu'elle puisse s'échapper vers la cuisine, Ian l'attrapa par la main.

— Votre père m'a donné son accord.

Elle voulut se dégager, mais elle abandonna.

— Je suis assez grande pour me décider toute seule, MacGregor.

— Vous serez à moi, madame Flynn.

Bien qu'il la dépassât d'une tête, elle arriva à lui donner l'impression qu'elle le toisait de haut en bas.

— Autant épouser le diable en personne !

Résolu à faire ce qu'il fallait cette fois-ci, il porta la main d'Alanna à ses lèvres.

— Je vous aime.

— Taisez-vous !

— Je le dirai tant que je respirerai.

Démontée, elle plongea ses yeux dans le regard vert qui hantait ses nuits depuis bientôt une semaine. Elle pouvait résister à son arrogance. Mais cette simple déclaration, cette dévotion sincère la laissaient sans défense.

— Ian, je vous en prie.

Ian reprit courage. Alanna l'avait enfin appelé par son prénom. Et le regard qu'elle posait sur lui ne pouvait être mal interprété.

— Ne me dites pas que je vous laisse indifférente, murmura-t-il.

Incapable de résister, elle leva une main vers son visage.

— Non, je ne vous le dirai pas. Vous voyez bien comment je réagis chaque fois que je vous regarde.

— Nous sommes faits l'un pour l'autre.

Sans quitter ses yeux bleus du regard, il déposa un baiser brûlant dans la paume de sa main.

— Je le sais depuis l'instant où je vous ai vue penchée sur moi dans la grange.

— Tout est allé si vite, dit-elle en luttant contre un élan de panique mêlé d'impatience.

— Je veux vous rendre heureuse, Alanna. Vous choisirez notre maison à Boston.

— A Boston ?

— Dans un premier temps. J'ai du travail à accomplir là-bas. Ensuite, nous irons en Ecosse et vous découvrirez la patrie de vos parents.

Mais Alanna n'avait pas entendu la dernière phrase. Elle secoua la tête.

— Du travail ? Quel genre de travail ?

Le regard de Ian s'assombrit.

— Je n'en parlerai pas avant que Noël soit passé, je vous ai donné ma parole.

— Ah oui…

Alanna sentit son cœur frémissant se geler dans sa poitrine. Elle prit une profonde inspiration et baissa les yeux sur ses mains jointes.

— J'ai des tartes à sortir du four.

— Vous n'avez rien d'autre à me dire ?

Elle posa des yeux tristes sur le sapin, encore dénudé, mais plein de promesses.

— Laissez-moi le temps de réfléchir. Demain, c'est Noël. Je vous donnerai ma réponse.

— Il n'y en a qu'une que je veux entendre.

Elle ébaucha un sourire.

— Je ne vous en donnerai qu'une.

7

Une odeur de pain doré et de bûches brûlées se mêlait à celle du ragoût. Sur la grande table installée devant l'âtre, Alanna avait déposé le bol à punch qui avait appartenu à sa mère. Aussi loin que sa mémoire remontât, elle avait toujours vu son père ajouter une généreuse rasade de whisky irlandais au punch de Noël. Elle contempla le liquide ambré qui reflétait la lueur des flammes et des chandelles déjà allumées sur le sapin.

Elle s'était fait la promesse de n'avoir que des pensées joyeuses au cours de cette veillée et pendant la journée de Noël.

Apparemment, elle n'était pas la seule. Quelles qu'aient été les paroles échangées entre Cyrus et Ian ce matin, ils semblaient maintenant s'entendre comme larrons en foire. Cyrus avait mis une tasse de punch dans la main de Ian avant de s'en remplir une, et il en avait fait goûter à Brian avant qu'elle ait eu le temps de dire ouf.

Tant mieux, ils allaient tous dormir sur leurs deux oreilles cette nuit. Alanna allait se servir à son tour quand elle entendit le bruit d'une voiture attelée.

— C'est Johnny. J'espère qu'il aura une excuse valable pour être aussi en retard.

— Il aura fait la cour à Mary, marmonna Brian, le nez dans sa tasse.

— Peut-être bien, mais en tout cas…

Elle fit une pause en voyant Johnny entrer, Mary Wyeth à son bras et, machinalement, jeta un coup d'œil circulaire dans la pièce. Dieu merci, tout était en ordre.

— Mary, je suis si heureuse de te voir !

Alanna se leva pour embrasser la jeune fille. Mary était plus petite qu'elle. Elle avait des cheveux dorés, un teint laiteux et des joues roses. Alanna sourit intérieurement. Les joues de Mary étaient plus colorées que d'habitude. Et ce n'était sans doute pas dû uniquement à la température extérieure.

— Joyeux Noël ! dit timidement Mary.

Puis, découvrant l'arbre :

— Quel beau sapin !

— Viens t'asseoir près du feu, dit Alanna. Donne-moi ton bonnet et ton châle.

Alanna jeta un coup d'œil exaspéré à Johnny. Planté dans l'entrée, il souriait d'un air stupide.

— Johnny, bouge-toi un peu ! Sers une tasse de punch à Mary avec quelques cookies que j'ai fait cuire ce matin.

— Oui.

Il parut sortir de transe et se mit en mouvement. Dans sa hâte de servir Mary, il fit couler du punch sur ses doigts.

— Nous allons porter un toast ! annonça-t-il.

Puis il passa un certain temps à s'éclaircir la voix.

— A ma future épouse !

Il prit les petites mains de Mary dans les siennes.

— Ce matin, Mary a accepté de m'épouser !

— Oh !

Alanna s'approcha de la jeune fille et la prit par les épaules.

— Bienvenue, Mary. Mais je te souhaite bon courage pour le supporter ! dit-elle en riant.

Cyrus, qui était toujours gêné quand l'émotion s'emparait de lui, déposa un rapide baiser sur la joue de Mary et donna une bourrade sur le dos de son fils.

— Buvons à ma belle-fille ! Voilà un beau cadeau de Noël que tu nous offres, John.

— Il faut de la musique pour fêter cela ! s'écria Alanna. Brian, va chercher ta flûte ! Joue un air entraînant. Les jeunes fiancés doivent danser les premiers !

Brian disparut et revint presque aussitôt avec son instrument. Il posa un pied sur une chaise et se mit à jouer. Quand la main de Ian vint caresser son épaule, Alanna passa ses doigts légers sur son poignet.

— La perspective d'un mariage vous plaît-elle, madame Flynn ?

— Je suis très heureuse pour Johnny.

Elle eut un sourire ému en regardant son frère danser avec Mary.

— Ils créeront un beau foyer, une famille. C'est ce que j'ai toujours souhaité pour lui.

Ian sourit en voyant Cyrus avaler une autre tasse de punch et commencer à taper dans ses mains au rythme de la musique.

— Et pour vous-même ? demanda-t-il encore.

Elle se tourna vers lui, plongea ses yeux dans les siens.

— C'est ce dont j'ai toujours rêvé.

Il se pencha vers elle.

— Si vous me donniez votre réponse maintenant,

nous pourrions avoir une double cérémonie en cette veille de Noël.

Elle secoua la tête tandis qu'une ombre passait dans ses yeux.

— Non, c'est la cérémonie de Johnny.

Elle retrouva son sourire quand son frère l'attrapa par une main et l'entraîna dans la danse.

Dehors, la neige s'était remise à tomber, silencieuse. Mais la maison était remplie de chaleur, de rires et de musique. Alanna pensa à sa mère. Comme elle aurait été heureuse de voir sa famille réunie pour cette nuit sacrée entre toutes ! Et Rory… son frère adoré, si beau, si charmant. Alanna eut brusquement le cœur serré. Il aurait dansé mieux que quiconque, et il aurait chanté de sa voix claire de ténor.

— Sois heureux, dit-elle en se jetant au cou de Johnny. Et prends bien soin de toi !

— Hé, qu'est-ce qui t'arrive ?

Touché et un peu mal à l'aise par cette démonstration sentimentale, il embrassa sa sœur.

— Je t'aime, idiot !

— Je le sais. Je t'aime aussi, Alanna.

Leur père était en train d'apprendre à Mary à danser la gigue. Johnny sourit de toutes ses dents.

— Ian, débarrasse-moi de cette femme, dit-il en riant.

Ian prit Alanna par la main.

— Personne ne danse mieux cette danse qu'un Irlandais, dit-il. Sauf un Ecossais.

— Vous croyez ?

Alanna sourit, rejeta la tête en arrière et releva ses jupes pour entrer dans la danse, prête à lui prouver qu'il se trompait.

*
* *

Bien que les chandelles aient brûlé entièrement avant que la maison et ses occupants ne s'endorment, la fête reprit le lendemain dès l'aube. A la lumière du feu et du sapin, les Murphy échangèrent des cadeaux, et Alanna offrit à Ian une écharpe de laine bleu et vert, qu'elle avait tissée à ses moments perdus. Le résultat en valait la peine. Quand Ian partirait, il emporterait avec lui une partie d'elle-même.

Son cœur finit de fondre quelques instants plus tard. Ian avait des cadeaux pour sa famille. Une pipe pour son père, une belle bride en cuir pour le cheval favori de Johnny, et un livre de poèmes pour Brian.

Plus tard, Ian se rendit avec eux à l'église du village. Elle écoutait l'histoire de la naissance du Sauveur avec le même émerveillement que lorsqu'elle était enfant, mais il aurait fallu qu'elle soit aveugle pour ne pas remarquer les coups d'œil que les femmes du village jetaient de son côté. Des regards d'envie et de curiosité. Elle ne fit pas d'objection quand la main de Ian se referma sur la sienne.

— Vous êtes très belle, Alanna.

Elle avait revêtu sa plus belle robe, en laine bleu nuit bordée de dentelle gris perle. Elle savait qu'elle avait belle allure.

Sur le parvis de l'église, où les villageois échangeaient les vœux de Noël, Ian déposa un baiser sur ses mains. Bien qu'elle sût que les langues iraient bon train pendant des semaines, elle le laissa faire.

— Et vous, vous êtes très élégant, Ian MacGregor.

C'était la première fois qu'elle le voyait si bien

habillé ; une dentelle vaporeuse ornait les poignets de son pourpoint, et il avait posé un tricorne sur sa crinière rousse. Alanna le dévorait des yeux. Ce serait encore un souvenir de lui qu'elle chérirait, plus tard.

— Quelle belle journée ! dit-il.

Il regarda le ciel.

— Il va neiger avant la nuit. Et quel meilleur jour que Noël pour que la neige tombe ?

Elle retint le bonnet bleu que Johnny lui avait offert.

— Mais le vent est fort.

Elle sourit en voyant son frère et Mary entourés de gens qui leur présentaient leurs vœux de bonheur.

— Nous devrions rentrer, dit-elle. La dinde doit être cuite.

Ian lui offrit son bras.

— Permettez-moi de vous escorter vers votre équipage, madame Flynn.

— C'est très gentil à vous, monsieur MacGregor.

Ian ne se rappelait pas avoir jamais vécu une journée si parfaite. Pourtant, il avait encore des tâches à accomplir, mais il se débrouillait pour passer chaque moment libre avec Alanna. Il y avait bien une part de lui qui aurait souhaité que la famille de la jeune femme soit à des milliers de kilomètres, pour qu'il se retrouve enfin seul avec elle quand elle lui donnerait sa réponse. Mais il avait décidé d'être patient, ne doutant pas une seconde de l'heureuse issue qui l'attendait. Alanna ne pouvait pas le regarder comme elle le regardait, lui sourire, l'embrasser de cette façon si elle n'était pas aussi amoureuse de lui qu'il l'était d'elle. Il aurait pu l'enlever, l'emporter sur son cheval, mais il voulait faire les choses convenablement.

Si elle le souhaitait, ils pourraient se marier à l'église où ils avaient assisté à la messe de Noël. Puis il louerait, non, il achèterait plutôt un attelage bleu et argent, qui s'accorderait aux couleurs d'Alanna. Ils voyageraient jusqu'en Virginie, où il la présenterait à sa tante, son oncle et ses cousins.

Puis il l'emmènerait en Ecosse, où elle ferait la connaissance de ses parents et de ses frères et sœurs. Il y aurait une seconde cérémonie de mariage, sur la terre où il était né.

Il voyait déjà tout cela. Ils s'installeraient à Boston, où il lui achèterait une belle maison. Ils fonderaient une famille pendant qu'il se battrait, par la voix ou par les armes, pour l'indépendance de son pays d'adoption.

Le jour, ils discuteraient, et le soir, ils se coucheraient côte à côte dans un grand lit de plume, et Alanna enroulerait ses longues jambes fines autour des siennes.

Depuis qu'il la connaissait, il ne voyait rien d'autre dans son avenir qu'une vie avec elle.

Toute la famille se retrouva autour de la table. La neige recommença effectivement à tomber, mais doucement. Quand la dinde, les pommes de terre, la choucroute et les biscuits furent dévorés, Ian ne se tenait plus d'impatience.

Plutôt que de se joindre aux hommes près de la cheminée, il attrapa la cape d'Alanna et la lui posa sur les épaules.

— Je veux être seul avec vous un instant.

— Mais je n'ai pas fini…

— Le reste peut attendre. Je veux vous parler en tête à tête.

Alanna ne put objecter. Elle avait déjà la gorge nouée quand il l'entraîna avec lui dans la neige. Il avait à peine pris le temps de se mettre un chapeau sur la tête. Elle lui fit remarquer qu'il n'avait pas boutonné sa pelisse pour se protéger du vent, mais il ne l'écouta pas et la souleva dans ses bras. Il partit vers la grange à longues enjambées.

— Que faites-vous ? Je peux marcher !

— Vous allez mouiller votre robe.

Il embrassa sa bouche, où quelques flocons s'étaient posés.

— Et j'aime vous porter, ajouta-t-il d'une voix chaude.

Dans la grange, il la remit sur ses pieds et ferma la porte. Puis il alluma la lampe. Sans un mot, Alanna attendit en serrant ses bras autour elle. Elle était fermement décidée à lui parler. C'était maintenant que la fête de Noël prenait fin.

— Ian…

— Non, attendez.

Il s'approcha d'elle, posa doucement les mains sur ses épaules. Sa tendresse la rendit muette.

— Vous ne vous êtes pas demandé pourquoi je ne vous avais pas fait de cadeau, ce matin ?

— Vous me l'aviez déjà fait. C'était votre promesse de ne pas parler de la guerre.

— Vous avez cru que je n'avais rien d'autre pour vous ?

Il lui prit les mains. Elles étaient glacées. Bien sûr, il ne lui avait pas laissé le temps de prendre des mitaines. Il les réchauffa dans les siennes.

— Pour notre premier Noël ensemble, le cadeau doit être spécial.

— Non, Ian, c'est inutile.

Sans la quitter des yeux, il glissa une main dans la poche de son pourpoint d'où il sortit une petite boîte.

— J'ai envoyé un garçon du village chez moi, à Boston, pour qu'il me la rapporte.

Il glissa la boîte entre ses mains.

— Ouvrez-la.

Alanna secoua la tête. Il ne fallait pas, elle le savait. Mais son cœur refusait d'entendre raison. Presque malgré elle, elle l'ouvrit et découvrit une bague en or en forme de tête de lion couronnée.

Pendant une seconde, elle resta bouche bée, puis elle serra les lèvres.

— C'est le symbole de mon clan, dit Ian. Le grand-père dont je porte le nom l'avait fait confectionner pour sa femme. Avant de mourir, elle l'avait donnée à mon père afin qu'il la garde pour moi. Quand j'ai quitté l'Ecosse, mon père m'a dit qu'il souhaitait que je l'offre à une femme aussi forte, aussi sage et aussi loyale que sa mère.

Une boule au fond de la gorge, Alanna resta muette pendant quelques secondes. Puis elle se força à parler.

— Oh, Ian. Ce n'est pas possible. Je ne veux...

— Aucune autre femme que vous ne la portera.

Il sortit la bague et la lui passa au doigt. Elle lui allait à la perfection, elle semblait avoir été faite pour elle. A cet instant, il eut l'impression que le monde lui appartenait.

— Je n'aimerai jamais une autre femme que vous.

Il embrassa sa main avec ferveur.

— Avec cette bague, je vous offre mon cœur.

— Je vous aime, murmura-t-elle.

Elle avait l'impression que son univers se partageait en deux.

— Je vous aimerai toujours.

Elle ne détourna pas son visage quand il se pencha vers elle. Le moment viendrait où elle verserait des larmes de chagrin, de regrets. Mais ce soir, pendant les quelques heures qui restaient, elle allait lui offrir un cadeau supplémentaire.

Lentement, elle posa ses mains sur la pelisse de Ian et la fit glisser de ses épaules. Elle commença à déboutonner son pourpoint.

De ses mains tremblantes, il immobilisa les siennes.

— Alanna…

Elle secoua la tête et posa un doigt sur ses lèvres.

— Je ne suis pas une jeune fille. Je viens à vous en tant que femme, et je vous demande de me prendre en tant que telle. Je veux que vous m'aimiez, Ian. Ce soir, en cette nuit de Noël, j'en ai besoin.

Cette fois, ce fut elle qui captura les mains de Ian dans les siennes. Elle les porta à ses lèvres. C'était téméraire, elle en avait conscience, mais c'était légitime.

— Et j'ai besoin de vous aimer ce soir.

Ian ne s'était jamais senti aussi maladroit. Ses mains semblaient trop grandes, trop rudes, son envie trop profonde et intense. Il se jura que s'il ne devait accomplir qu'une seule chose dans sa vie, ce serait d'aimer tendrement Alanna et de lui montrer ce qu'il avait au fond du cœur.

Avec d'infinies précautions, il la coucha dans le foin. Ce n'était pas le lit de plume qu'il avait rêvé pour elle, mais les bras d'Alanna venaient de l'enlacer, et elle souriait en lui offrant sa bouche. Avec un soupir émerveillé, il se noya en elle.

Alanna était éperdue d'amour. C'était au-delà de tout ce qu'elle avait rêvé. Ian l'embrassait avec une telle ferveur qu'elle en oubliait les chagrins enfouis au fond d'elle. Quand il eut délacé son cache-cœur, il le fit glisser sur ses épaules qu'il embrassa en murmurant des mots fous. Alanna avait envie de pleurer et de rire en même temps.

Elle lui ôta son pourpoint, ouvrit sa chemise et caressa doucement sa poitrine du bout des doigts.

Lentement, il la déshabilla, en s'arrêtant, en s'attardant pour lui donner du plaisir et en prendre. Chaque fois qu'il la touchait, qu'il l'embrassait, Alanna répondait plus généreusement. Il entendait sa respiration rapide, et bientôt elle le mordilla pendant qu'il se plongeait dans les délices de son corps.

Une senteur de lavande se mêlait à l'odeur du foin. La peau claire et soyeuse d'Alanna brillait sous la lumière tamisée, qui envoyait des reflets sur son abondante chevelure noire ; les soupirs d'Alanna faisaient écho à ses propres murmures.

Alanna frissonnait. Mais elle avait chaud. Tellement chaud. Elle voulut prononcer le nom de Ian, mais elle n'arriva qu'à enfoncer ses ongles dans ses épaules. D'où venait ce tourbillon, cette rivière sauvage qui coulait en elle ? Où finissait-elle ? Elle s'arc-bouta contre lui tandis que les mains de Ian voyageaient comme la foudre sur des zones de plaisir dont elle n'avait jamais soupçonné l'existence.

Elle scella sa bouche sur la sienne, avide, altérée. Et

bientôt il la pénétra, profondément. Eblouie, elle ouvrit pourtant les yeux. Le visage de Ian était au-dessus du sien, ses cheveux flamboyants scintillaient à la lueur de la lampe.

— Maintenant, nous ne formons qu'un.

Il parlait à voix basse, rauque de passion.

— Maintenant, tu es à moi.

Il prit ses lèvres tandis qu'ils s'offraient l'un à l'autre.

8

Ils s'assoupirent, la cape d'Alanna négligemment jetée sur leurs corps emmêlés, chauds, repus d'amour.

Ian murmura son nom.

Alanna se réveilla.

Minuit était passé. Elle voulait rester encore un moment. Profiter de cet instant magique, qui allait bientôt prendre fin. Ian s'était rendormi. Elle observa son visage. Elle voulait se rappeler plus tard chaque trait, chaque détail, bien qu'ils soient déjà gravés dans son cœur.

Des lèvres, elle effleura sa bouche. Un dernier baiser. Un dernier instant de bonheur.

Quand elle bougea, il marmonna et tendit le bras vers elle.

— Vous ne vous échapperez pas aussi facilement, madame Flynn.

Son cœur se serra quand elle entendit la façon malicieuse dont il prononça son nom.

— L'aube approche. Nous devons sortir d'ici, dit-elle.

— Très bien.

Il s'assit pendant qu'elle commençait à s'habiller.

— Je suppose que, même dans ces circonstances,

votre père pourrait bien tirer de nouveau son couteau s'il me trouvait nu dans le foin avec sa fille.

A regret, il enfila ses hauts-de-chausses. Il aurait aimé trouver les mots pour lui faire comprendre ce que cette nuit signifiait pour lui. Sa chemise encore ouverte, il se leva pour lui embrasser la nuque.

— Vous avez de la paille dans les cheveux, mon ange.

Elle s'écarta de lui et enleva les brins.

— J'ai perdu mes épingles.

— Je les préfère dénoués.

Il enfonça les mains dans sa chevelure luxuriante.

— Dieu, je les aime comme cela.

Elle faillit tomber dans ses bras mais elle se ressaisit.

— Où est mon bonnet ?

Obligeant, il se mit à sa recherche.

— Pour vous dire la vérité, je n'ai jamais passé un aussi beau Noël. Je croyais avoir atteint le sommet à huit ans, quand j'ai reçu en cadeau un cheval bai. Il avait un caractère de chien, mais quel tempérament !

Il trouva son bonnet et le lui tendit.

— Mais vous le battez largement !

Alanna esquissa un sourire.

— Je suis flattée, pour sûr, monsieur MacGregor. Maintenant, je dois aller préparer le déjeuner.

— Parfait. Pendant le repas, nous pourrons annoncer à votre famille que nous devons nous marier.

Alanna prit une profonde inspiration.

— Il n'en est pas question.

— Nous n'avons aucune raison d'attendre, Alanna.

— Non, répéta-t-elle. Je ne vais pas vous épouser.

Il la regarda fixement, puis il se mit à rire.

— Qu'est-ce que vous me chantez là ? C'est absurde.

— Ce n'est pas absurde. Je ne vais pas vous épouser, un point, c'est tout.

Il l'attrapa furieusement par les épaules.

— On va voir si vous n'allez pas m'épouser ! Je n'aime pas ce genre de plaisanteries.

— Ce n'est pas une plaisanterie, Ian.

Bien qu'elle commençât à claquer des dents, elle réussit à trouver un ton calme.

— Je ne vous épouserai jamais !

Ian en eut le souffle coupé. Si elle lui avait plongé un couteau dans le cœur, elle ne l'aurait pas fait souffrir davantage.

— Vous mentez. Vous me regardez en face et vous osez mentir. Vous n'auriez pas pu m'aimer comme vous l'avez fait si vous ne vouliez pas m'appartenir.

Alanna avait le cœur déchiré, mais elle garda les yeux secs, si secs qu'ils étaient brûlants sous ses paupières.

— Je vous aime, mais je ne vais pas me marier avec vous.

Elle secoua la tête et continua avant qu'il puisse protester :

— Mes sentiments pour vous n'ont pas changé, pas plus que les vôtres. Mais comprenez-moi, Ian, je suis une femme simple, avec des espoirs simples. Vous allez faire votre guerre et vous ne serez pas satisfait tant qu'elle ne sera pas terminée. Vous continuerez, qu'elle dure un an ou dix ans. Je ne veux pas perdre un autre être que j'aime, j'en ai déjà trop perdu. Je ne vais pas prendre votre nom et vous offrir mon cœur pour vous voir mourir à la guerre.

— Ainsi, vous me faites du chantage. Vous ne partagerez pas ma vie tant que je n'accepterai pas d'ignorer tout ce en quoi je crois ! Pour vous avoir, je dois tourner le dos à mon pays, à mon honneur et à ma conscience…

— Non !

Alanna serra ses mains très fort l'une contre l'autre.

— Je ne vous fais pas de chantage. Je vous laisse votre liberté, de tout mon cœur et sans regretter ce qui s'est passé entre nous. Nous n'avons pas la même conception du monde, Ian. Je ne peux pas vivre dans le vôtre, et vous ne pouvez pas vivre dans le mien. Tout ce que je demande, c'est que vous m'accordiez la même liberté que celle que je vous laisse.

— N'y comptez pas.

Il lui prit le bras. Ses mains si douces la nuit précédente semblaient maintenant forgées dans l'acier.

— Comment pouvez-vous croire que nos divergences politiques puissent m'empêcher de vous emmener avec moi ? Votre place est près de moi, Alanna.

— Il ne s'agit pas uniquement de divergences politiques.

Alanna sentait les larmes lui monter aux yeux. Elle se força à parler sèchement.

— Nous n'avons ni les mêmes espoirs, ni les mêmes rêves. Je ne vous demande pas de sacrifier les vôtres, Ian, mais je ne sacrifierai pas les miens.

Elle recula, raide comme une épée.

— Je ne veux pas vivre avec vous. Rien de ce que vous pourriez dire ou faire ne pourrait me faire changer d'avis. Et si vous m'aimez vraiment, vous n'essaierez pas.

Elle lui arracha son bonnet des mains et en fit une boule.

— Vos blessures sont guéries, Ian MacGregor. Il est temps que vous partiez. Je ne vous reverrai pas.

Sur ces mots, elle lui tourna le dos et sortit précipitamment.

Une heure plus tard, depuis sa chambre, elle l'entendit partir à cheval. Elle se laissa tomber sur son lit et éclata en sanglots. Les larmes inondèrent ses mains, et ce n'est qu'à ce moment-là qu'elle s'en rendit compte : elle n'avait pas rendu à Ian la bague qu'il lui avait offerte. Et il ne la lui avait pas demandée.

Ian mit trois semaines pour se rendre en Virginie, et une semaine supplémentaire avant de pouvoir parler à quelqu'un autrement que par monosyllabes. Dans la bibliothèque de son oncle, il participa aux discussions sur les événements qui se déroulaient à Boston et dans d'autres colonies, ainsi que sur les réactions du Parlement. Bien que Brigham Langston, quatrième comte d'Ashburn, soit en Amérique depuis près de trente ans, il avait gardé des liens en haut lieu, en Angleterre. Il s'était battu pour ses idées dans la rébellion des Stuarts, et il était déterminé à résister à son pays natal pour faire régner la liberté et la justice sur sa terre d'adoption.

— Messieurs, assez de secrets et de complots pour ce soir !

Serena MacGregor venait d'entrer en coup de vent dans la bibliothèque.

Ian se leva pour la saluer, mais son oncle resta appuyé contre le manteau de la cheminée. Serena posa sur lui un regard alangui. A ses yeux, Brigham était toujours aussi beau que lorsqu'elle l'avait rencontré, quelque trente années plus tôt. Il avait gardé sa silhouette mince et musclée, son visage était buriné par le soleil du Sud, et ses cheveux argentés ne faisaient qu'ajouter à son charme naturel. Serena tourna les yeux vers leur fils aîné, Daniel, qui l'embrassa sur la joue et lui tendit un verre de brandy.

— Tu sais que nous sommes toujours heureux de te compter parmi nous, maman.

— Tu parles comme ton père.

Elle était ravie qu'il ait également hérité la belle allure de Brigham.

— Je sais très bien que tu souhaites me voir au diable. Mais je te rappelle encore une fois que j'ai déjà participé à une rébellion. N'est-ce pas, *Sassenach* ?

Brigham se mit à rire. Dès le premier jour où ils s'étaient connus, elle l'avait souvent affublé du nom péjoratif que les Ecossais donnaient aux Anglais.

— Ai-je jamais essayé de te changer ? demanda-t-il.

— Tu n'es pas homme à essayer en sachant que tu vas perdre.

Elle l'embrassa puis se tourna vers son neveu.

— Ian, tu as maigri !

Elle venait de décider qu'il avait suffisamment broyé du noir. Tant que sa mère serait de l'autre côté de l'océan, elle s'occuperait elle-même de lui.

— Ma cuisine ne te plaît pas ?

— Ta table est magnifique, comme toujours, tante Serena.

Elle sirota son brandy et posa un regard scrutateur sur son neveu.

— Ta cousine Fiona regrette que tu n'aies pas encore fait de randonnée à cheval avec elle.

Elle parlait de sa fille cadette.

— J'espère qu'elle n'a rien fait pour te déplaire ?

— Non, rassure-toi.

Il se balança d'un pied sur l'autre.

— Non, j'ai seulement été un peu… distrait. Je vais me promener avec elle un de ces prochains jours.

— Très bien.

Elle sourit malicieusement. Il valait mieux attendre d'être seule avec Ian pour essayer de le faire parler.

— Brig, Amanda aimerait que tu l'aides à choisir un poney pour Colin. Et toi, Daniel, ton frère t'attend à l'écurie. Il veut te parler.

— D'accord, maman, j'y vais de ce pas.

Quand elle se retrouva seule avec Ian, elle s'assit confortablement et lissa sa robe d'un air satisfait.

— Ian, est-ce que tu me fuis ? Nous n'avons pas discuté en tête à tête depuis que tu es arrivé. Reprends un peu de brandy et tiens-moi compagnie un petit moment, veux-tu ?

Elle lui adressa un sourire charmant. C'était encore une façon qu'elle avait d'obtenir ce qu'elle voulait, sans cri, sans menaces.

— Raconte-moi tes aventures à Boston.

Elle se débarrassa de ses chaussures et cacha ses pieds nus sous sa jupe, dans une attitude à la fois digne et très jeune. Malgré son humeur sombre, Ian ne put s'empêcher de lui sourire.

— Tante Serena, tu es très belle.

— Et toi, tu essaies de me détourner de mon idée.

Elle secoua la tête, faisant ruisseler ses cheveux sur ses épaules. Si l'on faisait exception de quelques mèches grisonnantes, ils n'avaient pas subi l'outrage du temps, ils étaient encore d'un roux lumineux.

— Je sais tout sur tes petites *Tea parties*, mon garçon.

Elle leva son verre à sa santé.

— En tant que MacGregor, je te félicite. Et je sais que les Anglais commencent à rouspéter. Qu'ils s'étranglent avec leur maudit thé !

Elle leva une main.

— Mais ne parlons pas de cela. J'ai vraiment envie d'écouter ce que tu as à dire sur les sentiments de ceux qui sont dans la Nouvelle-Angleterre et dans d'autres parties de l'Amérique, mais pour l'instant, je veux que tu me parles de toi.

— De moi ?

Il haussa les épaules et fit tourner sa boisson dans sa tasse.

— Tu es au courant de mes activités, tante Serena. Tu connais mon allégeance à Sam Adams et aux Fils de la Liberté. Nos projets s'élaborent lentement, mais sûrement.

— Je sais cela. C'est passionnant, mais ce n'est pas ce que je veux entendre pour l'instant, Ian.

Elle se pencha en avant et prit sa main dans les siennes.

— Tu es l'aîné de mon frère, et mon filleul. Je t'ai aidé à venir au monde. Aussi vrai que je suis assise là à côté de toi, je sais que tu as des ennuis qui n'ont rien à voir avec la politique ni avec les révolutions, quelles qu'elles soient.

— Et qui ont pourtant tout à voir avec elles, murmura-t-il avant de boire une gorgée d'alcool.

— Parle-moi de cette femme ! dit brusquement Serena.

Ian jeta un coup d'œil acéré à sa tante.

— De qui ?

— Pour qui me prends-tu, Ian ? Tu l'as mentionnée mille fois par ton silence. Inutile d'essayer de me le cacher, mon garçon. N'oublie pas que nous sommes du même sang. Comment s'appelle-t-elle ?

— Alanna.

Il prononça son nom avant de savoir qu'il en avait l'intention.

— Qu'elle aille au diable ! ajouta-t-il.

Avec un rire de gorge, Serena s'enfonça dans son siège.

— Tout cela me paraît passionnant. Je t'écoute.

A contrecœur, Ian finit par obéir. Il raconta tout à Serena, depuis le moment où il avait repris vaguement conscience dans l'écurie, jusqu'au moment où il était parti de chez les Murphy, furieux et frustré.

— Elle doit beaucoup t'aimer, murmura sa tante.

En parlant, Ian s'était levé pour arpenter la pièce.

— Drôle d'amour ! dit-il avec un rire amer.

— Un amour profond, mais craintif.

Serena se leva et lui tendit les mains.

— Je comprends cela, Ian, plus que je ne peux l'exprimer.

Peinée pour lui, elle porta les mains de son neveu à ses joues.

— Je ne peux pas me changer. Je suis comme je suis, dit-il.

— Naturellement.

Avec un soupir, elle l'attira près d'elle en se rasseyant sur le canapé.

— Moi non plus, je ne pouvais pas. Nous sommes des enfants de l'Ecosse, mon chéri. Nous avons en nous l'esprit des Highlands.

Sa voix trahissait la nostalgie de son pays.

— Nous sommes nés rebelles, nous nous battons depuis le début des temps. Cependant, nous ne luttons que pour ce qui nous appartient de droit. Notre terre, notre foyer, notre peuple.

— Elle ne comprend pas cela.

— Oh ! si, je crois qu'elle le comprend fort bien. Peut-être ne peut-elle l'accepter, tout simplement. Mais dis-moi pourquoi toi, un MacGregor, tu l'as quittée quand elle t'a prié de partir ? Tu ne t'es donc pas battu pour la garder ?

— C'est une folle à la tête dure qui ne veut pas entendre raison.

— Ah, je vois !

Dissimulant un sourire, Serena hocha la tête. Elle aussi avait été accusée plus d'une fois d'avoir la tête dure, et par un homme, notamment. Si Ian avait sauté sur son cheval pour venir panser ses blessures en Virginie, c'était par orgueil. Mais l'orgueil était aussi quelque chose qu'elle comprenait très bien.

— Tu l'aimes.

— Je ne souhaite qu'une chose : l'oublier. Mais je ne peux pas.

Il serra les dents.

— Je vais peut-être retourner là-bas pour la tuer.

— Je doute que tu en arrives là.

Elle se leva et lui caressa la main.

— Reste le temps que tu voudras chez nous, Ian. Et fais-moi confiance, tout va s'arranger.

Serena le laissa le front rembruni, à contempler le feu.

Elle se dirigea tout droit vers sa chambre et s'assit à son bureau pour rédiger une lettre.

*
* *

— Non ! Je ne peux pas y aller !

Les joues écarlates, les yeux brillants, Alanna se tenait devant son père, la lettre serrée convulsivement dans sa main.

— Si, tu iras ! insista Cyrus. Lady Langston t'a invitée chez elle pour te remercier de vive voix d'avoir sauvé la vie de son neveu.

Il coinça sa pipe entre ses dents et soupira en baissant les yeux. Pourvu qu'il ne fasse pas une erreur en incitant sa fille à partir !

— Ta mère voudrait que tu y ailles, ajouta-t-il.

Mais Alanna avait encore des arguments.

— Le voyage est trop long. Dans près de deux mois, il sera temps de fabriquer le savon, de faire les semailles et de carder la laine. J'ai trop de travail pour entreprendre un tel voyage. Et de toute façon… je n'ai rien de convenable à me mettre sur le dos.

Son père balaya ses objections d'un geste de la main.

— Tu vas y aller, au nom de ta famille !

Il se redressa de toute sa hauteur.

— Il ne sera pas dit qu'un Murphy aura eu peur de rencontrer le beau monde !

— Je n'ai pas peur !

— Tu trembles, ma fille, et cela me fait honte. Lady Langston souhaite faire ta connaissance. Après tout, j'ai des cousins qui se sont battus au côté de son clan dans le Quarante-Cinquième. Un Murphy vaut bien un MacGregor. Je sais que je n'ai pas pu t'envoyer à l'école comme ta mère le souhaitait…

— Oh, papa !

Il secoua fortement la tête.

— Si je ne te pousse pas à accepter cette invitation,

ta mère me tournera le dos quand je la rejoindrai dans l'au-delà. Avant que ma vie s'achève, je veux que tu connaisses autre chose du monde que ces rochers et cette forêt. Alors tu vas y aller pour ta mère et pour moi, si tu n'y vas pas pour toi-même.

Alanna se sentit faiblir.

— Mais si Ian est chez lady Langston ?

— Ecrit-elle qu'il y est ?

— Eh bien, non, mais…

— Alors, il n'y est probablement pas. Il doit être en train de faire du remue-ménage quelque part.

— Oui, sans doute.

Lugubre, elle baissa les yeux sur la lettre froissée entre ses mains.

— Oui, sans doute, répéta-t-elle.

Elle secoua la tête en soupirant. Son cœur se gonflait de sentiments contradictoires. Comment ignorer l'excitation qu'elle ressentait à l'idée de voyager, de voir la Virginie, où la campagne était, paraît-il, si verte ?

Elle regarda son père.

— Qui va faire la cuisine pendant mon absence ? Qui va faire la lessive, traire les vaches ?

— Nous ne sommes pas manchots, ma fille.

Mais Alanna lui manquait déjà. Il soupira.

— Mary pourra nous aider, maintenant qu'elle est mariée à notre Johnny. Et la veuve Jenkins propose toujours de donner un coup de main.

— Je sais, mais pouvons-nous nous permettre…

— Nous ne sommes pas non plus sans le sou, coupa Murphy. Va écrire ta réponse à lady Langston. Dis-lui que tu acceptes son invitation avec joie. A moins que tu n'aies peur de la rencontrer.

— Bien sûr que non !

Alanna se frotta le front. Tout était allé si vite ! Son père la regardait d'un air obstiné. Elle ne pouvait pas le décevoir. Prenant une profonde inspiration, elle murmura :

— Très bien, je vais y aller.

Elle monta lentement l'escalier. Son écritoire était dans sa chambre.

— Parfait, marmonna Cyrus à voix basse. Mais reviendras-tu ?

9

Alanna était sûre que son cœur allait exploser dans sa poitrine. Il battait si vite ! Jamais elle n'était montée dans un fiacre attelé à des chevaux aussi bien assortis que ces deux bais qui l'emportaient à vive allure. Et guidés par un cocher en livrée ! Le simple fait d'imaginer que les Langston avaient envoyé cet équipage avec des postillons et une servante lui donnait le vertige.

Elle avait roulé jusqu'à Boston, où elle avait pris le bateau pour Richmond ; et maintenant, elle avait retrouvé la route pour rejoindre Glenroe, la plantation des Langston, à laquelle ils avaient donné le nom d'une forêt des Highlands, en Ecosse, leur pays natal.

Alanna s'enfonça dans son siège capitonné et se laissa aller à sa rêverie. Dieu, comme cela avait été excitant de voir le vent gonfler les voiles du navire, de découvrir sa cabine particulière et de rencontrer la jeune servante chargée de veiller à ses besoins ! Jusqu'à ce que la pauvre petite ait le mal de mer. Les rôles s'étaient alors inversés, et elle avait dû veiller elle-même aux besoins de la jeune fille. Mais elle n'en avait cure. Pendant que la servante se reposait, Alanna s'était promenée sur les ponts du grand bateau d'où elle avait contemplé l'océan, apercevant de-ci de-là une étendue de côte.

Elle était allée d'émerveillement en émerveillement en découvrant l'immensité et la beauté de cette terre de Virginie.

C'était vraiment magnifique. Elle aimait la ferme, la forêt et les rochers de son Massachusetts natal, mais ici, la terre était encore plus splendide dans sa variété. Quand elle était partie de la maison paternelle, le sol était encore blanc de neige. La chaleur arrivait timidement, faisant fondre la glace qui formait des stalactites sur l'auvent du toit et les branches nues des arbres.

Mais dans le Sud, les arbres étaient déjà verts, et elle avait pu laisser sa cape ouverte pour profiter de l'air qui entrait à flots dans la voiture attelée. Partout dans les prés, des petits veaux tétaient leur mère. Les champs étaient de véritables ruches où des dizaines et des dizaines de mains noires faisaient les semailles de printemps. Et on était seulement au mois de mars !

Il y avait trois mois que Ian était parti. Le cœur serré, Alanna effleura la bague qu'elle portait à une cordelette sous sa robe de voyage. Elle la rendrait à lady Langston, bien sûr, car Ian ne serait certainement pas à la plantation. C'était impossible. Elle soupira, partagée entre le soulagement et le regret. Elle rendrait cette bague à la tante de Ian en lui expliquant pourquoi elle était en sa possession. Cependant, elle se garderait de lui dire toute la vérité, ce serait trop humiliant, et trop douloureux.

Elle redressa les épaules. Inutile de nourrir des pensées aussi tristes pour l'instant. Croisant ses mains sur ses genoux, elle examina les collines ondoyantes déjà couvertes de verdure. Elle devait considérer ce voyage comme une aventure, qu'elle n'aurait certainement pas l'occasion de vivre deux fois.

Et elle devait mémoriser le moindre détail pour pouvoir faire un récit fidèle à Brian, le plus curieux de ses deux frères. Elle soupira. Elle n'aurait certainement aucune difficulté à se souvenir de tout. Ce voyage n'était pas ordinaire. Elle était invitée par la famille de Ian, des gens qui l'avaient connu bébé, puis jeune homme.

Pendant les quelques semaines qu'elle allait passer chez eux, elle se sentirait certainement proche de lui. C'était inévitable, mais ce serait la dernière fois. Elle se le promettait. Ensuite, elle retournerait à la ferme, vers sa famille et vers son devoir, et elle pourrait s'estimer heureuse.

Il n'y avait pas d'autre possibilité. Cependant, alors que le fiacre brinquebalait dans un chemin plein d'ornières, Alanna garda sa main droite posée sur la bague que Ian lui avait offerte.

Quelques minutes plus tard, l'attelage tourna entre deux grands piliers reliés par une grille en fer forgé, au-dessus de laquelle était inscrit en lettres immenses : « GLENROE ». La servante, plus éprouvée qu'Alanna par la route, sembla reprendre vie.

— Vous allez bientôt voir la maison, madame.

Visiblement heureuse que ces semaines de voyage prennent fin, elle tendit le cou par la fenêtre.

— C'est la plus belle maison de toute la Virginie, ajouta-t-elle.

Le cœur battant, Alanna se mit à tripoter le galon noir bordant sa robe de voyage, qu'elle avait cousue pendant les trois nuits qui avaient précédé son départ. Puis ses doigts agités jouèrent avec les rubans de son bonnet, lissèrent sa robe avant de retourner vers le galon. Elle regarda dehors.

La large allée était bordée de chênes couverts de minuscules feuilles vert clair. Alanna se pencha par la fenêtre. Aussi loin que portait sa vue, les immenses pelouses étaient entretenues à la perfection. De-ci de-là, des arbres fruitiers resplendissaient de bourgeons roses et blancs. Et brusquement, sur une petite crête, la maison lui apparut dans toute sa splendeur.

Alanna en oublia de respirer. C'était un majestueux édifice d'un blanc éclatant, orné d'une dizaine de colonnes fines et élancées. Des balcons qui ressemblaient à de la dentelle noire bordaient les hautes fenêtres aux deuxième et troisième étages. Un gigantesque porche courait sur toute la façade et les côtés de la maison, et de gros bouquets de fleurs rouge vif étaient disposés dans de grands vases posés de chaque côté de l'escalier de pierre, qui conduisait à des portes-fenêtres aux vitres étincelantes.

Alanna serra frénétiquement ses mains l'une contre l'autre. Elle dut prendre sur elle pour ne pas crier au cocher de faire demi-tour et de la ramener chez son père.

Doux Jésus, que venait-elle faire ici ? Qu'allait-elle bien pouvoir dire à des gens qui vivaient dans un tel luxe ? Le fossé entre Ian et elle semblait s'élargir tandis que les chevaux fougueux avançaient inexorablement.

Avant que l'équipage s'arrête au tournant de l'allée, une femme apparut sur le seuil de la maison. Sa robe vert d'eau bordée de dentelle ivoire se gonflait au vent. Ses cheveux, d'une belle nuance dorée, étaient enroulés sur sa nuque. Alanna était à peine revenue de sa stupeur que la dame s'avança vers elle, les mains tendues.

— Madame Flynn, vous êtes aussi belle que je m'y attendais.

Elle parlait avec une voix légèrement rauque, rappelant celle de Ian. Alanna eut le cœur serré.

— Permettez-moi de vous appeler Alanna, je sens que nous sommes déjà amies, continua lady Langston en la prenant dans ses bras. Je suis Serena, la tante de Ian. Bienvenue à Glenroe.

— Lady Langston, commença Alanna, intimidée.

Elle était mal à l'aise dans ses vêtements froissés et couverts de poussière. Mais Serena ne semblait pas y prêter attention. Elle la prit par la main et l'entraîna vers la maison.

— Appelez-moi Serena, je vous en prie. J'espère que votre voyage a été agréable.

— Oui. Et je vous remercie de votre générosité en m'ouvrant votre demeure.

— C'est moi qui vous remercie.

Serena fit une pause avant d'entrer dans la maison.

— Vous avez sauvé la vie de Ian. Il m'est aussi précieux que mes propres enfants. Venez, je vais vous montrer votre chambre. Je suis sûre que vous avez envie de vous rafraîchir avant de rencontrer le reste de la famille à l'heure du thé. Naturellement, nous ne servirons pas cette horrible boisson.

Elles pénétrèrent dans un hall spacieux au plafond élevé. Un escalier à double circonvolution conduisait à l'étage. Alanna n'avait pas assez d'yeux pour admirer.

— Je m'en doute, parvint-elle à dire d'une voix faible tandis que Serena la prenait par un bras.

Elles montèrent la volée de marches qui partait à

droite. Brusquement, des cris s'élevèrent des profondeurs de la maison.

— Ne vous inquiétez pas. Ce sont mes deux petits monstres. Ils se chamaillent sans arrêt, comme des chiots.

Alanna s'éclaircit la voix.

— Combien d'enfants avez-vous, lady Langston ?

— Six.

Serena la guida le long d'un corridor aux tons pastel, recouvert de tapis moelleux.

— Ce sont Payne et Ross que vous entendez. Ils sont jumeaux. Ils passent leur temps à s'envoyer au diable puis à jurer qu'ils se défendront mutuellement jusqu'à la mort.

Alanna entendit distinctement un objet se fracasser. Serena resta indifférente. Elle ouvrit une porte et s'effaça pour la laisser entrer.

— J'espère que vous serez confortablement installée ici. Si vous avez besoin de quoi que ce soit, n'hésitez pas à me le demander.

Alanna sourit. Elle allait de surprise en surprise. De quoi pourrait-elle bien avoir besoin ? La chambre était au moins trois fois plus grande que la sienne, et parfumée de bouquets de fleurs fraîches. Et dire qu'on n'était qu'au mois de mars !

Le lit, assez grand pour trois personnes, était couvert d'un tissu de soie bleu clair. Il y avait une armoire de bois ouvragée et un grand bureau orné d'un miroir dans un cadre d'argent, une coiffeuse délicate et une chaise recouverte de brocart. Les grandes fenêtres ouvertes laissaient entrer la chaude brise parfumée qui soulevait doucement les rideaux de voile blanc. Avant qu'Alanna retrouve sa langue, une servante se précipita, armée d'un pichet d'eau chaude.

Serena passa devant une cheminée magnifiquement sculptée.

— Voici Hattie.

Elle sourit à la petite servante noire.

— Elle s'occupera de vous pendant votre séjour. Hattie, vous prendrez soin de Mme Flynn, je compte sur vous ?

— Oh oui, ma'ame ! répondit Hattie en souriant.

— Parfait.

Serena tapota le bras d'Alanna.

— Y a-t-il autre chose que je puisse faire pour vous ?

— Certainement pas, vous en avez fait plus qu'il ne faut.

« Je n'ai même pas commencé », songea Serena, mais elle se contenta de secouer la tête en la regardant avec sympathie.

— Je vous laisse vous reposer. Hattie vous montrera le chemin quand vous voudrez nous rejoindre.

Quand la porte se referma derrière lady Langston, Alanna s'assit sur le bord du lit. Elle était épuisée. Comment allait-elle tenir le coup ?

Hattie l'aida à se débarrasser de ses vêtements de voyage et à revêtir sa plus belle robe. La jeune servante la coiffa avec beaucoup d'habileté, tout en parlant sans arrêt, d'une voix chantante. Alanna se regarda dans le miroir de la coiffeuse. Ses boucles noir corbeau étaient domptées en accroche-cœurs retombant sur son épaule gauche.

Alanna était en train de suspendre à ses oreilles les boucles en grenat de sa mère, faisant appel à tout son courage pour descendre l'escalier, quand elle entendit des cris et des coups sourds dans le corridor. Intriguée, elle entrouvrit la porte, puis elle l'ouvrit en grand à la vue de deux jeunes corps masculins qui roulaient sur le tapis.

Etonnée, elle toussota.

— Bonjour, messieurs !

Les garçons, qui se ressemblaient comme deux gouttes d'eau, avec des cheveux noirs en bataille et des yeux topaze, se relevèrent immédiatement et s'inclinèrent en même temps devant elle.

— Qui êtes-vous ? demanda celui qui avait une lèvre fendue.

— Je suis Alanna Flynn.

Alanna sourit, amusée.

— Et vous, vous devez être Payne et Ross.

— Oui.

La réponse venait de celui qui avait un œil au beurre noir.

— Je suis Payne, et je suis l'aîné. Je vous souhaite la bienvenue à Glenroe.

— Moi aussi, je lui souhaite la bienvenue, intervint Ross en donnant une bourrade dans les côtes de son frère.

Il s'avança et tendit la main à Alanna.

— Je vous remercie tous les deux, dit-elle, soucieuse de maintenir la paix. J'allais descendre pour rejoindre votre mère. Vous pourriez peut-être m'accompagner ?

— Elle doit être dans le salon. C'est l'heure du thé.

Ross lui offrit son bras.

— Evidemment, nous ne buvons pas cette satanée boisson.

Payne lui offrit aussi le sien. Alanna prit les deux.

— Si les Anglais nous forçaient à en boire, nous le leur cracherions à la figure.

— Naturellement, dit Alanna en fronçant les sourcils.

Quand le trio entra dans le salon, Serena se leva.

— Alanna, je vois que vous avez déjà fait la connaissance de mes deux petits démons.

Elle nota au passage l'œil au beurre noir et la lèvre fendue.

— Si vous voulez du gâteau, espèces de chenapans, il faudra vous laver avant de passer à table.

Serena se tourna vers Alanna et la présenta au reste de la famille : un jeune homme d'environ dix-huit ans, nommé Kit, qui ressemblait beaucoup à sa mère et qui lui adressa un bref sourire ; et une jeune fille, Fiona, qui devait avoir l'âge de Brian. Elle avait les cheveux plus blonds que roux, et les joues creusées de fossettes.

— Ma fille Amanda espère se joindre à nous avec sa famille pour le dîner. Ils vivent sur une plantation voisine, dit Serena.

Elle remplit une tasse de café qu'elle lui offrit.

— Nous n'attendrons pas Brigham et les autres. Ils sont partis superviser le travail de la plantation, et Dieu seul sait à quelle heure ils vont revenir.

— Maman m'a dit que vous vivez dans une ferme, dans le Massachusetts, dit Fiona.

— C'est vrai.

Alanna sourit et commença à se détendre.

— Il y avait encore de la neige quand je suis partie. Là-bas, la saison chaude est beaucoup plus courte que chez vous.

La conversation allait bon train quand les jumeaux revinrent, se tenant mutuellement par les épaules ;

apparemment, ils étaient réconciliés. En adressant à leur mère un sourire identique, ils s'approchèrent d'elle pour l'embrasser.

— C'est trop tard, dit Serena en faisant semblant d'être fâchée. Je sais déjà que vous avez cassé le vase.

Elle remplit de chocolat deux grandes tasses.

— Heureusement qu'il était laid. Maintenant, asseyez-vous, et débrouillez-vous pour ne pas renverser vos tasses sur le tapis.

Alanna se sentait bien. Elle sirotait sa deuxième tasse de café quand un éclat de rire masculin se fit entendre dans le hall.

— Papa !

Les jumeaux se précipitèrent vers la porte. Serena jeta un rapide coup d'œil sur les éclaboussures de chocolat maculant le tapis et soupira.

Brigham entra, encadré par les deux garçons. Il leur ébouriffa les cheveux.

— Alors, quelles bêtises avez-vous faites aujourd'hui ?

Alanna tourna la tête vers lui. Il posa d'abord les yeux sur sa femme. Il avait l'air amusé. Mais il y avait autre chose dans ses yeux, une expression profonde, sincère, qui fit naître tout au fond d'elle une étincelle d'envie. Puis il la regarda et traversa le salon.

— Alanna, je vous présente mon mari, Brigham.

— Je suis ravi de vous connaître enfin, dit Brigham en prenant sa main dans les siennes. Nous vous devons tant !

Alanna se sentit rougir. Brigham aurait pu être son père, et pourtant il dégageait un magnétisme qui lui fit battre le cœur plus vite.

— Je vous remercie pour votre hospitalité, lord Langston.

— Ne me remerciez pas.

Il jeta à sa femme un regard étrange, qui paraissait presque exaspéré.

— J'espère seulement que vous passerez un excellent séjour.

— Le contraire me paraît impossible. Vous avez une demeure magnifique, et une famille adorable.

Il voulut dire encore quelque chose, mais sa femme l'interrompit.

— Veux-tu du café, Brig ?

Elle avait déjà rempli une tasse, qu'elle lui tendit en lui jetant un coup d'œil plein de sous-entendus.

— Où sont passés les autres garçons ?

— Ils étaient derrière moi. Ils ont fait un détour par la bibliothèque.

Alors qu'il parlait, deux hommes entrèrent dans la pièce. Alanna eut un vague aperçu de celui qui avait les cheveux noirs, et qui ressemblait à Brigham, en plus jeune. Puis son regard fut attiré irrésistiblement par l'homme qui l'accompagnait. Elle ne se rendit même pas compte qu'elle venait de se mettre debout et que le silence s'était abattu sur le salon.

Elle ne voyait que lui. Il était en costume d'équitation, et le vent avait ébouriffé sa crinière rousse. Il se figea sur place, le visage traversé par une foule d'expressions, les mêmes que celles qu'elle ressentait. Puis il esquissa un sourire, mais un sourire dur, qui la piqua au vif.

— Ah, madame Flynn. Quelle… extraordinaire surprise !

— Je… je…, bafouilla-t-elle.

Elle jeta un regard affolé autour d'elle, à la recherche d'un coin où se cacher. Mais Serena s'était déjà levée et lui prenait la main. Elle lui donna une pression légère mais ferme.

— Alanna a eu la gentillesse d'accepter mon invitation, Ian. Nous voulions la remercier de vive voix de s'être occupée de toi, et de t'avoir sauvé la vie afin que tu puisses continuer à empoisonner la nôtre.

Elle se mit à rire.

— Je vois, dit Ian.

Quand il put détourner les yeux d'Alanna, il envoya un coup d'œil furibond à sa tante.

— Tu es très maligne, tante Serena.

— Ce n'est pas moi qui dirai le contraire !

Ian serra les poings.

— Eh bien, madame Flynn, puisque vous êtes ici, je me dois de vous souhaiter la bienvenue à Glenroe.

— Je…

Alanna avait la gorge sèche. Elle savait qu'elle allait pleurer et se ridiculiser devant tout le monde.

— Excusez-moi.

Arrachant son regard à celui de Ian, elle sortit précipitamment du salon.

— Comme tu es agréable, Ian ! persifla Serena.

En secouant la tête, elle partit sur les talons de son invitée.

Elle trouva Alanna en train de sortir ses vêtements de l'armoire.

— Que faites-vous donc ?

— Je m'en vais. Je ne savais pas que… Lady Langston, je vous remercie infiniment pour votre hospitalité, mais je dois rentrer immédiatement.

— Quelle absurdité !

Serena la prit fermement par les épaules et la fit asseoir sur le lit.

— Maintenant, reprenez votre souffle. Je comprends que vous ayez été surprise de voir Ian, mais…

Elle fit une pause en voyant Alanna se couvrir le visage de ses mains et éclater en sanglots.

Dans un geste maternel, elle posa un bras sur ses épaules et la serra contre elle.

— Là, là… A-t-il été si désagréable ? Les hommes sont ainsi, vous savez. Cela signifie simplement que nous devons être les plus fortes.

— Non, non, tout est ma faute.

Alanna était secouée de sanglots convulsifs. Cette situation était humiliante, mais elle n'arrivait pas à retenir ses larmes. Elle posa la tête contre l'épaule de Serena.

— Que ce soit votre faute ou non, une femme ne doit jamais admettre ce genre de chose. Puisque les hommes ont l'avantage des muscles, nous devons mieux utiliser notre cerveau qu'eux.

En souriant, elle lui caressa les cheveux.

— Je voulais voir de mes propres yeux si vous l'aimiez autant qu'il vous aime. Maintenant, je le sais.

— Non, maintenant, il me déteste. Et qui pourrait l'en blâmer ? Mais c'est mieux ainsi.

Elle eut un hoquet.

— C'est mieux ainsi, répéta-t-elle, désespérée.

— Vos sentiments pour lui vous font peur ?

— Oh ! oui. Je ne veux pas l'aimer. Vous savez, il ne changera jamais. Il ne sera pas heureux tant qu'il ne se sera pas fait tuer ou pendre pour trahison.

— On ne tue pas aussi facilement un MacGregor.

Ma chérie, je voudrais vous offrir un mouchoir, mais je n'en trouve jamais au moment où j'en ai le plus besoin.

En reniflant, Alanna hocha la tête et sortit le sien.

— Je vous demande pardon de m'être donnée en spectacle, lady Langston.

— Oh, j'adore les scènes, et j'en provoque chaque fois que c'est possible.

Elle attendit qu'Alanna se ressaisisse.

— Je vais vous raconter l'histoire d'une jeune fille qui vouait à un homme un amour déraisonnable. C'était une époque où la guerre, la rébellion et la mort régnaient partout. Elle le refusa plusieurs fois. Elle était persuadée d'agir au mieux.

Se séchant les yeux, Alanna poussa un profond soupir.

— Que sont-ils devenus ?

— Oh, il était aussi entêté qu'elle, alors ils se sont mariés et ils ont eu six enfants. Et deux petits-enfants.

Serena eut un sourire radieux.

— Je n'ai jamais regretté, pas une seule seconde.

— Mais c'est différent.

— L'amour est toujours le même. Et il n'est jamais le même. Moi aussi, j'avais peur.

— Vous ?

— Oh ! oui. Plus j'aimais Brigham, plus j'avais peur. Je nous punissais tous les deux en niant mes sentiments pour lui. Voulez-vous me parler des vôtres ? C'est souvent d'un grand secours de pouvoir parler entre femmes.

Alanna hocha la tête. Serena avait peut-être raison. De toute façon, elle ne souffrirait pas plus qu'elle ne souffrait déjà. Un peu rassérénée, elle se confia à sa nouvelle amie.

— J'ai perdu un de mes frères pendant la guerre

contre les Français. Je n'étais qu'une enfant, alors, mais je me souviens bien de lui. Il était si brillant, si beau. Et, comme Ian, il ne pensait qu'à défendre sa terre, à se battre pour elle. Il est mort pour ses convictions. Un an plus tard, ma mère s'est éteinte. Elle avait eu le cœur brisé, et cela a fini par l'emporter. D'année en année, j'ai été témoin de la douleur de mon père.

Serena hocha la tête.

— Il n'y a pas de plus grande perte que celle d'un être aimé, dit-elle. Mon père est mort sur le champ de bataille il y a vingt-huit ans, et je vois toujours son visage. Peu de temps après, j'ai laissé ma mère en Ecosse. Elle est morte avant la naissance d'Amanda, mais elle continue à vivre dans mon cœur.

Elle prit les mains d'Alanna dans les siennes et elle plongea dans ses yeux son regard brouillé par les larmes.

— Quand la rébellion fut écrasée, mon frère Coll a ramené Brigham qui venait d'être blessé. Je portais son premier enfant dans mon sein. Pour nous cacher des Anglais, nous nous étions réfugiés dans une grotte. Brigham est resté plusieurs jours entre la vie et la mort.

Alanna retenait son souffle. Ainsi, l'histoire que Ian avait racontée à Brian n'était pas exagérée. Elle observa la frêle silhouette de Serena.

— Comment avez-vous pu supporter cela ? interrogea-t-elle.

— Comment ne pas le supporter ?

Serena eut un sourire espiègle.

— Brigham dit souvent que je l'ai fait revenir à la vie pour pouvoir le persécuter. Il a peut-être raison. Mais je connais la peur, Alanna. Quand cette révolution va éclater, mes fils vont aller se battre, et mon sang se glace à la pensée que je risque de les perdre. Cependant, si j'étais un homme, je prendrais mon arme et je les rejoindrais.

— Vous êtes plus courageuse que moi.

— Je ne crois pas. Si votre famille était menacée, iriez-vous vous cacher dans un coin, ou prendriez-vous les armes pour la protéger ?

— Je mourrais pour la protéger, mais…

Le sourire de Serena s'épanouit de nouveau, mais il était plus doux, plus sérieux qu'avant.

— Le jour viendra, bientôt, où les hommes des colonies prendront conscience que nous sommes tous unis. Comme un clan. Nous nous battrons pour nous protéger mutuellement. Ian sait cela désormais. N'est-ce pas la raison pour laquelle vous l'aimez ?

— Si.

Alanna baissa les yeux sur leurs mains jointes.

— Si vous niez cet amour, serez-vous plus heureuse que si vous prenez le temps que Dieu veut bien vous accorder de passer avec Ian ?

Alanna secoua la tête.

— Non.

Elle ferma les yeux et se remémora les trois derniers mois. Des mois de tristesse.

— Je ne serai jamais heureuse sans lui. Je le sais maintenant. Cependant, toute ma vie, j'ai rêvé d'épouser un homme fort, mais tranquille, qui se contenterait de travailler à mon côté et d'élever ses enfants. Avec Ian, il y aurait tant d'exigences et de risques. Je ne connaîtrais pas un moment de répit.

— C'est vrai, Alanna. Mais cherchez au fond de votre cœur et posez-vous une seule question : si vous en aviez le pouvoir, changeriez-vous Ian ?

— Oui, répondit Alanna sans hésiter.

Elle releva brusquement la tête. Son cœur, plus honnête, venait de lui donner une autre réponse.

— Non ! s'écria-t-elle. Doux Jésus, suis-je donc stupide au point de ne pas avoir compris que je l'aime pour ce qu'il est, et non pour ce que j'aurais aimé qu'il soit ?

Satisfaite, Serena hocha la tête.

— La vie est pleine de risques, Alanna. On peut les accepter en faisant contre mauvaise fortune bon cœur, et aller de l'avant. On peut aussi se cacher et rester sans rien faire. De quel côté êtes-vous ?

Alanna resta longuement silencieuse.

— Je me le demande, lady Langston.

— Appelez-moi Serena.

— Je me le demande, Serena.

Alanna esquissa un pâle sourire.

— Si j'avais pu discuter plus tôt avec vous, aurais-je renvoyé Ian ?

Serena la serra contre son cœur.

— C'est une bonne question. Maintenant, reposez-vous, et laissez-le mijoter un peu.

— Il ne voudra plus jamais m'adresser la parole, murmura-t-elle.

Elle redressa le menton.

— Mais je le forcerai !

— Je n'en doute pas, dit Serena avec un petit rire. Non, je n'en doute pas.

10

Ian n'apparut pas au dîner, ni au petit déjeuner du lendemain. Cette désertion aurait découragé la plupart des femmes, mais Alanna y trouva un défi qui l'aida à vaincre son anxiété.

De plus, il était difficile, voire impossible, de vivre entourée de la famille Langston sans se rendre compte du pouvoir de l'amour, de la détermination et de la confiance. Quelles qu'aient été les vicissitudes rencontrées par Brigham et Serena, ils avaient passé leur vie ensemble. Ils avaient tous les deux perdu leur pays et des gens chers, mais ils avaient reconstruit leur existence grâce à leur volonté et à leur amour.

Avait-elle le droit de se refuser une chance avec Ian ? Il la ferait certainement, cette guerre, si elle éclatait, mais à la réflexion, il était trop têtu pour mourir. Et si elle devait le perdre, pourquoi se priver du bonheur de passer un an, un mois ou même un seul jour près de lui ?

Elle allait le lui dire. Si toutefois elle arrivait à le voir. Elle lui présenterait ses excuses, elle irait même jusqu'à lui demander pardon, bien que cette idée soit plutôt vexante.

Mais au fur et à mesure que la matinée se déroulait,

elle se sentait de plus en plus irritée. Où diable Ian se cachait-il ?

Ce fut grâce aux jumeaux qu'elle obtint la réponse. Ils arrivaient dans le jardin en se disputant, selon leur habitude.

— Allons, les garçons, allez vous battre ailleurs, dit Serena.

Elle interrompit la taille de ses fleurs et se tourna vers eux.

— C'est sa faute à lui, déclarèrent-ils d'une seule voix.

Alanna ne put s'empêcher de sourire.

— Je voulais aller à la pêche, se lamenta Ross. Ian m'aurait emmené si Payne ne s'était pas mis à faire l'imbécile.

— A la pêche ! répéta Alanna.

Elle écrasa une fleur dans sa main avant de reprendre le contrôle d'elle-même.

— Ian est au bord de la rivière ? interrogea-t-elle en essayant de vaincre le tremblement de sa voix.

— Il va toujours vers la rivière quand il est de mauvaise humeur.

Payne envoya un coup de pied dans un caillou.

— Je voulais qu'il nous emmène, mais cet idiot de Ross…

— Allez-vous-en, les garçons, je ne veux plus vous voir au milieu de mes fleurs, interrompit Serena.

Quand ils eurent disparu, elle se tourna vers son invitée.

— Aimez-vous chevaucher, Alanna ?

— Oui, mais chez moi, je n'en ai jamais le temps.

— Alors, profitez-en !

Elle lui adressa un sourire radieux.

— Demandez à Jem de seller Prancer pour vous.

Vous pouvez prendre le sentier qui part à travers bois, juste derrière l'écurie. La rivière est très belle à cette époque de l'année.

— Merci, Serena. Mais je n'ai pas de… de costume d'amazone.

— Hattie va y pourvoir. Elle vous prêtera celui d'Amanda. Il doit vous aller.

— Merci encore.

Elle embrassa Serena.

— Merci du fond du cœur.

Une demi-heure plus tard, Alanna partait au triple galop.

Ian avait jeté un hameçon dans l'eau, mais ce n'était qu'un prétexte pour rester là à méditer. Il avait d'abord eu envie d'étrangler sa tante en découvrant son petit manège, mais avant qu'il en ait eu l'occasion, elle était entrée en coup de vent dans sa chambre et lui avait reproché son attitude avec tant de véhémence qu'il avait bien dû se défendre.

En effet, il avait été rude envers Alanna, mais c'était tout ce qu'elle méritait.

Si cela n'avait pas été si dur, il serait reparti à bride abattue jusqu'à Boston. Et, cette fois, Alanna aurait bien pu partir, et aller au diable. Mais, pour cela, il n'aurait pas fallu qu'il la regarde. Elle était si belle, dans sa robe bleue, quand il l'avait vue dans le salon de sa tante.

Il donna un coup de pied dans un caillou. Après tout, quelle importance ? Il ne voulait plus entendre parler d'elle. Il n'avait pas besoin d'une mégère à la langue bien pendue. Il avait trop de travail qui l'attendait.

Dire qu'il l'avait suppliée ! Sa fierté en avait pris un coup. Alanna s'était couchée dans le foin pour se donner à lui, en lui faisant croire que c'était important pour elle. Il avait été si doux, si attentif. Jamais il n'avait ouvert son cœur de la sorte à une femme. Et cela pourquoi ? Pour qu'elle se moque de lui.

Eh bien, qu'elle trouve une mauviette sur laquelle exercer son autorité !

Entendant un cheval approcher, il poussa un juron. Si ses deux petites pestes de neveux venaient déranger sa solitude, il allait les renvoyer sans ménagement d'où ils venaient. Il releva sa ligne et se prépara à leur crier de retourner à la maison.

Mais la canne à pêche faillit lui glisser des mains. Alanna venait de sortir du bois au triple galop. A quelques mètres, elle arrêta sa monture. Même en étant un peu éloigné, Ian voyait scintiller ses yeux bleus.

Quand il eut repris son souffle, il lui envoya un regard assassin.

— Bravo, vous avez fait fuir tous les poissons à un kilomètre à la ronde. Où avez-vous la tête, à galoper à cette vitesse sur des sentiers que vous ne connaissez pas ?

Alanna ne répondit pas. Ce n'était pas l'accueil qu'elle avait espéré.

— Prancer connaît le chemin, dit-elle doucement.

Elle attendit qu'il l'aide à mettre pied à terre. Comme il restait là sans bouger, elle se débrouilla pour descendre seule, en fulminant.

— Vous n'avez pas changé, MacGregor. Vos manières sont toujours aussi détestables.

— Vous avez fait tout ce chemin pour me dire cela ?

Alanna attacha les rênes à une branche avant de faire volte-face et de planter son regard furieux dans le sien.

— Je suis venue sur l'invitation de votre tante. Si je m'étais doutée que vous étiez sur ses terres, je me serais abstenue. Vous voir a été la seule chose qui a gâché mon voyage. J'avoue ne pas comprendre comment un homme comme vous peut avoir une famille si délicieuse. Ce serait mon vœu le plus cher de…

Elle se reprit et se força à se rappeler sa résolution.

— Mais je ne suis pas venue pour me battre avec vous.

Il lui tourna le dos et saisit sa canne à pêche.

— Vous avez réussi à descendre seule de cheval, madame Flynn. Je suppose que vous pourrez vous remettre seule en selle et retourner d'où vous venez.

— Je veux vous parler.

— Vous en avez déjà dit plus que je ne veux entendre, maugréa-t-il entre ses dents serrées.

Dieu lui vienne en aide ! S'il la regardait encore une fois, il allait se mettre à ramper.

— Maintenant, repartez avant de me pousser à bout.

— Ian, je voulais seulement…

— Allez au diable !

Il lança sa ligne dans le courant.

— De quel droit êtes-vous venue ici ? Est-ce pour me faire souffrir ? Si je vous avais tuée avant de partir, je serais un homme heureux aujourd'hui. Vous m'avez fait croire que je comptais pour vous, que ce qui s'était passé entre nous était important à vos yeux, alors que tout ce que vous désiriez, c'était vous faire culbuter dans le foin !

Alanna devint livide. Elle se jeta sur lui.

— Comment osez-vous me parler ainsi ?

Elle ressemblait à un chat sauvage, toutes griffes dehors.

— Je vous tuerai, MacGregor, Dieu m'est témoin. Vous m'avez insultée, je vous tuerai !

Il leva un bras pour se protéger le visage et perdit l'équilibre. Ils tombèrent tous les deux dans l'eau, mais ce bain imprévu ne fit rien pour calmer Alanna.

— Arrêtez, pour l'amour du ciel. Vous allez nous noyer tous les deux, dit-il, haletant.

Il se mit à tousser, à recracher l'eau tout en empêchant Alanna de couler. Il ne vit pas arriver le coup de poing qui lui frôla les oreilles.

— Parbleu, si vous étiez un homme ! s'écria-t-il.

— Ne vous arrêtez pas à cela !

Elle brandit encore le poing vers lui, le manqua et se retrouva la tête sous l'eau.

En prenant le ciel à témoin, Ian la traîna vers le rivage, et s'affala près d'elle hors d'haleine.

— Je vous déteste, dit Alanna en essayant de reprendre son souffle. Je maudis le jour de votre naissance. Et je maudis le jour où j'ai laissé vos sales pattes se poser sur moi.

Elle s'assit et ôta d'un geste rageur son bonnet trempé.

Ian eut le malheur de la regarder. Elle était si belle, même décoiffée et en colère. Mais il garda un ton glacial.

— Je vous rappelle que c'est vous qui m'avez demandé de les poser sur vous, mes sales pattes, madame Flynn.

— Oui, c'est ce que j'ai fait, et j'en suis dégoûtée ! D'autant qu'il n'y avait pas de quoi perdre la tête !

— Vraiment ? Ce n'est pas le souvenir que j'en ai. Voulez-vous que je vous rafraîchisse la mémoire ?

La saisissant rudement dans ses bras, il plaqua sa

bouche sur la sienne. Alanna enfonça férocement ses dents dans sa lèvre inférieure. Il émit un grognement, réunit ses cheveux ruisselants dans une main et emprisonna de nouveau sa bouche.

Alanna se débattit, luttant contre les sentiments qui montaient en elle, luttant contre Ian, contre ce corps chaud et nerveux qui couvrait si intimement le sien. Comme des gosses déchaînés, ils roulèrent dans l'herbe, cherchant aveuglément à se punir pour les blessures qu'ils s'étaient infligées.

Et, brusquement, Alanna se rendit en poussant un gémissement de bonheur. Elle l'enlaça et laissa ses lèvres répondre à ce baiser brûlant. Toute la force de son amour éclata, nourrissant le feu qui brûlait déjà en elle.

Ils arrachèrent leurs vêtements. Bientôt, le soleil vint caresser leur peau trempée.

Cette fois, Ian n'était plus doux. Elle ne le souhaitait pas. Toute la frustration qu'ils avaient enfermée en eux se libéra dans un accès de folle passion.

Ses mains dans les cheveux de Ian, Alanna l'attira contre elle.

Le visage enfoui dans son cou, Ian huma son odeur, qui l'avait hanté pendant des semaines. Il caressa la peau laiteuse dont il avait rêvé nuit après nuit.

Quand elle s'arc-bouta contre lui, il plongea en elle en murmurant son nom.

Alanna avait le sien sur les lèvres quand elle enroula ses membres effilés autour de lui. Ensemble, ils chevauchèrent vers le pays dont ils avaient tant rêvé. Jusqu'à ce qu'ils se retrouvent épuisés et radieux, baignés par les rayons du soleil déclinant.

Ian se releva sur un coude et prit le visage d'Alanna

dans sa main. Elle plongea ses yeux dans les siens. Ceux de Ian étaient remplis d'une détermination farouche.

— Cette fois, je n'attends pas votre réponse, Alanna. Que vous le vouliez ou non, nous allons nous marier.

— Ian, j'étais venue vous dire…

— Je me moque éperdument de ce que vous êtes venue me dire.

Elle sentit les doigts de Ian se resserrer sur son menton.

— Vous pouvez me haïr et me maudire jusqu'à la fin du monde, vous êtes à moi. Et, par Dieu, vous allez me prendre tel que je suis, ajouta-t-il.

Alanna serra les dents.

— Si vous me laissiez placer un mot…

Mais un homme désespéré n'écoute pas.

— Je ne vous laisserai pas repartir. Je n'aurais pas dû m'éloigner de vous, mais vous avez une façon de mettre un homme à bout de nerfs. Je ferai l'impossible pour vous rendre heureuse. Sauf trahir ma propre conscience. Et cela, je ne le ferai jamais. Même pour vous.

— Je ne vous le demande pas, je ne vous le demanderai jamais. Je veux seulement vous dire…

— Bon sang, qu'est-ce que vous avez là ?

Il referma lentement sa main sur la bague suspendue au cou d'Alanna. Il regarda tendrement la jeune femme.

— Pourquoi…

Il hésita, attendit que sa voix se raffermisse.

— Pourquoi la portez-vous ?

— J'essayais de vous le dire, mais vous ne m'avez pas laissée parler.

— Maintenant, je vous écoute.

— Je voulais vous la rendre.

Elle remua impatiemment.

— Mais je n'ai pas pu. Je trouvais que c'était malhonnête de la porter au doigt, c'est pourquoi je l'ai attachée à cette cordelette. Je la porte sur mon cœur, là où je vous ai gardé.

Il ouvrit la bouche pour parler.

— Laissez-moi finir ! Quand je vous ai entendu partir, ce matin-là, j'ai compris tout de suite que je me trompais, et que vous aviez raison.

L'ombre d'un sourire glissa sur les lèvres de Ian.

— J'ai de l'eau de rivière dans les oreilles, madame Flynn. Pouvez-vous répéter ce que vous venez de dire ?

— Je l'ai dit une fois, je ne le répéterai pas.

Si elle s'était trouvée debout, elle aurait relevé le menton.

— Je refusais de vous aimer. Cela fait peur de trop aimer. J'ai perdu Rory à la guerre, ma mère est morte de chagrin, et le pauvre Michael Flynn a eu une mauvaise fièvre. Aussi vrai que je les ai tous aimés, je sais que vous comptez encore plus pour moi.

Il l'embrassa doucement.

— Je croyais désirer une vie paisible, un mari qui serait heureux de travailler près de moi et de s'asseoir près du feu chaque soir.

Elle sourit et caressa ses cheveux.

— Mais apparemment, l'homme que je veux ne sera jamais content, il voudra toujours combattre les injustices. C'est un homme près duquel je serai fière de vivre.

— Maintenant, vous mettez ma modestie en péril, murmura-t-il en posant son front contre le sien. Dites-moi seulement que vous m'aimez.

— Je vous aime, Ian MacGregor. Maintenant et à jamais.

— Je jure de vous donner ce foyer, cette famille, et de m'asseoir près du feu avec vous chaque fois que ce sera possible.

— Et je promets de me battre à votre côté quand le besoin s'en fera sentir.

Ian cassa la corde et libéra l'anneau. Sans quitter Alanna des yeux, il lui glissa la bague au doigt.

— Ne l'enlevez plus jamais.

— Non, je vous le promets.

Elle prit sa main dans les siennes.

— A partir de cet instant, je suis une MacGregor.

Épilogue

Boston, veille de Noël 1774

Aucun argument n'aurait pu faire sortir Ian de la chambre où sa femme connaissait les douleurs de son premier accouchement. Bien qu'il eût le cœur glacé en la voyant souffrir, il tint bon. Sa tante Gwen tenta de le persuader, à sa manière très douce, mais elle échoua elle aussi.

— C'est mon enfant, dit-il. Et je ne sortirai pas d'ici avant qu'il soit né.

Il prit la main de sa tante et pria pour avoir autant de courage que sa femme.

— Je fais confiance à tes talents, tante Gwen. Après tout, je ne serais pas ici sans toi.

— Ne te fatigue pas, Gwen, dit Serena en riant. Il est aussi entêté que n'importe lequel des MacGregor.

Gwen sourit.

— Alors, va lui tenir la main, Ian, cela allégera ses douleurs. Le bébé ne va pas tarder, maintenant.

Alanna ébaucha un sourire crispé en le voyant à son chevet. Elle n'avait jamais pensé que cela pouvait être si long de mettre au monde un être aussi minuscule.

Dieu merci, Ian était près d'elle, et la présence de Gwen était rassurante. Elle avait aidé des dizaines de bébés à naître. Son mari, qui était médecin, aurait assisté à l'accouchement également, s'il n'avait pas été appelé pour une urgence.

— Tu négliges nos invités, murmura Alanna à Ian entre deux contractions.

— Ne vous inquiétez pas, dit Serena, ils se débrouillent très bien tout seuls.

Alanna ferma les yeux. Gwen passa doucement un linge humide sur son front ruisselant de sueur. Alanna sourit faiblement. Elle était heureuse que les deux familles soient réunies sous son toit : les Murphy et les Langston. C'est elle qui aurait dû les recevoir pour cette première fête de Noël dans la maison que Ian et elle avaient achetée près de la rivière, mais le bébé, pourtant prévu dans trois semaines, en avait décidé autrement.

Les contractions se firent plus rapprochées. Alanna serra la main de Ian de toutes ses forces.

— Détendez-vous, respirez à fond, conseilla Gwen d'une voix douce. Là, comme cela, c'est très bien.

Alanna ouvrit les yeux, et les referma aussitôt sous l'assaut d'une nouvelle contraction, plus douloureuse. Penché sur elle, anxieux, Ian lui caressait le bras en murmurant des paroles apaisantes.

C'était un homme merveilleux, un mari solide. Vivre avec lui n'était pas de tout repos, mais c'était une vie riche en événements. Alanna poussa un petit soupir attendri. Ian l'avait gagnée à ses convictions. Ou peut-être avait-elle toujours porté en elle la graine de la révolte, qui n'attendait qu'à être cultivée ? Elle s'était surprise à écouter le récit des réunions auxquelles Ian participait, avec un intérêt qu'elle n'aurait jamais imaginé, et elle était fière quand les autres demandaient conseil à son mari. Elle ne pouvait qu'être d'accord avec lui sur le fait que la taxe portuaire était injuste. Comme Ian, elle refusait de payer pour le thé qui avait été détruit dans le but d'échapper à cette taxe.

Non, ils n'avaient pas eu tort. Elle avait appris qu'il y avait souvent du bon dans la témérité. La sienne l'avait amenée ici, pour mettre au monde leur enfant. Elle en remerciait le ciel.

Elle se remémora leur voyage de noces en Ecosse, où elle avait fait connaissance avec la famille de Ian, et marché dans les forêts de son enfance. Un jour, ils y retourneraient avec leur propre enfant, pour lui montrer où se trouvaient ses racines. Ils iraient en Irlande aussi. Leur enfant n'oublierait pas ses ancêtres. Et tout en se rappelant le passé, il pourrait choisir sa vie, son pays. Par leurs luttes, ils lui auraient donné ce droit.

— Le bébé arrive !

Gwen adressa un sourire rassurant à Ian.

— Vous allez bientôt être papa.

— La naissance de notre bébé, dit Alanna, épuisée. Et bientôt, la naissance de notre nation.

Malgré son inquiétude pour elle, Ian se mit à rire.

— Tu deviens plus radicale que moi, madame MacGregor.

— Je ne fais rien à moitié.

Elle poussa un cri.

— Doux Jésus ! Il se bat pour la vie !

Elle saisit la main de son mari.

— Ce sera bien le fils de son père !

— Ou la fille de sa mère, murmura-t-il en regardant

Gwen d'un air désespéré. Est-ce que ce sera encore long ? Elle souffre.

— Non, le bébé commence à se montrer.

Un coup fut frappé à la porte. Gwen poussa un petit soupir d'impatience.

C'était Brigham.

— Brig, le bébé n'est pas encore là. Je n'ai pas de temps à te consacrer en ce moment, dit Serena.

Sans l'écouter, il entra dans la pièce et enlaça sa femme.

— Je viens juste de recevoir le message que j'attendais, une confirmation de Londres…

— Au diable les messages de Londres, marmonna sa femme en entendant gémir Alanna.

— Mon oncle, les nouvelles peuvent attendre, dit Ian.

— Ian, il faut que tu entendes cela toi aussi, cette nuit entre toutes.

— Alors dépêche-toi de le dire et va-t'en, dit sèchement Serena.

— Le mois dernier, une pétition a été soumise au Parlement.

Brigham prit Serena par les épaules et la regarda droit dans les yeux.

— L'acte de proscription a été abrogé.

Il prit son visage dans ses mains en voyant ses yeux s'embuer de larmes.

— Le nom des MacGregor est libre.

Eclatant en larmes, Serena se libéra d'un poids qu'elle avait porté toute sa vie.

— Gwen, Gwen, as-tu entendu ?

— Oui, j'entends, et je remercie Dieu, mais pour l'instant, j'ai les mains pleines.

Entraînant son mari avec elle, Serena se précipita vers le lit.

— Puisque tu es là, dit-elle, tu vas nous aider.

Quelques minutes plus tard, les cloches de minuit annonçaient Noël. Et des cris perçants annonçaient une vie nouvelle.

— C'est un garçon, dit Gwen en prenant le bébé hurlant dans ses bras.

— Est-ce qu'il va bien ? s'enquit Alanna.

Elle pleurait de bonheur.

— Il est parfait, affirma Serena.

— Je t'aime, murmura Ian en embrassant la main d'Alanna. Et je te remercie de m'avoir fait le plus beau cadeau qu'un homme puisse recevoir.

— Prenez votre fils, dit Gwen en posant le nouveau-né dans les bras de son père.

— Dieu tout-puissant, il est si petit !

Il était ému jusqu'aux larmes. Alanna ne les quittait pas des yeux. Ce serait une image qu'elle chérirait toute sa vie.

— Il va grandir, dit Serena en souriant à Brigham. Ils le font tous, on ne peut pas les en empêcher !

Elle passa un bras sur les épaules de sa sœur tandis que Ian posait le bébé sur le ventre d'Alanna.

— Il est si beau.

Caressant son bébé d'une main, Alanna tendit l'autre vers son mari et l'attira vers elle.

— A Noël dernier, nous nous sommes donnés l'un à l'autre. Et ce Noël, un fils nous est donné.

Elle caressa très doucement le duvet brun qui ombrait la tête du nouveau-né.

— J'ai hâte de voir ce que l'avenir va nous offrir.

— Nous allons vous laisser tranquilles tous les trois, dit Brigham.

Il prit sa femme et sa belle-sœur par la main.

— Allons annoncer la nouvelle aux autres.

Ian se leva. Alanna lui tendit le bébé.

— Dites-leur que Murphy MacGregor est né en ce jour de Noël, dit Ian.

Il embrassa son fils, qui recommença à crier.

— Un MacGregor, qui dira fièrement son nom à tous ceux qui voudront bien l'entendre. Et qui marchera sur une terre libre. Annoncez-leur tout cela !

— Oui, annoncez-leur tout cela, renchérit Alanna. De notre part à tous les trois !

SUSAN WIGGS

Rendez-vous sous le gui

BestSellers

Titre original : THE ST. JAMES AFFAIR

Traduction française de CHRISTINE BOYER

83/85, boulevard Vincent-Auriol, 75646 PARIS CEDEX 13.
Tél : 01 42 16 63 63
Service Lectrices — Tél. : 01 45 82 47 47
www.harlequin.fr

1

Elaine St. James se hâtait sur la Cinquième Avenue. En cette veille de Noël, les rues de New York étaient bondées et elle ne parvenait qu'à grand-peine à se frayer un chemin au milieu de la foule compacte. Les bras chargés de paquets, les gens souriaient, ignorant la neige et le froid. Elle contourna une chorale de l'Armée du Salut qui chantait à pleins poumons *Vive le vent* en sollicitant la générosité des passants. L'haleine chargée, un Père Noël titubait sur le trottoir.

Son téléphone portable collé à l'oreille, Elaine percevait mal les paroles de Byron, son petit ami. Mais malgré le brouhaha général, elle comprit qu'il l'appelait pour mettre fin à leur relation.

— Un top model ? cria-t-elle. Tu me laisses tomber pour un mannequin spécialisé dans la lingerie féminine ?

Elle se rendit compte trop tard qu'à cet instant précis les chanteurs marquaient une pause et les feux passaient au rouge, bloquant la circulation. Dans un silence assourdissant, tout le quartier l'entendit hurler dans l'appareil.

Gênée par les regards curieux rivés sur elle, Elaine ajusta son sac sur son épaule pour se donner une contenance. Byron continuait à lui débiter des explications mais elle n'avait aucune envie d'en écouter davantage. Le rouge au front, elle releva haut la tête et lança à la cantonade :

— Parfait !

Puis elle coupa la communication et poursuivit son chemin. Derrière elle, les voitures redémarraient, la chorale entamait *Douce Nuit* et les trottoirs recommençaient à s'animer.

« C'est Noël », se dit Elaine, étonnée de sentir des larmes brûler ses paupières.

Pourtant, elle n'éprouvait aucune tristesse à l'idée de ne plus revoir Byron. L'indifférence avec laquelle elle accueillait la nouvelle lui prouvait que leur prétendu amour n'en avait pas été un. Mais cette rupture signifiait aussi la fin d'un rêve et il n'était pas si facile de renoncer à une illusion, à un espoir…

D'un pas déterminé, Elaine se fraya un passage dans la foule agglutinée devant les vitrines. Heureusement pour elle, elle ne manquait pas de volonté. Dès son plus jeune âge, elle avait été habituée à faire ce que l'on attendait d'elle et elle était devenue maîtresse en la matière. Elle allait se remettre au travail, se démener pour satisfaire ses clients, s'activer pour décrocher de nouveaux contrats et elle réussirait à surmonter cette déception. Ce n'était pas si compliqué, après tout !

Elle tenta de s'imprégner de la gaieté environnante. Autour d'elle, les enfants riaient, tout le monde était souriant. Mais malgré ses efforts, elle ne parvenait pas à partager la bonne humeur générale.

Pourquoi Noël était-il une période de l'année très heureuse pour la plupart des gens, sauf pour elle ?

Pourquoi se sentait-elle si décalée, si différente des autres ?

Quelque part, elle en devinait la raison… Elle avait passé son enfance et son adolescence dans des pensionnats huppés, et toutes ses vacances dans des lieux très chic. Ses parents pensaient bien faire, bien sûr, ils souhaitaient que leur fille unique reçoive la meilleure éducation et évolue dans la haute société. Mais ils l'avaient privée de la chaleur d'une vie de famille et, à présent, elle avait le sentiment d'être partout une étrangère. Pourtant, Elaine n'avait jamais eu envie de se révolter ou de les décevoir et elle ne s'était jamais plainte. En réalité, elle avait consacré tant d'énergie à répondre à leurs attentes qu'elle avait oublié de se demander à quoi rimaient ses efforts.

Au carrefour, une femme chargée de sacs multicolores joua des coudes pour la dépasser et la bouscula sans même s'en excuser. Agacée par cette désinvolture, Elaine se mordit la lèvre pour ne pas lui lancer une réflexion désagréable, et se contenta de la fusiller du regard. Elle était en retard et de mauvaise humeur. Montrer un peu d'énervement aurait sans doute été justifié, mais Elaine détestait élever la voix.

A une époque lointaine, les lumières et les chants de Noël la plongeaient dans une sorte de féerie. Elle regrettait son état d'esprit d'alors mais elle ignorait comment faire revivre cette joie, cette excitation, cette légèreté. Et Byron n'était certainement pas un homme pour elle. Bien sûr, elle aurait dû le deviner dès le départ, au lieu de se bercer d'illusions mais, bien que la vie n'ait cessé de la décevoir, elle gardait toujours dans le secret de son cœur la foi en la magie de Noël.

Un peu plus loin, elle se retrouva nez à nez avec un

homme qui lui tendit une boîte en fer sur laquelle était collée une photo d'orphelins. Serrant les mâchoires, elle fixa l'horizon. Si elle faisait mine de ne pas l'avoir vu, peut-être réussirait-elle à se débarrasser de lui. Elaine savait très bien éviter le regard des gens et se protéger des autres.

Ces quêteurs de tout poil prétendaient récolter des fonds pour des œuvres charitables mais, en réalité, ils travaillaient pour leur propre compte, se rappela-t-elle, songeant au Père Noël ivre qu'elle venait de croiser. L'argent qu'ils réussissaient à soutirer aux passants leur permettrait de s'offrir de quoi boire. Tomber dans le piège encourageait la mendicité.

— « Bientôt Noël », chantait l'homme.

Avec un soupir, Elaine considéra les guirlandes lumineuses et les décorations qui avaient envahi la ville dès le lendemain d'Halloween. Chaque année, la période des fêtes semblait démarrer plus tôt. Pourtant, chaque fois, à cette même époque, Elaine ne pouvait s'empêcher d'éprouver une petite excitation secrète. Et une bouffée d'espoir. Peut-être, cette année, Noël serait-il différent, pensait-elle toujours. Mais rien ne changeait jamais et plus le temps passait, plus elle devenait cynique.

L'homme secouait sa boîte sous son nez avec insistance.

— Allez, mademoiselle, un bon geste ! Donnez-moi une petite pièce.

Emmitouflé dans une écharpe rouge à pompons, il arborait sans raison apparente un sourire chaleureux. Autour de son cou était accroché un carton sur lequel était écrit en grosses lettres :

« BONJOUR, JE M'APPELLE LARRY ».

Le feu passa de nouveau au rouge et elle rejoignit le flot des piétons qui s'apprêtaient à traverser, mais le dénommé Larry lui emboîta le pas.

— Pour les enfants abandonnés, s'il vous plaît, mademoiselle.

Dans l'espoir de la convaincre de sa bonne foi, il lui tendit un permis officiel.

Il s'agissait certainement d'un faux, songea Elaine.

— Laissez-moi tranquille.

Mais son air de chien perdu la toucha.

« Sois forte », s'ordonna-t-elle. Si elle cédait à celui-ci, un autre prendrait immédiatement sa place et, très vite, une nuée de mendiants lui réclamerait de l'argent. Relevant le menton dans le vent glacial, elle s'éloigna à grands pas. Un peu plus loin, une autre chorale entonnait *Petit Papa Noël*.

Mais l'homme ne la laissait pas partir.

— Ecoutez, ce n'est pas ma faute si ce type vous a plaquée pour une pin-up. Les pauvres gosses orphelins n'y sont pour rien non plus. Ne leur faites pas payer votre mauvaise humeur.

A la fin, elle fut incapable de rester silencieuse.

— Ce n'est pas en me rappelant cet épisode que vous allez m'inciter à me montrer généreuse, vous savez.

— Pensez aux enfants, alors. Offrir est magique, l'ignorez-vous ?

— Je ne crois pas à la magie, répliqua-t-elle.

Le dire à haute voix rendit ce mensonge aussi réel que le bitume gelé sous ses talons aiguilles.

— Cela ne l'empêchera pas de se produire. Mais vous devez faire un geste. Allez ! Qu'est-ce qu'un petit billet pour une femme chaussée de bottes Manolo qui en valent cent fois plus ?

Il connaissait le prix des articles de luxe ! Comme c'était étrange !

— Donnez à la vie, elle vous le rendra au centuple ! Cinq dollars et la magie commencera à opérer. Je vous le garantis.

— Si je les verse à votre cause, vous vous engagez à disparaître ?

Avec un clin d'œil, il lui décocha un sourire joyeux.

— Faites-moi confiance, vous ne le regretterez pas. Aidez-nous et le monde vous aidera à son tour.

— Qu'est-ce qui vous fait penser que j'ai besoin d'aide ?

— « Celui qui ne peut pas vivre en société, ou qui n'a besoin de rien parce qu'il se suffit à lui-même, ne fait point partie de l'Etat : c'est une brute ou un dieu », déclama-t-il.

Non seulement, il s'y connaissait en chaussures mais il citait Aristote !

« Je suis dans un monde de fous », songea Elaine.

— Si vous allez jusqu'à dix dollars, je vous promets un miracle, proposa Larry.

— Pour l'amour de Dieu, cessez vos boniments !

A bout de patience, elle fouilla dans son sac et lui tendit un billet de vingt dollars.

— Joyeux Noël, Elaine, dit-il gaiement.

Comme elle reprenait sa marche, elle se rendit brutalement compte qu'il l'avait appelée par son nom et elle s'arrêta net. Surpris, un homme d'affaires la heurta avant de la contourner en bredouillant des excuses. Elle scruta la foule mais Larry n'était plus en vue nulle part.

Comment connaissait-il son prénom ? L'avait-il prononcé au hasard et avait-il eu la chance de le deviner ? Non, il l'avait plus probablement lu quelque part dans son sac quand elle l'avait ouvert pour sortir son portefeuille.

Avec un haussement d'épaules, elle refusa d'accorder de l'importance à cet incident et poursuivit son chemin. A tous les coins de rue, des chanteurs s'égosillaient. Leurs « Joyeux Noël et Paix sur la Terre » semblaient se répondre comme en écho.

Mais, depuis longtemps, Noël ne signifiait rien de joyeux pour Elaine. La période des fêtes se traduisait pour elle par un surcroît de travail, par des horaires surchargés, par des réunions supplémentaires, par davantage de réceptions à organiser et davantage de clients à satisfaire.

Comme Byron l'avait quittée, elle aurait un cadeau de moins à acheter cet après-midi ! se dit-elle. Finalement, la seule gêne que cette rupture allait occasionner serait l'explication délicate qu'elle devrait donner à ses parents. Ils adoraient Byron qui leur apparaissait comme le gendre idéal, mais elle trouverait le moyen de leur exposer la situation et ils s'en remettraient. Le monde continuerait de tourner et, au bout du compte, la fin de cette histoire ne préoccuperait personne. Elaine serait la seule à ressentir quelque chose ; or elle avait appris à dissimuler ses souffrances.

Elle s'engagea dans une rue transversale, miraculeusement déserte à l'exception d'un clochard et de son chien galeux. Abrités sous le porche d'un restaurant, ils la regardèrent passer.

Dans sa hâte, elle trébucha et renversa son sac à main, dont le contenu se répandit sur le trottoir gelé.

Avec un soupir agacé, elle s'accroupit pour rassembler ses affaires — son téléphone portable, une boîte de bonbons à la menthe, un agenda de cuir, un rouge à lèvres et une foule d'objets hétéroclites.

Comme elle s'éloignait, l'homme la héla.

— Mademoiselle, vous oubliez quelque chose ! cria-t-il en lui tendant un trousseau retenu par un patin d'argent.

— Merci.

Elaine s'empara de ses clés et les rangea dans son sac de cuir avant de s'éloigner. Mais, après quelques pas, elle s'arrêta et sortit de nouveau un billet de son portefeuille. Elle détestait jeter son argent par les fenêtres mais, à ses yeux, tout travail méritait salaire. Cet homme lui avait permis de récupérer quelque chose à quoi elle tenait beaucoup et elle lui devait une récompense.

Ce porte-clés revêtait beaucoup d'importance pour Elaine. Elle le gardait en souvenir, pour ne jamais oublier ce qu'il en coûtait d'offrir son cœur à un être qui ne le méritait pas.

2

D'un pas alerte, Elaine longea les boutiques jusqu'au Fezywig, une brasserie très prisée de New York. Grâce à l'entreprise de publicité d'Elaine, ce restaurant était devenu le lieu de rendez-vous préféré des trentenaires branchés et des personnalités du show-business, de la mode et de la politique.

Elle s'engouffra à l'intérieur. Tout en chrome, cuir et verre, le décor était l'œuvre d'un célèbre architecte d'intérieur. Dieu merci, les musiques de Noël n'y avaient pas droit de cité. A la place, de gros baffles distillaient en sourdine un air de jazz. Elaine retira son manteau, ses gants et son chapeau et les tendit à la personne qui tenait le vestiaire avec un sourire reconnaissant.

Avant de rejoindre ses collaboratrices, elle s'esquiva vers les lavabos. Son ensemble-pantalon en cashmere ivoire lui seyait à merveille, constata-t-elle dans le grand miroir mural, et se mariait à la perfection avec ses bottes de cuir. Mais il lui fallait absolument se recoiffer et se remaquiller. Encore une chose qu'elle détestait au moment de Noël : le vent violent, sans parler du froid polaire et des rues gelées.

Avec des gestes précis, elle se brossa les cheveux puis

elle sortit sa trousse de maquillage et se mit au travail. Tout en se faisant belle, elle réfléchissait.

Ainsi, Byron la laissait tomber ! A présent, il lui appartenait de décider de la meilleure manière de présenter l'événement à son entourage. D'un côté, elle pouvait jouer le rôle de victime blessée, vulnérable, et qui avait grand besoin de réconfort et de soutien. Cette stratégie lui permettrait de se remonter le moral en écoutant ses amies lui répéter que ce salaud ne la méritait pas, qu'il ne lui arrivait d'ailleurs pas à la cheville et ne tarderait pas à regretter amèrement d'avoir rompu.

Penchée vers le miroir, elle appliqua avec soin du mascara sur ses longs cils. D'un autre côté, elle pouvait dissimuler son humiliation derrière des sarcasmes et s'employer à ridiculiser Byron Witherspoon. En la plaquant pour une femme frivole et stupide, il lui avait offert l'occasion de se moquer de lui.

« C'est la veille de Noël, le moment rêvé pour s'amuser », songea-t-elle en sortant son tube de rouge à lèvres. Elle allait feindre de n'être pas affectée par la rupture avec son petit ami.

Elle examina son reflet avec attention. « Pas mal », se dit-elle, satisfaite, en contemplant ses cheveux ébouriffés avec art, son ensemble en cashmere, ses boucles d'oreilles en or. Elle ne ressemblait pas, en tout cas, à une malheureuse qui venait de se faire éconduire !

Avec un peu d'étonnement, elle se rendit compte qu'elle n'éprouvait aucune tristesse et qu'elle n'aurait pas à faire semblant de prendre cette séparation avec détachement. La seule chose qui l'ennuyait dans cette histoire était la perspective de se rendre seule, ce soir, à la réception donnée par ses parents. Elle devrait leur expliquer la situation et cela l'ennuyait d'avance. Mais, au fond, la trahison de Byron la laissait complètement froide.

Comme c'était étrange, pensa-t-elle, presque déçue. Pourquoi n'était-elle pas ravagée de chagrin ? Pourquoi n'avait-elle aucune envie de pleurer ou de se lamenter ? Effarée, elle s'aperçut qu'elle ressentait la même contrariété que devant un ongle cassé. Si elle avait fondu en larmes, elle aurait eu au moins l'impression de ne pas avoir perdu son temps en sortant six mois avec un homme qu'elle n'aimait pas vraiment. Mais l'idée de soupirer ou de sortir son mouchoir lui paraissait saugrenue. Curieusement, alors que c'était Byron qui était à l'origine de leur rupture, elle avait l'impression d'avoir mis de l'ordre dans sa vie.

La brasserie était bondée, et plusieurs personnes patientaient à l'entrée, pressées de se restaurer un peu avant de sortir s'occuper des cadeaux de dernière minute et des achats pour le réveillon. Tout en se dirigeant vers le fond de la salle, Elaine salua de la main des connaissances. Son sourire n'avait rien de factice. Elle adorait ces gens issus de la haute société, ces acteurs, ces lanceurs de nouvelles modes et ils le lui rendaient bien. Au milieu d'eux, elle se sentait dans son élément. Mais elle ne pouvait pas s'attarder. Ses collaboratrices — qui étaient aussi ses meilleures amies — l'attendaient.

Pourtant, un curieux sentiment s'empara soudain d'Elaine, un sentiment qui n'avait rien à voir avec sa conversation avec Byron mais qui n'en était pas moins étrange.

Elle ne savait pas très bien pourquoi mais parfois,

aux plus mauvais moments, elle éprouvait une étrange solitude.

C'était absurde, évidemment. Elle menait une vie très remplie, et son métier l'amenait à rencontrer en permanence une foule de personnes. Mais, même si elle s'efforçait de se dissimuler la vérité, son existence lui semblait souvent vaine et futile et elle se sentait très seule.

Heureusement, elle avait trouvé l'antidote : l'action était le meilleur remède pour combattre la sensation de vide. Elle se démenait pour décrocher de nouveaux contrats, pour accroître son influence dans l'univers clinquant de la mode et du spectacle et, peu à peu, elle était parvenue à se faire un nom. Grâce à son caractère volontaire, elle avait réussi par la seule force de sa volonté à devenir en quelques années une des publicitaires les plus connues et recherchées de la ville.

Réconfortée par cette pensée, elle traversa la brasserie d'un pas assuré pour rejoindre la table où ses collaboratrices patientaient en sirotant des cocktails.

La première, Melanie l'aperçut et lui fit signe de la main.

— Ah, te voilà, Elaine ! Tu es en retard.

— Désolée, répondit-elle en se glissant sur la banquette de cuir à côté de Bobbi, sa meilleure amie. J'avais des coups de fil à passer.

Elle jeta aux trois jeunes femmes un regard plein de reproches. Parce que c'était Noël, elles s'autorisaient à se détendre. Elles auraient pourtant dû savoir que la période des fêtes ne supprimait pas les opportunités de décrocher des contrats. Au contraire, dans le domaine des relations publiques, la trêve des confiseurs se traduisait par un surcroît de travail.

Le dénommé Larry s'était totalement trompé. Si cette époque de l'année lui était propice, cela n'avait rien à voir avec la prétendue générosité ambiante. Noël donnait simplement un coup de fouet à leurs activités.

Comme il était plus de midi, elle commanda un kir royal puis elle posa son sac à main et s'efforça de sourire. Jenny P — elle s'appelait Pinkwater mais, depuis longtemps, elle avait décidé de ne garder que la première lettre de son patronyme — était somptueuse dans son pull en mérinos noir, avec ses hautes bottes de daim et son rouge à lèvres pailleté. Melanie Benz, que ses clients adorés surnommaient affectueusement La Brindille, était mince comme un fil. Elle portait des cheveux blonds, presque blancs, dressés sur sa tête comme une crête. Bobbi, la plus belle du trio, arborait une silhouette de top model dans son ensemble de cuir de chez T. Gallagher, maquillée par les produits Chez Moi et coiffée par Iago.

Quelques mois plus tôt, Elaine avait rencontré Bobbi dans une ville cotonnière de Caroline du Nord. La jeune femme n'était alors qu'une inconnue qui cherchait à percer dans le show-business ou dans l'univers de la mode. Mais Elaine et ses collaboratrices avaient d'autres projets pour elle. Avec brio, elles avaient transformé Bobbi du tout au tout : elles lui avaient offert une nouvelle garde-robe, une séance chez un visagiste, lui avaient appris à se mettre en valeur avant de l'introduire dans la haute société. Grâce à leurs relations, elles s'étaient arrangées pour que la jeune femme soit invitée partout et photographiée au bras d'un grand acteur, d'un chanteur dans le vent ou d'une personnalité politique. Et cela avait fonctionné. A présent, Bobbi faisait la couverture des magazines — *Vogue*, *Quest* ou *W*, pour ne citer que les plus connus. Tout le monde la réclamait, elle était de toutes les réceptions mondaines. Dernièrement, *Cosmo* lui avait proposé de présenter ses exercices d'amincissement pour l'été. Le lancement de Bobbi avait été un succès éclatant.

En créant la nouvelle coqueluche des médias, Elaine n'imaginait pas qu'elle deviendrait en quelques semaines sa meilleure amie. Aussi piquante et rafraîchissante qu'une coupe de champagne, Bobbi était un peu la sœur qu'elle n'avait jamais eue. Elaine lui confiait ses secrets et ses rêves. La jeune femme serait sans doute la seule à qui elle avouerait que sa rupture avec Byron ne l'affectait en rien et que ce détachement lui faisait craindre d'être incapable de nouer une relation durable.

Non, elle n'irait pas si loin. Même Bobbi dont elle se sentait si proche devait continuer à l'ignorer.

Ce soir, leur protégée ferait tout son possible pour propulser l'entreprise en haut de l'affiche. Elle devrait séduire le mystérieux et ambitieux Axel, un grand parfumeur suisse qu'elles désiraient compter parmi leur clientèle. Obtenir un important contrat avec lui était capital. Elaine prouverait au moins à ses parents qu'elle était capable de gagner sa vie et de se débrouiller dans l'existence. Au fond d'eux-mêmes, ils étaient persuadés que leur petite princesse était devenue publicitaire pour s'occuper en attendant de se marier et de fonder une famille avec quelqu'un de bien, quelqu'un du genre de Byron Witherspoon.

A présent, Elaine avait plus que jamais besoin d'Axel.

Travailler pour lui adoucirait quelque peu l'humiliation d'avoir perdu Byron.

— Si nous réussissons à le convaincre de nos talents, il nous ouvrira les portes du marché européen, dit-elle.

Avec ses collaboratrices, elle mettait au point les détails de la grande réception, connue depuis des décennies dans le beau monde comme « la soirée St. James ». Chaque année, la veille de Noël, ses parents conviaient tout le gratin de la haute société dans leur luxueux appartement. Mais, pour la première fois, ils avaient autorisé Elaine à se charger de tout, et elle ne voulait pas les décevoir.

— A quoi ressemble-t-il ? s'enquit Bobbi. Je n'ai jamais rencontré de millionnaire.

— Il est parfait.

— Qu'en sais-tu ? Es-tu sortie avec lui ? demanda Mel.

— Evidemment pas. Mais Axel et moi avons fréquenté les mêmes pensionnats. Parfois, ce genre d'établissement peut être utile à quelque chose…

Jouer le jeu du pouvoir était ce qu'Elaine savait faire de mieux. Elle excellait dans ce domaine et son ambition professionnelle donnait un sens à sa vie.

Penchées sur des feuillets comme des généraux sur une carte d'état-major, Melanie et Jenny mettaient au point un plan de bataille pour la soirée.

Profitant de leur inattention, Bobbi murmura discrètement à l'oreille d'Elaine :

— Pourrais-tu m'accorder une avance sur mon prochain salaire ? Je suis un peu à court d'argent, ces temps-ci.

A ces mots, Elaine fronça les sourcils.

— Tu ne cesses de m'en réclamer ! Tu dois absolument apprendre à gérer ton budget, Bobbi !

— J'essaie, mais mon train de vie est ruineux. Demain, c'est Noël, alors j'aurais besoin d'un petit coup de pouce. Je t'en prie…

Elaine avait du mal à comprendre son amie. Vivre au-dessus de ses moyens n'était jamais une solution.

— Passe au bureau demain matin, je te ferai un chèque.

— En fait, je ne pensais pas venir demain.

— Nous n'avons pas le loisir de chômer, Bobbi ! La période des fêtes est toujours très chargée pour nous, tu le sais.

— Mais c'est Noël !

— Je maintiens que tu te comportes en irresponsable, répliqua Elaine en sirotant son kir. Si tu veux percer dans ce métier, il te faut assumer tes fonctions.

— Pour une fois dans l'année ! insista Bobbi. Je comptais prendre un avion pour rejoindre ma famille. Ma sœur Jimmi a mis au monde un petit garçon avant-hier. Qu'y a-t-il de plus merveilleux qu'un bébé à Noël ?

— Un contrat avec un millionnaire suisse ! répliqua Jenny du tac au tac.

D'un doigt parfaitement manucuré, Melanie caressa sa flûte de champagne.

— De plus, ta maman est adorable, Elaine. C'est un plaisir de travailler pour elle.

— N'est-ce pas ?

Elaine se força à sourire. Freddie St. James avait approuvé sans réserve les suggestions de sa fille. Malgré son scepticisme à la vue du menu et de la liste des invités, savoir qu'Elaine était reconnue par toute la profession comme une publicitaire hors pair l'avait poussée à lui laisser carte blanche.

Pour Freddie, convier le gratin de la société ne rimait à rien si la presse ne se faisait pas l'écho de l'événement. Etrangement, cet objectif commun les avait rapprochées. Il y a quelques années, des mondes les séparaient. Ce n'était plus le cas, à présent.

— Tu as l'air nerveuse, Elaine, remarqua Jenny en l'observant avec attention. Tu es pourtant toujours d'un calme olympien. Que se passe-t-il ?

— Il s'agit quand même de la soirée de mes parents.

— Et alors ? Nous organisons des réceptions en permanence. Dans ce domaine, nous ne craignons personne. Les gens parlent encore avec des trémolos dans la voix du spectacle que nous avions monté à Thanksgiving au profit de l'association caritative Helpline. Qu'est-ce qui te préoccupe ?

Elaine prit une profonde inspiration. Il était temps de passer aux aveux.

— Je déteste Noël, je déteste ma vie. Byron vient de me plaquer pour un top model spécialisé en lingerie féminine.

A ces mots, le silence se fit dans la pièce.

Jenny fut la première à réagir.

— Mais… tu devais l'épouser ! Son père a bâti un empire télévisuel. Vous auriez incarné le couple le plus médiatique de la planète !

Avec élan, Bobbi l'embrassa sur la joue. Sa générosité toucha Elaine au cœur.

— Chérie, dit-elle, nous sommes désolées…

— Il n'y a pas lieu de l'être. La seule chose qui m'ennuie dans cette histoire est la date. N'aurait-il pas pu attendre deux jours pour m'annoncer la nouvelle ?

— Il n'est pas trop tard pour te trouver un compagnon

pour ce soir, protesta Mel en s'emparant de son agenda électronique. C'est Noël, il est inconcevable de te rendre seule à cette soirée !

En vérité, Elaine n'avait pas envie d'un cavalier. Et encore moins de fêter Noël. Elle voulait en finir au plus vite avec ces festivités et retourner travailler. Mais elle n'en souffla mot.

— Cette réception sera parfaite, assura Jenny en levant son verre. Tes parents seront épatés quand ils verront Axel te dévorer des yeux, et tout le monde sera heureux.

Le sourire d'Elaine tremblait légèrement tandis qu'elle s'emparait de sa flûte.

— Alors, buvons au bonheur de tous.

D'un air pensif, Elaine contempla les bulles de son champagne. Elle surmonterait cette épreuve, car elle était une gagnante ! Et ce soir, tout se déroulerait à merveille.

Comme elle relevait la tête, elle aperçut soudain un homme qui entrait dans la brasserie et elle se pétrifia.

La foule, les couleurs, la musique s'estompèrent, et elle ne vit plus que lui. En un éclair, elle se souvint de tout, malgré les — elle compta rapidement — sept ans qui les séparaient de leur dernière rencontre. Sept ans, jour pour jour…

Bouleversée, elle revécut en un instant l'intensité de son premier amour et elle comprit sans tarder qu'elle était de nouveau la proie de sentiments qu'elle croyait éteints depuis longtemps.

Elle ne parvenait pas à détacher les yeux de ses larges épaules, de son sourire chaleureux. Il avait toujours eu un charme redoutable. Avec les années, il était devenu plus beau, plus séduisant encore et elle fut étonnée de retrouver ses émotions de jeune fille devant celui qui avait hanté si longtemps ses rêves.

— Que se passe-t-il, Elaine ? s'enquit Jenny. On dirait que tu as vu un fantôme.

Baissant la tête pour dissimuler son trouble, elle posa son verre.

— Il s'agit plutôt d'un revenant, le revenant des Noël passés.

3

— De quels Noël ? s'enquit Jenny.

— Des miens.

Se rendant compte qu'elle tremblait, Elaine prit son visage entre ses mains, les yeux toujours rivés à la haute silhouette qui se découpait dans l'embrasure de la porte vitrée et qu'elle n'avait jamais pu oublier.

Les souvenirs affluèrent à sa mémoire, datant d'une époque où Noël signifiait plus pour elle qu'un déluge de mondanités indispensables à ses activités. Malgré elle, elle se rappelait avec nostalgie leur rencontre et la flamme que Tony avait allumée dans son cœur.

Leurs chemins n'auraient jamais dû se croiser. Elle appartenait à une classe sociale régie par des règles non écrites mais strictes qui lui interdisaient de sympathiser avec des garçons comme Tony Fiore. De son côté, il venait d'un monde radicalement différent. Il avait grandi à Brooklyn, au sein d'une famille d'origine italienne qui croyait, autant que les St. James, qu'il valait mieux rester parmi ses pairs.

A dix-huit ans, elle commençait tout juste à se rendre compte que l'univers ne se réduisait pas à son petit milieu privilégié, à sa vie protégée. Faire la connaissance de Tony Fiore avait été pour elle une révolution.

A présent, il avait mûri, et il lui parut plus charismatique encore qu'à cette époque. Quand il s'approcha d'un groupe de personnes attablées et se mit à discuter avec elles, ces dernières se tournèrent aussitôt vers lui en souriant et commencèrent à boire ses paroles.

Les amies d'Elaine suivirent son regard.

— Bel homme…, fit remarquer Mel.

— Qui est-ce ? renchérit Jenny.

Bobbi lui caressa le bras.

— En tout cas, à côté de lui, Byron passerait totalement inaperçu !

— Il s'appelle Tony Fiore, expliqua Elaine d'un ton léger. Nous nous sommes rencontrés il y a très longtemps, quand nous étions lycéens.

Leurs vies s'étaient croisées la première fois à la patinoire du centre Rockefeller, pendant les vacances de Noël. Tony était scolarisé à Notre-Dame, il y suivait un programme de sport-études qui lui permettait de pratiquer intensément le hockey. Elle n'oublierait jamais la première vision qu'elle avait eue de lui. Des centaines de touristes et d'habitués se pressaient sur la piste et, pourtant, Tony Fiore serpentait sans effort entre les couples, les enfants et les bandes d'adolescents. La grâce et la puissance avec lesquelles il glissait sur la glace avaient attiré son attention.

De loin, Jenny observait Tony avec l'expression d'un joaillier examinant une pierre précieuse.

— Fiore…, murmura-t-elle. Je n'ai jamais entendu parler de lui. Comment cela se fait-il ?

Elaine s'efforça de prendre un air détaché. Elle se

rappelait comment leur histoire s'était terminée — ou plutôt comment Tony avait disparu sans explications. Pendant quelque temps, ils avaient incarné les rôles de Roméo et Juliette, mais ils n'avaient jamais eu l'occasion de jouer le dernier acte.

Refusant de s'appesantir sur cet épisode, elle haussa les épaules.

— Cela n'a rien d'étonnant. Il a disparu de ma vie il y a bien longtemps déjà.

Malgré le ton définitif avec lequel elle l'affirma, sa gorge se serra. Il n'était peut-être pas une célébrité ni rien, mais il avait été le seul homme de son existence à lui faire connaître la magie de Noël. Il avait aussi été le seul à lui avoir posé un lapin, le soir où elle venait lui offrir son cœur…

— Pas d'accord, répliqua Melanie. Il n'a pas la tête d'un quidam quelconque. Mais je n'arrive pas à le situer…

— C'est peut-être un acteur de cinéma, suggéra Bobbi en tendant la main pour attraper la cerise dans le verre de Mel.

— S'il en était un, nous saurions qui il est.

— Que fait-il ici ?

Un bloc-notes sous le bras, Tony Fiore se déplaça vers une table voisine et salua les convives. Et, de nouveau, les visages parurent s'éclairer à sa vue.

— Peut-être récolte-t-il des fonds ? dit Jenny.

Comme il se penchait pour tendre un stylo à quelqu'un, elles remarquèrent alors l'inscription qui figurait au dos de sa parka.

— Vous avez vu ? s'écria Melanie. C'est un policier.

Perplexe, Elaine fronça les sourcils. Un policier ? Il était censé devenir une star de hockey ! A l'époque, elle s'était dit qu'il avait dû faire un choix. Sans doute s'était-il rendu compte qu'il lui était impossible de conjuguer une carrière d'athlète de haut niveau et une passion amoureuse… Ainsi, il l'avait quittée pour entrer dans la police…

Soudain, Bobbi se raidit.

— Il vient par ici !

Avant que quiconque ne puisse répondre, Tony s'approcha effectivement d'elles.

Oh, ce sourire ! pensa Elaine, réprimant un gémissement. Ces yeux noirs si beaux ! Malgré les années et les nombreux Noël qui s'étaient succédé, elle n'avait jamais pu oublier ce visage, qui continuait à la faire rêver.

— Bonjour, mesdemoiselles, lança-t-il.

Cette voix aussi la hantait encore… Profonde, chaude, assurée, elle était à peine teintée de l'accent de Brooklyn.

Dissimulant la panique dont elle était la proie, Elaine afficha un sourire de façade.

— Tony Fiore ! Quelle surprise ! Nous ne nous étions pas vus depuis une éternité.

Ce jour-là était la date anniversaire de leur rencontre. En était-il conscient ?

— Cela fait six ans, ce soir, dit-il en la dévisageant d'un air appréciateur.

In petto, elle remercia le ciel. S'il ne s'en était pas souvenu, elle serait morte dans ce restaurant. Mais la chaleur de son regard, la légère rougeur qui envahit ses joues lui confirmèrent qu'il ne l'avait pas oubliée.

Elle se demanda s'il se rappelait aussi leurs émotions quand, main dans la main, ils tourbillonnaient sur la glace, s'il était capable d'écouter un chant de Noël sans penser à elle, s'il avait parfois du mal à trouver le sommeil et s'il imaginait, en se tournant et en se retournant entre ses draps, ce qu'aurait été sa vie s'il avait osé…

— Sept, corrigea-t-elle, pas le moins du monde étonnée qu'il ait fait une erreur. Mais qui s'en soucie ?

Lorsqu'il lui sourit, elle se rendit compte que son sourire était aussi sensuel et chaleureux qu'à l'époque où elle l'avait rencontré. Pourtant, comme le garçon modeste qu'elle avait connu, il ne semblait pas conscient de l'effet dévastateur qu'il avait sur les femmes. Rien n'était plus sexy qu'un homme qui ne mesurait pas l'étendue de son pouvoir de séduction. Soudain, elle sentit son regard parcourir tout son corps.

— Tu as l'air en pleine forme, Elaine.

— Toi aussi.

Elle posa un œil interrogateur sur le dossier qu'il avait sous le bras. Mais, en réalité, elle cherchait à voir s'il portait une alliance. Elle était certaine qu'un homme comme lui était marié à une femme ravissante et était père d'une ribambelle d'enfants. D'ailleurs, il y a longtemps, il lui avait confié vouloir fonder une famille tout en poursuivant une carrière de hockeyeur. Mais à la grande surprise d'Elaine, son annulaire gauche était nu.

— A quoi sert ce bloc-notes ? s'enquit-elle.

— Je récolte des fonds, expliqua-t-il avec un petit salut de tête à l'adresse de ses compagnes.

Il ressemblait à Larry, le quêteur des rues, pensa-t-elle. En plus grand, plus brun et surtout plus séduisant.

Puis, comme il le faisait autrefois, il les enveloppa toutes les quatre de son regard chaleureux. Ses yeux, bordés de longs cils noirs, s'animèrent et les amies d'Elaine s'ouvrirent à lui telles des fleurs au soleil.

Indiscutablement, il avait un pouvoir hypnotisant,

même si elle n'avait jamais réussi à comprendre comment il parvenait à attirer les gens sans même le vouloir. Peut-être les touchait-il avec sa façon de se pencher légèrement en avant, ou avec son sourire… Il possédait une forme de charisme et en sa présence chacun se sentait compris, accepté, unique. C'était une sorte de… magie. Soudain, elle se rappela les promesses du dénommé Larry.

Même Melanie, qui prenait toujours les événements avec un détachement légendaire, poussa un soupir.

Elaine se sentait mise à nu, vulnérable. Ces retrouvailles imprévues la déstabilisaient plus qu'elles ne l'auraient dû. Tony Fiore appartenait au passé. Sept ans plus tôt, il avait mis un terme à leur relation sans explications, alors à quoi bon revenir en arrière ? Redressant les épaules, elle décida de cacher son désarroi derrière un sourire de façade.

Elle lui présenta ses collaboratrices d'un ton mondain puis, avec un petit rire qui dissimulait ses véritables sentiments, elle se tourna vers lui.

— Et voici Tony Fiore, qui m'a brisé le cœur quand nous étions lycéens.

— Le mien fond complètement, s'exclama Jenny, presque en pâmoison.

— Je t'ai brisé le cœur ? répéta-t-il, incrédule. Non, Elaine. Je t'ai rendu service.

D'un trait, elle vida son verre. Le croyait-il vraiment ?

— Racontez-nous, dit Melanie. Vous sortiez ensemble, tous les deux ?

— Nous nous sommes vus… trois fois, répondit Elaine d'un air désinvolte.

Jenny siffla entre ses dents.

— Pour la plupart des hommes, c'est une longue relation.

— Et vous collectez des fonds pour quoi ? s'enquit Bobbi d'un ton mielleux.

— Pour une association de hockey sur glace en faveur des enfants de Brooklyn, répondit Tony. J'ai monté ce projet il y a trois ans avec des collègues. Nous leur apprenons à patiner et nous les entraînons.

Elaine n'en fut pas surprise. Ce sport était sa vie. Autrefois, il avait décidé d'en faire son avenir, son métier. Tout en l'observant à la dérobée, elle ne pouvait s'empêcher de s'interroger sur lui. Il avait mûri mais il n'avait pas changé et il la troublait toujours. Quelle était son existence, à présent ? Etait-il chargé de vérifier les papiers d'identité et de courir après les voleurs à la tire ?

— Que pouvons-nous faire pour vous ? demanda Melanie.

Sans se départir de son sourire chaleureux, il répondit :

— Si vous voulez me donner une petite pièce, elle sera bienvenue. C'est Noël…

— Je trouve formidable de votre part d'offrir aux gosses de la ville la possibilité de patiner, déclara Jen.

— C'est une idée remarquable, renchérit Elaine.

— Merci. Mais j'avoue que cette année nous n'avons pas récolté grand-chose. Il nous faudrait un miracle pour permettre à l'association de subsister.

— Vous devriez organiser un gala, lui dit Jenny. Croyez-moi, c'est notre domaine. Nous sommes publicitaires.

Devant son air stupéfait, Elaine lui expliqua en quoi consistaient leurs activités.

— Nous travaillons dans les relations publiques.

Nous rapprochons des médias — de la presse en particulier — les hommes et les produits qui gagnent à être connus. Nous écrivons des articles sur des personnalités économiques, financières ou politiques et nous assurons aussi la promotion de produits de luxe, de certains restaurants ou d'agences de voyages. Je n'ai jamais entendu parler de ton organisation. Tu devrais faire appel à nous pour la présenter au grand public. Cela augmenterait considérablement les dons. Fais-moi confiance, je sais ce que cela rapporte.

— Oui ? Et combien factures-tu tes services ?

Comme elle ne répondait pas, il se mit à rire.

— Je crains de ne pas avoir les moyens de faire appel à tes services. De toute façon, le temps que je consacre à cette entreprise a tout autant de valeur.

Dans un bel élan, elles s'emparèrent de leurs sacs à main. Elaine se rendit compte soudain qu'elle n'avait pas toujours détesté Noël. Bien sûr, grâce à une volonté de fer, elle s'interdisait d'être frivole et de s'octroyer trop de bon temps pendant la période des fêtes. Mais, maintenant qu'elle y réfléchissait, elle prenait conscience que, autrefois, elle aimait la chaleur et la joie qui régnaient à cette époque de l'année et la générosité qui s'emparait de tous, jusqu'aux plus démunis, à Noël.

En observant Tony, elle sut avec précision à quel moment le vent avait tourné. Tout avait commencé à se disloquer la nuit où il l'avait laissée tomber. Depuis cette date, elle s'était mise à considérer le monde avec cynisme. A présent, elle voyait la cupidité et le mensonge dissimulés derrière le don de soi et la sincérité de façade. Elle avait appris à attendre le pire des gens pour ne jamais être déçue.

Elle fouilla dans son sac et changea soudain de couleur. L'étui de cuir rouge avait disparu.

— J'ai un problème, dit-elle.

Pour en avoir le cœur net, elle vida le contenu de sa gibecière sur la table. Devinant le regard de Tony sur elle, elle se rendit compte qu'il fixait son porte-clés orné d'un patin d'argent. C'était lui qui le lui avait donné, des années auparavant, la seule chose qu'il lui ait jamais offerte, d'ailleurs. Et alors ? se dit-elle. A lui d'en tirer les conclusions qu'il voudrait. Elle savait pourquoi elle l'avait gardé.

Comme elle le remettait dans son fourre-tout, une étrange émotion s'empara d'elle.

— Quelqu'un m'a volé mon portefeuille, déclara-t-elle.

4

— Tu as de la chance, s'écria Melanie en désignant Tony. Nous avons un professionnel sous la main.

Elaine se leva.

— Le coupable doit être le type qui quêtait dans les rues ou peut-être le clochard. Je vais leur dire deux mots.

— Tu te trouvais avec un mendiant et un clochard ! s'exclama Jenny. Chérie, tu as vraiment besoin de vacances !

— J'ai renversé mon sac devant ce dernier et il a sans doute subtilisé mon portefeuille à ce moment-là sans que je m'en aperçoive.

D'un pas décidé, Elaine se dirigeait vers la porte quand une main se posa sur son épaule.

— Inutile de te précipiter, murmura Tony.

Il s'exprimait de la même voix basse et rauque qui la faisait frissonner autrefois.

— Pourquoi ?

— C'est ton amie qui te l'a pris, expliqua-t-il sobrement en se tournant vers Bobbi.

— Bobbi ?

Le visage de Bobbi se durcit et, soudain, elle ressembla

davantage à une inconnue qu'à la fille qu'Elaine chérissait comme une sœur.

— Je ne comprends pas de quoi vous parlez, grommela-t-elle.

— Du portefeuille rouge que vous avez dans votre sac, répondit Tony.

— Tony plaisante, c'est certain, dit Melanie en s'emparant du fourre-tout que Bobbi avait posé près d'elle.

Mais, à l'intérieur, elle découvrit effectivement le bien d'Elaine.

— Qu'est-ce que cela signifie ? demanda Jenny. Est-ce une plaisanterie de mauvais goût ?

— Difficile à croire, fit remarquer Melanie.

— C'était pour rire, bredouilla Bobbi.

Elaine eut l'impression de recevoir un coup de poing en pleine figure. Bobbi, qu'elle avait sortie du ruisseau pour en faire une star, Bobbi, qu'elle considérait comme sa meilleure amie, comme une sœur, lui avait volé son portefeuille…

— Comment as-tu pu ?

Bobbi se leva.

— Comment ai-je pu quoi ? Porter tes vêtements ridicules et me rendre à tes soirées débiles pour regarder des richards jeter leur argent par les fenêtres ? Faire du rentre-dedans à tes clients stupides ?

— Je pensais que nous étions amies, balbutia Elaine, encore sous le choc.

— Amies ? Laisse-moi rire ! Tu as peut-être pensé m'acheter en m'offrant un manteau de fourrure et un téléphone portable mais il en faut davantage pour nouer une véritable amitié. Sais-tu seulement que mon salaire couvre à peine la location de la chambre minuscule où j'habite ? Non, bien sûr, tu es à des années-lumière des réalités de la vie. Et il me faudrait en plus t'être reconnaissante ? Je vais te dire, vu ma situation financière, je ferais mieux de me jeter dans le fleuve.

— Ce qui t'économiserait ton loyer, fit remarquer Jenny avec cynisme.

— Tais-toi, Jen. Ton unique ambition est d'épouser un type riche. Quant à Melanie, elle sniffe tout ce qu'elle gagne. Vous faites pitié.

Sous la colère, elle retrouvait son accent nasillard du Sud. Elle se tourna vers Elaine.

— Tu les intéresses parce que tu as grandi dans les quartiers huppés et que tu as des relations. Mais tu serais bien bête de prendre leurs courbettes et leurs sourires pour des preuves d'amitié. Elles se servent de toi, voilà tout.

— Ne l'écoute pas, Elaine, répliqua Melanie. Elle déraille, c'est évident.

— Non, j'en ai simplement assez de ce cirque, gronda Bobbi. Qu'est-ce que tu imaginais, Elaine ? Que cela m'amusait ?

— En fait, oui, répondit Elaine, repensant à leur sortie shopping de la veille.

— Eh bien, il est temps de t'acheter des lunettes, rétorqua Bobbi en s'emparant de son sac. Je préférerais être morte.

— Puisse ton vœu se réaliser ! lança cruellement Jenny.

Mais Bobbi était déjà partie, laissant un grand froid dans son sillage.

— Elle vient de se griller définitivement, déclara Melanie d'un ton sec. Elle ne retravaillera jamais dans la profession, je vous le garantis.

— Et tous les restaurants lui fermeront désormais leurs portes, renchérit Jenny. Elle ferait mieux de retourner dans son trou perdu de Caroline du Sud ou d'aller au diable, cette pauvre idiote.

— Je ne comprends pas quelle mouche l'a piquée, balbutia Elaine. Je lui avais promis de lui donner une avance demain.

Mais elle voulait rentrer dans sa famille, ce soir, se rappela-t-elle.

D'un air impassible, Tony les observait en silence. En tant que policier, il avait sans doute été souvent témoin de relations humaines explosives et de conflits.

— Oublie-la et n'accorde aucune importance à ce qu'elle a dit, Elaine, reprit Melanie en lui rendant son bien. Quand je pense à tout ce que nous avons fait pour elle ! Quelle ingrate !

S'efforçant de prendre les événements avec calme, Elaine tendit un billet à Tony.

— Pour ton association. Et merci… de m'avoir permis de récupérer mon portefeuille.

Tandis qu'il écrivait le montant de leurs dons sur son bloc-notes, Elaine était à l'agonie. Sa vie n'avait vraiment plus aucun sens. La veille de Noël, elle se faisait plaquer par son fiancé et voler par sa meilleure amie. Sans parler du lapin que Tony lui avait posé, sept ans plus tôt. Vraiment, la période des fêtes ne lui réussissait pas.

Le sort semblait s'acharner sur elle mais avait-elle une part de responsabilité dans cette accumulation de malchances ? Elaine s'obligea à y réfléchir. Bobbi l'avait trahie de la pire façon mais les mots qu'elle lui avait lancés en partant n'étaient pas dénués de fondement.

Accablée, Elaine se rendit compte que Bobbi n'avait sans doute pas tort. Jenny et Melanie se montraient aimables avec elle parce qu'elles avaient besoin d'elle pour leur carrière mais elles n'étaient pas de véritables amies…

D'une main tremblante, elle referma son sac.

Tony s'approcha d'elle. Ses yeux bruns, si francs, avaient la capacité de percer les remparts qu'elle avait bâtis autour de son cœur. Et, d'un simple regard, il parvint à la convaincre que le monde n'était peut-être pas si glauque et à lui redonner le courage de continuer.

— Je suis vraiment désolé de cet incident, dit-il avec sincérité. Je l'avais vue s'emparer de ton portefeuille de l'autre bout de la salle.

Ainsi, il l'avait repérée en entrant. Cette pensée lui fit plaisir.

— Merci encore, dit-elle.

Soudain, elle réalisa qu'il n'allait pas tarder à partir, à présent, et qu'elle ne le recroiserait sans doute jamais.

Pourquoi s'en étonner ? Toute sa vie, les gens l'avaient quittée. A une époque, elle avait espéré que Tony Fiore serait différent mais, comme d'habitude, elle avait été déçue. Elle avait envie qu'il reste, qu'il s'assoie à côté d'elle, qu'il la persuade que son existence n'était pas un non-sens absolu, qu'elle traversait seulement une mauvaise passe. Elle voulait surtout qu'il lui explique pourquoi il avait disparu de sa vie après lui avoir fait miroiter tant de rêves.

Comme il esquissait un mouvement de retrait, Elaine le retint par le bras.

— Hé, pas si vite ! Tu ne vas pas nous lâcher comme cela, Tony. Reste avec nous.

— Merci mais je ne peux pas. Je m'apprêtais à aller

chausser mes patins. Glisser sur la glace me détend toujours. Je vous souhaite une bonne fin de journée. Je regrette simplement cet incident avec votre amie.

— Ne te reproche rien à propos de Bobbi, Elaine, dit Melanie. Elle ne méritait pas que tu t'intéresses à elle. Tu l'as aidée et voilà comment elle te remercie !

Elaine s'en voulait d'avoir si facilement offert son cœur à la première venue. N'avait-elle donc pas retenu la leçon ?

— Peut-être devrais-je me lier à d'autres gens.

Elle crut entendre sa mère qui lui avait si souvent reproché de ne pas savoir choisir ses amis et elle eut envie de rentrer sous terre.

— Elle s'est moquée de nous, de nous toutes, poursuivit Melanie. Quelle journée tu auras eue, ma pauvre Elaine ! D'abord, Byron et maintenant, Bobbi.

Elle se tourna vers Tony.

— En général, nous prenons ce genre de choses avec humour. Vu notre clientèle, nous y sommes obligées.

Il se pencha vers Elaine avec un intérêt sincère. Comme autrefois, il avait une manière de la dévisager qui lui donnait l'impression de compter pour lui.

— Bobbi était donc une de vos clientes ?

— Non, nous l'avons créée, dit Jenny. C'était une idée d'Elaine.

— Elle est originaire d'une petite ville cotonnière du Sud, expliqua Elaine. Elle vendait des sandwichs dans nos bureaux dans l'espoir de se faire remarquer par un agent. Nous l'avons arrangée, relookée, des grands couturiers lui ont offert des vêtements, et en deux temps, trois mouvements, elle est devenue la coqueluche des médias. Elle s'est retrouvée en première page des magazines, tout le monde la voulait.

D'un air satisfait, Melanie aspira son cocktail avec sa paille.

— Nous l'avons fabriquée de toutes pièces.

— Nous nous désignions nous-mêmes comme des Frankenstein, ajouta Elaine.

— Terrifiant, dit Tony.

Elaine tenta de comprendre pourquoi son métier lui paraissait soudain si sordide. Peut-être parce que, lorsqu'elle avait rencontré Tony, elle nourrissait d'autres rêves. A l'époque, elle voulait devenir reporter sans frontières, sillonner le monde, faire du journalisme sur des sujets d'importance internationale. A présent, ses activités se résumaient pour l'essentiel à du shopping effréné, à organiser des réceptions et à rédiger des articles de presse pour promouvoir de nouveaux produits.

— En tout cas, nous comptions sur elle, ce soir, dit Melanie à Tony. Nous avions besoin d'elle pour décrocher un gros contrat.

— Le soir de Noël ?

— C'est ce qui est génial dans notre profession, reprit Elaine avec un enthousiasme forcé. Travailler et nous amuser sont synonymes pour nous.

Mais, même à ses propres oreilles, son commentaire sonnait creux et une sourde appréhension noua son estomac.

— J'ai une idée ! s'exclama Jenny en s'emparant de la main de Tony. Venez ce soir. Il s'agit d'une réception somptueuse organisée pour les parents d'Elaine, la soirée…

— La soirée St. James, finit-il pour elle avant

d'éclater de rire devant sa surprise. Je vis à Brooklyn, pas à Tombouctou.

Avec douceur, il s'écarta, faisant comprendre à Jenny qu'elle perdait son temps et que ce genre de festivités ne l'intéressait pas.

— Je suis certaine que Tony a d'autres projets, se sentit obligée de dire Elaine.

Et pourquoi n'en aurait-il pas, d'ailleurs ? Le fait de ne pas porter d'alliance ne signifiait pas qu'il n'avait pas une femme dans sa vie. Elle afficha un sourire chaleureux.

— Je parie qu'une belle Italienne t'attend pour mettre les jouets de vos enfants sous le sapin.

Il esquissa un demi-sourire.

— Si c'était le cas, je ne serais pas dehors dans ce froid.

— J'ai toujours été persuadée que tu te marierais jeune et que tu fonderais une grande famille.

Même s'il était toujours célibataire, il avait toutes les qualités requises pour devenir un père merveilleux, elle l'avait toujours su.

— Je ne suis pas si vieux et j'espère toujours avoir une progéniture. Pour tous les Fiore, c'est important, tu ne l'ignores pas.

Elle se rappelait encore la chaleur de sa voix quand il évoquait les siens. Les Fiore formaient une smala italienne bruyante et chaleureuse, ils vivaient dans le même quartier depuis des générations. Bien sûr, elle ne les avait jamais rencontrés mais elle s'était souvent imaginé sa maman préparant des spaghettis à la bolognaise dans une cuisine d'autrefois. Ce n'était sûrement pas le genre de femme à laisser son fils passer seul le réveillon de Noël.

— Alors, qu'en pensez-vous, Tony ? lança Jenny.

« Dis oui », priait silencieusement Elaine. Comme c'était étrange ! Malgré tout ce qui s'était passé, elle croyait encore que la nuit de Noël n'était pas une soirée comme les autres.

— Je pourrai sans doute y faire un saut, répondit-il.

A ces mots, le cœur d'Elaine bondit de joie. Elle avait le sentiment absurde qu'il la sauvait. Depuis toujours, assister à la réception annuelle donnée par ses parents était une corvée pour elle. Ces gens bien habillés qui dégustaient des petits-fours sous les flashes des photographes en échangeant des potins l'ennuyaient à mourir.

Cette année, la réception serait moins terne qu'à l'accoutumée, grâce à la jeunesse et à l'énergie de ses collaboratrices. Mais, pour Elaine, ce serait toujours une épreuve. La présence de Tony ne pouvait pas empirer la situation. En fait, avec un peu de chance, il réussirait peut-être à l'embellir.

5

Quelques instants plus tard, Elaine remontait l'avenue dans l'espoir d'arrêter un taxi. Tout en marchant, elle discutait au téléphone, tentant de trouver une remplaçante à Bobbi pour la soirée. Axel aimait les top models mais, jusqu'ici, toutes celles de sa connaissance étaient occupées ce soir. Peut-être viendrait-il avec l'une d'elles, pensa-t-elle en cherchant les coordonnées d'un autre mannequin.

Les chanteurs de l'Armée du Salut s'étaient installés un peu plus loin mais ils s'égosillaient toujours et le cantique *Minuit, chrétiens* couvrait les bruits de la circulation. Larry, le mendiant, était un menteur, songeait Elaine. Il lui avait promis de la magie et un miracle mais, en réalité, elle tombait de Charybde en Scylla. Et au milieu de ce désastre avait débarqué Tony, réveillant des émotions qu'elle s'efforçait d'étouffer depuis des années.

Le numéro était occupé. Exaspérée, elle raccrocha et scruta la rue. Les flocons de neige tourbillonnaient autour d'elle et un vent glacial soufflait sur la ville.

Noël n'était qu'un leurre, pensa-t-elle en regardant passer un jeune couple d'amoureux, bras dessus, bras dessous, devant les boutiques illuminées. Noël n'était rien d'autre qu'une fête commerciale qui donnait aux gens une bonne excuse pour sortir plus tôt des bureaux et pour mettre les petits plats dans les grands.

Repérant un taxi en haut de l'avenue, elle agita désespérément la main. Quand il s'arrêta devant elle, elle poussa un soupir de soulagement. Comme elle ouvrait la portière, heureuse de se retrouver bientôt dans le cocon douillet d'une limousine confortable, une femme et un enfant avec des béquilles surgirent soudain.

Elaine eut d'abord envie de faire mine de ne pas les avoir remarqués et de monter dans la voiture. Mais, mesurant l'égoïsme dont elle ferait preuve alors, elle leur céda sa place.

Un grand sourire aux lèvres, le petit garçon se tourna vers elle avant de s'engouffrer dans l'habitacle en rangeant avec précaution ses cannes anglaises.

— Merci beaucoup, dit la mère.

En se traitant d'idiote, Elaine tendit un billet au chauffeur pour payer la course.

— Merci, répéta la femme. Joyeux Noël et que Dieu vous bénisse.

Avec un hochement de tête, Elaine rejoignit le trottoir dans l'espoir de voir passer un autre taxi. Malheureusement, elle n'en aperçut aucun. Elle s'imaginait déjà restant à geler sur place au milieu des passants qui se hâtaient pour rejoindre leurs familles, réunies devant une belle flambée. Si elle mourait de froid, qui la regretterait ? se demanda-t-elle tristement. Qui remarquerait même qu'elle avait disparu du paysage et s'était transformée en statue de glace ?

Irritée, elle tenta de joindre Zora au téléphone. Zora était le mannequin le plus demandé de New York mais

Elaine tomba sur son répondeur. Qu'est-ce qui ne tournait plus rond chez les gens ? A croire que des vacances nationales avaient été décrétées.

Une berline noire s'arrêta alors devant elle et la vitre descendit.

— Veux-tu monter ? s'enquit Tony Fiore.

De nouveau, le cœur d'Elaine s'emballa mais elle s'efforça de se calmer.

— Merci, dit-elle en ouvrant à la hâte la portière.

Une douce chaleur régnait dans l'habitacle. Très vite, elle ressentit une étrange intimité à rouler en voiture à côté de lui, à s'introduire ainsi dans sa vie. Elle remarqua une carte officielle de police sur le tableau de bord et une ribambelle de Post-it collés un peu partout : « Passer prendre du jambon pour Nora », « acheter des disquettes vierges »…

Calmement, il rejoignit le flot de la circulation. Les flocons de neige mitraillaient sans relâche le pare-brise. Noël plongeait la ville dans un monde de couleurs et de lumière. Quand Tony lui jeta un regard de biais, Elaine le perçut immédiatement. Elle se souvenait si bien de ses gestes, de ses habitudes, qu'elle avait l'impression qu'ils s'étaient quittés la veille. Aucun homme ne l'avait jamais dévisagée ainsi. Dans ses yeux, elle voyait briller un intérêt sincère, de la tendresse et du désir.

— Où aimerais-tu que je te dépose ? s'enquit-il.

— Tu te diriges vers le nord, c'est parfait.

— Tu vis dans les beaux quartiers…

— Exactement.

— Comme autrefois, n'est-ce pas, Elaine ?

La remarque était amicale mais soulignait une fois de plus leur différence de milieux. A cause de leurs origines radicalement opposées, ils n'avaient jamais eu la possibilité de se fréquenter vraiment. Les gens disent que ce genre de choses ne compte pas à notre époque mais, en réalité, elles ont beaucoup d'importance. Surtout pour Elaine qui n'aurait jamais osé s'opposer à ses parents dans quelque domaine que ce soit. Et pour Tony pour qui la famille était sacrée.

Elle se sentait sur la défensive comme si elle devait s'excuser d'avoir grandi dans un monde privilégié. Habiter une adresse prestigieuse était primordial pour les St. James. Son père et sa mère étaient propriétaires d'un appartement qui donnait sur Central Park et ils possédaient une maison secondaire dans les Hampton. Soucieux de son éducation, ils l'avaient envoyée faire ses études en Europe et, à présent, elle vivait dans un immeuble chic datant de l'après-guerre et joliment restauré. A tout point de vue, elle menait une existence très agréable. Sur le papier, tout paraissait formidable. Mais, en vérité, elle avait rarement le temps de s'asseoir et de songer à toutes les choses qui manquaient à sa vie.

— Et toi ? demanda-t-elle un peu ennuyée.

— Je ne suis pas tombé loin non plus. J'ai trouvé un petit deux pièces près du parc Slope.

Elle ne s'était jamais rendue dans ce quartier, elle savait seulement qu'il était situé dans Brooklyn et peuplé de banlieusards peu fortunés.

Le silence tomba dans l'habitacle. Comme il était étrange de se retrouver avec lui après toutes ces années, songeait Elaine. Son téléphone retentit et elle se hâta de prendre l'appel, mais ce n'était que Jenny qui la prévenait qu'elle n'avait toujours pas déniché un joli minois pour séduire Axel ce soir.

Quand elle raccrocha, il se tourna vers elle.

— Cela me fait plaisir de te revoir, Elaine. Tu as l'air en pleine forme.

— Merci, toi aussi.

En général, Elaine était très douée pour les conversations mondaines. C'était son fonds de commerce, une arme supplémentaire dans son arsenal. Pourtant, elle avait l'intuition que les mots d'esprit habituels ou des allusions à des gens célèbres tomberaient à plat avec Tony. Les anecdotes sur les stars ne l'amuseraient pas et l'impressionneraient encore moins. Comme autrefois, il avait simplement envie de la connaître, d'en apprendre davantage sur elle.

Et elle craignait qu'il ne devine la réalité, l'imposture. L'image qu'elle donnait d'elle-même et de son existence n'était que de l'esbroufe, elle le savait. En apparence, elle avait réussi. Elle était belle, reconnue dans sa profession, appréciée, comblée. Mais elle n'avait aucune authenticité et son existence était aussi vide qu'une coquille de noix.

Les questions sans réponse et leur vieille histoire planaient au-dessus d'eux comme des fantômes. Ni l'un ni l'autre n'osaient aborder le sujet mais Elaine y pensait et le passé l'empêchait de vivre pleinement leurs retrouvailles.

Finalement, Tony alluma la radio et un chant de Noël emplit l'habitacle.

— Je parlais sérieusement tout à l'heure. Je suis désolé à propos de ton amie, dit-il.

Il fallut un instant à Elaine pour comprendre à qui il faisait allusion. Ils étaient tous deux désolés mais pour des raisons différentes.

— Bobbi ? Je ne sais pas quoi dire, c'était un peu gênant.

— Les gens sont trahis en permanence par d'autres en qui ils avaient confiance. C'est malheureusement une des premières choses que j'ai apprises dans mon métier.

— Quelle pensée déprimante pour une veille de Noël !

Elle fixait la rue à travers le pare-brise. Des centaines de piétons se hâtaient dans la tempête de neige, les boutiques étaient éclairées. Tous les arbres, tous les balcons étaient parés de guirlandes de lumière.

De nouveau, un ange passa et Elaine recommença à s'interroger. Des questions lui brûlaient les lèvres. « Où étais-tu cette nuit-là ? Pourquoi n'es-tu pas venu me retrouver ? Pourquoi n'as-tu pas tenu ta promesse ? Comment se fait-il que nous ne soyons pas ensemble, amoureux et heureux pour la vie entière ? »

— Alors, qui est Byron ? demanda soudain Tony.

Elle avait espéré qu'il n'évoquerait pas son ex-petit ami mais, naturellement, il voulait en parler. Sans doute son métier de policier avait-il développé chez lui la faculté de mettre le doigt sur les sujets sensibles.

— Un type avec qui je suis sortie quelque temps.

Bien sûr, elle ne lui avoua pas la vérité. A une époque, elle avait vraiment cru que Byron serait l'homme de sa vie. Il avait le profil parfait, il était issu d'une grande famille, il avait fréquenté les meilleures écoles. Les parents d'Elaine l'adoraient et les siens la traitaient comme si elle faisait partie de leur famille. Freddie St. James dressait déjà une liste de mariage et Elaine s'était presque convaincue qu'il deviendrait son mari.

Mais, en réalité, Byron était égocentrique, irresponsable et parfois même subtilement cruel. Aucune femme sensée n'aurait voulu unir son destin à celui d'un type comme lui.

— Tu en parles au passé, fit-il remarquer tout en naviguant entre les voitures avec une infinie patience.

Elle hocha la tête.

— Il a mis fin à nos relations tout à l'heure, juste avant le déjeuner.

— Vraiment ? Cela a dû être douloureux.

— Pour une top model spécialisée dans la lingerie féminine, ajouta-t-elle avec dérision.

— Encore plus dur.

— Je l'ai annoncé à tout le monde sur la Cinquième Avenue.

D'un ton léger, elle lui expliqua qu'un grand silence était tombé au moment précis où elle répondait à Byron et que les passants n'avaient rien raté de sa conversation téléphonique. Puis elle se tourna vers lui. Il avait un très beau visage mais une vieille blessure de hockey lui avait légèrement cassé le nez, ce qui lui évitait d'être trop parfait. Sa bouche était si séduisante que, encore maintenant, elle avait du mal à en détacher les yeux.

— Ne ris pas, le prévint-elle.

— L'idée ne m'a pas traversé l'esprit. Pourquoi rirais-je de quelque chose qui t'a blessée ?

Elle fixa l'horizon, s'obligeant à compter les guirlandes lumineuses de la rue. Depuis toujours, Tony avait le don de dire quelque chose de gentil et de sincère au moment précis où elle en avait besoin.

— Et tu l'aimais ? reprit-il.

— J'ai été amoureuse de lui, commença-t-elle.

Comme il restait silencieux, elle s'empressa de dissimuler son honnêteté derrière un petit rire.

— Ne t'inquiète pas, cette rupture n'a aucune importance. Pendant plusieurs mois, j'ai essayé de me persuader que Byron comptait pour moi mais, en fait, nous n'avions rien à partager.

Elle s'en voulut de paraître aussi superficielle, aussi insensible, aussi dénuée de cœur.

Que devait-il penser d'elle ? Plaquée la veille de Noël, volée par sa meilleure amie, elle réagissait avec une désinvolture qui la sidérait elle-même. Elle éprouvait la même contrariété que si elle avait oublié un rendez-vous chez le coiffeur. En réalité, elle interdisait depuis si longtemps aux émotions de l'ébranler que rien ne l'atteignait plus. Elle ne ressentait plus ni chagrin ni douleur… mais aucune joie non plus.

— Ne te crois pas obligée de paraître enjouée si tu as le cœur triste, Elaine, dit-il. Tu as tout à fait le droit d'être accablée, au moins quelque temps.

— Ce serait une perte inutile d'énergie et cela n'arrangerait rien.

Il tapota son volant de ses doigts.

— Es-tu très pressée, là ?

Elle consulta sa montre-bracelet en or, un petit cadeau d'un de ses clients, avant de considérer son portable silencieux. A présent, elle avait le choix. Elle pouvait passer l'après-midi à s'occuper de la soirée St. James. Ou, pour une fois dans sa vie, s'octroyer un peu de temps libre. Elle devinait quelque chose dans l'air. Etait-ce encore une illusion ?

— En fait, non. Je n'ai rien de particulier à faire. Tout est organisé pour ce soir et, grâce à Byron, je n'ai pas de cadeaux de dernière minute à acheter. Pourquoi cette question ?

— J'ai besoin de faire une pause.

Il se gara sur un parking réservé aux voitures officielles et contourna son véhicule pour lui ouvrir la portière. Quand elle sortit, elle battit des paupières, assaillie par une nuée de flocons de neige. Une énorme statue de Prométhée éclairée par des spots lumineux montait la garde à l'entrée du centre Rockefeller.

— Qu'est-ce que cela signifie ? demanda-t-elle avec un petit rire qui sonna faux à ses propres oreilles. Tu as envie de remonter le temps ?

— Cela te pose-t-il un problème ?

Elle se força à le regarder en face.

— Non, s'il en est de même pour toi.

6

— Bien, je dois d'abord déposer ces affaires.

Tony récupéra son bloc-notes et un gros sac de toile sur la banquette arrière et entraîna Elaine dans le labyrinthe rempli de monde.

Plongée sans s'y être préparée au milieu de la foule qui se pressait dans une ambiance survoltée au son d'une musique joyeuse, Elaine se remémora leur première rencontre. Même si elle n'en avait jamais parlé à personne, elle se la rappelait dans les moindres détails. Elle gardait ces moments heureux enfouis dans le secret de son cœur comme un rêve délicieux qui disparaîtrait si elle le racontait. La triste fin de son aventure avec Tony Fiore n'avait pas effacé la force de ses souvenirs. Au contraire, avec le temps, ils s'étaient embellis et elle se repassait souvent le film de leur histoire en se demandant sur quoi elle aurait pu déboucher.

Elaine n'avait jamais été une fille timide. La première fois qu'elle avait vu Tony, cette fameuse veille de Noël, elle n'avait pas hésité à lui faire comprendre qu'il l'intéressait. Une éducation privilégiée lui avait donné une assurance intérieure et la certitude qu'elle ne serait jamais rejetée. Du haut de ses dix-huit ans, elle s'était approchée sans crainte et elle lui avait lancé :

— Salut, je m'appelle Elaine. Je t'ai regardé patiner.

Son sourire l'avait fait fondre et lui avait soufflé que jouer les timorées n'était pas la stratégie adéquate avec lui.

— Et moi, je suis Tony. Je t'ai vue à l'œuvre, moi aussi.

Il ne s'agissait pas exactement d'un coup de foudre, ni même de l'ébauche d'une amourette mais il s'était passé quelque chose entre eux. Cette rencontre, brève et inattendue, les avait marqués et, pour lui comme pour elle, rien ne serait plus comme avant. Bien sûr, à la fin de la soirée, chacun était reparti de son côté. Tony allait retrouver sa famille pour le réveillon avant d'assister à la messe de minuit, Elaine devait naturellement assister à la grande réception donnée comme chaque année par ses parents. Le lendemain, il se rendrait en Indiana pour y terminer les championnats de hockey et elle s'envolerait skier à St-Maurice. Mais pendant toutes les vacances scolaires, elle n'avait cessé de penser à lui, regrettant de ne pas lui avoir confié son numéro de téléphone ou au moins son nom de famille.

Revenant au présent, elle le suivit jusqu'aux bureaux où il déposa son bloc-notes.

— Je regrette de ne pas avoir récolté davantage d'argent. J'aimerais offrir à tous les gosses l'occasion de chausser des patins. Ce sport a toujours été une passion et m'a préservé de bien des ennuis dans ma vie. Allons patiner, proposa-t-il en lui prenant le bras.

— N'es-tu pas censé chasser les voleurs de voitures ou les cambrioleurs ?

— Je suis en repos, Elaine. Viens avec moi… en souvenir du bon vieux temps.

Il avançait d'un pas assuré, fendant la foule pour rejoindre la patinoire.

— Pourquoi voudrais-je me replonger dans le passé ? demanda-t-elle.

Sans la lâcher, il s'arrêta et se tourna vers elle.

— Parce que c'était une époque formidable, répondit-il avec douceur.

— Il y a trop de monde, protesta-t-elle. Il faut être fou pour venir ici la veille de Noël.

— Alors je le suis.

— Je n'ai pas patiné depuis… tu sais.

— Tu plaisantes, j'en suis sûr. Pourquoi aurais-tu arrêté ? T'es-tu cassé la jambe ou foulé la cheville ?

Elle faillit éclater de rire.

— Non, j'avais simplement une vie à mener, une carrière à poursuivre. Je n'avais plus le temps.

— Ne me dis pas que, depuis sept ans, tu n'as fait que travailler sans jamais t'amuser.

— Travailler m'amuse. Mais le patinage ne fait pas partie de mes activités habituelles, voilà tout.

— Raison de plus pour t'y remettre. C'est comme le vélo, cela ne s'oublie pas.

Détournant la tête, elle préféra se réfugier derrière un mensonge.

— Je suis très forte pour oublier.

De façon inattendue, il mêla ses doigts aux siens.

— Et moi très bon pour raviver les souvenirs…

Malgré les sentiments contradictoires dont elle était la proie, Elaine se retrouva à lacer une paire de patins qui sentaient les pieds et à s'inquiéter de la façon dont l'employée louchait sur ses bottes de cuir. Comme c'était étrange de se retrouver à vaciller dans le couloir tapissé de caoutchouc vers l'entrée de la patinoire, accrochée au bras de Tony pour conserver son équilibre ! Elle n'avait pas du tout prévu de passer ainsi son après-midi. Initialement, elle avait eu l'intention de faire un saut chez Bergedorf ou Sacks pour acheter un pull à Byron. Au lieu de quoi, le destin lui avait envoyé un mendiant qui connaissait Aristote, un vieil amour et un retour aux sources.

Quand Tony la conduisit près de la piste, elle promena les yeux autour d'elle. D'énormes baffles distillaient une musique de Noël mais, au lieu d'en être agacée, elle en éprouva une curieuse nostalgie. L'immense sapin, orné de lumières, jetait une beauté féerique dans la nuit. Même la statue de Prométhée et les drapeaux de tous les pays autour du centre avaient l'air charmants.

Avec souplesse, Tony enjamba la balustrade qui entourait la surface gelée et guida Elaine sur la glace. Aussitôt, elle sentit ses jambes se dérober, ses patins partir dans des directions opposées et ses genoux toucher le sol. Une détermination sans faille lui donna la force de remettre ses pieds dans le droit chemin et, un moment plus tard, elle recouvra son équilibre.

— Tu te débrouilles comme un chef, assura Tony avec ce sourire qu'elle n'oublierait jamais.

Ecartant de son esprit la terrible journée qu'elle avait eue et la nuit stressante qui l'attendait, elle se surprit à rire avec lui.

Il l'enlaça et s'élança avec elle. Le vent soulevait leurs cheveux, la neige caressait leurs visages. Il patinait avec la puissance et la grâce dont elle avait gardé le souvenir. Sans effort, il fonçait comme une flèche à travers la foule, l'entraînant dans sa course, et elle avait l'impression de voler.

A ses côtés, Elaine retrouvait la gaieté qui l'habitait si souvent autrefois. Où avait disparu sa joie de vivre ? Comme une personne non invitée à une fête et qui préférait s'éclipser discrètement avant d'être mise à la porte, elle s'était évanouie sans se faire remarquer. Mais à présent, l'espoir revenait, la certitude que tout était possible, et elle se demanda quelle était la raison de ce revirement. Une euphorie post-Byron, se dit-elle, refusant de s'interroger davantage.

Pourtant, une petite voix intérieure lui soufflait que Byron n'avait rien à voir avec les sentiments dont elle était la proie.

Elle patinait au bras d'un homme qu'elle n'aurait jamais cru revoir. Avec étonnement, elle s'aperçut qu'elle fredonnait la chanson qui résonnait à leurs oreilles. Les gens s'écartaient devant eux, certaines personnes ralentissaient pour les admirer — enfin, pour admirer Tony, bien sûr, pas elle ! Après tout, c'était lui le professionnel. Côte à côte, ils devaient ressembler à une Volkswagen se mesurant à une Porsche.

Tony adaptait son pas au sien, lui communiquant juste un regain de vitesse et d'énergie quand elle faiblissait. Il n'avait rien perdu de la force naturelle ni de la grâce innée qui l'avaient propulsé au sommet de son art autrefois et qui lui avaient permis alors de remporter tant de tournois. Il glissait sur la glace avec aisance, il ne regardait même pas où il allait. Il ne cessait de la dévisager, elle.

Et elle aussi le dévorait des yeux. Son visage reflétait sa forte personnalité. Contrairement aux mannequins, aux stars du show-business ou aux gens distingués qu'elle côtoyait quotidiennement, il avait les traits marqués, volontaires. C'était ce qui l'avait attiré chez lui la première fois qu'elle l'avait remarqué : sa différence avec les garçons qu'elle connaissait. Au lycée et à l'université, elle était sortie avec des jeunes hommes blonds et minces — « racés » les qualifiait sa mère en s'extasiant devant la particule accrochée à leur nom de famille — mais qui ne se départaient jamais d'un air blasé. Aux antipodes de ces êtres éteints, Tony Fiore possédait un appétit de vivre décontenançant, une mentalité de gagnant, et il la touchait par sa capacité à s'intéresser sincèrement et comme personne d'autre à elle. Il se moquait de ses relations et de son compte en banque. Il avait seulement envie de lui faire partager ses espoirs et ses rêves.

Autour d'eux, la foule, les bords de la patinoire se fondaient dans un flou artistique, dans une explosion de couleurs et de lumière. Ces images surréalistes ravivaient toutes les sensations qu'Elaine avait éprouvées des années plus tôt. A présent comme à l'époque, elle se sentait ivre de joie et de bonheur.

Même s'ils s'étaient croisés la première fois par hasard et qu'ils avaient ensuite repris chacun leur chemin, une partie d'elle-même avait deviné que leur rencontre déboucherait sur quelque chose de spécial, d'intense. Comment aurait-elle pu en douter alors qu'il la dévisageait avec cette lueur dans les yeux ?

Pourtant, cette certitude n'avait pas suffi à abattre les hautes barrières qui les séparaient.

— Nous devrions rester en contact, lui avait-il dit.

— Et comment ? avait-elle répliqué. Par téléphone ? Par e-mail ? Non, merci.

Ce soir-là, il l'avait embrassée une seule fois mais, par comparaison, tous les baisers qu'elle avait reçus par la suite lui avaient paru fades. Et puis — et il ne plaisantait qu'à moitié — il lui avait lancé :

— Donnons-nous rendez-vous l'année prochaine, même lieu, même jour, d'accord ?

Imaginer une histoire d'amour entre eux semblait complètement irréaliste et pourtant ils avaient tenu leur promesse. La veille de Noël, la deuxième année. Elaine s'était éclipsée discrètement de la soirée organisée par ses parents et Tony était arrivé en retard à la messe de minuit. Le cœur battant, chacun était venu à la patinoire, avait chaussé ses patins et rejoint la piste glacée. Ils l'avaient traversée et s'étaient retrouvés au centre. Quand ils s'étaient souri, tous deux avaient compris que le courant, l'alchimie qu'ils avaient sentis entre eux la première fois étaient toujours là.

— Comme Roméo et Juliette, nous nous retrouvons en cachette, avait-il dit en riant.

Puis il l'avait embrassée et, lorsqu'il l'avait serrée contre lui, Elaine avait eu la conviction absolue et inébranlable que leur attirance mutuelle était rare et ne disparaîtrait pas facilement. Pourtant, dès le lendemain, elle partait pour St. Kitts, Tony devait reprendre l'entraînement intensif de hockey et il leur serait complètement impossible de se revoir avant longtemps. Ils avaient même plaisanté sur le sujet en se disant que les circonstances se liguaient contre eux, que leurs univers respectifs conspiraient à les séparer.

Toute la soirée, ils avaient résolument écarté leurs

contraintes familiales, gommé leurs différences et oublié tout ce qui les tenait éloignés l'un de l'autre. Pendant des heures, ils s'étaient imaginé la manière dont ils pourraient s'aimer sans entraves. Ils avaient évoqué la possibilité qu'elle s'inscrive au lycée Notre-Dame, qu'elle vive désormais dans un foyer étudiant tout près de chez les Fiore… Cette éventualité l'avait fait rire.

— Qu'y a-t-il de si drôle ? lui avait-il demandé.

— L'idée de mon père m'envoyant dans une école de Brooklyn.

— Il s'agit de Notre-Dame, de religieuses ! C'est un établissement respectable.

— Oui, mais mes parents n'accepteraient jamais que je suive ma scolarité dans ce quartier.

Pourtant leurs vies s'étaient croisées une troisième fois, le Noël suivant. Elaine se rappelait encore le visage de Tony quand il l'avait vue apparaître. Il l'avait attendue dans le froid et ses oreilles et son nez étaient tout rouges. Et, en la reconnaissant, ses yeux avaient brillé de plaisir. Cette fois-là, ils n'avaient pas fait semblant d'être surpris de se croiser de nouveau, ils n'avaient pas fait mine d'être passés par là par hasard. Chacun d'eux reconnaissait être venu dans le seul but de rencontrer l'autre. Ils s'étaient mutuellement avoué que l'année écoulée leur avait paru interminable et le désir de se revoir irrésistible. Pourtant, ils n'avaient pas voulu rompre le charme en entamant une relation classique. Se retrouver à un autre moment aurait été pour eux comme déballer un cadeau avant le jour J. Ils étaient jeunes, c'était un jeu. Mais tous deux devinaient aussi qu'il ne s'agissait pas seulement d'une bonne plaisanterie.

Naturellement, ils avaient évoqué la possibilité de se

revoir entre les Noël, mais ils y avaient vite renoncé. La magie était à l'œuvre, ils l'avaient confusément compris, et ils avaient peur de tout gâcher en forçant le destin.

La troisième année, ils s'étaient rendus chacun de son côté à la patinoire avec la certitude que l'autre y serait. Mais, cette fois, Tony avait de grandes nouvelles à annoncer à Elaine. Il allait passer professionnel. Il avait un agent, lui avait-il dit d'un air émerveillé. Les Rangers de New York le voulaient dans leur équipe, lui offrant la chance de sa vie, un tremplin dont il n'aurait jamais osé rêver. Pour faire plaisir à ses parents, qui l'avaient encouragé et soutenu dans cette aventure, il avait décidé de finir sa scolarité avant de les rejoindre. Aucun Fiore n'avait encore obtenu un diplôme. Ils voulaient qu'il soit le premier. Cette attente serait une épreuve mais il le leur devait. Agir autrement ne lui effleurait même pas l'esprit.

Cette nuit-là, il lui avait offert un cadeau, un porte-clés accroché à un patin d'argent. Touchée au cœur, Elaine, pourtant habituée à recevoir de somptueux bijoux de chez Tiffany ou de chez Harry Winston des autres garçons, avait fondu en larmes. A la boutique de souvenirs du centre Rockefeller, elle lui avait acheté un petit globe qui, quand on le secouait, saupoudrait de flocons de neige un couple de patineurs. Elle lui avait dit de penser à elle chaque fois qu'il le regarderait.

Les mois suivants, elle n'avait cessé de penser à Tony. Il l'obsédait. Son statut de future star de hockey sur glace changeait tout. A présent, il devenait quelqu'un qui plairait aux St. James. Jour et nuit, elle rêvait de lui, fantasmait sur leur vie future. Il serait célèbre dans le monde entier. Ils se marieraient, garderaient un piedà-terre en ville mais habiteraient une maison à Long Island et ils se feraient peut-être construire une patinoire.

A l'approche du quatrième Noël, elle avait compris que Tony était l'homme de sa vie. Trois rencontres avaient suffi, elle savait qu'elle était tombée amoureuse de lui. Tant pis s'il était d'origine italienne et issu d'une famille ouvrière, tant pis s'il avait été scolarisé dans le public et travaillait l'été comme pompiste pour gagner de l'argent. Et ses parents voudraient l'envoyer chez un psychiatre et tenteraient de la dissuader de l'épouser. Tant pis. Elle aimait Tony Fiore d'un amour sincère et absolu. Jamais encore elle n'avait éprouvé de sentiments aussi forts. Cette année-là, elle était arrivée très tôt à la patinoire.

Aujourd'hui encore, elle rougissait d'embarras en songeant au temps qu'elle avait passé à l'attendre. Pendant des heures, elle avait sillonné la glace en tous sens, fait des arabesques à n'en plus finir. Elle mourait de froid mais elle ne parvenait pas à renoncer. De toute son âme, elle était certaine qu'il allait apparaître. Elle ne pouvait pas croire qu'il ne viendrait pas. Elle continuait d'espérer, elle se persuadait qu'il avait été retardé mais qu'il finirait par la rejoindre. Pourtant, lorsqu'elle n'avait plus senti ses pieds, elle avait dû se rendre à l'évidence. Le cœur lourd, elle avait retiré ses patins, elle était sortie dans la rue et avait appelé un taxi. Elle était retournée à la soirée de ses parents, avait bu trop de champagne et dansé avec des hommes dont elle se moquait comme d'une guigne. Le lendemain, elle était partie skier en famille.

Quand elle était rentrée de vacances, elle avait appelé le directeur de sa faculté pour le prévenir qu'elle acceptait la place qu'on lui proposait dans une université européenne. En proie à une désillusion et à une déception sans bornes, elle avait achevé ses études puis travaillé à Londres pour une revue prestigieuse avant de revenir démarrer à New York une existence fabuleuse. Aux yeux de ses parents, de ses amis, elle avait réussi à se faire une place enviée dans la société.

Pendant l'année suivante, elle était devenue une lectrice assidue des pages de sport. Elle se jetait sur les articles consacrés au hockey sur glace, étudiait avec attention la composition des équipes, mais elle n'y avait jamais vu le nom de Tony Fiore. Elle avait seulement appris qu'il avait terminé brillamment ses études. Même si elle avait refusé de sombrer dans la dépression à cause de lui, de ressasser leur histoire, elle était dévorée de curiosité. Qu'avait-il fait de ses rêves ? Pourquoi avait-il renoncé à devenir la nouvelle idole sur patins ? Elle ne comprenait pas.

Elle s'interrogea longtemps. Qu'il ait choisi de l'écarter pour poursuivre une brillante carrière sportive était logique, au fond. Mais cette dernière semblait s'être arrêtée avant même d'avoir commencé, cela n'avait aucun sens. A la fin, elle s'interdit de continuer à se poser des questions et de s'en préoccuper.

Une musique douce, comme un carillon de clochettes, fit sursauter Elaine et la ramena au présent. Il s'agissait d'un signal invitant les patineurs à quitter momentanément la glace pour permettre à une machine, la surfaceuse, de la lisser. Les habitués l'appelaient la Zamboni, du nom du constructeur écrit en grosses lettres sur ses flancs. Lentement, la Zamboni émergea de son tunnel et commença à sillonner méthodiquement la surface gelée, rayée par des milliers de lames de patins. Perché sur son siège, le conducteur portait une écharpe rouge à pompons qui flottait dans son dos comme une bannière.

Elaine eut envie de se pincer.

— Qu'est-ce qu'il y a ? s'enquit Tony.

— J'ai été suivie.

— Quelle imagination ! s'exclama-t-il en riant. Allez, viens, je t'emmène prendre un chocolat.

C'était un breuvage ordinaire servi dans un gobelet en plastique mais sa douceur toute simple réchauffa Elaine.

— Ainsi tu es devenu policier, dit-elle. Comment cela se fait-il ?

— C'était mon plan B, au cas où le hockey ne marcherait pas.

— J'en déduis qu'il n'a pas marché…

Sans répondre, il sucra avec application sa boisson. Elle attendit mais il ne fit aucun commentaire et, pour changer de sujet, il l'interrogea à son tour.

— Et toi ? Je pensais que tu serais devenue reporter sans frontières ou quelque chose comme ça. Tu as pourtant suivi des études de journalisme, non ?

Elle se remémora son idéalisme de l'époque. En se lançant dans cette voie, elle avait rêvé de changer la vie des gens, de creuser les faits et d'être le miroir de la société. Au lieu de quoi, elle s'occupait de réserver des tables dans les restaurants à la mode, d'organiser des soirées et de promouvoir des produits de luxe. Elle s'efforçait de convaincre des femmes qui avaient du mal à joindre les deux bouts de la nécessité impérative d'acheter un rouge à lèvres hors de prix pour réussir à séduire un homme. Ses articles étaient un mélange subtil de reportage et de publicité.

— Je suis devenue publicitaire, d'accord ? Je ne sers pas à grand-chose, je te l'accorde, mais ce métier me permet de gagner ma vie.

Consciente d'avoir parlé sèchement, elle ajouta :

— Pardonne-moi, Tony, tu m'as croisée un mauvais jour.

— Alors raconte-moi à quoi ressemble une bonne journée pour toi.

Elle hésita.

— Quand mes clients sont contents et que mon comptable leur facture les heures employées à les satisfaire, mon métier me plaît beaucoup, répondit-elle, un peu sur la défensive. Ce n'est pas un crime, si ? Dans mon secteur d'activité, travailler, c'est un peu passer sa vie à sortir et à s'amuser. Je suis payée pour assister aux premières des films, aux générales de théâtre, à des galas. Qu'y a-t-il de mal à cela ?

— Cela me semble très bien. Sauf si t'amuser te paraît du coup un dur labeur.

Elle regarda la table, tentant de repousser la question qui la hantait depuis des années. Mais elle l'avait gardée en travers de la gorge trop longtemps et, depuis qu'il était entré dans la brasserie, elle lui brûlait les lèvres. Elle ne pouvait plus la retenir plus longtemps.

— Tu ne t'es pas montré la dernière fois.

Il ne demanda pas à quoi elle faisait allusion.

— Je suis là maintenant.

7

Le conducteur de la Zamboni occupait ce poste depuis toujours. Contrairement aux techniciens ou à l'employé de maintenance, il jouait un rôle vital pour le bon fonctionnement de la patinoire et, avec les années, il était presque devenu une célébrité. Les habitués le saluaient avec respect, des gosses venaient parfois lui demander un autographe, qu'il leur donnait toujours.

Lorsque, toutes les deux heures, sa grosse machine avançait lentement sur la glace pour opérer le rituel du lissage, il attirait autant l'attention que les patineurs capables d'effectuer des doubles sauts périlleux. Sous l'immense lame coupante, les imperfections disparaissaient instantanément, faisant place à une surface luisante. A grands balayages parfaits, son appareil raclait la glace, colmatait les fissures en les remplissant d'eau avant d'aspirer la neige. Quand il avait fini, la piste brillait comme un miroir.

Atteignant une vitesse de pointe de cinq kilomètres à l'heure, la Zamboni sillonnait si lentement la surface gelée qu'il avait tout le temps d'observer la foule. C'était la raison pour laquelle il continuait à exercer ce métier chaque hiver, année après année. Cet emploi lui donnait la possibilité de regarder les gens. Il aimait épier la manière dont ils s'accrochaient à la balustrade, se mouvaient sur la glace, se relevaient après une chute. Depuis longtemps, il avait deviné que la façon de patiner reflétait les personnalités. Chacun se comportait sur ses patins comme dans la vie.

Il avait vu toutes sortes de personnes aller et venir. La foule qui se pressait sous ses yeux était constituée pour l'essentiel de touristes et d'habitués. De temps à autre, il était témoin d'une scène insolite, d'émotions intenses. Il surprenait une mère de famille discutant âprement avec sa fille adolescente, par exemple, ou un homme fraîchement divorcé trouvant le courage d'inviter une femme à sortir avec lui, ou encore un jeune couple sur le point de tomber amoureux. Il ne se lassait pas de regarder des inconnus vivre des épisodes forts de leur existence sur le grand théâtre qu'était la patinoire.

Surprendre ces petites tranches de vie sur la glace avait quelque chose de très émouvant. Certains patineurs disparaissaient pour toujours et il devait imaginer la suite des événements. D'autres revenaient, leurs histoires prenaient de l'ampleur, s'étiolaient ou, parfois, tournaient bien.

Depuis qu'il se livrait à ces observations, il s'était imposé une règle : ne jamais se mêler des affaires des gens. Il était payé pour nettoyer la piste, rien d'autre. Mais c'était parfois tentant, comme en cet instant…

Il venait de reconnaître sur la surface gelée l'inoubliable Tony Fiore et celle qu'il aimait, une fille de la haute société appelée Elaine. Quelques années plus tôt, Fiore avait été un grand espoir du hockey. Avec sa vitesse et la remarquable coordination de ses mouvements, il avait le profil idéal pour intégrer n'importe quelle équipe. De surcroît, il possédait un sens inné de la glace, un instinct rare et sûr, et il adorait patiner. Ces qualités faisaient de lui un sportif exceptionnel dans sa partie. Cette patinoire publique et bondée n'était pas son lieu d'entraînement habituel, bien sûr, mais un soir de Noël, il y a longtemps, il s'y était arrêté, comme cette jeune Elaine. Peut-être se sentaient-ils seuls ce jour-là, peut-être en avaient-ils eu assez de faire du shopping ou avaient-ils des heures à tuer avant de se rendre à une fête. En tout cas, ils s'étaient retrouvés au même moment sur la surface gelée et, très vite, ils s'étaient présentés l'un à l'autre.

Bien sûr, ce genre de rencontres n'avait rien d'inhabituel mais entre ces deux-là, il s'était passé quelque chose. Dès l'instant où ils s'étaient regardés, ils avaient pratiquement fusionné sur la glace. Rayonnants de jeunesse et d'intelligence, il suffisait de les observer pour être convaincu qu'ils étaient des êtres hors du commun.

A la fin de la soirée, chacun était reparti de son côté. Mais le conducteur de la Zamboni n'avait pas été étonné de les voir revenir un an plus tard, puis l'année suivante et à chaque veille de Noël. Chaque fois, leur intérêt mutuel et leur passion ne faisaient que croître. Comme tous les adolescents de leur âge, ils changeaient. Mais ils continuaient à se dévisager comme s'ils découvraient le sens du mot « aimer », et leurs sourires éclatants sur leurs beaux visages juvéniles, leurs mains mêlées prouvaient la force de leurs sentiments.

Et puis… plus rien. Ce n'était pas très grave et cela ne le concernait pas mais il avait vécu leur disparition comme un échec personnel. Il avait deviné ce qui s'était passé et il avait toujours espéré s'être trompé mais, malheureusement, ce n'était pas le cas. La vie avait séparé ces deux-là et ils avaient été assez fous pour la laisser faire.

Et maintenant, ils étaient de retour et il se demandait avec inquiétude s'ils allaient enfin comprendre ce qu'il savait, lui, depuis des lustres : qu'ils étaient faits l'un pour l'autre, qu'ils n'étaient pas destinés à se retrouver une fois par an mais à s'aimer jusqu'à la fin de leurs jours.

Après avoir terminé son travail, il rangea sa machine et se dirigea vers le bar de la patinoire. Ils étaient là, assis l'un en face de l'autre, un gobelet de plastique à la main, à se regarder avec la même intensité qu'autrefois.

— Eh bien, vous voici de nouveau, dit-il. Alors, que vous est-il arrivé ?

Sans solliciter leur avis, il s'installa à leur table, défit les boutons de sa parka et desserra son écharpe rouge à pompons. Le nom « Larry » était écrit sur sa poitrine.

Elaine sursauta puis fronça les sourcils en l'observant avec attention. Sans doute se demandait-elle s'il était le même Larry que celui qui quêtait dans les rues.

— Vous ne vous souvenez pas de moi, n'est-ce pas ? s'enquit-il.

— Vous êtes le conducteur de la Zamboni, répliqua Tony.

— Mais pourquoi vous souvenez-vous de nous ? dit Elaine. C'est ça, la véritable question.

Un peu nerveusement, elle se mit à rire. Elle était encore plus belle que sept ans plus tôt, plus sophistiquée, plus sûre d'elle-même. Pourtant, il décelait aussi une tristesse chez elle, une sorte de nostalgie.

— Trois années de suite, je vous ai vus tous les deux

vous retrouver ici comme si l'amour vous avait foudroyés au premier regard. Mais la quatrième année…

— Il n'est pas venu, acheva Elaine.

Et Larry perçut la douleur qui teintait sa voix.

Puis elle se ferma comme si elle regrettait d'avoir exprimé tout haut le fond de sa pensée. Repoussant son gobelet, elle se leva pour aller rendre leurs patins.

— Oh ! si, il était là ! rétorqua-t-il avant qu'elle ne s'éloigne.

A ces mots, elle se pétrifia avant de pivoter lentement vers lui.

Larry adressa un clin d'œil à Tony qui le dévisageait d'un air furieux et dit :

— Je crois que vous lui devez quelques explications…

8

— Merci beaucoup, mon vieux, jeta Tony au conducteur de la Zamboni. Vous avez mis les pieds dans le plat !

— Je vous en prie, ne perdez pas de temps en remerciements, rétorqua Larry en tapotant ses doigts sur la table de zinc.

Stupéfait, Tony l'observa avec attention. C'était un homme trapu et vif, il avait l'air franc et amical mais il aurait été bien en peine de lui donner un âge. Il avait des cheveux blancs mais aussi le regard pétillant d'un gamin. Curieusement, il émanait de lui la sérénité d'un vieux sage et l'émerveillement d'un enfant.

— Alors, qu'attendez-vous pour lui courir après ? dit-il à Tony. Une invitation en bonne et due forme ?

Tony rejoignit Elaine dans les vestiaires. Sans lui faire l'aumône d'un regard, elle enfila ses bottes et les frappa contre le sol avec impatience.

« D'accord, pensa-t-il, la fête est finie avant même d'avoir commencé. »

Il la guida vers la voiture et lui ouvrit la portière, humant au passage le parfum de ses cheveux.

A peine assise, Elaine attacha sa ceinture de sécurité et se tourna vers lui.

— Veux-tu m'expliquer ? lança-t-elle d'une voix au-dessus de la normale.

Non, il n'en avait aucune envie.

Il lui jeta un regard de biais puis démarra. Comme il se faufilait entre les véhicules, il la dévisagea de nouveau à la dérobée.

Elaine St. James. Il ne parvenait pas à croire qu'il la revoyait après toutes ces années. Il ne l'avait jamais oubliée. Comment l'aurait-il pu ? Elle était si belle, si blonde, dotée d'une telle finesse d'esprit ! Sa vulnérabilité, qu'elle s'efforçait de cacher mais qu'il devinait dans chacun de ses gestes, le touchait. Les années avaient accentué ce côté sophistiqué avec lequel elle était née. Et même si, depuis sept ans, il avait tenté mille fois de se raisonner, il l'aimait encore. Comme un fou.

C'était la raison pour laquelle il ne s'était jamais marié et n'avait pas encore fondé de famille. A cause d'elle, il n'aurait pas pu être heureux avec une autre femme. Elle l'ignorait et il n'avait pas l'intention de le lui dire. Pourtant, ce qu'il avait fait — ou plutôt ce qu'il n'avait pas fait — avait eu des conséquences qu'il n'aurait jamais pu prévoir. A l'instant fatal où tout s'était décidé, son cœur était resté figé sur place. Et il commençait à se demander s'il n'en était pas de même pour elle aussi.

Tout en serpentant entre les voitures, il sentait son regard sur lui. Elle attendait sa réponse.

— Je ne comprends pas du tout à quoi ce type faisait allusion, prétendit-il.

— C'est pourtant simple. Il savait que nous nous

retrouvions chaque année, la veille de Noël, dans cette patinoire…

— Chaque année, Elaine ?

— D'accord, pendant trois ans. C'était convenu entre nous. Même le conducteur de la Zamboni l'avait remarqué.

Il resta silencieux quelques instants. A la radio, un chanteur susurrait des mots d'amour, une vieille ballade romantique.

— D'accord, dit-il enfin. Je suis venu la quatrième année.

Stupéfaite, elle eut l'impression de recevoir un coup dans le ventre.

— Pourtant, je ne t'ai pas vu…

— Au dernier moment, j'ai changé d'avis.

Il espérait qu'elle serait trop fière pour s'abaisser à lui demander pourquoi mais la question perça le silence et il poussa un soupir.

— Je n'aurais même pas pu atteindre la glace. Je sortais de l'hôpital, je me remettais à peine d'un grave accident. Je me déplaçais en fauteuil roulant.

— En fauteuil roulant ? s'écria-t-elle. Que s'était-il passé ?

— Je m'étais démoli le genou, je ne pouvais plus marcher et encore moins patiner. Je me préparais à vivre des mois de rééducation.

Un silence incrédule tomba dans l'habitacle.

Il ne s'était pas uniquement abîmé la jambe. Du même coup, il avait ruiné à jamais ses chances de faire du hockey en professionnel, ses projets d'avenir et sa possibilité d'offrir quelque chose à une fille qui possédait déjà tout. Il se revoyait assis près de la patinoire, la jambe dans le plâtre. Les mâchoires serrées, il avait gardé les yeux rivés sur Elaine qui tournoyait sur la surface gelée, tentant d'imaginer ce qu'elle pensait. Encore maintenant, il se souvenait de tout ce qu'il avait éprouvé tandis qu'elle glissait sur la glace, seule. Des heures durant, il avait contemplé sa mince silhouette évoluant avec grâce au milieu de la foule. Il se rappelait la colère, le chagrin, la frustration, la honte qui broyaient son cœur. Mais aussi l'amour fou dont il brûlait pour elle.

— Je t'ai regardée un moment, dit-il. Tu portais une écharpe blanche.

— Attends, je ne comprends pas. Tu sortais de l'hôpital après un grave accident. Qu'est-ce qui t'empêchait de me parler ?

— Nous nous connaissions à peine, je ne voulais pas gâcher ce qui commençait à naître entre nous.

— En ne te montrant pas, tu es pourtant parvenu à ce résultat.

— Je n'ai aucune excuse.

Si ce n'est un stupide orgueil de mâle. A l'époque, il ne supportait pas d'admettre que ses rêves de toujours étaient anéantis.

— Je ne savais même pas quoi te dire. J'en étais encore à tenter d'accepter mon triste sort et à me demander quoi faire de mon existence. Je m'étais promis de reprendre contact avec toi plus tard, quand j'aurais recouvré mes esprits…

— Tes esprits ? Et les miens ? Y as-tu pensé ? J'étais malade d'angoisse.

— Je m'étais persuadé que tu t'en remettrais, que tu m'oublierais.

— Comment as-tu pu croire une chose pareille ? Pour qui me prends-tu ? J'aurais compris.

Elle aurait aimé pouvoir reconnaître qu'il lui avait brisé le cœur mais elle était trop en colère pour l'avouer.

— Alors réponds à une question, Elaine, et, je t'en prie, sois sincère. Si je m'étais approché de toi en fauteuil roulant et que je t'avais lancé : « Salut, je ne remarcherai sans doute jamais, je vais probablement demeurer infirme, mais que dirais-tu de faire ta vie avec moi ? », comment aurais-tu réagi ? Serais-tu restée ? Aurais-tu proposé de me tenir la main pendant mes séances de rééducation ?

A ces mots, elle blêmit mais ne détourna pas les yeux.

— Tu ne le sauras jamais car tu en as décidé à ma place.

Il ne pouvait le nier. Après un instant d'hésitation, il opta pour la franchise.

— J'ai fait une grave erreur ce soir-là. Je n'ai pas envie de la réitérer…

Il se gara devant chez elle. Elle vivait dans un bel immeuble des années trente gardé par un portier.

C'était idiot, pensa-t-il en regardant un employé promener un pékinois dans la rue arborée. Elaine et lui et venaient de deux univers aux antipodes l'un de l'autre. Il ferait sans doute mieux d'oublier tout ce qui s'était passé entre eux. Au lieu de quoi, il glissa un bras derrière elle.

— Parce que, depuis cette histoire, tu n'es jamais retombée amoureuse.

— Je n'ai jamais rien prétendu de tel.

— Bien sûr que si.

— Quel rapport avec nous, de toute façon ?

— Peut-être aucun…

Elle avait les lèvres légèrement entrouvertes et il eut soudain envie de l'embrasser. Mais il n'osa pas. « Plus tard, se dit-il. Plus tard. »

— Merci pour ces quelques heures de patinage, dit-elle.

Un moment, elle l'observa avant d'ajouter :

— Veux-tu monter prendre un café ?

9

Elaine se sentait un peu mal à l'aise. Peut-être n'était-ce pas une très bonne idée de laisser Tony Fiore revenir dans sa vie. Autrefois, ils ne s'étaient rencontrés que trois fois et ils n'étaient jamais véritablement sortis ensemble. Ils se connaissaient à peine. Peut-être valait-il mieux qu'ils en restent là.

Pourtant, ce qu'il venait de lui révéler pouvait tout changer entre eux. Elle lui en voulait de ne pas s'être montré ce soir-là, de ne pas lui avoir parlé de son accident. Mais elle supportait encore plus mal l'idée qui s'insinuait lentement dans son esprit. S'il s'était approché d'elle en fauteuil roulant, elle aurait fondu en larmes, bien sûr, elle aurait eu le cœur brisé en comprenant que ce handicap sonnait le glas de ses ambitions. Elle aurait partagé sa colère, elle aurait maudit le destin qui s'acharnait si injustement sur lui, elle aurait pleuré parce que cet accident signifiait pour lui la fin d'un rêve. Mais ensuite, elle devait se l'avouer, elle aurait sans doute eu peur de passer sa vie aux côtés d'un infirme et se serait éclipsée discrètement. A cette époque, elle était ce genre de fille. Et, soudain, elle refusa de faire preuve plus longtemps d'un tel égoïsme.

— Superbe résidence, dit-il.

Ouvrant sa porte, elle l'invita à entrer à l'intérieur. Son répondeur téléphonique avait enregistré un message : Jenny avait réussi à dénicher un mannequin pour prendre la place de Bobbi ce soir. C'était déjà cela !

Son appartement aurait pu figurer dans les pages d'un magazine de décoration. Indéniablement, les grandes pièces peintes en blanc étaient un modèle de raffinement et d'élégance. Elaine se surprit pourtant à regretter qu'elles ne soient pas décorées avec un peu plus… de fantaisie, peut-être. Des coussins colorés sur le canapé de cuir ou un tableau auraient donné un peu de gaieté à l'ensemble.

Tony regardait des photos en noir et blanc réparties sur les étagères de verre. Peut-être cherchait-il une touche personnelle dans ce décor glacé et parfait, se dit-elle. Mais elle n'avait exposé aucun portrait de famille, aucun visage souriant et leur avait préféré des clichés de gens connus, de stars du show-business ou de personnalités politiques…

Comme s'il devinait son embarras, il sourit.

— C'est très beau…

— Je t'en prie, ne me dis pas que cet endroit te plaît.

— Et pourquoi pas ?

— Il n'a rien de plaisant.

— Non ? Alors pourquoi y vis-tu ?

Elle hésita.

— Personne ne m'a jamais posé cette question.

Elle-même ne s'était jamais interrogée à ce sujet. Elle habitait cet immeuble parce qu'il était situé dans un quartier chic de la ville. Le canapé de cuir se trouvait là parce qu'un grand architecte d'intérieur italien le lui avait conseillé, pas parce qu'il était confortable. Elle avait acheté la table basse de verre fumé parce qu'elle s'harmonisait bien avec le sofa. Un professionnel avait entièrement conçu et réalisé la décoration. Tout avait été pensé.

La seule chose qui détonnait dans ce bel ensemble était Tony Fiore. Il était trop vivant, trop réel, pour cet univers de papier glacé.

Avec un haussement d'épaules, elle éluda :

— C'est un superbe appartement, les gens attendent parfois plusieurs années pour avoir la chance d'en trouver un du même genre.

Elle lui montra les baies vitrées. La neige recouvrait la ville d'un manteau blanc, aussi immaculé que son intérieur.

— Tu n'as pas répondu à la question, Elaine.

Mais elle se dirigea vers la cuisine étincelante.

— Veux-tu boire quelque chose ? Un soda ? Une bière ?

— Merci, dit-il en acceptant un verre.

En silence, elle tenta de se mettre à sa place ce soir-là, la nuit où elle avait cessé de croire à Noël.

Lui aussi avait tout perdu. Comment avait-il survécu à une telle catastrophe ? Depuis l'enfance, il nourrissait un rêve et ce rêve avait volé en éclats. Elle l'imagina la regardant patiner, se demandant ce qu'il allait faire de sa vie à présent que tous ses projets avaient été anéantis.

Devinant qu'elle cherchait à gagner du temps, à se dissimuler une vérité insupportable, elle se força alors à imaginer avec sincérité quelle aurait été sa réaction si elle l'avait vu en fauteuil roulant. La réponse la glaça. A l'époque, elle était jeune et égoïste, elle ne s'intéressait qu'au paraître, qu'au succès. Elle avait tant fantasmé sur l'existence merveilleuse qu'ils auraient menée ensemble, sur le couple qu'ils auraient formé, lui, la nouvelle star du hockey sur glace, et elle, une journaliste de renommée internationale. Peut-être, seulement peut-être, avait-il eu raison de ne pas se montrer ce soir-là. La fille qu'elle était sept ans plus tôt était alors incapable d'aimer un homme qui ne correspondait pas à l'image idéale qu'elle s'était forgée du prince charmant. Maintenant, des années plus tard, elle savait ce que signifiait une existence parfaite en apparence : une solitude incommensurable…

Cela lui faisait drôle d'accueillir Tony dans son univers. Entre ces murs, elle répondait au téléphone, elle se douchait, elle dormait, elle vivait… Il la voyait dans un contexte différent et elle avait désespérément envie que cet appartement lui plaise. Mais c'était impossible. En réalité, elle-même avait en horreur ce décor glacé.

— Ecoute, dit-elle. A propos de la réception de ce soir, ne te sens pas obligé de…

— Tu plaisantes ?

Posant son verre sur la table basse, il se tourna vers elle. Et lorsqu'il lui sourit, elle eut l'impression de revivre un rêve oublié.

— Crois-tu vraiment que je laisserais filer une autre chance de passer Noël avec toi ?

10

— Ce n'est pas la fin du monde, maman, dit Tony, son téléphone coincé contre l'épaule, en inspectant le contenu de son placard, mais juste un changement de programme.

S'il ne mettait pas très vite la main sur une chemise propre, il allait se tuer !

— Un changement de programme ! Tu entends ça, Salvatore ? Il abandonne sa famille la veille de Noël et il appelle ça un changement de programme !

Gina Fiore avait l'habitude de mener deux discussions en même temps, l'une au bout du fil, l'autre dans sa cuisine chaleureuse et odorante.

Comme toujours, Sal, le père de Tony, grommela quelque chose d'inaudible. Il savait que sa femme avait tendance à dramatiser et il trouvait secrètement amusant cet aspect de sa personnalité.

Tony dénicha une chemise encore emballée et poussa un soupir de soulagement.

— Ecoute, maman, je m'arrangerai pour revenir à temps pour la messe de minuit.

— La messe…

— Oui ! A Noël nous fêtons la naissance du Christ, non ?

— Et le réveillon ? Tu vas rater ma *torta di spinaci*, mon *bauletti di maiale* et mon *pandoro*.

Sortant cinq cravates de son tiroir, il les étala sur son lit.

— Je survivrai, maman. Je les mangerai au petit déjeuner, voilà tout.

— Ah, parce que, maintenant, tu m'annonces que nous ne te reverrons pas avant demain matin ? Que se passe-t-il, Tony ?

Il prit une profonde inspiration.

— C'est à cause d'une femme que…

— Je le savais ! Dieu du ciel, aie pitié de nous ! Tu entends cela, Sal ? Tony a rencontré quelqu'un !

Secouant la tête, Tony se mit à rire.

— Ecoute, maman, ne commence pas à t'embal…

— Non, non, inutile de me raconter des histoires ! Quand un homme préfère passer Noël en charmante compagnie plutôt qu'avec sa famille, pas besoin d'être devin pour comprendre ce que cela signifie. Ton père et moi nous sommes fiancés à Noël, d'ailleurs…

Elle s'interrompit pour se moucher.

— Quand tu étais lycéen, tu avais le béguin pour une fille et tu nous avais promis de nous la présenter. Mais tu ne l'as jamais invitée à la maison. Cela m'a brisé le cœur, Tony.

Il aurait dû lui expliquer qu'il était très fréquent de tomber amoureux la veille de Noël, qu'Elaine St. James n'était pas à sa portée, qu'ils se sépareraient sans doute après cette soirée, qu'elle n'avait certainement pas l'intention de devenir l'épouse d'un policier et que lui-même n'avait pas envie d'être le mari d'une star de la publicité, de jouer les princes consorts. Il aurait dû lui raconter qu'il avait vu l'appartement d'Elaine et s'y était senti comme un éléphant dans un magasin de porcelaine.

Mais il ne lui dit rien de tout cela. Parce que, au fond de son cœur, envers et contre tout, il croyait que, peut-être, Elaine et lui réussiraient enfin à se trouver, cette nuit.

— As-tu ciré tes chaussures ? reprit Gina d'un air soucieux.

— Pardon ?

— Il faut les astiquer jusqu'à ce qu'elles brillent comme un miroir, c'est très important.

En riant, il sortit ses souliers.

— D'accord, pas de problème, maman.

— Et quel costume vas-tu mettre ? Celui que tu portais à l'enterrement de ton oncle Rico ?

— Oui, excellent choix.

Elle le bombarda de recommandations, d'ordres et de suggestions tandis qu'il choisissait une cravate, cherchant celle qui s'harmoniserait le mieux avec sa veste.

— Bon, maman, je dois te laisser pour aller prendre ma douche. Je ne veux pas être en retard.

— Vas-y, vas-y, le pressa-t-elle. Mais attends ! Tony ?

— Oui ?

— Cette fois-ci, invite-la à la maison, d'accord ?

— Je ferai de mon mieux, maman. Promis.

11

Elaine avait fini de préparer la réception des St. James depuis longtemps. A ce stade, il ne lui restait plus qu'à s'y rendre, à se détendre, à profiter de la soirée et à s'assurer que tout le monde s'amuserait.

Cela dit, il ne s'agissait pas d'une fête comme les autres. C'était la veille de Noël, les clients étaient ses parents et elle devait absolument profiter de l'occasion pour décrocher un contrat avec un millionnaire suisse. Et comment aurait-elle pu oublier ses soucis ? Sa meilleure amie l'avait trahie, son fiancé l'avait plaquée, mais il lui faudrait pourtant faire bonne figure.

Cette accumulation de responsabilités et de déceptions n'était pourtant pas la cause de sa nervosité. Tout en souriant gentiment au garçon d'ascenseur, elle dut s'avouer que l'idée de revoir Tony dans quelques heures la mettait dans tous ses états.

Elle ne pouvait le nier : se retrouver en compagnie de Tony Fiore la troublait profondément et elle était gênée de l'intensité de sa réaction. Elle n'était plus une adolescente naïve et pourtant, près de lui, elle se sentait jeune et la proie d'émotions et de sentiments qui ne l'avaient pas traversée depuis des années.

Comme elle jetait un dernier coup d'œil à son reflet dans le miroir de la cabine, elle aperçut une tache rouge au bas de son cou. Elle n'avait pas rougi ainsi depuis une éternité, même si, dans sa jeunesse, cela l'avait souvent embarrassée. Nerveusement, elle remonta le col de son manteau.

Lorsqu'ils arrivèrent au trente-deuxième étage, le garçon souleva son chapeau.

— Joyeux Noël, mademoiselle St. James.

— Pardon ? Ah, oui, merci. Joyeux Noël à vous aussi.

Elle sortit de l'ascenseur et entra dans l'appartement où elle avait passé son enfance. Il était magnifique, tout en marbre, et situé au cœur d'une résidence habitée par quelques-unes des plus grandes familles de la ville. Mark, le décorateur floral dont elle avait loué les services pour la soirée, avait placé d'élégants bouquets japonais un peu partout.

Dès le départ, Mark avait catégoriquement refusé d'accrocher des guirlandes de houx sur les murs ou du gui au plafond et les ornements de Noël étaient réduits au minimum. Le salon avait été arrangé pour permettre aux invités de bavarder et de danser à leur aise. A la place du traditionnel sapin, Mark et Elaine avaient convaincu sa mère de placer dans un coin une sculpture moderne très épurée, en métal, censée « suggérer » un arbre.

Elaine se surprit à regretter d'avoir suivi les conseils du décorateur.

Sinbad, le maître d'hôtel, l'accueillit avec un grand sourire. Après l'avoir salué, Elaine confia son manteau et ses gants aux jeunes employées de maison en uniforme qui les portèrent dans la chambre d'amis, transformée pour l'occasion en vestiaire.

Consciente de ses responsabilités, Elaine commença par aller jeter un œil à l'office. Dans la grande cuisine bien équipée, Armand orchestrait la préparation du dîner comme un contrôleur d'espace aérien. Il s'interrompit un instant pour lui assurer que tout était parfait et que le repas serait servi à l'heure prévue. Il insista pour lui faire goûter l'entrée.

— Délicieux, assura-t-elle en dégustant un minuscule poisson délicatement parfumé.

Secrètement, elle préférait les petits cubes de fromage et la simplicité.

Reconnaissant le pas familier de sa mère sur ses talons aiguilles, elle sortit la rejoindre dans l'immense salon décoré par Mongiardino.

La presse se montrait toujours très clémente pour Freddie St. James et ce n'était que justice. Elle avait épousé un homme richissime et incarnait tout ce que les médias attendaient d'une femme de son rang. Gracieuse, bien élevée et généreuse, elle était adulée par tous ceux qui l'approchaient, du comptable au député de la région.

Ce soir, elle portait un ensemble original de Vera Wang et des bijoux de chez Cartier. Un parfum de Gucci Rush flottait dans son sillage.

— Maman ! s'écria Elaine. Si je ne te connaissais pas très bien, j'aurais cru voir un mannequin. Tu es superbe !

Un grand sourire aux lèvres, Freddie lui prit les mains.

— Bonsoir, chérie. Et joyeux Noël.

Elles se penchèrent l'une vers l'autre, veillant à ne pas s'embrasser pour ne pas risquer d'abîmer leurs maquillages respectifs. Puis Freddie recula pour examiner sa fille de la tête aux pieds.

— Tu es toi-même ravissante ! assura-t-elle d'un air admiratif. Cette robe est magnifique.

Elaine l'avait pensé aussi lorsqu'elle l'avait passée la première fois. Par-dessus une tunique noire à manches longues en coton égyptien, le couturier avait tissé de fines chaînes d'or.

— Tu trouves ? dit-elle, se rendant compte à quel point l'opinion de sa mère avait toujours compté pour elle. Ces chaînes me donnent un peu l'impression d'être une esclave ou un fantôme.

Très élégant dans son smoking, Banner St. James les rejoignit.

— Joyeux Noël, ma chérie ! s'écria-t-il d'une voix joviale.

Elaine salua chaleureusement son père et considéra ses deux parents avec un brin de nostalgie. Même si elle était leur fille unique, elle ne se sentait pas très proche d'eux. Le Noël le plus gai qu'elle avait passé avec eux avait eu lieu l'année où une énorme tempête de neige paralysait la ville. Les intempéries ayant causé une coupure de courant générale, tous trois avaient été obligés de dormir dans le salon, devant la cheminée, emmitouflés dans des duvets. Ils avaient dû se nourrir de potages en sachet et de gâteaux secs, ils avaient joué à des jeux de société à la lumière des bougies. Elle en gardait un souvenir merveilleux et cette nuit mémorable l'avait marquée bien davantage qu'un séjour au ski dans une station à la mode ou qu'une croisière dans des îles paradisiaques.

Bien sûr, elle était certaine que son père et sa mère l'aimaient et elle ne doutait pas non plus de ses sentiments pour eux, mais ils ne se montraient jamais tendres ou affectueux comme la plupart des parents moins occupés, moins soucieux des apparences et moins centrés sur eux-mêmes.

Comme elle leur souriait et leur assurait que la soirée se présentait sous les meilleurs auspices, elle ne pouvait s'empêcher de regretter d'être incapable de se confier à eux. Elle aurait voulu leur parler de Bobbi et de Byron, leur raconter qu'elle avait croisé par hasard Tony Fiore et que cette rencontre fortuite l'avait bouleversée. Elle aurait rêvé de passer avec eux un Noël familial intime au lieu de participer à cette grande réception qui réunissait la jet-set. Mais, bien sûr, elle ne pouvait rien leur dire de ce qui lui importait vraiment.

Bientôt, Melanie et Jenny arrivèrent, suivies par des vagues successives d'invités. Très vite, la soirée St. James battit son plein. Grâce aux talents de Sinbad, qui s'occupait de la sonorisation et des jeux de lumière, toute l'assistance eut droit à une représentation digne des plus grands spectacles.

Quand Tony Fiore apparut à son tour, Elaine eut l'impression d'un arrêt sur image. Les conversations s'interrompirent, chacun parut retenir son souffle. Comme elle se précipitait vers lui pour l'accueillir, elle devinait que les spéculations allaient bon train. Les gens murmuraient, s'interrogeant sur cet inconnu et sur la raison de sa présence. Etait-il une star prometteuse, un jeune dandy ou un athlète olympique ?

Loin de se douter qu'il était le centre de l'intérêt général, Tony semblait focaliser toute son attention sur elle. Lorsqu'il retira sa parka, elle le trouva magnifique dans son costume sombre et sa chemise blanche.

Elle prit sa main avec une petite grimace.

— Tu es gelé !

— Mes extrémités sont toujours froides, même quand je pense à prendre des gants.

En souriant, il tendit ses affaires à l'employée.

Les parents d'Elaine le saluèrent avec leur politesse habituelle mais, manifestement, ils se posaient des questions. Ils attendaient Byron et ils se demandaient qui était cet homme qu'ils n'avaient jamais vu.

— Byron ne viendra pas, finalement, dit Elaine. C'est Tony qui sera mon cavalier, ce soir.

Un peu lâchement, elle préférait leur annoncer la nouvelle en public pour éviter des explications gênantes.

— Je suis ravie de faire votre connaissance, assura Freddie de sa voix mélodieuse.

— Tony est une ex-star du hockey, ajouta Elaine sur le ton de la conversation mondaine qu'elle pratiquait depuis des années avec brio.

Elle savait comme personne embellir les situations, présenter les gens et les faits comme la huitième merveille du monde. D'un simple mot, elle avait l'art et la manière de transformer un comédien au chômage en futur grand acteur, des artistes dédaignés en visionnaires.

Tony semblait beaucoup s'amuser de la voir à l'œuvre. Lorsqu'elle précisa qu'il faisait partie de la brigade criminelle, il éclata de rire.

— Je ferais mieux de t'inviter à danser avant d'apprendre que j'appartiens à la famille Kennedy.

Après avoir remercié les St. James d'un sourire amical, il entraîna Elaine au milieu des couples qui ondulaient sur la piste improvisée.

— Je comprends mieux, maintenant, dit-il.

— Que comprends-tu ?

— Pourquoi cela n'aurait pas marché entre nous.

— Vraiment ? Et pourquoi ?

— A cause de tes parents. Je suis sûr que ce sont des gens formidables mais je ne corresponds pas vraiment au mari idéal dont ils rêvent pour leur fille.

— Autrefois, leur opinion aurait peut-être eu de l'importance, en effet.

— Et maintenant ?

— Maintenant, leur petite chérie a appris à réfléchir et à faire ses choix toute seule.

— Je compte là-dessus, Elaine.

Alors qu'elle tournoyait avec lui, elle se rendit compte qu'elle éprouvait le même bonheur que lorsqu'il l'avait invitée à patiner, quelques heures plus tôt. Il se mouvait avec grâce et souplesse, lui serrant la taille d'une main assurée. Il y avait quelque chose de magique dans cette étreinte, dans son corps ferme, dans son sourire. Avec délices, elle s'abandonna à l'intimité qu'il créait entre eux.

Comme elle se laissait emporter par les accords d'une valse de Strauss, elle sentit une joie profonde l'envahir. Pendant des années, elle s'était tenue à l'écart de la vie, dans le froid de sa solitude. A présent, elle avait l'impression que Tony la tirait d'un long sommeil, qu'il la réchauffait par sa simple présence.

A quand remontait la dernière fois qu'elle avait dansé juste pour le plaisir ? Pour sentir les bras d'un homme autour d'elle et l'ivresse de la musique ? Elle ne s'en souvenait plus. Depuis trop longtemps, quand elle acceptait de se trémousser dans un salon, c'était dans l'espoir de décrocher un contrat ou d'impressionner un client potentiel. Tony l'ignorait mais virevolter avec lui était pour elle un merveilleux cadeau.

Elle savait très bien qu'il était la cause de cette plénitude, de cette euphorie, de cette impression de liberté retrouvée. Il produisait cet effet sur elle. C'était la raison pour laquelle elle l'avait remarqué la première fois qu'elle l'avait vu patiner, et pour laquelle elle était revenue.

A sa grande surprise, une larme roula sur sa joue. Gênée, elle espéra qu'il ne s'en apercevrait pas. Mais bien sûr, comme il ne cessait de la dévisager, il fronça les sourcils.

— Elaine, tu pleures ? Que se passe-t-il ?

Rien ne lui échappait, songea-t-elle. Depuis toujours, il semblait lire en elle comme dans un livre ouvert. Alors à quoi bon lui dissimuler ses sentiments ?

— Ce n'est rien, assura-t-elle. J'aime tant danser avec toi !

Il sourit.

— Je ne veux pas que tu sois triste.

Avec une infinie douceur, il caressa sa joue pour essuyer ses pleurs. Son sourire était teinté de gentillesse et elle vit briller dans ses yeux une affection sincère. Il la dévisageait si différemment des autres ! Les gens la considéraient avec respect, souvent avec admiration et parfois avec intérêt, dans l'espoir d'obtenir quelque chose d'elle. Mais personne ne l'avait jamais contemplée avec cette attention intense et gratuite. Sous ce regard, elle avait l'impression d'exister, d'avoir de la valeur, de compter pour quelqu'un, non pas à cause de ses relations ou de ses origines, mais en tant qu'être humain, tout simplement.

— Les femmes de ma famille aussi sont toujours émues au moment de Noël, dit-il, interprétant mal ses larmes. Ma tante Flo, par exemple, ne peut pas assister à la messe de minuit sans sangloter comme une Madeleine.

Elaine préféra lui cacher la véritable raison de son émotion. Sa réaction inattendue était trop compliquée à expliquer. Elle n'avait aucune envie non plus de lui dire pourquoi elle n'aimait pas Noël. Elle ne pouvait pas lui avouer que, la dernière fois qu'elle avait donné son cœur à quelqu'un, elle avait tant souffert qu'elle ne voulait plus renouveler l'expérience. Et, pour rien au monde, elle n'aurait reconnu que ce quelqu'un était lui.

— Ah, vous voilà ! s'écria Jenny sans même s'excuser de les interrompre. C'est le moment de passer à l'action, Elaine.

— Nous sommes en train de danser, répliqua Tony d'une voix neutre mais ferme.

— Désolée, mais il y a plus important, rétorqua Jenny avec un sourire éblouissant censé le troubler.

Il n'en fut pas troublé le moins du monde, Elaine le comprit immédiatement.

— Plus tard, Jen, s'il te plaît, dit-elle.

— Je vous accorde une minute, pas plus.

Elaine fit mine de prendre avec humour cette intrusion.

— Nous n'avons donc plus que quelques instants de répit et puis je devrai faire mon métier.

— Elaine, même moi, je ne travaille pas à Noël.

Avec un soupir, elle tenta d'oublier à quel point elle avait aimé danser avec lui et ce qu'elle avait ressenti quand il lui avait essuyé ses larmes. Pour son entreprise, il était vital de faire de cette soirée un succès, se répétait-elle. Pas seulement pour elle, d'ailleurs. Jenny et Melanie avaient également besoin de décrocher de nouveaux contrats. Leur avenir était lié à la réussite ou à l'échec de la petite société qu'elles avaient fondée. Ses collaboratrices n'avaient pas les moyens d'échouer. Contrairement à elle, elles n'avaient pas de comptes en banque bien garnis ni de parents fortunés toujours prêts à les tirer d'un mauvais pas.

— Ecoute, murmura-t-elle à Tony. J'ai promis de tout mettre en œuvre pour convaincre ce client potentiel de nous faire confiance. Et ce soir, nous ne pouvons compter que sur nous-mêmes.

Le visage de Bobbi traversa son esprit. Elle se représenta son amie seule dans son minuscule studio, consultant des factures impayées avec angoisse, regrettant de n'avoir pu rejoindre sa famille pour Noël. Imaginer Bobbi malheureuse ne lui donna pas l'impression d'avoir remporté une victoire. Elle n'en éprouvait aucune satisfaction. Au contraire, cela la déprimait.

— D'accord, dit Tony avec bonne humeur. Je vais en profiter pour déguster quelques canapés. Ils m'ont l'air succulents.

Elle ne put s'empêcher de sourire en le voyant s'approcher d'un plateau couvert d'appétissantes tranches de foie gras. Pendant l'heure qui suivit, Tony se mêla sans effort aux groupes d'invités. Ses manières sincèrement amicales et son charisme attiraient les personnes présentes et il fut accueilli par tous comme un ami.

Quand Axel fit son apparition, les conversations s'arrêtèrent. Les réactions de l'assistance furent plus théâtrales qu'elles ne l'avaient été à l'arrivée de Tony. Doté d'une distinction aristocratique typique de la vieille Europe et d'une indéniable beauté, le millionnaire suisse impressionna visiblement beaucoup l'assemblée. A voir ses cheveux coupés en brosse, sa tenue impeccable et son corps svelte, personne n'aurait pu deviner qu'il buvait du whisky et fumait comme un sapeur.

— Le voilà enfin, murmura Melanie à l'oreille d'Elaine. Le client du siècle ! Espérons que tu arriveras à l'attirer dans tes filets malgré la défection de Bobbi. A toi de jouer !

Instantanément, Elaine se métamorphosa en charmante hôtesse. Elle présenta Axel à tout le monde et fit en sorte qu'il devienne le centre de l'attention générale. Avec ses yeux bleus et ses traits fins, il était très séduisant et son costume italien lui seyait à merveille. Il avait la réputation d'être un amant fabuleux mais exigeant et, très vite, une nuée de jolies femmes, des top models pour la plupart, l'entourèrent. C'était là que Bobbi aurait dû entrer en scène. Sans elle, il fallait improviser. Jenny s'approcha, accompagnée de ses escortes, deux actrices ravissantes, vêtues de tenues de soirée louées pour l'occasion.

Manifestement dans son élément, Axel saluait chacun avec aisance et il s'adressa aux parents d'Elaine comme s'il les connaissait depuis toujours. Malgré son nom de roturier, il comptait dans son arbre généalogique des membres d'une famille royale européenne. Impressionnés, les St. James furent ravis d'accueillir chez eux un parent éloigné du prince Rainier.

Avec un sourire charmeur, Axel se tourna vers Elaine.

— Votre fille est si belle que, au premier regard, elle m'a foudroyé. Depuis que je l'ai rencontrée, je ne suis plus moi-même, déclara-t-il avec un délicieux accent.

Elaine eut du mal à ne pas lever les yeux au ciel. Si le simple fait de penser à Tony la troublait, ce Suisse prétentieux commençait sérieusement à l'horripiler.

Cherchant Tony du regard, elle lui fit signe d'approcher. Au moment où il les rejoignit, le contraste entre les deux hommes la saisit. Côte à côte, leurs différences étaient presque comiques. Tony incarnait l'Américain grand et fort, il émanait de lui une assurance et un appétit de vivre impressionnants. Au contraire, Axel, fin et racé, était un pur produit aristocratique avec ses manières condescendantes et son sourire étudié. Tous deux se jaugèrent en silence.

Puis, s'inclinant légèrement devant elle, Axel demanda :

— Ma chère Elaine, me feriez-vous l'honneur de m'accorder cette danse ?

Ses mains avaient été manucurées, et ses dents blanchies au laser, remarqua-t-elle.

Se remémorant à quel point il était important de décrocher un contrat avec lui, elle lui sourit.

— Bien sûr, avec plaisir…

Puis elle se tourna vers Tony pour ajouter :

— Melanie et Jenny s'occuperont de toi.

— Inutile, je ne vais pas tarder à prendre congé, de toute façon.

A ces mots, elle sentit la panique s'emparer d'elle. Comment pouvait-il songer à la quitter alors qu'ils venaient à peine de se retrouver ?

— Mais…

— Je me rends toujours à la messe de minuit avec ma famille, expliqua-t-il. Bonne soirée, Elaine. Et merci de m'avoir invité.

Il lui donna un bref baiser sur la joue et ajouta :

— A un de ces jours, d'accord ?

Avant qu'elle ne puisse répondre, il était parti, et elle se retrouva sur la piste avec le millionnaire suisse. En professionnelle, elle s'arrangea pour attirer sur lui les photographes et sourit devant l'objectif. Les vieilles habitudes ne disparaissaient pas si facilement. A quoi bon songer au Noël qu'elle aurait pu passer en compagnie de Tony Fiore ? Dans le passé, elle avait tenté sa chance avec lui et cela n'avait abouti à rien.

Elle s'entendit bavarder avec Axel, le vit s'esclaffer, la dévisager d'un œil sensuel tout en la faisant tournoyer sur le sol de marbre. Il était excellent danseur mais elle ne s'envola pas comme dans les bras de Tony. Elle n'avait plus l'impression d'être vivante. Il ne lui donnait pas envie d'aimer de nouveau Noël.

A la fin de la danse, il lui tendit une enveloppe blanche.

— Voici pour vous.

Le pli contenait un billet d'avion.

— Je vous invite à skier avec moi, dit-il. Il vous suffit de confier votre passeport à ma secrétaire qui se chargera des formalités.

Etre conviée à Gstaad chez un membre d'une famille royale européenne n'était pas rien, Elaine dut le reconnaître. Alors pourquoi se sentait-elle aussi indifférente ?

Avec curiosité, elle regarda la date du vol.

— Vous comptez partir demain ?

— Oui.

Gênée, elle balbutia :

— C'est tellement inattendu que je ne sais pas quoi dire.

— Venez, vous ne le regretterez pas, déclara-t-il avec assurance. Je suis sûr que vos parents seront ravis. Si nous sommes amenés à travailler ensemble, autant nous arranger pour y trouver du plaisir, non ?

En clair, il lui offrait la collaboration dont elle rêvait.

Cela aurait dû être le plus grand moment de sa carrière, de sa vie, peut-être. Mais Elaine s'aperçut avec étonnement qu'il n'en était rien.

Elle lui décocha un sourire aussi éblouissant qu'hypocrite.

— Merci, Axel. Je vous donnerai ma réponse plus tard.

Et elle s'éloigna.

Se précipitant sur elle, Jenny et Melanie la pressèrent de questions et l'accablèrent à mi-voix de reproches.

— Qu'est-ce que tu fabriques ? demanda Jenny.

Elaine leur expliqua en deux mots la situation.

— Ne l'envoie pas promener, la supplia Melanie. Nous allons décrocher le contrat du siècle.

— Vos passeports sont-ils valides ? s'enquit alors Elaine.

— Le mien, oui, répondit Melanie. Mais…

— Alors réjouis-toi, c'est ton jour de chance, dit Elaine en lui tendant l'enveloppe avec un grand sourire. Tu vas t'envoler demain pour la Suisse et skier toute la semaine. Appelle sa secrétaire, elle s'occupera de tout.

Laissant ses collaboratrices bouche bée, Elaine se dirigea vers les vestiaires.

Avec un sourire, elle tendit son ticket à l'employée pour récupérer son manteau.

— Il y a quelques instants, un des invités a pris congé. Par hasard, vous aurait-il dit où il allait ?

— Non, mademoiselle.

Bien sûr, elle aurait dû s'en douter. Mais Tony vivait à Brooklyn, et ce n'était pas très loin.

— Il a oublié ses gants, ajouta la jeune fille en les lui tendant.

Elaine les mit dans son sac à main.

— Alors je ferais mieux d'aller les lui rendre.

Comme elle se hâtait vers la sortie, elle croisa ses parents et leur dit au revoir.

Stupéfaite, sa mère l'observa avec attention.

— Pourquoi partir si tôt ? Es-tu malade ?

— Je ne me suis jamais sentie mieux, assura-t-elle.

Elle les embrassa, veillant à ne pas abîmer le maquillage de sa mère, avant de se jeter spontanément à leur cou.

— Joyeux Noël ! s'écria-t-elle.

Tout en s'éloignant vers l'ascenseur, elle se rendit compte que c'était la première fois depuis des années qu'elle le leur souhaitait.

12

Dehors, la ville était drapée de blanc, les rues et les trottoirs étaient couverts d'une épaisse couche de neige. Sable, la gardienne, appela un taxi et toutes deux l'attendirent dans le hall de marbre.

— Savez-vous quel moyen de locomotion a emprunté M. Fiore, l'homme qui vient de partir ? s'enquit Elaine.

— Oui, il avait sa voiture.

Sable contemplait les flocons qui tourbillonnaient dans le vent.

— Conduire par ce temps ne doit pas être simple, fit-elle remarquer.

— Avez-vous vu la direction qu'il a prise ?

— Il m'a semblé qu'il se dirigeait vers Roosevelt.

L'uniforme des portiers de cette résidence n'avait pas changé depuis des générations et, sur cette jeune et jolie brune, il paraissait ridicule, pensa Elaine. Mais au moins, en plein hiver, la protégeait-il du froid.

— Avez-vous des projets pour ce soir ? demanda-t-elle soudain.

Sable regarda derrière elle comme pour chercher la personne à qui Elaine parlait. Quand elle comprit que c'était à elle que la question s'adressait, elle rougit.

— Moi ? Je vais jouer les Père Noël pour mes enfants.

Jusqu'à cet instant, Elaine ignorait que Sable était mère de famille.

— Formidable ! s'exclama-t-elle. Vous allez sûrement bien vous amuser.

La jeune femme hocha la tête.

— Cette année, nous avons prévu d'offrir un vélo à l'aîné et une maison de poupée à sa petite sœur. Mon mari saura certainement se débrouiller avec la bicyclette mais j'ai peur qu'il ne réussisse pas à monter la maisonnette. En tout cas, il va avoir du mal à les mettre au lit.

D'un air rêveur, Sable sourit. Visiblement, elle songeait à sa famille et son visage exprimait un mélange d'amour, de fierté et de nostalgie.

— Vous devriez donc rentrer au plus vite chez vous pour lui donner un coup de main, fit remarquer Elaine.

Sable considéra l'horloge murale et poussa un petit soupir.

— J'aimerais bien mais mon remplaçant n'arrivera pas avant une bonne heure.

Malgré sa hâte de retrouver Tony, Elaine sentit un courant de sympathie passer entre elles deux. Un instant, elle hésita.

Certes, elle avait très envie de rejoindre Tony — ils s'étaient perdus de vue depuis si longtemps ! — mais, maintenant, elle savait où le chercher. Et elle avait en face d'elle une femme obligée de travailler au lieu de passer Noël avec ses enfants. Elle se devait de faire quelque chose. Et après tout, le don sincère supposait des sacrifices, non ?

Sans tergiverser davantage, elle se tourna vers la jeune employée.

— Je vais l'attendre à votre place.

Mais cette dernière secoua la tête en riant.

— Non, mademoiselle. Si quelqu'un s'en apercevait, je pourrais perdre mon travail.

— Pour l'amour de Dieu, acceptez ! Le soir de Noël, les braves gens n'ont jamais d'ennuis. Alors, cessez de discuter et donnez-moi votre manteau, votre casquette et votre cache-nez.

En proie à un dilemme, Sable semblait sur le point d'éclater en sanglots. Elaine posa la main sur son bras.

— Je vous en prie, faites-le pour moi si ce n'est pas pour vous. D'ailleurs, voici votre taxi.

Sans perdre de temps, Elaine lui retira son uniforme et la poussa vers la voiture. Elle paya le chauffeur et resta sur le trottoir à regarder la jeune femme s'éloigner. Sable lui adressa de grands signes de remerciement jusqu'à ce que l'obscurité l'engloutisse. Son sourire fut la dernière chose qu'Elaine aperçut et elle en éprouva une douce chaleur.

Comme elle retournait dans le hall de l'immeuble, elle se sentit fière de sa nouvelle mission. Si cette période de l'année était toujours un cauchemar pour elle, ce n'était pas une raison pour qu'il en soit de même pour les autres. Pour des personnes comme Sable, qui travaillaient dur, été comme hiver, Noël signifiait vraiment quelque chose et elles avaient bien le droit, une fois l'an, de rendre leurs enfants heureux.

Non sans un certain amusement, Elaine enfila le lourd manteau de laine et arrangea la casquette sur ses cheveux. Considérant son reflet dans le grand miroir mural, elle se salua en riant et, dans le mouvement, son couvre-chef tomba sur ses yeux. Qu'elle avait l'air ridicule, dans ce costume ! Les dirigeants de cet immeuble avaient-ils perdu la tête pour habiller les portiers de façon aussi grotesque ?

Ils pensaient sans doute que cet uniforme démodé plairait aux habitants de la résidence, à commencer par les St. James.

Soudain, un léger remue-ménage à l'extérieur attira son attention. Plusieurs couples en tenue de soirée sortaient d'une limousine noire. Des clients ! Elle se précipita à leur rencontre et leur ouvrit la lourde porte de verre. En les reconnaissant, elle faillit saluer avec chaleur les Blanton et les McQuigg, de vieux amis de ses parents. Elle avait fréquenté les mêmes écoles et les mêmes camps de vacances que leurs enfants.

Ils passèrent devant elle en riant et en parlant fort. Aucun ne lui fit l'aumône d'un regard ou d'un sourire. Elle n'en fut pas blessée mais infiniment surprise. Tous les invités de la soirée des St. James traitaient-ils les personnes employées à leur service de cette façon odieuse ? Tous, elle en était certaine. Dans son monde, les domestiques étaient invisibles. Pour avoir droit à des amabilités, il fallait être célèbre ou fortuné. Les amis étaient triés sur le volet en fonction de leur rang, de leurs origines ou de leur richesse et non pas uniquement de leurs qualités personnelles.

Quand un autre couple s'approcha à son tour de l'immeuble, elle retint son souffle, espérant s'être trompée. Mais non, la femme en vison et son compagnon l'ignorèrent, eux aussi, avec superbe. Pourtant, elle leur avait envoyé un très beau cadeau de mariage dernièrement. Puis un célèbre chef d'orchestre, qui était venu dîner plusieurs fois chez eux lorsqu'elle était plus jeune et avec qui elle s'entendait bien, sortit d'un taxi. Certaine qu'il serait ravi de la voir, elle lui sourit. Mais il la salua d'un bref hochement de tête et se hâta vers l'ascenseur…

Comme il disparaissait dans la cabine, elle se rendit brutalement compte qu'elle faisait partie de son monde, et ce constat la plongea dans une profonde tristesse.

Lorsque l'homme qui assurait la relève arriva, elle se lança dans une grande explication — qu'il ne comprit visiblement pas — et appela un taxi. En se glissant dans la voiture, elle frissonnait. Mais elle savait qu'il s'agissait d'un froid intérieur, sans lien avec la tempête de neige qui sévissait sur la ville. Elle resserra pourtant les pans de son manteau sur elle et réfléchit. Elle n'avait aucune idée de l'endroit où aller.

Elle avait envie de retrouver Tony. Elle voulait lui dire que le revoir l'avait obligée à prendre du recul, à regarder sans complaisance la réalité de son existence. Elle avait abandonné la plus grande réception de l'année et mis sa carrière en danger pour travailler une heure comme portier. Tout cela parce que leurs chemins s'étaient de nouveau croisés et qu'elle avait compris que la magie était toujours là, cachée, attendant le bon moment pour opérer. Et, brutalement, elle ne supportait plus le clinquant artificiel de son univers familier. Sa vie avait perdu son sens et elle désirait de tout son cœur devenir quelqu'un d'autre.

Sentant le regard interrogateur du chauffeur sur elle dans le rétroviseur, elle se décida.

— Conduisez-moi dans Brooklyn, s'il vous plaît.

D'ordinaire, elle n'aurait pas fait attention au chauffeur du taxi. Mais ses yeux lui disaient quelque chose et elle fronça les sourcils. Où avait-elle déjà vu ces prunelles bleues ?

— Parfait, répondit-il en déboîtant. Mais peut-être avez-vous une adresse précise à me donner ?

Elle réfléchit à toute vitesse.

— Connaissez-vous une église catholique dans Brooklyn qui aurait prévu de célébrer la messe de minuit ?

— Il y en a une bonne dizaine…

— Bon, allons-y. Peut-être vais-je me rappeler un nom en chemin.

La circulation étant impossible, elle eut tout le temps d'y penser.

— Je n'ai vraiment pas de chance, marmonna Elaine. Pour la deuxième fois de ma vie, je vais me jeter dans les bras d'un homme et un embouteillage m'empêche de le rejoindre.

— Pour la deuxième fois de votre vie ? Que s'est-il passé la première ?

— Il ne s'est pas montré.

La radio diffusait un cantique de Noël. Il y avait tant de recueillement, de foi dans ce chant qu'elle frissonna.

Avec un hochement de tête, le chauffeur de taxi répondit :

— Ceci explique sans doute cela.

Quelque chose dans le ton de sa voix attira l'attention d'Elaine et elle l'observa avec plus d'acuité. Il portait un bonnet et une écharpe rouge à pompons.

Se raidissant sur son siège, elle se pencha pour lire le permis de conduire, affiché sur la vitre : Lawrence E. Simon.

— Larry ? balbutia-t-elle.

Enfin, ils atteignaient le pont de Brooklyn. Les trottoirs d'ordinaire bondés étaient curieusement déserts.

— Oui, c'est bien moi.

— Etes-vous le Larry qui quête dans les rues et qui connaît Aristote ? Larry, le conducteur de la Zamboni ?

Sans lui répondre, il s'écria en tapant sur son pare-brise :

— Mademoiselle ! Regardez !

En vain, elle se tordit le cou pour tenter de distinguer à travers les flocons de neige ce qu'il lui désignait.

— Que se passe-t-il ? Je ne vois rien.

— Il y a quelqu'un sur le parapet.

— Comment cela ?

Il ralentit et s'arrêta sur le bas-côté.

— Là, j'ai l'impression que quelqu'un s'apprête à sauter dans le fleuve.

En effet, Elaine aperçut la silhouette d'une femme, debout sur la balustrade, fixant les flots. Elle avait franchi les chaînes de sécurité et se penchait au-dessus du vide. Malgré le froid, elle ne portait pas de manteau et le vent soulevait ses cheveux.

Un frisson parcourut l'échine d'Elaine.

— Mon Dieu ! Ne me dites pas qu'elle…

Incapable de poursuivre, elle s'interrompit, terrifiée.

— Je le crains, malheureusement, répondit le chauffeur. La veille de Noël, les gens se suicident plus que les autres soirs, paraît-il.

Sans perdre de temps, Elaine ouvrit la portière et se précipita dehors. Bizarrement, il n'y avait personne sur le pont, mis à part le taxi, l'inconnue sur le parapet et elle.

Elaine avançait dans l'obscurité. Elle sentait les flocons fouetter son visage. Elle avait oublié Tony. A cet instant précis, la seule chose qui lui importait était d'empêcher cette malheureuse de commettre l'irréparable.

C'était absurde, bien sûr. Comment pourrait-elle venir en aide à cette pauvre fille ? Elle regarda rapidement autour d'elle mais aucune voiture n'était en vue.

— Cet endroit est le plus fréquenté de New York, grommela-t-elle entre ses dents. Comment se fait-il qu'il soit désert en cette veille de Noël ?

Sur le fleuve, un bateau passa et le bruit de son moteur creva lugubrement la nuit. Le vent était glacé, l'humidité émanant de l'eau imprégnait ses cheveux. Tremblant d'appréhension, Elaine s'approcha de la femme. La lueur d'un réverbère éclairait sa mince silhouette, son profil délicat. Elle ne portait qu'une jupe moulante et un pull-over en cashmere.

Et, soudain, le cœur d'Elaine s'accéléra dans sa poitrine. Stupéfaite, elle enjamba les chaînes de sécurité.

— Bobbi, murmura-t-elle, devinant d'instinct qu'elle ne devait pas élever la voix. C'est moi, Elaine.

Bobbi ne sursauta pas. Elle ne parut même pas surprise de la voir ici. Aussi fragile et légère qu'un oiseau accroché à une branche, elle ne bougeait pas. Elle restait là, debout sur la balustrade, comme la figure de proue d'un navire.

— Va-t'en, répondit-elle simplement.

— Tu rêves ! Je suis si contente d'être là. Je t'en prie, Bobbi, je t'en supplie, ne fais pas ça.

— En quoi cela t'importe-t-il ?

— D'abord, parce que je n'ai pas encore eu la possibilité de te dire à quel point je suis désolée de ce qui s'est passé aujourd'hui.

— Formidable, Elaine. Parlons de toi, il n'y a que cela qui t'intéresse, d'ailleurs, non ?

La colère de Bobbi encouragea Elaine à poursuivre.

— Ce n'est pas ce que je suis en train de faire.

— Alors, que fais-tu, Elaine ? Essaies-tu de me persuader, une fois de plus, que j'ai beaucoup de chance de t'avoir rencontrée ? Veux-tu encore me faire croire que tu m'as donné la possibilité de m'amuser tout en gagnant de l'argent ? Tu le répètes à longueur de journée. Mais qui essaies-tu de convaincre ? Moi ou toi ?

Ravagée par la culpabilité, Elaine sentit sa gorge se serrer. Dans cette nuit glaciale, elle fut obligée de regarder en face, sans se mentir, la réalité de ses liens avec Bobbi. Elles étaient devenues amies pour toutes sortes de mauvaises raisons. Elaine avait fait d'elle une star des médias pour l'utiliser à son profit. Leur amitié n'avait jamais été fondée sur une complicité profonde et sincère, mais sur un arrangement professionnel. Comme tous les prétendus amis d'Elaine, Bobbi n'était pour elle qu'une relation d'affaires.

— J'ai eu tort, répondit Elaine. Je me suis conduite de manière affreuse avec toi, Bobbi. Déteste-moi et fais-le-moi payer si tu veux, je l'ai mérité, mais ne saute pas. Pour l'amour de Dieu, c'est Noël, je t'en supplie.

— Noël est une journée comme une autre pour toi, Elaine. Pourquoi t'intéresses-tu soudainement à cette date particulière ?

— Eh bien, c'est parce que…

La voix d'Elaine se brisa. Soudain, au plus mauvais moment, elle ne savait plus quoi dire.

— Parce que quoi… ?

— A cause du sapin de Noël. C'est la seule époque

de l'année où tu peux mettre un arbre dans ton salon sans te sentir ridicule, non ?

— Si cette remarque était censée me décider à ne pas en finir avec l'existence, c'est raté, Elaine, et tu ferais mieux de trouver autre chose. Tu ignores tout du véritable sens de Noël. Il faut le vivre pour le connaître.

— Alors peut-être devrais-je être à ta place sur ce pont…

Elle était terrifiée mais discuter avec Bobbi empêchait au moins cette dernière de plonger dans les eaux noires et glacées.

— Et contrairement à ce que tu crois, reprit-elle, la signification de Noël n'est pas un mystère pour moi. Nous célébrons ce soir l'anniversaire de la naissance de Jésus, tout le monde est au courant.

— Pas du tout, riposta Bobbi. Le Christ n'est certainement pas né au cœur de l'hiver.

— Comment le sais-tu ?

— Il suffit de faire preuve de logique. Dans l'Evangile, on raconte que les bergers avaient sorti leurs troupeaux, qu'ils étaient dehors avec des agneaux. En plein mois de décembre, cela n'aurait pas été possible. Même en Judée, il fait trop froid à cette époque de l'année pour que des hommes laissent des moutons se promener la nuit.

— Et alors ? Je ne…

Puis elle s'interrompit, comprenant qu'elle avait tort de discuter.

— Tu as raison, dit-elle. Le Christ a plus probablement vu le jour au printemps.

Cette conversation n'avait aucun sens, pensait Elaine. Mais elle devait continuer à parler, à philosopher avec

Bobbi sur la véritable signification de Noël pour l'empêcher de sauter du pont. C'était la seule solution.

— Mais cela n'est pas si grave, poursuivit-elle. Le 25 décembre est une date aussi bonne qu'une autre pour célébrer la naissance du Christ.

Bobbi haussa les épaules.

— Jésus n'aurait pas voulu fêter son propre anniversaire, ce n'est pas une coutume juive.

— De toute façon, il faut être idiot pour souffler des bougies posées sur un gâteau, dit Elaine. Ecoute, Bobbi. Noël n'est pas qu'une occasion donnée aux gens de travailler moins, de se gaver de foie gras ou de saumon fumé et de s'offrir des cadeaux. Noël est là pour nous rappeler que nous n'avons pas à porter seuls nos fardeaux, qu'un enfant, le plus humble de tous, peut nous sauver. C'est quelque chose d'heureux, Bobbi. Et quelle est la meilleure manière de vivre le bonheur que de le partager ? Je ne suis pas en train de te chercher une bonne raison de continuer à vivre, mais je suis certaine d'une chose : je me suis mal comportée envers toi. Il me faut réapprendre la gentillesse et la générosité. Aujourd'hui, tu m'as permis d'en prendre conscience et tu m'as aidée à devenir meilleure, Bobbi. Le monde a besoin de gens comme toi.

— Quoi ? Tu aimerais que le monde soit peuplé de voleuses ?

La voix de Bobbi se brisa et Elaine reprit la parole.

— J'aimerais qu'il y ait plus de personnes comme toi pour montrer à des égoïstes dans mon genre ce qu'est le désespoir. Tu étais désespérée et je ne l'ai même pas vu…

Pour la première fois, Bobbi tourna la tête vers Elaine.

— C'est même pire que cela. Mais il s'agit toujours de toi.

De nouveau, elle considéra le fleuve.

— Je ne veux pas de cette existence, je n'en ai jamais voulu. Pour être heureuse, j'ai besoin d'être au milieu de ceux que j'aime, de ma famille. Ma vie actuelle n'a aucun sens. Il s'agit de faire bonne figure devant les médias, de fréquenter des endroits branchés, de vivre au-dessus de mes moyens, de séduire des hommes riches pour décrocher des contrats. Tu ne m'as rien apporté, Elaine. Chaque jour, je me dégoûte un peu plus.

— Très bien. Alors organisons ton retour. Ta mère t'attend, elle aussi a envie de passer Noël avec toi. Nous pouvons aller à l'aéroport et réserver une place sur le prochain vol pour Raleigh Durham. Tu seras chez toi demain matin.

— D'accord…, murmura Bobbi.

A ce mot, un immense soulagement s'empara d'Elaine.

— Je vais appeler le service de réservation. Il y a quelqu'un vingt-quatre heures sur vingt-quatre.

Comme elle s'emparait de son portable, son trousseau de clés qui s'y était accroché — le cadeau de Tony avec le patin d'argent — jaillit en l'air. Avant qu'elle ne puisse le rattraper, il lui échappa des mains, cogna la rambarde et tomba pour disparaître dans les eaux noires.

Elaine imagina le bruit qu'il faisait en heurtant la surface glacée. Se répétant que cela n'avait aucune importance, qu'il ne s'agissait pas d'un mauvais présage, elle ferma les yeux. Puis elle se hâta de composer le numéro d'une compagnie aérienne pour demander une place dans l'avion.

— Voilà, dit-elle en raccrochant. Il est temps de foncer à l'aéroport, à présent.

Bobbi fixait le fleuve, fascinée par la chute du trousseau de clés. Finalement, d'une petite voix, elle murmura :

— J'ai peur.

Quelque part, dans son dos, Elaine entendit les crissements de pneus d'une voiture mais elle ne s'en préoccupa pas. Elle gardait les yeux rivés sur Bobbi, craignant que la panique ne lui fasse faire un faux mouvement.

Les bottes élégantes de son amie tremblaient sur le parapet. Comment allait-elle réussir à se retourner sans basculer dans le vide ?

Elaine perçut le claquement d'une portière mais elle n'osa pas se retourner.

— Je m'en occupe, dit un homme en passant devant elle.

En le reconnaissant, Elaine poussa un gros soupir de soulagement.

— Tony !

Sans la regarder, il s'approcha de Bobbi. Avec souplesse, il grimpa à son tour sur la balustrade.

— Partez, ou nous allons tomber tous les deux, gémit Bobbi.

— Non, sûrement pas. N'y pensez même pas.

Elaine retint son souffle. Le froid glacial avait transformé la malheureuse en statue de givre. Tony lui enlaça la taille.

— Prenez ma main, ordonna-t-il. Vous allez y arriver. Je vous tiens.

Tremblant de peur, elle obéit.

— Tout va bien, dit-il doucement. Vous êtes en sécurité, maintenant.

Rassurée par sa présence, Bobbi se laissa guider mais elle était si frigorifiée que son pied dérapa sur le bord gelé du parapet. Elaine retint un hurlement de frayeur. Heureusement, Tony réussit à la rattraper et il sauta avec elle du bon côté du pont.

Elaine se précipita pour embrasser Bobbi. Sans hésiter, elle retira son manteau pour envelopper le corps transi de son amie.

— Je suis désolée, dit Bobbi qui claquait des dents. Je m'apprêtais à commettre quelque chose de terrible.

— Mais j'ai eu tort, moi aussi. Je ne t'ai pas écoutée.

En un éclair, Elaine se revit dans le somptueux appartement de ses parents. Dans les baies vitrées, elle avait vu son propre reflet, son élégante tenue, ses magnifiques bijoux… mais aussi une immense solitude au fond de ses yeux.

Larry donna un coup de Klaxon.

— Il faut y aller, maintenant, dit-il. L'aéroport est à un quart d'heure de route.

Prenant la situation en main, Elaine mit Bobbi dans la voiture de Larry et lui donna un billet.

— Veux-tu que je t'accompagne ?

— Non, tout ira bien, assura Bobbi.

Comme le taxi s'éloignait dans la nuit, Tony fronça les sourcils.

— Ce chauffeur, n'est-ce pas le gars qui…

— Ne pose pas de question, dit-elle. C'est magique.

Tony passa sa veste sur les épaules d'Elaine et la tint serrée contre lui. Elle aurait pu rester dans ses bras toute la nuit. Elle se sentait bien dans sa chaleur, protégée.

— Comment as-tu su ? demanda-t-elle. Comment as-tu réussi à me trouver ?

— Je conduisais pour rejoindre l'église quand j'ai reçu un appel à la radio.

Larry avait prévenu les secours, pensa-t-elle.

— Que faisais-tu ici, Elaine ?

— Tu avais oublié tes gants, dit-elle en les lui tendant.

— Tu as traversé tout Brooklyn la nuit de Noël pour me les rendre ?

Elle hocha la tête.

Avec un grand rire, il l'entraîna vers sa voiture et mit le chauffage.

— Bon, je devine qu'à présent tu as besoin que quelqu'un te reconduise.

Elle s'apprêta à opiner du menton mais, changeant brusquement d'avis, elle se tourna vers lui.

— Je n'ai pas envie de rentrer chez moi.

13

Elaine St. James était la dernière personne avec qui Tony pensait passer la nuit de Noël. Et en même temps, elle était la seule avec qui il rêvait d'être. Après avoir garé sa voiture dans un parking souterrain, il l'entraîna dans une rue tranquille près du parc Slope, où il habitait. Avec un peu d'inquiétude, il la regarda marcher à côté de lui. Il allait l'introduire chez lui, dans sa vie. Il espérait qu'il n'avait pas laissé son deux pièces trop en désordre.

Des guirlandes de houx ornaient la lourde porte de son immeuble et la rampe de l'escalier. Dans le hall, quelqu'un avait accroché un gros bouquet de gui au plafond et installé un petit Père Noël au-dessus des boîtes aux lettres. Une odeur de bougie flottait dans l'air. Il était tard, aussi gravirent-ils les trois étages en silence.

Il l'invita à entrer chez lui, tentant de deviner ses réactions. Son appartement était aux antipodes des endroits huppés et élégants qu'Elaine St. James avait l'habitude de fréquenter. Mais heureusement, il était à peu près présentable et ne sentait pas le renfermé.

Un peu gêné de la modestie de son logis, il se tourna

vers elle. Elle ressemblait à une fleur exotique arrachée à son milieu naturel. Pourtant, elle souriait.

Elle retira sa parka et la lui tendit.

— Merci, dit-elle. Je serais morte de froid sans elle.

Le manteau qu'elle avait offert à son amie valait sans doute l'équivalent d'un mois de loyer !

— Ma présence t'empêche-t-elle de te rendre quelque part ? demanda-t-elle.

Elle semblait nerveuse, ce qui le surprit.

— J'ai raté la messe de minuit, dit-il. Mais à mon avis, Dieu me pardonnera d'avoir aidé ton amie plutôt que d'assister à cette cérémonie.

Se remémorant la scène, elle frissonna.

— J'espère que tout ira bien pour elle, maintenant.

— J'en suis certain. Mais elle m'a fait très peur. Comment peut-on être désespéré à ce point ?

— Je ne suis pas sûre qu'elle ait été véritablement une amie mais je n'ai jamais voulu la blesser.

— La suite lui appartient, à présent. Mais tu as fait ce qu'il fallait faire, Elaine.

— Tu crois ? Au déjeuner, elle m'avait demandé une avance et je l'ai envoyée promener. C'est là où tout a commencé à dégringoler pour elle.

— On ne réussit pas toujours à être juste du premier coup. Personne n'y parvient. Veux-tu t'asseoir ?

Il lui désigna un canapé. Sur la table basse était posé un petit sapin de Noël surchargé de bougies et de guirlandes.

Tout en laissant un message sur le répondeur de ses parents, il sortit une bouteille. Il espérait qu'elle aimait le vin rouge. Il remplit deux verres et lui en tendit un.

— Et toi, te sens-tu bien, à présent ?

— Oui, je crois.

Elle observa la pièce avec plus d'attention que lui dans son luxueux salon. Quand elle vit la multitude de photos accrochées un peu partout, l'expression peinte sur ses traits brisa le cœur de Tony.

— Tu as beaucoup de portraits de ta famille et de tes amis, fit-elle remarquer. C'est sympa.

Elle aussi méritait d'avoir une famille et des amis, songea Tony. Elle était quelqu'un de bien, de bon. Pourtant, elle menait une existence qui ne lui convenait pas.

Il s'en sentait partiellement responsable. Des années plus tôt, il l'avait abandonnée parce qu'il avait dû renoncer à sa carrière de patineur. Il avait alors eu la certitude qu'un type exerçant de simples fonctions de policier n'avait aucune chance avec elle et qu'elle l'aurait rejeté. Il l'avait vraiment cru. La mort dans l'âme, il avait préféré prendre les devants. Peu à peu, il avait oublié son rêve et finit par accepter son sort.

Bien sûr, Elaine était toujours riche et sophistiquée, il en était conscient. Mais leurs différences ne lui paraissaient plus un obstacle insurmontable. La vie lui avait envoyé une terrible épreuve et il avait survécu. A présent, elle lui offrait une seconde chance.

Fasciné, il la regarda boire son verre de vin avec délicatesse. Elle avait un très joli visage et il avait l'intuition que ni les années ni les soucis ne terniraient jamais cette beauté. Au contraire, le temps semblait adoucir ses traits. Il avait envie de voir cette métamorphose. Tant pis si c'était de la folie, tant pis s'ils appartenaient à deux mondes opposés. Il s'en moquait…

L'atmosphère, soudain, semblait chargée d'électricité,

et le courant qui était passé entre eux, sept ans plus tôt, était toujours aussi fort.

Il prit son verre et le posa sur la table.

— Elaine, que fais-tu ici ?

14

Elaine ne savait pas très bien quoi lui répondre. Nerveusement, elle nouait et dénouait ses mains en le regardant, tandis qu'il la dévorait des yeux. Mais elle ne parvenait pas à exprimer ce qu'elle ressentait.

Elle ne voulait rien. Elle voulait tout. Et il ne pouvait pas comprendre.

Délibérément, elle se pencha vers lui et posa les mains sur son torse. Un bref instant, il retint son souffle puis il la saisit par les poignets. D'abord, elle craignit qu'il ne la repousse mais il captura ses lèvres. Il commença par l'embrasser délicatement puis sa bouche devint plus pressante, plus exigeante. Elaine n'avait jamais connu de baisers comme celui-ci, aussi chargés d'émotions trop intenses pour être traduites en mots.

Elle avait l'impression que Tony la réchauffait et la ramenait à la vie. Au plus profond d'elle-même, un feu se réveillait, brûlant de désirs et d'envies. Elle n'aurait jamais cru pouvoir éprouver de nouveau des sentiments aussi forts.

Bouleversée, elle s'accrocha à ses épaules et caressa ses cheveux d'une main fébrile. Elle se sentait jeune et gaie, pleine d'espoir et, surtout, elle avait conscience d'être enfin avec l'homme de ses rêves.

Il se leva et la prit dans ses bras. Plongeant ses yeux dans les siens, il la dévisagea avec intensité.

— Tu sais, murmura-t-il, je ne suis pas du genre à me contenter d'une nuit…

— Il ne s'agit de rien de tel.

— Alors de quoi s'agit-il ?

Elle avait besoin de lui. Pas seulement de ses bras, pas pour quelques heures, mais pour le restant de ses jours. Elle voulait partager sa vie. Elle avait faim de ses baisers, de son corps chaud contre le sien, elle avait envie de parler des heures durant de choses qu'ils seraient seuls à comprendre, envie d'un bonheur simple avec lui. La passion dont ils brûlaient l'un pour l'autre, le désir intense dont ils étaient la proie la sidéraient. Ils s'étaient rencontrés trois fois, ils étaient des étrangers l'un pour l'autre et, pourtant, ils avaient l'impression de se connaître depuis toujours. Pendant des années, ils avaient imaginé ces retrouvailles sans oser les croire possibles et, finalement, leurs chemins s'étaient de nouveau croisés sans qu'ils l'aient cherché. Le destin les avait réunis.

— De ce qui aurait dû se passer il y a sept ans.

— C'est ce que je pensais aussi.

Avec une infinie douceur, il l'embrassa et l'entraîna vers sa chambre. La pièce était meublée d'un grand lit et d'une vieille armoire. Elle vit aussi une photo de sa famille dans un cadre, des vêtements posés sur une chaise, du cirage…

Il lui sourit, un peu gêné.

— J'ai hésité longtemps avant de décider quoi porter ce soir. Je me sentais nerveux.

Quand elle prit sa main pour la poser sur son cœur, il ne regretta pas de le lui avoir avoué.

— Et moi, c'est maintenant que je suis nerveuse, dit-elle.

— Moi aussi, dit-il en lui caressant le visage. Cela fait si longtemps que j'attends ce moment. J'en ai rêvé pendant des années.

Il aperçut soudain les chaînettes cousues sur sa robe.

— Je n'avais pas remarqué que tu étais enchaînée. Portes-tu aussi une ceinture de chasteté ?

Avec un petit rire, elle défit d'un geste les maillons qui tombèrent à ses pieds avec un léger bruit. Elle se blottit dans ses bras et, quand elle le dévisagea, elle vit briller dans son regard tout l'amour et l'émerveillement du monde.

La gêne avait disparu. Elle n'éprouvait plus que le bonheur de savoir que, contre toute attente, contre tout bon sens, son rêve de toujours allait enfin se réaliser. Tony donnait un sens à sa vie et chassait le froid et la solitude qui y avaient élu domicile.

Ouvrant le lit, il l'attira contre lui et un frisson la parcourut. Elle se mit à effleurer son corps chaud et vivant qu'elle avait si longuement imaginé. A son tour, il la caressa avec tendresse. Elle se sentait en totale osmose avec lui. Lorsqu'ils s'unirent, elle eut l'impression d'avoir trouvé sa moitié et de former un tout avec Tony. Elle s'abandonna en lui murmurant des mots d'amour. Bientôt, elle atteignit le septième ciel et l'étreignit avec force. Et quand tous deux furent rassasiés de plaisir et s'endormirent dans les bras l'un de l'autre, Elaine comprit qu'elle était devenue une autre, une femme neuve.

Elle se sentit métamorphosée, au plus intime d'elle-même. Après cette nuit, elle le savait, plus rien ne serait plus pareil.

15

L'odeur d'un café frais moulu tira Tony de son sommeil. *Elaine.* Son nom remonta à sa mémoire comme un rêve presque oublié et, un instant, il se demanda s'il n'avait pas imaginé leurs retrouvailles de cette nuit. Mais non. Elle était bien venue chez lui, ils avaient fait l'amour et elle était toujours là. Elle avait dormi dans ses bras, le parfum de ses cheveux imprégnait encore l'oreiller et il sentait sa présence toute proche.

Et, au fond de cœur, il savait qu'aucune matinée dans l'histoire du monde n'avait été aussi belle que celle-ci.

Elaine St. James… La retrouver avait été un véritable miracle. Découvrir un diamant sur la neige ne l'aurait pas autant émerveillé.

Guidé par les délicieux effluves qui flottaient dans l'appartement, il se rendit dans la cuisine. Elaine se débattait avec sa vieille cafetière. Elle portait un de ses pull-overs, à l'effigie de son ex-club de hockey. Son maquillage était parti, ses cheveux décoiffés et, pourtant, elle lui parut plus ravissante que jamais.

— Joyeux Noël, dit-il en lui enlaçant la taille pour l'embrasser dans le cou.

Elle se pressa contre lui et sourit.

— Joyeux Noël. Je m'apprêtais justement à chercher des chants de Noël à la radio.

Il alluma l'appareil et mais, au lieu d'un cantique, ils entendirent un tube des années soixante, *Restez au lit, braves gens.*

— Bonne idée, dit Tony en la prenant dans ses bras pour l'entraîner dans la chambre.

Les draps froissés étaient encore chauds. Le cœur de Tony battait la chamade parce qu'il savait exactement ce qu'il allait faire — maintenant et pendant le reste de sa vie.

— J'étais en train de préparer du café, protesta-t-elle.

— Cette cafetière est une antiquité. Elle met un temps fou à se remplir.

Renonçant à discuter, elle se blottit contre lui.

— Tant mieux.

— Penses-tu qu'il est prêt, maintenant ? s'enquit Tony.

Alanguie sur son torse, Elaine sourit. La joie qui l'habitait était si profonde qu'elle devinait qu'elle passerait le reste de sa vie à rire et à chanter.

— De quoi parles-tu ?

— Du café.

— Oui, sûrement. Je l'ai démarré il y a plus d'une heure.

Il roula sur lui-même et attrapa sa montre sur la table de chevet.

— Bon sang !

— Qu'y a-t-il ?

— Il est presque midi et mes parents m'attendent pour le déjeuner.

A ces mots, Elaine eut l'impression de recevoir une

douche froide mais elle réussit à dissimuler sa déception en secouant ses cheveux. Le fait que tout ait changé pour elle ne signifiait pas qu'il en était de même pour le reste du monde. En devenant adulte, se rendre compte que l'univers ne tournait pas autour de sa personne avait été une découverte douloureuse. Et, brutalement, la réalité semblait planer au-dessus d'elle, comme un prédateur, prêt à fondre sur son bonheur pour le détruire.

— Tu ferais mieux d'aller te doucher. J'appelle un taxi.

— Ils habitent à deux pas d'ici.

— Non, un taxi pour moi. Je vais partir.

Aussitôt, il se tourna vers elle et la reprit dans ses bras.

— Partir ? Mais pour aller où ?

Elle hésita. En général, les St. James se levaient tard le matin de Noël puis ils échangeaient des cadeaux luxueux, prenaient une coupe de champagne avant de s'envoler pour passer une semaine dans une station de sports d'hiver ou au bord de la mer. Ils aimaient voyager le jour de Noël parce que, ce jour-là, les aéroports étaient déserts. Ce programme n'amusait plus Elaine depuis longtemps. Elle s'y pliait parce que, le plus souvent, elle n'avait rien de mieux à faire.

— Chez mes parents, je pense, se sentit-elle obligée de répondre.

— Appelle-les et préviens-les que tu ne peux pas.

— Pourquoi ?

— Parce que tu m'accompagnes, évidemment. Tu vas adorer ma famille. Quant à eux, ils t'aiment déjà.

Elle regarda son beau visage, ses mâchoires bleutées et, à la vue de son petit sourire en coin, elle eut du mal à secouer la tête.

— Non, dit-elle en sortant du lit. Je refuse de débarquer ainsi chez eux et de m'imposer le jour de Noël.

Elle se mit en devoir de ramasser ses vêtements éparpillés dans la pièce. Chaque fois qu'elle s'emparait de quelque chose, elle ne pouvait s'empêcher de repenser au plaisir qu'elle avait éprouvé quand il le lui avait enlevé, la veille au soir.

— Ils seront ravis, lui assura-t-il en l'attirant contre lui. Et rappelle-toi ce que je t'ai dit : je ne me contenterai pas d'une aventure d'un soir.

— Je ne l'ai pas oublié.

— Alors, viens avec moi…

Comprenant que la décision qu'elle s'apprêtait à prendre changerait le cours de son existence, elle frissonna. A présent, son destin lui appartenait.

— D'accord.

Une demi-heure plus tard, emmitouflée dans un vieux manteau de Tony, Elaine sortit dans le matin froid. Les cloches des églises carillonnaient gaiement. La tempête était finie et le soleil perçait à travers les nuages. Un tapis blanc immaculé couvrait les rues, les toits et les voitures. Des enfants jouaient sur le trottoir, se lançaient des boules de neige, glissaient sur les pentes en riant tandis que leurs parents les surveillaient de leurs fenêtres, une tasse à la main.

Ils croisèrent une petite fille aux yeux noirs, accompagnée de sa mère. Elle avait un sourire timide et portait religieusement une grande boîte.

— Regarde ce que le Père Noël m'a apporté, Tony, dit-elle.

Elle souleva son précieux chargement pour lui montrer une paire de patins à glace flambant neufs. Avec un clin d'œil à la maman de la fillette, il embrassa l'enfant.

— Tu as dû être très sage toute l'année pour être si gâtée, chérie.

— Nous allons tout de suite les essayer dans le parc.

Quand toutes deux se furent éloignées, Tony expliqua à Elaine :

— Suzy est l'une de mes ailes gauches… et la meilleure, sans conteste.

— Elle fait donc partie de ton équipe de hockey ?

— Oui, pour le moment, dit-il en fronçant les sourcils.

— Le manque d'argent pose un réel problème, non ? Il ne le faudrait pas, ajouta-t-elle en regardant la mère et la fille, transfigurées par la joie.

— Je sais. Si nous avions la possibilité de nous faire connaître auprès du grand public, nous récolterions plus d'argent. Mais je n'ai pas les moyens de faire appel à des publicitaires. C'est un cercle vicieux.

— Et si je te proposais de m'en charger gratuitement ?

Il leva un sourcil étonné.

— Et comment pourrais-tu t'en occuper ? Tu es déjà débordée de travail !

Soudain sûre d'elle-même, elle sourit.

— Je vais trouver le temps. J'ai décidé que mon entreprise ne ferait plus payer les clients dont la cause me semble juste.

Avec un grand rire, il la prit par les épaules.

— C'est formidable d'être le patron.

Tandis qu'elle cheminait à côté de lui, elle se sentait légère et joyeuse. Elle avait l'impression que, telle la Belle au bois dormant, elle avait passé des années dans une profonde léthargie et que Tony l'avait ramenée à la vie. Ce quartier coloré, bruyant et chaleureux était celui de Tony. Il semblait dans son élément en arpentant ces rues arborées, remplies d'enfants et de rires.

L'ambiance qui régnait autour d'elle l'enveloppait comme une douce étreinte. Elle se surprit à chanter avec une chorale de rue, à s'esclaffer de bon cœur à la vue d'un petit chiot découvrant la neige avec crainte et étonnement. Elle comprit soudain ce qui lui était arrivé au cours de cette longue et étrange nuit : elle avait retrouvé l'amour et l'espoir.

— Je me sens aussi gaie qu'un collégien à la sortie des classes, dit-elle en riant.

Tony l'enlaça plus étroitement.

— Et tu es ravissante…

Le désir ardent qu'elle éprouvait pour lui depuis des années n'avait jamais disparu. Dans le secret de son cœur, il n'avait fait que croître, au contraire. Son ambition professionnelle, son désir puéril de réussir, de prouver au monde entier qu'elle valait quelque chose l'avaient tenue trop longtemps éloignée de l'essentiel. Mais à présent, Tony l'avait libérée et elle se sentait en proie à une douce plénitude.

En silence, ils longèrent le parc et traversèrent le quartier où Tony avait grandi. Mais comme ils approchaient de l'immeuble de ses parents, elle se tourna vers lui.

— C'est stupide, mais je me sens nerveuse à l'idée de rencontrer ta famille.

Il s'arrêta, se moquant des passants qui devaient les contourner pour poursuivre leur chemin.

— Sais-tu seulement depuis combien de temps ils attendent que j'invite à la maison l'amour de ma vie ?

Emue aux larmes, elle retint son souffle. Jamais personne ne lui avait parlé ainsi. Elle avait l'impression d'un rêve qui se réalisait. *Son rêve.* Il avait fallu des années pour que ce miracle s'accomplisse et, maintenant, il lui appartenait de décider ce qu'elle allait en faire. Elle pouvait continuer à attacher de l'importance à la réussite professionnelle, aux apparences, et sombrer dans le désespoir qu'elle avait vu dans les yeux de Bobbi au moment où elle s'apprêtait à sauter dans le vide. Ou elle pouvait renoncer à ses vaines ambitions et vivre pleinement ce qui comptait vraiment pour elle.

— Depuis sept ans, sans doute, dit-elle. Comme moi.

Le sourire de Tony devint presque timide.

— Avant que nous montions, j'aimerais te donner quelque chose. Je comptais te l'offrir hier soir et puis les événements se sont enchaînés et j'ai oublié.

Le cœur d'Elaine battit plus vite quand elle le vit fouiller dans sa poche.

Sur le trottoir, au milieu des passants ébahis, il posa un genou à terre et lui tendit une petite boîte enveloppée d'un papier multicolore.

— Elaine St. James, ce présent représente davantage que tu ne le penses.

Surpris par cet étrange comportement, les gens les regardaient comme des bêtes curieuses et riaient entre eux. Mais Tony et Elaine n'y attachaient aucune importance. A cet instant, rien d'autre ne comptait qu'eux deux.

D'une main tremblante, elle défit l'emballage et elle faillit crier de surprise en découvrant à l'intérieur un porte-clés orné d'un patin d'argent.

— Comment as-tu deviné ?

— Ne pose pas la question, c'est magique. Un de

ces jours, lui promit-il en se relevant, je t'achèterai une bague. Et tu l'accepteras parce que je t'aime. Je t'aime depuis toujours.

Elaine sentit les larmes inonder ses joues.

— Je sais, murmura-t-elle. Je le sais, Tony. Moi aussi, je t'aime depuis et pour toujours.

Elle l'embrassa avec passion, devinant que le véritable cadeau qu'il lui avait offert pour Noël était-ce à quoi elle ne s'attendait pas et qu'elle ne méritait peut-être pas : l'opportunité de changer de vie.

Blottie contre son épaule, elle remercia la Providence et se promit de profiter pleinement de sa chance, de ne pas la gâcher. Le cœur rempli d'espoirs et de rêves, elle avait envie de chanter.

Un long moment, ils restèrent ainsi et, finalement, Tony lui prit la main pour l'entraîner vers l'immeuble de brique.

Il ouvrit la porte d'une vaste cuisine qui sentait bon, et elle découvrit sa famille attablée, riant et bavardant avec animation. En le voyant, tous les Fiore se tournèrent vers eux.

— Voici Elaine, dit Tony. Entre, chérie. Tu es ici chez toi…

EMILIE RICHARDS

Un lien d'amour

BestSellers

Titre original : A STRANGER'S SON

Traduction française de MARIE VILLANI

83/85, boulevard Vincent-Auriol, 75646 PARIS CEDEX 13.
Tél : 01 42 16 63 63
Service Lectrices — Tél. : 01 45 82 47 47
www.harlequin.fr

1

Quelle personne relativement saine d'esprit eût pu vouloir se rappeler ses souvenirs d'enfance au beau milieu du blizzard le plus violent que la région ait connu dans les vingt dernières années ? Qui, sinon Devin Fitzgerald qui s'était déjà si souvent illustré en réalisant l'incroyable ?

Il avait tout d'abord quitté l'université de Yale trois mois à peine après avoir été admis en deuxième année de médecine afin de se joindre à un obscur groupe de rock amateur portant le nom improbable de *Flammes Glacées*. Il l'avait laissé alors que le groupe était au faîte d'une notoriété aussi fulgurante qu'imméritée pour entamer une carrière solo dont l'exceptionnel succès ne s'était plus démenti ensuite. Et, à présent, il envisageait sérieusement de s'orienter vers une toute nouvelle carrière.

Cela étant, aucune de ces décisions ne lui était apparue aussi risquée que celle qu'il avait malencontreusement prise ce soir, en entreprenant ce trajet sur les petites routes de campagne du pittoresque comté d'Holmes, dans l'Ohio, à bord d'un véhicule non équipé de chaînes, lui-même n'étant vêtu que d'un jean et d'un léger blouson de cuir !

Déjà, il n'avançait plus qu'à vitesse très réduite, tout en sifflotant les premières mesures de la mélodie qui l'obsédait depuis plusieurs jours.

La plupart de ses chansons naissaient ainsi — un rythme, quelques notes, bases d'une harmonie qui prenait vie dans son esprit, mesure par mesure, jusqu'à ce qu'il puisse la siffloter, puis la jouer d'un doigt, touche après touche, sur son piano. Et, bien que celle-ci lui parût particulièrement insaisissable, il pressentait qu'il détenait là une de ses meilleures compositions, si ce n'était la meilleure. Elle lui évoquait déjà les douces nuits d'été au cœur de l'Amérique profonde, les odorantes belles-de-jour agrippées aux palissades et le scintillement des lucioles au-dessus des champs de blé.

D'où son irrésistible impulsion de rentrer chez lui.

Mais de là à y céder en prenant la route en pleine nuit, et qui plus est en plein blizzard !

Devin freina doucement, arrachant néanmoins au puissant moteur de sa jeep Cherokee un hoquet de protestation. Il n'avançait plus qu'au pas, mais la neige s'était faite si épaisse qu'il ne distinguait plus rien du paysage maintenant. Il savait pourtant être sur la bonne route. Il n'était pas revenu à Farnham Falls depuis longtemps, mais très peu de chose avait changé. Avant que la neige recouvre tout, il avait pu reconnaître une vieille grange, dernier repère important avant l'embranchement.

Quelques maisons s'échelonnaient encore après elle, mais pas beaucoup. Il se trouvait en effet en plein cœur du Middle West fermier, bastion de la communauté amish au mode de vie profondément rural. Le chemin qu'il cherchait apparaîtrait d'ici à quelques instants sur sa droite, et si la jeep daignait négocier sagement le virage, il serait bientôt chez lui.

Chez lui. Cette pensée lui arracha un sourire amusé. Depuis près de huit ans maintenant, il parcourait le monde, son extraordinaire faculté d'adaptation lui permettant de se sentir à l'aise n'importe où. Pour tout dire, Farnham Falls ne lui avait guère manqué, n'ayant offert que très peu d'intérêt aux yeux de l'adolescent qu'il avait été : rebelle, passionné de guitare électrique et atteint de la folie des grandeurs. Pas un seul jour ne s'était écoulé sans qu'il rêve de fuir cet endroit.

Pourtant, étrangement, depuis quelque temps, il ne songeait qu'à y retourner.

Voilà plus de trente minutes déjà qu'il n'avait pas aperçu la moindre lueur de phare, ni même la moindre charrette amish de retour de la ville. Tous les habitants dotés d'un minimum de bon sens devaient être douillettement blottis sous leur couette.

Alors qu'il était là, lui, seul sur cette route balayée par les violentes tourmentes d'une neige qui crissait sous ses pneus et se plaquait sur son pare-brise. Et enveloppé d'une telle solitude, d'un tel silence ! Un silence qu'il n'avait plus connu depuis l'époque de ses quatorze ans, lorsqu'il se frayait péniblement un chemin dans les épaisseurs ouatées des neiges de janvier pour aller nourrir les animaux de sa tante, dans l'étable.

Ce soir, de nouveau, une étrange paix s'écoulait du ciel, tels les flocons. Pourtant, il aurait dû être inquiet en cet instant, il en était bien conscient, car il serait réellement en danger si sa jeep venait à caler définitivement. Même son téléphone mobile ne lui serait d'aucune utilité, hélas. Quelques minutes plus tôt, il s'était rendu compte qu'il avait rendu l'âme.

Malgré tout, Devin était serein. Cette neige était d'une beauté incomparable et, pour la première fois depuis des mois, il se sentait pénétré d'une apaisante harmonie.

Les grands chênes qui marquaient l'embranchement lui semblèrent moins imposants qu'autrefois, mais le chemin étroit était bien celui de ses souvenirs. La jeep chassa dangereusement avant que Devin ne parvienne à l'y engager. Encore deux ou trois kilomètres, et il atteindrait la ferme, laquelle, au dire de sa cousine Sarah, n'avait guère changé d'apparence depuis son enfance.

Sarah, son mari et leurs deux enfants l'avaient occupée après le décès de sa tante Helen, mais, aujourd'hui, sa cousine ayant émigré en Californie, la propriété lui appartenait. Sarah n'avait pu dissimuler son étonnement lorsqu'il lui avait offert de la racheter.

« Tu pourrais vivre n'importe où dans le monde, Dev ! Et, de toute façon, tu as toujours détesté Farnham Falls ! Tu n'y es même pas revenu depuis le lycée ! »

« Mais, à présent, je me souviens du village avec nostalgie », avait-il répondu.

Et c'était vrai. L'Ohio symbolisait une époque de sa vie où il baignait dans ses rêves et dans la délicieuse innocence de l'enfance, et il espérait ressusciter en lui l'être libre et insouciant qu'il avait été.

Pour peu que cet être existât encore.

Jonglant entre l'accélérateur et les freins, il concentra son attention sur la route. Un intérieur douillet l'attendait. Son imprésario avait trouvé quelqu'un pour préparer la maison en prévision de son retour, remplir le réfrigérateur de provisions et la réserve de bois. En revanche, il n'y aurait ni téléphone ni télévision puisque Devin avait insisté pour qu'il en soit ainsi. Il avait voulu se ménager un mois entier de nuits paisibles et de journées tranquilles. Un mois durant lequel il pourrait réfléchir sans interruption. Si bien que ce blizzard ne l'incommodait pas le moins du monde, tout compte fait.

Car, ainsi, personne ne viendrait lui rendre visite, ni ne découvrirait sa présence ici.

A moins qu'il ne se trahisse lui-même en s'arrêtant pour aider les occupants du véhicule planté au beau milieu du fossé, à quelques mètres devant lui…

Devin n'appuya que très progressivement sur la pédale de frein, sans pouvoir néanmoins empêcher la Cherokee de déraper. Aussitôt, il pesta contre l'imbécile qui — tout comme lui ! — avait eu la stupidité de s'aventurer sur les routes par un temps pareil.

Il distinguait très mal le véhicule, ce dernier étant à moitié enseveli sous la neige, mais il eut l'impression que c'était un petit modèle qui devait certainement avoir meilleure allure lorsque son capot n'était pas encastré au fond d'un fossé et son châssis en l'air.

Ayant repris le contrôle de sa jeep après quelques secondes de lutte avec le volant, il entreprit de freiner de nouveau, mais ne parvint à s'arrêter que lorsqu'il eut dépassé le véhicule accidenté d'une bonne vingtaine de mètres.

L'espace d'un dixième de seconde, il envisagea de repartir aussitôt. Il répugnait à quitter l'habitacle chauffé de sa jeep et plus encore à prendre le risque de se faire reconnaître. Il chercha deux ou trois mensonges plausibles tout en commençant à boutonner son blouson.

La voiture était entièrement recouverte par la neige,

et devait donc être là depuis un certain temps. Son conducteur était déjà certainement parti chercher du secours. Rien n'indiquait que le choc ait pu entraîner des blessures de très grande gravité.

Mais cette dernière excuse lui vint alors qu'il faisait claquer sa portière derrière lui. Il pouvait être blasé, maintenant, cynique même, mais il était toujours, au plus profond de son âme, un enfant de Farnham Falls, élevé dans le respect de ses semblables et qui offrait son aide quand elle était requise. Et, heureusement, même huit années de rock, de groupies, d'adulation et d'une vie vécue sous l'objectif impitoyable du microscope médiatique n'avaient pas suffi à lui faire renier les saines valeurs inculquées par sa tante Helen.

Quelqu'un avait besoin de son aide. Il était prêt à aider.

Il avait laissé les phares de la Cherokee allumés, mais cette dernière était trop loin pour éclairer quoi que ce soit, et dans la mauvaise direction, qui plus est. A peine se fut-il éloigné de quelques pas de son rempart protecteur qu'une violente rafale de vent manqua de le renverser. Les mains profondément enfouies dans les poches de son blouson, il se courba en avant pour résister au vent, qui lui mordait les joues, le cou et s'infiltrait sous son jean. Il regretta amèrement d'avoir oublié de mettre des chaussettes ! Ses mocassins s'enfonçant profondément dans la couche neigeuse à chacun de ses pas, ses pieds baignèrent bientôt dans une gangue humide et glacée, si bien que, lorsqu'il arriva enfin à proximité du véhicule, ses orteils étaient en feu — ce qui était à peine préférable à l'inévitable engourdissement qui succéderait.

— Il y a quelqu'un là-dedans ?

Il avait hurlé les mots, mais les bourrasques les

emportèrent aussitôt, tandis qu'une subite rafale de flocons s'engouffrait dans sa bouche ouverte, lui brûlant le palais.

A quelques pas du fossé, il réitéra son appel, sans toutefois s'attendre vraiment à recevoir une réponse : le seul moyen de vérifier que la voiture était vide était de s'en assurer *de visu*, tout en espérant qu'il n'y découvrirait aucun passager blessé. Car, dans le cas contraire, il doutait de savoir comment réagir. Il ne devait pas avoir gardé grand souvenir de ses études de médecine, et n'avait depuis jamais été sollicité pour autre chose que ses activités de chanteur — scène, enregistrement et interviews —, et toujours entouré des membres de son équipe.

Aujourdhui, il n'avait personne à qui donner d'ordre.

Et c'était parfait, d'ailleurs. Il était si soulagé d'être enfin seul que même la perspective de geler sur place au milieu de nulle part lui paraissait un prix dérisoire à payer pour ce simple privilège. Quelle ironie ce serait pour Devin Fitzgerald, ex-chanteur des Flammes Glacées, de finir ainsi, lui qui était gelé de l'intérieur depuis si longtemps ! Il aimait la symbolique de la chose !

— Y a-t-il quelqu'un ?

Il était assez près du véhicule à présent pour distinguer la lunette arrière — si cette dernière n'avait pas été masquée par la neige.

Une autre rafale le poussa soudain en avant. Le vent mugissait sans discontinuer autour de lui, l'assourdissant de râles semblables à ceux d'une sorcière hystérique, et qui lui auraient donné froid dans le dos s'il n'avait pas déjà été glacé jusqu'aux os. Arrivé en bordure du fossé, il enjamba une congère amoncelée par un chasse-neige lors d'une tempête précédente, puis se laissa prudemment glisser le long de la déclivité.

Le véhicule était en pire état qu'il l'avait pensé : les roues arrière ne touchaient plus le sol et l'avant tenait plus de l'accordéon que du capot. A l'évidence, le conducteur avait donné un coup de volant avant l'impact, faisant basculer la carcasse de son côté et condamnant définitivement sa portière.

Il allait devoir essayer d'ouvrir le côté passager.

Comme il l'avait craint, la neige, au fond du fossé, recouvrait une fine couche de glace qui risquait de céder sous son poids à tout moment. Dents serrées, il en testa la solidité d'un pied prudent, et crut la sentir bouger. Hélas, il n'avait d'autre choix que de s'y aventurer.

Après avoir glissé précautionneusement de quelques centimètres en direction de son objectif, il s'apprêtait à actionner la poignée lorsqu'il entendit un discret craquement sous ses pieds. La glace céda, et, soudain, il s'enfonça d'une bonne vingtaine de centimètres dans un bourbier d'eau glacée, et laissa échapper un grognement consterné.

— Y a-t-il quelqu'un ? répéta-t-il d'une voix un peu plus sèche qu'auparavant.

Mais il était heureux qu'elle ne lui fasse pas encore défaut.

Il tendit l'oreille quelques secondes, mais seule la plainte du vent lui répondit.

Il débarrassa alors la vitre de sa couche de neige, puis gratta de l'ongle le givre qui la recouvrait avant de se pencher pour y coller le front. Il attendit quelques secondes, le temps que sa vue s'accommode à l'obscurité presque totale de l'habitacle.

C'est alors qu'il distingua, prostrée sur le volant, une forme sombre. Aussitôt, il essaya d'ouvrir la portière. En vain. La poignée était bloquée.

— Hé ! s'exclama-t-il en tapant sur la vitre du plat de la main. Eh là ! Ouvrez-moi !

Il n'aurait su dire si la silhouette était celle d'un homme ou d'une femme, mais perçut soudain un léger mouvement. Réagissant à sa voix, une tête se tournait vers lui.

— Ouvrez-moi ! Il faut sortir de là si vous ne voulez pas geler sur place !

La tête du passager s'inclina de nouveau contre le volant. A l'évidence, il devait être sérieusement blessé.

— Pouvez-vous déverrouiller la porte ? insista Devin.

Hélas, tout indiquait que cette personne était dans l'impossibilité de faire quoi que ce soit.

Devin lâcha la poignée avec un juron puis réfléchit. Briser la vitre ? Non, les éclats risquaient d'atteindre le blessé. La portière arrière ? Non plus, elle était également verrouillée. Il en dégagea alors la vitre pour tenter d'apercevoir le loquet de la portière opposée. En vain. Il ne pouvait rien distinguer de là où il était, mais cela valait la peine d'essayer d'ouvrir de ce côté-là.

Il lui fallait pour cela escalader le coffre. Ce dernier supporterait-il son poids ? Sans doute car l'avant était profondément encastré et ne bougerait plus de sitôt. Devin se hissa sur le hayon, se laissa glisser sur la lunette arrière, pour atterrir sur ses pieds du côté conducteur, où la portière arrière était suffisamment dégagée pour qu'il parvienne, en se contorsionnant un peu, à s'y faufiler — du moins si elle daignait s'ouvrir.

Ce qui ne fut pas le cas.

Frustré, de plus en plus engourdi par le froid, il s'accroupit au niveau de la vitre du conducteur pour gratter le givre, distinguant peu à peu confusément l'arête d'un nez, des cheveux courts et bruns et l'éclat de deux yeux ouverts tournés vers lui.

— Pouvez-vous essayer de débloquer le loquet de la portière, juste derrière vous ? cria-t-il.

Le conducteur ne réagissait toujours pas.

— Si vous ne le pouvez pas, je vais devoir briser la vitre pour vous sortir de là !

— Allez-vous-en !

L'espace d'un instant, il s'imagina que les sons étaient émis par le vent. Pourtant, jusqu'à preuve du contraire, le vent n'articulait pas encore de syllabes !

Toutefois, Devin était si transi que son esprit eut quelque peine à associer les sons pour leur donner un sens. Alors seulement, il sut qu'il avait bien entendu. Le passager était une passagère, et elle était encore assez consciente pour parler, quoique de façon tout à fait incohérente, semblait-il.

— Déverrouillez cette fichue portière ! hurla-t-il de nouveau en tapant contre la vitre. Je ne veux pas vous faire de mal, mais vous sauver la vie ! Vous allez mourir de froid si vous restez ici !

Sans répondre, la personne détourna la tête.

Une conduite à ce point irrationnelle ne laissait aucun doute sur la gravité de ses blessures. Impuissant, Devin vit la femme incliner la tête sur le volant tandis que son corps semblait parcouru de soubresauts. Dans la semi-obscurité, il ne percevait qu'ombres et mouvements, mais, de toute évidence, son état paraissait critique. Il se remit à crier, espérant de tout son cœur pouvoir la convaincre de lui faciliter la tâche.

— Ecoutez ! La température est déjà largement en dessous de zéro et ne cesse de chuter. Le froid vous aura tuée avant que je ne revienne avec de l'aide ! S'il vous plaît, faites un effort !

Elle ne répondait toujours pas, et il n'avait plus d'autre choix que de briser une vitre, à l'arrière plutôt, pour que les éclats n'atteignent pas la conductrice.

Reculant de quelques pas, il se mit à fouiller la neige de ses mains nues. Bien qu'il doutât de pouvoir arriver à ses fins facilement, il lui fallait une pierre, même petite.

Soudain, la voix de la femme s'éleva de nouveau.

— Je vous en prie, partez !

Puis il l'entendit éclater en sanglots, et il se fit soudain l'effet d'être un dangereux criminel.

— Calmez-vous, je vous en prie. Vous ne risquez rien, je vous le jure. Je suis d'ici, moi aussi, vous savez. Je ne vous ferai aucun mal. Je vais simplement vous sortir de là et vous conduire à l'hôpital le plus proche. Laissez-moi faire, s'il vous plaît.

Elle se mit à sangloter de plus belle. Découragé, il se redressa pour continuer sa recherche d'un objet quelconque à utiliser et réussit enfin : la vitre s'abaissait lentement.

Avant que la femme ait eu le temps de réagir, il passa une main dans l'interstice et débloqua le loquet de la portière arrière, qu'il ouvrit aussitôt.

— La voiture va peut-être bouger lorsque je vais entrer, dit-il. Mais ne vous inquiétez pas, il n'y a aucun risque qu'elle se retourne. Je vais déverrouiller la portière passager et vous faire sortir par là. Faites-moi confiance, obéissez-moi, et tout ira bien…

Elle pleurait toujours, mais il eut l'impression qu'elle acquiesçait d'un signe de tête. Une minute plus tard, il était de retour côté passager et débloquait la portière.

— Bien. A présent, je vais me glisser jusqu'à vous et vous hisser dehors. Où êtes-vous blessée ?

Il regretta soudain de ne pas lui avoir posé cette question plus tôt. Il était en effet possible que le fait de la déplacer soit plus dangereux pour elle que le froid.

— Je me suis… cogné la tête.

Elle avait marmonné les mots comme sous le coup d'une douleur intense.

— C'est tout, vous êtes sûre ?

— Oui… Dépêchez-vous de me sortir de là !

— C'est exactement ce que je cherche à faire. Détendez-vous et laissez-moi m'occuper de tout.

Elle poussa un gémissement et se plia en deux.

Ce n'était pas le moment, il le savait, mais il faillit céder à la panique. Prenant appui sur la portière, il se hissa à l'intérieur, puis tendit les mains pour saisir la femme par les aisselles. C'est alors qu'il la vit porter les deux mains à son ventre pressé contre le volant. Il la relâcha aussitôt, se retenant à grand-peine d'émettre un juron.

— Mais vous êtes enceinte !

Sans répondre, elle gémit de nouveau et s'affaissa contre le volant. Une affolante pensée frappa alors l'esprit de Devin.

— Les contractions ont commencé ?

Une nouvelle plainte confirma son appréhension.

Emu, il voulut lui caresser la joue pour la réconforter, mais elle détourna brusquement la tête.

— Sortez-moi de là… vite !

— Tout de suite. Et vous, ne laissez pas tomber ce bébé dans la neige !

Son interlocutrice ne s'embarrassa guère de précautions oratoires pour lui répondre, quoique son vocabulaire en matière de grossièreté fût assez limité.

Malgré lui, Devin sourit. Sa panique cédait peu à peu la place à un étrange sentiment de puissance. Il allait sortir cette femme de là, et, ce faisant, il sauverait sa vie et celle de son bébé.

Lui qui, depuis des années, se demandait si Devin Fitzgerald avait une utilité quelconque hors des projecteurs allait être enfin renseigné sur ce point.

— Appuyez votre pied contre la portière, ordonna-t-il en agrippant de nouveau la femme. Dès que je commencerai à tirer, poussez de toutes vos forces. Je vais vous hisser hors de la voiture et vous porter jusqu'à la mienne.

— Vous n'y… arriverez pas !

— Mais si, vous verrez.

Joignant le geste à la parole, il entreprit de la faire glisser lentement vers lui, notant avec satisfaction qu'elle suivait ses instructions. Lorsqu'elle se retrouva entre les deux sièges baquets, il se laissa aller au fond du fossé, la tirant toujours à lui.

— Bien. A présent, balancez vos jambes vers moi. Je vais passer un bras sous vos genoux et un autre dans votre dos.

— Vous allez… me lâcher ! dit-elle dans un souffle.

Puis un nouveau gémissement lui échappa — une autre contraction, comprit Devin.

— Nous allons attendre la fin de cette contraction, dit-il d'une voix aussi calme que possible. Prévenez-moi quand vous serez prête. Ensuite, il nous faudra nous rendre à l'hôpital au plus vite. Et tranquillisez-vous : je ne vous lâcherai pas, fût-ce au péril de ma vie !

Le temps lui sembla ensuite s'arrêter tant il eut l'impression que son attente durait. Il aurait voulu voir son visage, mais l'éclairage de l'habitacle ne fonctionnait plus — endommagé par l'accident, sans doute —, et la lune était voilée par les nuages. La pénombre, aussi épaisse que la neige, ne lui laissait entrevoir qu'une femme frêle, aux traits fins et à la brillante chevelure brune.

— Prête ? s'enquit-il lorsqu'il la vit se détendre un peu.

Comme elle hochait la tête, il passa les bras autour d'elle, tout en s'irritant mentalement de sentir ses propres pieds s'engourdir peu à peu. Mais comparé à ce qu'elle devait endurer, ce n'était rien.

Il esquissa un pas hésitant en arrière, la soulevant de quelques centimètres, et c'est avec soulagement qu'il constata qu'il arriverait à la porter. Il ne serait pas allé jusqu'à dire, selon le cliché, qu'elle était aussi légère qu'une plume, mais, heureusement, malgré son poids additionnel, elle était plutôt fluette. Pour peu qu'il parvienne à franchir l'obstacle du talus, tout finirait bientôt pour le mieux.

— Quel est votre nom ? s'enquit-il soudain.

— Allez-vous me sortir de là, à la fin ?

— Très bien, madame A-la-fin. Accrochez-vous à moi.

Puis il amorça sa pénible remontée tout en baissant un instant les yeux sur elle pour scruter son visage. En vain. Elle avait appuyé la joue contre son blouson, et il ne voyait que ses cheveux. Il crut comprendre qu'elle pleurait toujours.

— Je vais vous conduire sur-le-champ à l'hôpital. Etait-ce votre destination ?

Il fixait le sol, assurant prudemment chacun de ses pas. Le talus était glissant, mais pas encore verglacé, heureusement.

— Oui. Non. La tempête a… coupé ma… ligne téléphonique et, mon médecin habitant la région, j'ai voulu…

— Tenter de le rejoindre, acheva-t-il. Mauvais calcul, hélas ! Habite-t-il près d'ici ? J'espère de tout cœur que oui !

— Il est au bout du chemin.

— Où est votre mari ? Ne devrait-il pas être avec vous ?

— Mufle !

Ainsi, l'explication était là. Devin n'en fut pas outre mesure surpris. Nombreux hélas étaient les hommes qui abandonnaient lâchement une compagne confrontée à une grossesse imprévue. Mais de là à être dénué de scrupules au point de laisser la mère de son enfant accoucher seule en plein blizzard !

A cette pensée, une bouffée de rage le submergea, et il serra tendrement sa protégée contre lui.

— Ne vous inquiétez plus. Je resterai avec vous, si vous voulez. Jusqu'au bout. Je ne vous quitterai pas tant que vous aurez besoin de moi.

Elle pleurait à chaudes larmes, à présent, et il aurait voulu savoir comment la réconforter, tout comme il aurait voulu pouvoir se réconforter lui-même en cet instant. Alors, il se mit à fredonner une mélodie. Ce ne fut que lorsqu'il eut gravi le talus qu'il en reconnut les paroles. Ce n'était pas une de ses ballades à succès, non, mais une berceuse, la berceuse que sa mère lui chantait lorsqu'il était enfant, avant qu'elle ne s'éteigne des suites d'une longue maladie alors que son fils n'avait pas fêté ses dix ans.

C'était la mélodie qui le hantait depuis des jours.

— Que le diable m'emporte…, marmonna-t-il sans réfléchir.

— Il l'a déjà fait… Devin Fitzgerald.

Alors qu'il avait levé le pied pour enjamber la congère, il s'immobilisa, glacé jusqu'au plus profond de son être. Non par les violentes rafales de neige, mais par ces simples mots… et ce qu'ils lui révélaient.

Ravalant la question qui lui brûlait les lèvres, il acheva son mouvement, manquant de perdre l'équilibre dans sa précipitation. Puis il se dirigea à grands pas vers sa voiture. Etrangement, seules ses jambes paraissaient lui obéir encore, alors que toutes ses autres fonctions vitales venaient de se figer dans une horrible attente.

Au bout de ce qui lui sembla être une éternité, il atteignit enfin la jeep, en ouvrit la portière du côté passager et déposa la femme sur le siège.

Alors seulement, à la lueur du plafonnier, il reconnut son visage.

Il ne se souvenait pas de son nom, mais, de toute évidence, elle n'avait pas oublié le sien.

— Emmène-moi au bout de ce chemin, puis… sors de ma vie ! dit-elle entre ses dents serrées.

Affolé, il s'accroupit près du siège, dans la neige, le

froid, la pénombre de plus en plus dense. Plus rien ne lui importait que ce qu'il lisait en cet instant sur ce visage.

— Est-ce mon enfant ? murmura-t-il.

— Certainement pas !

Devin n'en crut pas un mot. L'enfant que cette femme portait en elle était le sien, il le pressentait, aussi sûrement que cette femme avait été sienne l'espace d'une folle nuit de printemps, il y avait quelques mois de cela.

2

Sous les fenêtres de la petite maison, un océan de jonquilles ondulait caressé par le souffle d'une légère brise de printemps. Un peu plus loin, près des ormes bordant la route, un geai gloussait son mécontentement à l'encontre du chat tigré paresseusement allongé au soleil. L'Ohio tout entier s'épanouissait en ce mois d'avril, sous le regard néanmoins indifférent de Robin Lansing.

— Donc, tu penses que je devrais porter la verte ? demanda-t-elle en brandissant deux robes devant son amie.

Judy McAllister examina les deux tenues d'un œil critique, puis secoua la tête.

— Non, la rouge. Elle est plus sexy. Et garde tes cheveux dénoués.

— Je ne suis pas censée avoir l'air sexy, Judy, mais professionnelle ! N'oublie pas que je représente le journal, et que c'est une interview que je veux obtenir de Devin Fitzgerald, pas un massage thaïlandais !

— L'une comme l'autre dépendent de cette robe rouge, répondit Judy, pince-sans-rire. Tu dois d'abord te faire remarquer.

— J'ai autant de chances de lui parler que de rencontrer un Martien ! Mais tu as peut-être raison.

— Bien sûr que j'ai raison ! Ce type — enfin, son agent — a envoyé deux invitations au journal, non seulement pour le concert, mais aussi pour la réception qui suivra. Apparemment, Devin Fitzgerald a toujours un faible pour sa région natale. Et toi, tu as une chance de te distinguer. Saisis-la !

— En tout cas, je suis heureuse que tu m'accompagnes.

— Peut-être, mais si tu traînes encore une minute de plus, nous n'arriverons jamais à temps à Cleveland !

Robin se précipita en riant vers la salle de bains, et Judy fit le tour de la maison pour fermer les fenêtres en prévision de leur absence.

A la dernière minute, dans l'entrée, Robin secoua la tête pour dénouer le chignon qui vacillait au sommet de son crâne et laissa ses cheveux libres sur ses épaules.

— Bigre ! Quelle tenue incendiaire ! s'exclama Judy, des étincelles malicieuses dans ses yeux bleus.

Elle-même portait une tenue assez élaborée, mais peu importait, de toute façon, car même enveloppée dans un sac, elle avait toujours l'air d'être Miss Ohio, titre qu'elle avait d'ailleurs gagné alors qu'elles étaient encore toutes deux au lycée.

— Je suis vraiment heureuse que tu aies fait tout ce trajet depuis Cincinnati, ce week-end, dit Robin avec un chaleureux sourire. Tu sais toujours comment stimuler mon ego !

— Quant à moi, je suis soulagée de te voir enfin émerger de ton deuil !

Le sourire de Robin ne vacilla pas une seconde.

Deux ans s'étaient déjà écoulés depuis la mort de

Jeff, son mari. Elle avait continué sa vie, tout comme il l'avait exhortée à le faire.

— Jeff aurait aimé cette robe, lui aussi.

— Tu sais, cette interview de Fitzgerald t'ouvrira peut-être de nouveau les portes d'un journal plus coté.

Robin avait quitté son poste au sein d'un grand quotidien au tout début de l'ultime séjour de Jeff à l'hôpital. Puis, après son décès, elle ne s'était pas senti la force de supporter de nouveau le stress d'une bruyante salle de rédaction. Elle avait préféré, pour sa propre convalescence, se contenter d'un poste de rédactrice à la *Gazette de Farnham Falls*. Elle s'y plaisait, mais devait reconnaître que cette invitation au concert de Devin Fitzgerald était de loin l'événement le plus marquant de sa vie depuis deux ans. Et peut-être était-ce là le signe d'un nouveau départ, en effet.

Les deux amies papotèrent tranquillement tout le long du trajet, quoique Robin sentît son excitation croître de minute en minute. Elle admirait Devin Fitzgerald, sans en être toutefois une fan assidue dans la mesure où ses goûts musicaux tournaient plutôt autour de la musique classique ou du jazz. Mais elle appréciait néanmoins, dans les compositions de l'ex-leader des Flammes Glacées, une certaine poésie, ainsi que des qualités mélodiques, que tant d'autres chanteurs rock ignoraient. Si bien qu'en dépit du rythme soutenu des percussions et des guitares électriques la pureté, l'émotion vraie des paroles de ses chansons la touchaient droit au cœur.

De plus, Devin Fitzgerald était un homme particulièrement séduisant, avec des cheveux d'un brun cendré qui lui arrivaient presque aux épaules, des yeux d'un bleu profond, une mâchoire volontaire et un grand front. Un corps élancé et de larges épaules, ainsi qu'un charisme étonnant, lui permettaient de dominer à lui seul la scène lors de ses concerts. Et Robin devait bien avouer qu'elle était impatiente de le rencontrer en personne.

D'un autre côté, elle doutait de pouvoir l'approcher suffisamment pour l'entretenir de la raison de sa présence. L'invitation avait surpris tout le monde, à la gazette, car, en dépit du fait que l'enfant prodige du rock avait passé une bonne partie de sa jeunesse à Farnham Falls, tous savaient aussi que ses liens avec la région s'étaient effilochés au fil des années. La tante qui l'avait élevé n'était plus, et sa seule cousine habitait désormais en Californie. Devin contribuait régulièrement aux bonnes œuvres du comté, mais il n'y avait pas remis les pieds depuis bien des années déjà.

En arrivant à Cleveland, sur le parking de l'hôtel où elles passeraient la nuit, Robin eut l'impression de se sentir jeune de nouveau. Elle n'avait que vingt-sept ans, mais les trois dernières années lui avaient paru compter double tant elles avaient été douloureuses. Elle avait eu plus que sa part de souffrance, en effet, et c'était sans doute pourquoi les mélodies de Devin Fitzgerald trouvaient écho en elle. La vie ne l'avait guère épargné, lui non plus. Si elle avait perdu un mari, Devin s'était séparé d'une épouse infidèle. Mais tandis que la douleur de Robin demeurait silencieuse et discrète, celle du chanteur avait été livrée en pâture au public.

— J'ai épluché tous les articles que j'ai pu trouver sur lui, au cas où j'obtiendrais cette interview, expliqua-t-elle à Judy tandis qu'elles s'infiltraient dans le flot de spectateurs de tous âges se déversant dans la salle de concert. Mais je n'y ai guère trouvé de détails sur sa vie privée depuis son divorce.

— Peut-être lui a-t-il fallu un certain temps pour se remettre, à lui aussi.

— Crois-tu vraiment qu'une célébrité comme lui ait pu avoir ce loisir ? Les pressions qu'il subit doivent être bien trop fortes !

— Il a plus d'argent qu'un magnat du pétrole et probablement autant de femmes qu'un sultan ! Alors ne m'en veux pas si je n'éprouve que peu de compassion à son égard !

Robin accueillit cette boutade d'un sourire, tout en doutant un peu du bien-fondé de l'assertion de son amie. Après tout, gloire et fortune n'avaient jamais protégé qui que ce soit des dures réalités de la vie, et Devin Fitzgerald n'avait pas échappé à la règle.

Le malheur l'avait-il affecté de la même façon qu'elle, cependant ? Robin avait appris à quel point la vie pouvait être courte, et capricieuse, aussi. Désormais, elle tenait à profiter de chaque minute qui lui était donnée à vivre, et à goûter avec gratitude le moindre plaisir. Car c'était là du moins le seul point positif que la disparition de Jeff lui avait apporté, pour peu qu'il y en ait eu un.

Devin avait affronté la première vague d'admirateurs dès sa sortie de scène, mais il préféra se rafraîchir un peu et se changer avant d'affronter la seconde.

Le concert avait été un succès. C'était aussi l'un des rares qu'il donnerait cette année, si bien que toutes les places avaient été écoulées dès le premier jour de vente. Le site choisi en avait étonné plus d'un, et notamment son agent, qui ne comprenait pas pourquoi Devin avait insisté pour se produire dans un Etat aussi insignifiant que l'Ohio.

La raison en était pourtant simple : Devin se sentait redevable envers la région qui l'avait vu naître, et il regrettait d'ailleurs de ne pas avoir le temps de pousser jusqu'à Farnham Falls, de façon à y emprunter incognito quelques chemins de traverse pour y revisiter son enfance. S'il parvenait à convaincre sa cousine Sarah de lui vendre la ferme où il avait été élevé, sans doute pourrait-il enfin y retourner. Peut-être, alors, pourrait-il retrouver ses racines en creusant cette lourde terre noire et se rappeler qui il était.

Il se mettait en quête de ses chaussures quand la porte de sa loge s'ouvrit en coup de vent sur son impresario, Harry Bagley.

— Tout le monde t'attend ! Tu es prêt ?

Non, il ne l'était pas ! Et pour tout dire même, il se sentait épuisé. Il s'était donné un peu plus que d'habitude, pour ce concert, effectuant rien moins que quatre rappels. Mais il était en Ohio, ce soir, et les habitants de sa région natale ne méritaient pas qu'il leur tourne le dos.

— Presque. Où as-tu caché mes chaussures ?

Harry secoua la tête d'un air exaspéré.

— Ne me dis pas que tu as besoin que j'engage quelqu'un pour t'habiller, Dev !

Devin s'écroula sur son canapé et renversa la tête en arrière d'un air las.

— Ce dont j'ai besoin, Harry, c'est tout simplement de six mois entiers loin de tout et de tous, toi le premier ! Après cela, peut-être arriverai-je à trouver moi-même mes affaires !

— C'est plutôt d'une bonne partie de jambes en l'air que tu as besoin !

Devin fusilla son interlocuteur du regard. Ils s'accrochaient toujours sur ce sujet. De l'avis de Harry, tout se solutionnait soit par l'argent soit par le sexe. Et dans la mesure où Devin ne manquait de rien dans le premier domaine, les problèmes ne pouvaient venir que du second !

L'imprésario tendit la main pour prévenir l'inévitable objection.

— Je vais te les trouver, ces chaussures, Dev. Et j'irai même jusqu'à te les enfiler et les lacer moi-même si ça peut te faire enfin sortir de cette loge !

— C'est toi qui vas en sortir, et vite ! J'arrive dans deux minutes.

— Si ce n'est pas le cas, je n'hésiterai pas une seconde à revenir te chercher par la peau du cou !

— Et moi à te virer !

— On verra ça ! rétorqua Harry en faisant claquer la porte derrière lui.

Devin mit bien plus de deux minutes à retrouver ses chaussures, de sorte que lorsqu'il arriva dans la pièce où avait lieu la réception, celle-ci battait son plein. A peine en eut-il franchi le seuil qu'il fut assailli, et donc aussitôt vidé de nouveau de toute énergie. Cet endroit brillamment éclairé, bruyant, lui déplaisait au plus haut point. Au tout début de sa carrière, il se délectait de tant d'agitation, mais, depuis quelque temps, il ne rêvait plus que de conversations paisibles, de musique douce et d'amitiés sincères.

Au premier coup d'œil, il comprit qu'il ne trouverait

rien de tout cela ce soir. Les membres de son orchestre, les gens qui voyageaient avec lui, étaient déjà repartis, apparemment, et il n'avait nulle envie de rencontrer tous ces inconnus qui se pressaient autour de lui.

Harry le prit aussitôt par le coude pour le présenter à des hommes en costume-cravate. Un quart d'heure plus tard, Devin faisait encore la tournée des présentations, affichant l'air poli de l'interlocuteur distrait. Quelqu'un lui avait donné un verre, quelqu'un lui avait remis une assiette remplie de petits-fours. Il avait abandonné l'un et l'autre sur une table pour serrer moult et moult mains.

Pourtant, il avait faim, ses tempes étaient douloureuses, ses oreilles bourdonnaient. En cet instant, il n'avait qu'une envie : s'éclipser au plus vite !

Tout en souriant et en bavardant, il se fraya à reculons un chemin en direction de la sortie, ordonnant discrètement à son chauffeur d'aller chercher sa voiture.

Soudain, un corps doux et chaud stoppa sa progression.

— Oh, désolée !

Il entendit la voix de la femme avant de voir son visage et commença à s'excuser à son tour tout en pivotant.

— Non, c'est ma faute. Je…

Des joues d'albâtre s'empourprèrent sous ses yeux. Il n'avait pas vu une femme rougir depuis des années ! Pour la plupart de ses connaissances féminines, de toute façon, c'eût été pour le moins injustifié ! Mais celle-ci l'avait fait si naturellement !

Tout en elle semblait respirer le naturel, d'ailleurs. C'était une beauté au regard sombre, à la longue et étincelante chevelure d'ébène, et aux traits délicats à peine maquillés. Et si petite qu'elle lui arrivait à peine au menton. Pourtant, ainsi vêtue d'une robe ample d'un rouge éclatant, elle incarnait l'essence même de la féminité.

Il se ressaisit aussitôt. Il avait rencontré nombre de femmes dans ce genre de soirées, et avait été trop souvent déçu.

— Pardonnez-moi. Je suis vraiment très maladroit.

— Non, pas du tout. Je gênais, répondit-elle en souriant. J'ai apprécié votre concert.

« Apprécié, pas adoré », nota Devin. D'habitude, on l'abreuvait de superlatifs tout aussi exagérés qu'hypocrites.

— J'en suis heureux.

— Un de mes voisins prétend que, lorsqu'il était enfant, il vous entendait de chez lui jouer de la guitare dans la grange de votre tante.

Devin inclina la tête sur le côté, la dévisageant.

— Vraiment ?

Elle tendit la main.

— Robin Lansing, de la *Gazette de Farnham Falls*. Nous tenions à vous remercier pour les invitations.

Il enregistra machinalement toutes ces informations. Elle venait de Farnham Falls, et côtoyait quelqu'un qui l'avait connu lorsqu'il y habitait encore.

— Nous ?

— Mon amie Judy et moi-même.

Une main se posa sur l'épaule de Devin pour attirer son attention, mais il l'ignora.

— Appréciez-vous la soirée autant que vous avez apprécié le concert ? s'enquit-il.

— Non, je m'y ennuie à mourir.

Un grand sourire illumina son visage, et Devin eut l'impression d'être caressé par les rayons du soleil.

— Du moins, je m'y ennuyais jusqu'à présent… Je désespérais de vous être enfin présentée.

— Est-ce l'unique raison de votre présence ici ?

— Je suis surtout venue dans l'espoir de vous soutirer une interview, mais je vois que cela me sera impossible.

— Pourquoi ?

— Cet endroit me fait penser à un zoo. Il nous faudrait hurler pour nous entendre.

— Vous ne me semblez guère audacieuse pour une journaliste.

— Je ne le suis pas. Mais j'inspire confiance à la plupart des gens.

Et elle lui inspirait confiance, à lui aussi. Elle lui paraissait même être le seul être sensé parmi toute cette faune.

Devin avait appris à estimer ses semblables à leur juste valeur, au cours de sa carrière, et surtout depuis son divorce, et il avait aussitôt décelé en cette femme, entre autres vertus, l'honnêteté et la sensibilité. De plus, elle était aussi belle et fraîche qu'une cascade au printemps. Il avait envie de la connaître davantage.

— Je meurs de faim, dit-il. Et de fatigue. J'ai besoin d'un copieux repas et de parler à un ami. Aimeriez-vous être cette amie ?

Une lueur de méfiance traversa le regard brun.

— Parler ? Est-ce un code pour autre chose ?

Il sourit.

— Non, parler, discuter… C'est tout ce que je demande. Vous pourriez me donner des nouvelles de Farnham Falls… Alors ?

— Pourrai-je prendre des notes pour mon interview ?

— Quand je vous le dirai.

— D'accord. Mais je dois d'abord prévenir mon amie.
— Je vous attends.

— Nous n'avons le choix qu'entre deux possibilités, dit-il en l'entraînant vers l'endroit où l'attendait sa limousine, à l'arrière du complexe, sans même paraître remarquer que pas moins de trois gardes du corps les entouraient : trouver un restaurant et espérer que je n'y serai pas reconnu, ou dîner dans ma suite.
— Vous arrive-t-il de ne pas être reconnu ?
— Rarement.
— Alors j'opte pour votre suite.
Ce furent ses derniers mots. Ensuite, elle demeura silencieuse tandis que la voiture traversait la nuée d'admiratrices déchaînées que la ruse de Devin n'avait pas dupées, puis durant le court trajet, et enfin le temps que les services de sécurité de l'hôtel leur frayent un chemin dans le hall.
Ce ne fut que lorsqu'il eut refermé la porte de sa suite derrière eux qu'elle commenta :
— Intéressant aperçu de votre vie !
— Affolant, n'est-ce pas ?
— Arrivez-vous à vous y habituer ?
— Plus ou moins. Plutôt moins, ce soir. Je ne suis guère d'humeur à jouer les divinités…
— Ah ? Dois-je en déduire qu'il vous arrive de l'être ?
— Non, pas vraiment, dit-il avec un petit rire.
D'un geste, il l'invita à prendre place sur le canapé et sourit en la voyant ôter ses escarpins et replier ses jambes sous son ample jupe.
— Que désirez-vous manger ?

— Une crème caramel ! répondit-elle sans hésiter.

— Ah ! Une des rares femmes qui sache ce qu'elle veut !

— De telles décisions sont insignifiantes à côté de certaines autres, bien plus cruciales dans la vie, vous ne trouvez pas ?

Il réfléchit à ces paroles tout en passant commande au room service, puis en revenant s'installer dans l'angle opposé du canapé. Lui demander de plus amples précisions sur les décisions en question eût été indélicat de sa part, mais il regretta cependant de ne pouvoir le faire.

— Etes-vous originaire de Farnham Falls ? Je ne me rappelle pas vous avoir déjà rencontrée.

— Non, je suis née à Columbus et j'y ai aussi fait mes études, mais dans un institut privé.

— Et moi à l'université d'Etat.

— Je sais. Tout comme je sais bien d'autres choses sur vous. Et je le regrette. J'aurais préféré que vous me les appreniez vous-même.

Devin aussi. Et elle avait raison : il était agréable de se confier à elle. Et plus agréable encore de la contempler.

— Commencez par votre enfance, dit-il, et, en échange, je vous parlerai de la mienne. Ensuite, je veux tout entendre des derniers potins de Farnham Falls.

— Vous devez être un homme très patient, ou tout simplement masochiste.

— Je suis surtout un homme qui a soif de l'atmosphère d'une petite ville tranquille. Ou de la compagnie d'une de ses habitantes.

Mais peu importait sa motivation exacte. Une agréable soirée s'annonçait, et c'était tout ce qui comptait aux yeux de Devin.

Robin n'aurait su expliquer comment elle se retrouva soudain dans les bras de Devin Fitzgerald qui la faisait lentement tournoyer au rythme langoureux d'un célèbre slow des Flammes Glacées. Tout ce dont elle était sûre, c'était qu'il était tard. Très tard, même. L'aube approchait à grands pas.

Ils avaient parlé toute la nuit. Elle lui avait décrit son parcours professionnel, et il lui avait appris sur le sien quelques détails d'importance pour son article. Ils avaient ri ensemble, étonnés et ravis de constater qu'ils possédaient le même sens de l'humour.

Puis, les heures passant, ils avaient abordé des sujets plus personnels. Robin avait confié à Devin sa douloureuse expérience avec Jeff, lui expliquant que le diagnostic de leucémie avait été établi un mois à peine après leur mariage.

Quant à Devin, il lui avait parlé de sa brève expérience maritale avec une chanteuse de blues qui chantait l'amour avec une remarquable conviction, mais n'en possédait aucune à ce propos dans la vie.

Robin doutait pourtant qu'une femme, quelle qu'elle soit, puisse rester longtemps indifférente à l'égard de Devin Fitzgerald. Soit il était le plus habile des charmeurs — le seul parmi les millions d'hypocrites à avoir réussi à tromper son radar personnel pourtant particulièrement efficace —, soit il était l'un des hommes les plus adorables qu'elle ait jamais rencontrés. Et si elle devait se fier à la façon dont il s'était détendu au fil de leur conversation, force lui était de déduire qu'il ne demandait en effet rien d'autre que quelques paisibles moments d'intimité innocente.

Elle avait noté également que le regard bleu s'était

adouci, et n'avait pu manquer de remarquer que, par de discrets mouvements, il s'était peu à peu rapproché d'elle. Elle savait qu'il n'était pas insensible à son charme.

Quant à elle, elle s'efforçait en vain d'ignorer le sien depuis qu'ils s'étaient malencontreusement — ou plutôt, fort opportunément — heurtés. Mais cela faisait si longtemps qu'elle ne s'était pas sentie si vibrante en présence d'un homme !

Etait-ce l'homme ou la star qui la fascinait, d'ailleurs ? Elle ne tenait nullement à le savoir. Car, pour la première fois depuis bien des années, elle sentait son corps revivre, un corps qu'aucun homme n'avait touché depuis bien avant la longue maladie de Jeff.

Elle en était même venue à se demander si elle était toujours une femme normale. Elle avait la réponse, désormais.

Une autre mélodie succéda à la première, puis une autre encore. A la quatrième, elle leva la tête pour sourire à l'homme qui l'enlaçait. Il lui retourna son sourire puis, lentement, inclina la tête et posa ses lèvres sur les siennes.

— Vous êtes si ravissante, chuchota-t-il ensuite tout contre son oreille. J'ai passé en votre compagnie une soirée merveilleuse.

Ce baiser avait été bref, le plus bref des effleurements, mais sa signification des plus limpides. Si elle y répondait par l'affirmative, la soirée se prolongerait. Sinon, le temps de la séparation était venu.

Dans toute autre circonstance, cette question aurait été un ultimatum. Mais, dans le cas présent, l'initiative s'imposait d'elle-même. Ils avaient tous deux atteint les limites de l'intimité telle qu'elle pouvait se concevoir en toute innocence entre un homme et une femme, et la prochaine étape ne pouvait se décider que selon une unique alternative : séparation ou progression. C'était là un moment qu'hommes et femmes vivaient — et comprenaient — depuis la nuit des temps.

Robin ne désirait pas partir. Blottie dans les bras de Devin, elle éprouvait de nouveau une bienfaisante sensation de plénitude. Sa solitude lui pesait, elle ne l'ignorait pas, mais c'était ce soir seulement qu'elle percevait à quel point. Elle avait aimé Jeff de tout son cœur. Toutefois, la précoce découverte de sa maladie avait, dès le début, freiné l'essor naturel de leur amour, et jamais elle n'avait osé lui parler de ses états d'âme ou de ses craintes. Son mari avait déjà tant à supporter !

Comme s'il avait lu dans ses pensées, Devin formula la question à haute voix :

— Voulez-vous rester ou dois-je demander à mon chauffeur de vous raccompagner ?

— Il y a très longtemps que je n'ai pas fait l'amour, dit-elle simplement.

— Moi aussi.

Elle le scruta et y lut une sincérité absolue : en dépit de toutes les tentations qui lui étaient offertes, Devin Fitzgerald était un homme intègre, elle en était intimement convaincue.

— Croyez-vous que nous nous souviendrons de la manière de procéder ?

— J'en suis certain.

Se haussant sur la pointe des pieds, elle lui offrit ses lèvres.

Quand il l'enlaça et la serra contre lui, le désir électrisa Robin comme l'aurait fait la foudre. Elle s'y abandonna sans aucune retenue. Pourtant, elle n'avait guère d'espoir de revoir cet homme, pas plus qu'elle n'entretenait celui de voir leur relation perdurer au-delà de cette unique nuit.

Cette nuit était le cadeau d'une âme solitaire à une autre, et elle offrit la sienne sans réserve, sans même qu'un seul doute vînt ébranler sa conviction d'avoir pris la bonne décision.

3

— Quand comptais-tu me le dire ?… En avais-tu l'intention, du reste ? demanda Devin d'une voix sourde en actionnant le démarreur.

Robin nota qu'il avait marqué une pause à la fin de la première question, là où aurait dû se trouver son prénom. Un prénom qu'il ne se rappelait pas, à l'évidence ! Peut-être même ne se serait-il jamais souvenu d'elle si elle ne l'avait pas elle-même appelé par le sien !

Elle ferma les yeux et prit une profonde inspiration. Puis une autre. Les contractions se succédaient sans relâche. « Mon Dieu, pourvu que le bébé n'ait rien ! » Elle portait bien sa ceinture de sécurité au moment du tête-à-queue, mais il y avait si peu d'espace entre son ventre et le volant ! Rien ne lui assurait que le bébé avait été épargné !

Les larmes continuaient à rouler sur ses joues, en dépit de tous ses efforts pour les réprimer. Elle aurait tant voulu pouvoir se ressaisir, ne fût-ce que pour le bien du bébé ! Hélas, elle se sentait comme déchirée en deux, à la fois physiquement et émotionnellement. Et jamais elle n'aurait pu imaginer vivre pire cauchemar que d'avoir Devin Fitzgerald à son côté, et se demanda si, en cet instant, le destin ricanait à ses dépens.

— Où allons-nous ?

Sur l'instant, le sens de la phrase échappa à Robin. Puis elle comprit enfin.

— L'hôpital est… trop loin.

— Et ce médecin ?

— Au bout du chemin, à trois ou quatre kilomètres. Peut-être… plus, acheva-t-elle dans un souffle alors qu'une nouvelle contraction l'assaillait.

Devin enclencha la première, puis se saisit d'un téléphone fixé au tableau de bord. Il le reposa aussitôt avec un juron exaspéré.

De plus en plus affolée, Robin s'efforça d'appliquer la technique de respiration qu'elle avait apprise. Sans guère de succès. L'aide de Judy, sa partenaire d'accouchement, lui manquait cruellement. Hélas, Judy était encore à Cincinnati, et il n'y avait rien d'extraordinaire à cela : le bébé se présentait deux semaines plus tôt que prévu !

— Inspire profondément par le nez et expire par la bouche, dit soudain Devin.

— Qu'en… sais… tu ?

— J'ai aidé une amie, un jour. Fais donc ce que je te dis sans poser de questions ! Par le nez, puis par la bouche. Je vais t'aider à compter jusqu'à dix.

— Fiche-moi la paix ! rétorqua Robin en fermant les yeux.

— Un ! Deux !

Elle voulut se couvrir les oreilles de ses mains, mais il l'en empêcha d'un geste impatient.

— Fais ce que je te dis ! Tu as besoin de mon aide ! Et, surtout, calme-toi !

— Tu ne te souviens même pas… de mon prénom !

— Tu l'as prononcé une fois, au milieu d'un brouhaha indescriptible ! Et, à l'hôtel, ç'aurait été pour le moins embarrassant de le redemander ! J'avais bien pensé jeter un coup d'œil sur tes papiers à ton insu le lendemain. Mais tu n'as même pas attendu que je me réveille pour t'éclipser ! riposta-t-il en frappant violemment son volant du plat de la main.

— Contente-toi de conduire !

— Un ! Deux !

— Tais-toi ! La contraction est passée, de toute façon !

— Quel est ton prénom ?

— Qu'importe !

— Bien, je vais m'arrêter sur le bord de cette route et je ne repartirai que lorsque tu m'auras répondu !

Elle sut aussitôt qu'il bluffait, mais la futilité de cette menace lui fit comprendre à quel point son comportement était infantile.

— Robin.

— Un nom de famille, peut-être ?

— Lansing.

— Et celui du bébé ?

Elle pinça les lèvres sans répondre.

— Tu étais enceinte de mon enfant, et tu ne m'en as rien dit. Que comptais-tu donc faire ? Attendre qu'il soit né et m'intenter un procès ?

— Tu n'es qu'un…

— Je sais, tu me l'as déjà dit ! coupa-t-il sèchement.

Robin rouvrit les yeux. Il était blanc de rage.

— J'ai essayé de te le dire, reprit-elle avec difficulté. Ton agent m'a promis qu'il te donnerait le message. Et c'est tout ce que je te devais !

— Comment s'appelle-t-il ?

Elle le regarda sans comprendre.

— Mon agent. Quel est son nom ?

Il ne la croyait pas ! Trop furieuse pour réfléchir, elle lui décocha un violent coup de poing dans le bras, suivi d'un second. Puis elle gémit soudain sous le coup d'une nouvelle contraction.

— Bon sang ! s'exclama Devin. Ecoute, laissons le sujet de côté pour l'instant. La phase de dilatation a commencé, apparemment, et tu ne peux compter que sur mon aide ! Mais il faut que tu me fasses confiance, c'est d'accord ?

— Mais non, ce n'est pas encore… Oooh !

— Depuis quand durent les contractions ?

Elle essaya de lui répondre, mais l'accident lui avait fait perdre toute notion du temps.

— Je… je ne sais plus.

— Te rappelles-tu de l'heure où elles ont commencé ? insista Devin d'une voix anormalement calme.

— Vers 7 ou 8 heures, peut-être.

— Ce matin ?

— Non, ce soir. Le blizzard m'a…

Elle ne put achever sa phrase tant la douleur la fouaillait. Elle aurait voulu mourir.

— L'accident a dû précipiter le travail. Que faisais-tu sur cette route, d'ailleurs ?

— J'étais venue… aérer la maison de mon patron… parti en Floride… La météo n'avait pas annoncé de tempête et la naissance n'était prévue que… Oh, mon Dieu !

— Robin, je t'en prie, respire comme je te l'ai dit. Ça t'aidera, je t'assure.

Faute de pouvoir rassembler assez de souffle pour rétorquer qu'elle n'avait nul besoin de ses conseils, elle s'entendit avec surprise calquer le rythme de sa respiration sur son décompte.

— Huit, neuf, dix. C'est mieux ?

— Non !

— Alors, passons à la respiration superficielle : inspirations et expirations légères et rythmées.

Elle avait appris cette technique en cours de préparation, en effet : haleter quelques secondes, expirer, reprendre une profonde inspiration puis recommencer. Submergée par la panique, elle avait tout oublié de ces conseils de base ! Honteuse, elle s'exécuta aussitôt et, peu à peu, sentit la douleur refluer. Du coin de l'œil, elle avait vu Devin consulter sa montre.

— Nous n'arriverons pas à temps chez le médecin, Robin. Les contractions sont trop rapprochées, et durent de plus en plus longtemps. L'expulsion du bébé ne va plus tarder. Je vais t'emmener chez moi, c'est tout près d'ici. Nous allons devoir nous débrouiller seuls.

— Oh, mon Dieu ! Non !

— Nous n'avons pas le choix ! Ne t'inquiète pas : je vais t'aider.

Robin éclata de nouveau en sanglots. Comme elle regrettait à présent de ne pas s'être mise en route aux premières chutes de neige ! Mais les élancements étaient si minimes, tout juste de simples spasmes, au début, qu'elle n'avait pas un seul instant pensé que le travail commençait. Puis, lorsqu'elle avait enfin compris que l'alerte était réelle, la neige tombait déjà dru, mais dans la mesure où elle s'attendait à ce que les contractions durent toute la nuit, elle avait estimé plus prudent de patienter jusqu'au lendemain matin, le temps que la tempête se calme et que les routes soient dégagées. Alors elle aurait pu téléphoner à son médecin, et tout se serait bien passé.

Et surtout, jamais elle n'aurait croisé le chemin de Devin Fitzgerald !

— Tiens encore cinq minutes, reprit-il. Cinq petites minutes.

Non ! Elle allait attendre bien plus que cela parce que c'était le Dr Wright qu'elle voulait auprès d'elle, le Dr Wright, sa voix calme, ses mains expertes, et les cinq cents bébés à son actif !

Elle s'apprêtait à protester lorsqu'une nouvelle sensation lui fit émettre un cri d'effroi. Elle ressentait l'irrésistible envie de pousser. Le bébé arrivait !

Devin lui jeta un coup d'œil inquiet, puis se pencha sur son volant qu'il agrippa convulsivement. Elle l'entendit murmurer quelque chose. Une prière à Dieu ? Peut-être. Ils avaient grand besoin de Son aide, et celle de Devin allait lui être cruciale, aussi.

— Inspire, expire, et essaye de te détendre au maximum. Ce n'est plus très loin.

Elle s'employa à lui obéir, mais une force étrangère avait pris possession de son corps. Il ne lui appartenait plus, bien qu'elle en sentît chacune des réactions. Fermant les yeux, elle fit un ultime effort pour contrôler sa respiration.

— Voilà, on y est…

La voiture chassa, mais elle ne songea même pas à s'en inquiéter. Qu'elle le veuille ou non, elle allait donner naissance à son bébé d'ici à quelques minutes, que la jeep atterrisse ou pas dans un fossé !

Le véhicule s'immobilisa enfin et une portière claqua. Puis un souffle de vent la balaya, et elle sentit Devin la soulever.

— Tiens bon. Une petite minute encore !

Les élancements avaient cessé, mais le répit serait de courte durée, Robin le savait. Des flocons se collèrent sur ses paupières fermées, mais elle n'avait plus la force de les ouvrir, et préférait conserver le peu d'énergie qui lui restait pour aider son enfant à venir au monde. Déjà, peur et épuisement se combinaient pour la vider de toutes ses forces, et ses vaillants efforts pour freiner le processus étaient vains : le bébé ne voulait plus attendre.

Soudain, la neige cessa, ainsi que le vent, et, de nouveau, une porte claqua. Elle ouvrit les yeux et constata qu'ils se trouvaient dans un long couloir.

— Le bébé va naître dans un lit, tout compte fait ! dit Devin.

Sa voix avait une intonation à la fois distante et triste. Elle le considéra et découvrit dans le regard bleu le reflet d'une surprenante émotion. Elle ne sut que dire. Elle l'avait tant de fois maudit au cours des derniers mois, et lui en voulait tant, aujourd'hui encore. Et voilà qu'un étrange sentiment se mêlait soudain à sa colère, un sentiment qu'elle n'aurait pu définir.

Peu lui importait, d'ailleurs ! Son esprit tout entier était accaparé par son corps et son enfant. Rien ne comptait plus soudain que cet enfant et sa propre souffrance.

Devin la déposa sur une surface plane et moelleuse, dans une pièce obscure.

— Le courant est coupé. Je vais aller chercher des bougies. Continue tes exercices de respiration.

Elle fit à peine attention aux derniers mots : une

nouvelle contraction se propageait de son dos à son ventre, et elle s'entendit gémir fortement. Elle s'était pourtant promis de ne pas crier en offrant à ce bébé une vie dont elle avait elle-même stoïquement subi les épreuves.

Hélas, cette promesse venait de s'envoler dans le souffle d'une plainte qui ne pouvait provenir que de ses lèvres.

Soudain, la pénombre fut chassée par la lueur diffuse d'une lampe à kérosène que Devin posait sur la table de chevet.

— Je vais me laver les mains. Je reviens.

— Non, ne t'en va pas !

— Il le faut !

Un sanglot de rage et de peur mêlées lui échappa. Elle était de nouveau seule dans cette chambre dont elle distinguait enfin les contours avec une morne indifférence. Peu lui importait que cet enfant naisse dans la neige, l'océan ou à dos de chameau en plein Sahara, du moment qu'il naissait enfin !

— Bien, je suis là. Laisse-le venir, à présent !

Elle leva vers lui un regard affolé.

— Je ne pourrai pas !

— Mais si. Tu n'as guère le choix de toute façon, répondit-il avec un sourire d'encouragement.

Elle sentit ensuite contre ses hanches le contact des mains de Devin qui lui ôtait ses vêtements, et dut résister à l'impulsion de le repousser : ces mains l'avaient touchée plus intimement encore, une certaine nuit, et l'horrible nuit qu'elle vivait en ce moment même en était la conséquence !

— Bien. Je vais glisser quelques serviettes sous tes

reins. Là… A présent, relève les genoux et écarte les jambes, je vais devoir t'examiner.

— Certainement pas !

— Voyons, Robin. C'est indispensable ! A moins que tu ne veuilles essayer de le faire toi-même ?

Elle riposta par une imprécation dont elle ne se serait jamais crue capable, et qui arracha un rire à Devin.

— Je ne te le fais pas dire ! Mais cela ne change rien au fait qu'il nous faut savoir où tu en es !

Elle le laissa faire sans plus protester, soudain submergée par le pressant besoin d'expulser leur enfant, un besoin si implacable qu'elle n'eut que le temps d'agripper les draps et d'y céder.

— Bien, je vois déjà ses cheveux, dit-il d'une voix un peu tendue, malgré son évident désir de la rassurer. La tête sera bientôt sortie et tout paraît normal.

— Comment pourrais-tu le savoir ?

— Je te l'ai pourtant dit pendant ton interview. J'ai fait des études de médecine !

— Tu les as abandonnées !

— Mais pas avant d'avoir assisté à quelques cours d'obstétrique et visionné deux ou trois vidéos sur le sujet !

— Des vidéos ? Oh, Seigneur !

— Détends-toi. Et garde ton énergie pour la dernière poussée. Ensuite, je m'occuperai de tout pendant que tu te reposeras un peu.

— Pas question ! Je n'ai aucune confiance en toi !

Il se redressa pour lui effleurer tendrement la joue.

— Je n'étais pas seul, cette nuit-là, Robin, murmura-t-il. Tu étais là aussi. Je n'ai rien fait que tu n'aies désiré également. Et j'ai pris toutes les précautions nécessaires, tu le sais.

— Ça n'a pas… suffi.

— Mettons d'abord ce bébé au monde, nous parlerons plus tard.

— Je n'y arriverai jamais !

— Mais si, tout se passera bien, tu verras. D'ailleurs, je n'ai jamais perdu un patient.

— Tu n'en as jamais eu ! rétorqua-t-elle avant de crisper de nouveau les doigts sur le drap.

— Agrippe plutôt tes chevilles, ce sera plus facile, dit-il en lui montrant comment faire. Bien, et maintenant, fais un dernier effort.

Elle s'exécuta bravement, indifférente à sa douleur, à sa fatigue, et à sa honte de voir cet homme, presque un inconnu, agenouillé entre ses jambes. Et, soudain, la douleur cessa. Elle en conçut un tel soulagement qu'elle crut un instant être morte. Puis elle entendit un faible vagissement.

— C'est un garçon. Il respire déjà tout seul, et il semble en parfaite santé…

Elle sentit quelque chose de chaud sur son ventre et rassembla ses jambes pour redresser la tête.

— Oh, mon Dieu…

— Je vais chercher de quoi couper le cordon. Ne bouge pas. Il a besoin de ta chaleur.

Elle entendit Devin fouiller dans les tiroirs d'une commode, mais très confusément, comme si ce qu'elle percevait se déroulait ailleurs, sur un autre nuage que celui qu'elle occupait avec ce bébé. Son fils.

— Ah, voilà ce dont j'ai besoin !

— Tu es sûr qu'il va… bien ?

— Mieux que cela, même, répondit Devin.

Puis elle le vit nouer le cordon ombilical avec ce

qui lui sembla être un lacet, et le sectionner avec des ciseaux de couture.

— Nous avons de la chance que ma cousine m'ait laissé cette boîte à couture !

— Ta cousine ?

— Elle m'a vendu cette maison. C'est celle où j'ai grandi.

C'est alors seulement qu'elle comprit où ils étaient. On lui avait montré cette demeure bien avant qu'elle ne fasse la connaissance de Devin. Et, depuis, elle en avait soigneusement évité la route.

Du moins jusqu'à ce soir.

— Je vais d'abord m'occuper du bébé, et, ensuite, ce sera ton tour.

Cette seule pensée aurait dû la plonger dans l'embarras ; toutefois, seule lui importait la perspective de prendre son fils contre elle, son fils dont les pleurs hachés mais de plus en plus puissants la mettaient au supplice.

Au bout de ce qui lui parut être une éternité, Devin déposa enfin le nourrisson au creux de son bras.

— Si tu as encore la force de te redresser un peu, je pourrai glisser un autre oreiller dans ton dos pour que tu sois plus à l'aise.

Quoique tremblant encore de tous ses membres, elle parvint à s'exécuter, et berça tendrement le bébé tandis que Devin s'occupait des derniers détails et les recouvrait tous deux d'une chaude couverture.

— Tu vas l'allaiter, n'est-ce pas ? s'enquit-il soudain.

Elle redressa vivement la tête. Son premier réflexe fut de lui rétorquer que cela ne le regardait en rien. Elle lui gardait rancune depuis si longtemps. Pour l'avoir mise enceinte, et, surtout, pour l'avoir ignorée lorsqu'elle avait voulu le lui annoncer. Mais la rancune n'avait plus place en son cœur, désormais, parce qu'elle tenait son fils dans ses bras, un fils qu'il avait non seulement conçu, mais aussi mis au monde. Aussi lui sourit-elle.

— Tu ne pourrais pas m'en empêcher !

— Tu peux commencer dès maintenant, si tu veux, dit-il en s'asseyant sur le bord du lit. Ça te soulagera. Je vais t'aider.

— Non, ce n'est pas…

Elle s'interrompit aussitôt. Après ce qu'ils venaient de vivre ensemble, cet accès de pudeur était des plus ridicules !

Devin entreprit de lui déboutonner son chemisier sans la quitter des yeux.

— J'ai le droit de savoir, Robin, dit-il d'une voix rauque.

Le sens de sa question n'échappa pas à la jeune femme. Il estimait avoir le droit de savoir si cet enfant était ou non le sien. En effet, elle lui avait dit qu'il était le père, mais aussi qu'il ne l'était pas.

— Ton agent s'appelle Harry. Harry Bagley.

— Il ne m'a jamais parlé de rien.

— Je suppose qu'il espérait que je… n'insisterais pas !

— Et il a eu raison : tu ne l'as pas fait !

— Je ne voulais rien exiger de toi. Je pensais simplement que…

— Je voudrais le savoir ?

Elle hocha la tête en silence tandis qu'il les entourait tous deux de ses bras, elle et le bébé, pour dégrafer, dans son dos, l'attache de son soutien-gorge.

Le bébé, leur bébé, sut immédiatement quoi faire.

— C'est vraiment un instinct très fort, commenta Devin en contemplant la scène.

Robin sentit les larmes revenir. Elle n'aurait su déterminer quelle était la raison qui, parmi tant d'autres, l'affectait au point de lui donner envie de pleurer.

— Tu ne peux pas savoir à quel point je m'en veux de ne pas t'avoir reconnue tout de suite, dit Devin en avançant une main pour lui caresser les cheveux. Tout ceci me paraît tellement… irréel.

Les sanglots redoublèrent. Il eut un petit rire forcé.

— Mais tu dois reconnaître aussi que tu étais différente au printemps dernier. Tu avais les cheveux très longs. Et tu étais plus mince.

— Merci.

— Pour avoir dit que tu étais plus mince ?

— Pour nous avoir secourus. Moi et le bébé. Et pour ton aide.

La main de Devin, qui lui caressait toujours les cheveux, s'immobilisa.

— Cela t'étonne, dirait-on. Me crois-tu vraiment à ce point égoïste ?

— C'est ce qu'il m'a semblé comprendre, en effet.

— Je ne savais pas, pour le bébé, Robin, je t'assure ! Harry ne m'en a rien dit. Ce qui va lui coûter sa place, je te le jure.

— Non. Laisse. C'est du passé. Le bébé est là, à présent. Et tu sais que c'est le tien. C'est tout ce qui m'importait.

— Qui te dit que c'est suffisant pour moi ?

Elle leva sur lui un regard incertain. Faire preuve de fermeté avec tant de larmes sur ses joues était une gageure, mais elle s'y efforça néanmoins.

— Cela devra l'être, pourtant.

— Non. Cet enfant est aussi le mien.

— Nous n'avons pas besoin de toi !

— Là n'est pas la question. Cet enfant a un père, et ce père, c'est moi, répliqua-t-il en lui enlevant le bébé des bras.

Elle se redressa en sursaut, paniquée, avant de comprendre qu'il ne faisait que déplacer l'enfant vers son autre mamelon. Lorsqu'il le reposa contre elle, elle serra le nourrisson si fort que ce dernier émit un faible cri de protestation.

— Je ne te laisserai pas le prendre !

— Calme-toi. Je n'ai aucune intention de te l'enlever.

— J'ai une bonne situation. Je peux m'en occuper seule !

— Je sais.

Cœur et esprit en émoi, Robin s'efforça frénétiquement de réfléchir. A l'évidence, Devin n'avait pas la conscience tranquille, et si elle l'empêchait de se rendre utile, les conséquences pourraient se révéler regrettables.

— Ecoute, si tu veux, tu peux toujours lui ouvrir… un compte d'épargne. Pour financer ses études au cas où il souhaiterait être admis dans une université trop… onéreuse pour mes moyens.

— Crois-tu vraiment que ce ne soit qu'une question de culpabilité ? Que cela suffira à soulager ma conscience ? Je veux assumer mes responsabilités, Robin !

— Tu n'en as plus. Je t'en affranchis.

Un silence plana et elle baissa les yeux sur l'enfant qu'elle avait si longtemps porté en elle. Il était là, enfin, et elle aurait dû s'en réjouir. Hélas, un maelström d'émotions contradictoires lui ravageait le cœur.

— Tu as bien dit à Harry que j'étais le père de ce bébé, n'est-ce pas ? reprit Devin au bout d'un moment.

— C'est bien ce que j'ai dit.

— Donc, si tu tentes de nier ma paternité, j'aurai assez de preuves pour exiger un test sanguin et t'intenter un procès.

— Je me permets de te rappeler que tu m'as accusée de vouloir faire la même chose il y a moins d'une heure !

— As-tu une vague idée du nombre de femmes qui, chaque année, prétendent que je suis le père de leur enfant ? Des femmes que je n'ai jamais vues ? Mais celui-là est vraiment mon fils, je le sais, et… je suis navré d'en avoir douté ne serait-ce qu'un instant. Me pardonneras-tu ? acheva-t-il d'une voix soudain altérée.

Elle ne hocha ni ne secoua la tête. Son regard ne vacilla pas.

— Je veux faire partie de sa vie, Robin.

— Non.

— Si. C'est aussi mon fils. Mais je ne te l'enlèverai pas, je te le promets. Laisse-moi seulement le voir de temps en temps. Le regarder grandir. Il aura besoin de moi, Robin. Tu le sais.

Oui, elle le savait. Tout comme elle savait que cet homme venait de la piéger aussi sûrement que s'il l'eût épousée en pleine cathédrale sous les yeux d'une centaine de témoins.

Devin Fitzgerald et elle étaient irrévocablement liés l'un à l'autre par ce petit être qu'elle allaitait, ce fils qui aurait besoin de son père.

— Tu n'es qu'un étranger pour moi ! dit-elle, les larmes aux yeux. Une aventure d'un soir.

— C'est vrai… Mais nous avions besoin l'un de

l'autre, cette nuit-là. Et, aujourd'hui, que tu l'admettes ou non, c'est de nouveau le cas. Tu as besoin de mon aide morale et financière, et moi de ta coopération. Et lui a besoin de nous deux, conclut-il en effleurant du doigt le petit visage fripé du bébé.

Robin ne put lui répondre tant l'émotion lui nouait la gorge.

— Lui as-tu choisi un prénom ?

Elle fit un signe de dénégation.

— C'est l'enfant de la neige. Que dirais-tu de Nicolas ? Nicolas Fitzgerald ?

Elle détourna la tête, troublée. C'était précisément un des trois prénoms qui lui étaient venus à l'esprit, mais elle avait voulu réserver sa décision jusqu'à la naissance. Cette coïncidence était-elle un signe de bon augure ? Peu importait : elle ne pouvait bannir Devin Fitzgerald de sa vie, si forte soit son envie de le faire.

Il avait beau être un parfait étranger pour elle, il était le père de son enfant.

4

Devin brandit son fils à bout de bras au-dessus de sa tête et s'émerveilla pour la énième fois de son lumineux sourire.

— Maman ne va plus tarder, dit-il.

Nicolas lui répondit par un autre sourire. A six mois, il avait déjà les cheveux bruns de sa mère, mais aussi les yeux bleus de son père ainsi que la même forme de visage. Et si Devin avait encore eu le moindre doute quant au fait que cet enfant soit le sien, ce doute avait été définitivement balayé à la seconde même où il avait pu comparer les traits de Nicolas aux photographies qui lui restaient de son enfance. C'était l'évidence même : Nicolas était son fils.

Il reposa l'enfant sur ses genoux et vit que le petit menton commençait à trembler.

— Ta maman te manque, n'est-ce pas ? Tu n'aimes pas qu'elle s'absente trop longtemps, même quand tu es avec moi ! dit-il en se levant.

Glissant l'enfant sous son bras comme il l'aurait fait d'un ballon de football, il se mit à courir tout autour du canapé, arrachant au nourrisson des gloussements de joie.

— Et c'est une échappée de Nick Fitzgerald en

direction de la ligne de touche. Nick Fitzgerald qui fait une feinte et marque le…

— But ? compléta Robin, qui venait de claquer la porte derrière elle et s'avançait dans le salon, les bras chargés de provisions. Encore des histoires d'hommes que je ne suis pas censée entendre ?

Elle souriait, mais son regard demeurait circonspect, comme chaque fois en présence de Devin.

— Je suis soulagé de te voir enfin de retour. Tu commençais à lui manquer.

— Je te le reprendrai dès que j'aurai rangé tout ça dans la cuisine.

Passant près d'eux, elle déposa un baiser sur la tête de son fils, tout en prenant bien soin de ne pas effleurer Devin. Ce dernier lui emboîta le pas, Nicolas toujours fermement coincé sous son bras.

— Je crois qu'il a faim, dit-il.

— Tu ne lui as pas donné son biberon ?

— Je lui ai fait boire ce qu'il a bien voulu accepter. Et, de toute façon, il ne veut pas d'un biberon. Il veut sa maman.

— Tout le monde me dit qu'il est grand temps de le sevrer.

— Est-ce ce que tu vas faire ?

— Non, répondit Robin en déchargeant ses sacs sur la table. C'est lui qui décidera.

— J'en suis heureux.

Elle leva vers lui des yeux qui exprimaient clairement sa pensée : son avis sur la question lui était totalement indifférent.

Il soutint son regard quelques secondes et elle finit par le gratifier d'un sourire.

— En tout cas, voilà au moins une décision sur laquelle nous sommes d'accord parmi les milliers que nous aurons à prendre ensemble dans les années à venir. C'est bon signe, je suppose.

— Robin, je te l'ai dit et répété : je ne cherche pas à te mettre des bâtons dans les roues. Je veux juste faire partie de sa vie.

Sans répondre, elle détourna la tête.

— A-t-il fait une bonne sieste ?

— Non.

— Ah ? C'est étrange. Il dort toujours trois bonnes heures l'après-midi, d'habitude.

— Je suis resté penché sur son berceau en espérant qu'il se réveille, et c'est ce qu'il a fini par faire au bout d'une demi-heure. Il a dû comprendre que mon obstination n'avait pas de limites.

Cette remarque ne parvint pas plus que la précédente à arracher un quelconque commentaire à Robin qui termina son rangement dans le congélateur.

C'était celui de Devin. Deux semaines après l'accouchement, il avait réussi à la convaincre d'emménager dans la maison de son enfance. Il n'y habitait pas avec elle, bien entendu : lorsqu'il venait rendre visite à Nicolas, il logeait dans une petite pension voisine dont les gérants avaient promis de ne pas ébruiter sa présence.

Il avait tout d'abord proposé de lui donner la maison, mais Robin lui avait opposé un refus catégorique. Tout comme elle avait refusé une aide financière de sa part. Tout ce qu'il avait pu obtenir d'elle, c'était qu'elle accepte d'occuper gratuitement cette demeure. Ainsi pourrait-elle du moins faire l'économie d'un loyer et bénéficier d'un peu plus d'intimité, avait-il argué, précisant que cette intimité leur serait cruciale lors de ses visites bimensuelles à son fils.

Jusqu'à présent, la paternité de Devin avait été gardée secrète, l'acte de naissance de Nicolas indiquant qu'un nommé William Fitzgerald en était le père. Dans la mesure où le prénom William était le véritable prénom de Devin, ce n'était nullement un mensonge. Il y avait pléthore de Fitzgerald dans le comté, et puisque Devin n'avait pas non plus acheté la maison sous son nom usuel, personne n'avait encore fait la relation entre le Fitzgerald, propriétaire d'une ferme isolée à Farnham Falls, et le plus célèbre d'entre eux.

Mais ni l'un ni l'autre ne se faisaient d'illusions. Le secret serait éventé un jour ou l'autre, pour peu que Devin soit malencontreusement aperçu à l'aéroport ou aux alentours de la maison, et ce, bien qu'il prît toutes les précautions possibles. Ils espéraient cependant que ce serait le plus tard possible.

— Tu dois être fatigué et pressé de rentrer, dit Robin en tendant les bras pour récupérer son fils.

Devin le lui rendit à contrecœur, mais Nicolas ne fit nullement preuve de la même réticence. Il tapota de ses petits poings la poitrine de sa mère et commença à pleurnicher, réclamant son repas.

— Tout comme un homme ! dit Devin.

— Si ça ne t'ennuie pas, je ne te raccompagnerai pas à la porte, cette fois-ci. Mieux vaut que je m'exécute tout de suite.

— C'est-à-dire que… j'avais l'intention de le prendre en photo, aujourd'hui, et je ne l'ai pas encore fait. Vois-tu un inconvénient à ce que j'attende que tu aies fini ?

Elle lui jeta un regard contrarié.

— Tu as passé tout l'après-midi avec lui, Devin ! Tu aurais pu prendre ces photos avant !

— C'est vrai, mais je n'ai eu le temps de rien faire. Il ne m'a pas laissé une minute de répit !

Il pouvait lire sur le visage de Robin qu'elle hésitait entre le respect des bonnes manières et la colère.

— Je vais préparer le dîner en attendant, si tu veux, dit-il en hâte.

— Tu sais cuisiner ?

— Il faut croire que je ne suis pas totalement inutile…

— Je préférerais que tu partes.

— Et moi, je préférerais rester.

Il la vit fermer les yeux. Elle était épuisée, il le savait, et il n'y avait rien d'étonnant à cela. Elle avait obtenu de travailler à domicile pour pouvoir s'occuper de Nicolas, mais elle en payait lourdement le prix, et ne disposait plus, pour ses diverses démarches et courses, que des rares moments où Devin venait s'occuper du bébé. Et elle ne se reposait certainement pas assez, hélas.

— S'il te plaît, laisse-moi préparer le dîner.

— Et que veux-tu d'autre ?

— J'ai toujours adoré ta franchise.

— Et moi détesté ta façon de tourner autour du pot !

— Je veux rester plus longtemps avec mon fils et le mettre au lit moi-même, ce soir. Je ne crois pas que ce soit trop demander, non ? C'est là tout ce que je veux, et je te jure que c'est la vérité.

« Mais pas toute la vérité », songea-t-il.

— Je ne suis pas sûre que tu sauras utiliser ce que j'ai acheté…

— J'ai apporté des steaks et une salade, et n'importe quel imbécile saurait se servir d'un gril.

A ces mots, elle rouvrit subitement les yeux.

— Tu avais déjà tout manigancé ?

— J'espérais que tu n'y verrais pas d'inconvénient. Je l'espère toujours.

— Je ne crois pas que ce soit une bonne idée. Notre accord est encore assez fragile, et y apporter déjà des changements me déplairait.

— Il ne s'agit que de quelques heures supplémentaires, Robin !

Elle poussa un long soupir.

— D'accord. Cela fera certainement plaisir à Nick de se faire border pour une fois par son papa.

Devin la remercia d'un sourire presque gêné car il n'avait pas été des plus honnêtes envers elle, omettant d'ajouter qu'il rêvait surtout de la border, elle, mais seulement après lui avoir fait passionnément l'amour. Hélas, cet aveu-là devrait attendre encore…

Il se détourna avant qu'elle ait pu lire cette pensée dans son regard.

— Je vais finir de ranger et tout préparer pour le repas. Mais dépêche-toi de t'occuper de notre fils, j'ai bien peur qu'il ne soit à bout de patience.

Puis il écouta les pas de la jeune femme décroître dans le couloir, imaginant la scène avec précision : le mouvement de ses hanches, sa façon de lover Nick contre sa poitrine, et les ondulations de ses cheveux bruns contre sa nuque gracile. Et ce, aussi clairement que s'il pouvait la voir.

Car, au cours des six derniers mois, en même temps qu'il s'installait peu à peu dans la vie du fils et de la mère, il avait eu tout loisir de mémoriser le moindre détail relatif à Robin Lansing.

*
* *

— Tu es un insatiable petit diable qui obtient toujours ce qu'il veut, n'est-ce pas ? chuchota Robin à son fils, qu'elle allaitait tout en se balançant sur le rocking-chair qui, selon Devin, avait bercé des générations entières de Fitzgerald.

Cette pensée lui inspirait des sentiments contradictoires. Etablir quelque lien que ce soit avec l'héritage des Fitzgerald ne lui importait guère, mais elle en comprenait l'importance pour Nicolas. Tout comme elle comprenait qu'il lui faudrait toujours cacher ses pires craintes à son fils — crainte que Devin ne se lasse de leur arrangement et ne la traîne en justice, ou inversement, qu'il ne finisse par abandonner un enfant qui aurait appris à l'aimer.

Pourtant, rien dans le comportement de Devin ne justifiait de telles appréhensions. A de nombreuses reprises déjà, il lui avait assuré qu'il ne lui réclamerait jamais Nicolas et, à aucun moment, il n'avait manifesté un quelconque signe de lassitude envers lui, mais Robin avait déjà perdu trop d'êtres chers dans sa vie, et la perspective de revivre de telles épreuves lui était insoutenable. Nicolas était tout pour elle, désormais.

Du moins, presque tout.

Jetant un coup d'œil en direction de la cuisine à l'autre extrémité du couloir, elle entraperçut dans l'entrebâillement de la porte la silhouette de Devin, qui s'activait d'un bout à l'autre de la pièce avec la même énergie dont il usait sur scène, une énergie contagieuse, électrique. Elle se rappela alors que Devin faisait l'amour comme tout ce qu'il faisait dans la vie : avec une extrême intensité et une complète concentration.

Robin secoua la tête pour chasser de son esprit cette pensée importune. Devin n'était pas là comme amant mais comme père de son fils. Hélas, l'arrangement qu'ils élaboraient pas à pas en dépit de leurs relations tendues ravivait inexorablement ses inquiétudes.

Au début, Devin respectait scrupuleusement les horaires dont ils étaient convenus. Mais, peu à peu, il s'était mis à invoquer n'importe quel prétexte pour prolonger ses visites. Il adorait son fils. Or, étrangement, alors que c'était pourtant là le souhait de toute mère, Robin s'alarmait de cet amour.

Quand s'aviserait-il qu'il avait plus de droits sur Nicolas qu'elle ne lui en consentait, et qu'un tribunal pourrait les lui accorder ?

Et, surtout, quand comprendrait-il qu'elle était si éperdument amoureuse de lui qu'elle se retenait à grand-peine de l'implorer pour qu'il lui donne un peu de l'amour qu'il offrait à leur fils, ne serait-ce même que deux fois par mois ?

Etait-elle tombée amoureuse de lui dès leur première — et unique — nuit ? Peut-être. Elle avait follement espéré qu'il l'appelle après cette soirée fatidique, alors même qu'elle savait pertinemment qu'il ne disposait d'aucun numéro où la joindre. Il n'ignorait pas néanmoins qu'elle habitait Farnham Falls, et il lui aurait été facile de la localiser au journal. Mais n'ayant reçu ni appel téléphonique, ni fleurs, ni message, elle n'avait cessé de se répéter qu'ils n'avaient ni l'un ni l'autre parlé d'engagement.

Ils avaient vécu une nuit merveilleuse, qui resterait un merveilleux souvenir.

Ce qu'elle aurait pu être, effectivement, si Robin n'avait pas découvert quelques semaines plus tard qu'elle attendait un enfant !

— Comment aimes-tu ton steak ?

Devin se tenait dans l'encadrement de la porte, juste à l'endroit que la jeune femme fixait d'un regard absent.

— Saignant.

— Moi aussi. Tu vois, encore un point que nous avons en commun !

— En plus d'un petit goinfre ?

— En plus d'une merveilleuse nuit d'avril où nous avons parlé des heures entières et découvert que nous avions bien des affinités.

Robin retint son souffle et fixa en hâte son regard sur son fils, les joues empourprées.

— Je me souviens surtout de son épilogue ! rétorqua-t-elle.

— Pas moi.

Elle releva les yeux, mais trop tard : Devin avait disparu dans le fond de la cuisine.

Leur nuit — merveilleuse, avait-il dit ? — était le sujet tabou qu'ils n'avaient pas une seule fois abordé depuis la naissance de Nicolas, comme si ce dernier, en plus d'avoir été conçu sans amour, l'avait de surcroît été sans même qu'ils se soient touchés.

Nicolas ayant terminé de boire, elle le tint debout contre son épaule pour qu'il fasse son rot. Devin apparut à la porte de nouveau.

— Veux-tu que je reprenne Nicolas pour que tu puisses te changer ?

— Je n'ai pas besoin de…

Elle laissa sa phrase en suspens. Devin avait raison : elle serait bien plus à l'aise sans son tailleur. Aussi tendit-elle Nicolas à son père. Lorsqu'il le prit, il effleura sa poitrine au passage et ce bref contact la fit imperceptiblement tressaillir. Elle se rappelait ses lèvres au même endroit.

Le regard de Devin était fixe, et elle se rendit compte avec affolement que son chemisier était toujours ouvert. Se levant, les joues écarlates, elle lui tourna le dos pour le reboutonner.

— Robin, ne me dis pas que tu te rhabilles pour le simple plaisir de perdre plus de temps quand tu te redéshabilleras dans une seconde ? dit-il d'une voix légèrement rauque.

— Que tu le croies ou non, j'ai encore un minimum de pudeur !

— Dommage !

Elle fit volte-face, en colère, mais s'aperçut qu'il emmenait déjà Nicolas dans la cuisine. Alors elle se dirigea en soupirant vers la salle de bains et jeta un coup d'œil dans le miroir, songeant que la femme qu'elle voyait ne pouvait être amoureuse d'un homme adulé des foules. Ne serait-ce qu'à cause de sa coupe de cheveux, pour commencer : très courte et pratique, de façon à ne pas lui faire perdre de temps. Pas de boucles d'oreilles non plus : Nicolas se faisait un plaisir de tirer dessus. Le maquillage était presque inexistant et elle ne s'était pas acheté une seule tenue neuve depuis des mois. Elle avait le regard morne et l'air harassé typiques de toute mère.

Elle ressemblait à toutes les mères du monde, mais

pas à la femme assez insensée pour s'enticher d'un Devin Fitzgerald !

Sous la douche, elle s'examina d'un œil critique. La grossesse ne l'avait pas trop marquée, elle avait retrouvé sa minceur et son ventre plat, mais elle n'était pas assez naïve pour penser qu'elle pouvait retenir l'attention d'un homme convoité par des milliers de jeunes et jolies femmes dans le monde.

— Ah, c'est bien mieux ! Tu as l'air plus à l'aise, commenta-t-il lorsqu'elle le rejoignit, vêtue d'un caleçon et d'un long T-shirt qui lui arrivait presque aux genoux.

Robin s'efforça d'apprécier le « à l'aise » comme un compliment.

— As-tu besoin d'aide ?

— Non. Assieds-toi et sers-toi un verre de vin. Notre garnement a eu son content de banane au yaourt pour dessert, alors surtout ne t'en laisse pas conter s'il fait mine de réclamer davantage !

Robin posa un regard attendri sur son fils, occupé à manipuler quelques jouets dans son parc. C'était un bébé en pleine santé, robuste et aux joues rebondies.

— C'est un enfant déjà grand pour son âge. Il ne tient guère de moi.

— Non. Et j'espère qu'il n'a pas non plus ton caractère !

— Que suis-je censée comprendre ?

— N'es-tu pas la jeune femme qui m'a attaqué à coups de poing alors que je ne cherchais qu'à l'aider à accoucher ?

Elle se sentit rougir et s'irrita contre elle-même.

— Oh ! J'aurais dû m'en excuser depuis longtemps, je sais…

— Tu avais bien d'autres choses à penser. De plus,

les femmes enceintes s'en prennent toujours à leur compagnon, c'est connu !

— Tu n'es pas mon compagnon.

— Peut-être, mais c'est tout de même moi qui t'ai mise dans cette situation.

— Non, tu avais raison à propos de cette nuit-là. Tu n'étais pas seul à décider : je me rappelle avoir été là aussi.

— Vraiment ?

— Vraiment, répéta-t-elle d'une voix curieusement voilée.

— Et moi, je me souviens d'avoir pensé à quel point c'était merveilleux de m'endormir dans tes bras. Mais je me suis réveillé le lendemain pour découvrir que tu avais disparu ! Sans même me laisser un mot, ni même un numéro de téléphone. Rien. Le message était pour le moins limpide !

Comme elle fixait son verre de vin sans mot dire, il reprit d'une voix lourde de reproche :

— Pourquoi es-tu partie comme une voleuse ?

Elle secoua la tête d'un air las. Comment aurait-elle pu lui expliquer ce qu'elle avait ressenti à son réveil, quand elle avait pris conscience de ce qu'elle avait fait et surtout avec qui ! La panique l'avait submergée. Elle n'avait plus l'âge de jouer aux groupies énamourées et, pour elle, l'amour ne se limitait pas au simple plaisir physique. Il impliquait engagement et sentiments. Il impliquait Jeff.

— Ensuite, j'ai de nombreuses fois eu envie de décrocher mon téléphone pour tenter d'extorquer à ton journal tes coordonnées personnelles, ajouta-t-il.

— Pourquoi ne l'as-tu pas fait ?

— Pour différentes raisons, à vrai dire. Je sortais à peine d'un pénible divorce, et je n'étais pas vraiment prêt à m'investir dans une nouvelle relation. J'étais embarrassé par le simple fait de ne pas me rappeler ton nom. Et je craignais de raviver ta culpabilité en insistant pour te revoir.

— Ma culpabilité ?

— N'est-ce pas l'impression d'être infidèle à ton mari qui t'a poussée à t'enfuir ?

Elle laissa échapper un long soupir et chercha à détourner la conversation. Les paroles de Devin tourbillonnaient dans sa tête, et elle n'était pas sûre d'avoir envie de le croire.

— Tu ferais mieux de sortir les steaks maintenant.

— C'est déjà fait, dit-il en lui tendant son assiette.

Puis il s'assit en face d'elle et avala une bouchée avant de reprendre :

— As-tu déjà fait des projets pour l'avenir, Robin ? Penses-tu élever Nicolas ici ?

— Non. J'adore Farnham Falls, et c'est parfait pour l'instant, mais je veux qu'il ait plus d'opportunités pour ses études. Il aura certainement envie de prendre des leçons de musique, tu ne crois pas ?

Devin sourit, et son regard se fit si chaleureux qu'elle eut l'impression qu'il réchauffait l'espace qui les séparait.

— Si, mais il pourra en prendre n'importe où. Et lorsqu'il viendra me rendre visite, il…

— Il ne viendra pas te rendre visite, Devin ! coupa-t-elle en reposant posément sa fourchette sur la table. Tu pourras le voir ici ou là où nous serons, mais je n'ai jamais dit que tu pourrais l'emmener où que ce soit sans moi.

— Ah non ?

Au ton coupant de sa voix, le cœur de Robin s'affola.

— Non. A quoi penses-tu donc ? De Nicolas Fitzgerald, il deviendrait le fils illégitime de Devin Fitzgerald ! Est-ce vraiment là le genre de traumatisme que tu veux lui infliger ?

— Pourquoi n'avoues-tu pas tout simplement que tu as peur que j'oublie de le ramener, Robin ?

D'un geste brusque, elle posa sa serviette sur la table et se leva, renversant sa chaise dans sa précipitation.

— Je crois que tu as assez abusé de mon hospitalité pour ce soir, Devin.

Il se leva, lui aussi. Nicolas — sans doute sensible à la nervosité ambiante — s'étant mis à pleurer, il se pencha pour lui caresser les cheveux.

— Je suis son père, pas un ravisseur d'enfants. Je tiens à agir au mieux de ses intérêts et je sais que cela implique qu'il doit vivre avec toi. Mais quand il aura grandi, j'aurai certainement envie de l'avoir de temps en temps avec moi. Tu peux le comprendre, j'espère ?

Oui, elle le comprenait parfaitement ! Et c'était bien là le problème, car cette compréhension ne faisait qu'augmenter ses craintes !

— S'il te plaît, rassieds-toi, reprit Devin en montrant l'exemple. Termine ton repas. Je n'ai nullement l'intention de t'enlever ton fils, je te l'ai déjà dit.

Avant de s'exécuter, elle sortit Nicolas de son parc et le serra contre elle pour le réconforter — ou se réconforter elle-même, elle ne savait pas.

— Comment en sommes-nous arrivés là ? demanda Devin. Pourquoi nous déchirer à propos de l'avenir ? Qui sait où nous serons alors, et quels seront nos sentiments ?

— Perdre l'être que l'on aime le plus au monde est une telle déchirure. Je ne pourrais supporter de revivre ça.

— Tu ne perdras pas Nicolas.

— Tu ne peux pas comprendre !

— Oh ! si. Je ne comprends que trop bien !

Elle crut deviner qu'il faisait référence à son ex-femme, quoique, d'après ce qu'il lui en avait dit, leur relation n'avait rien eu d'un conte de fées.

— Je suis désolée. Je sais que tu as eu ta part d'épreuves, toi aussi.

— Tous ces doutes et ces craintes vont nous ronger tous les deux jusqu'à l'âme si nous ne les combattons pas dès maintenant. Et à la longue, Nicolas en souffrira aussi, Robin.

Elle hocha la tête, honteuse mais sceptique.

Devin couvrit alors sa main de la sienne, et elle qui s'efforçait de ne jamais le toucher n'eut pas la volonté de briser ce contact.

— Le plus beau cadeau que nous puissions faire à notre fils est de lui faire don de notre amitié. Tu veux bien essayer ?

— Nous ne sommes pas amis, Devin.

— Mais nous pourrions le devenir. Cela ne tient qu'à toi. Essaieras-tu ?

Elle acquiesça en silence.

— Nous irons tout doucement. Et, un jour, tu t'éveilleras en te demandant comment tu as pu te passer si longtemps de mon… amitié.

— Tu le crois vraiment ?

— Je l'espère. Pour notre bien à tous les trois, conclut-il d'une voix sereine.

5

Robin perçut les gloussements de joie de Nicolas avant même d'avoir ouvert la porte d'entrée. Loin d'elle la pensée de reprocher à Devin de jouer avec son fils alors qu'il ne le voyait que deux week-ends par mois, bien entendu, mais de tels cris annonçaient un coucher difficile.

Lors des visites de Devin, Nicolas était toujours au comble de l'excitation, et l'inciter à dormir était une véritable gageure car il avait eu tôt fait de comprendre que s'il fermait les yeux, il ne retrouverait pas son père à son réveil.

Pour l'instant, les deux hommes de sa vie semblaient engagés dans une partie de cache-cache. Le jeu était des plus simples avec un bébé de huit mois. Nicolas ne se lassait jamais de découvrir son père derrière le même canapé !

Robin se massa la nuque avec un soupir. Elle avait l'impression d'être en permanence dans un état second, et de n'avoir pas dormi depuis des semaines. Sa décision de sacrifier un peu de son salaire de façon à s'occuper de son fils ne l'avait en rien soulagée, sa charge de travail étant demeurée la même. Elle pourrait ressusciter la notion de temps libre quand Nicolas irait au lycée, peut-être, mais, jusque-là, elle s'était résignée à ne plus jamais lire un roman, regarder la télévision ou sortir avec des amis.

— Tu as l'air à bout !

Elle sourit tristement, pour une fois indifférente à l'image qu'elle pouvait bien donner à Devin. Celui-ci paraissait au mieux de sa forme, en revanche, vêtu d'un jean beige et d'une chemise marron — tenue somme toute plutôt conservatrice au regard des standards de sa profession. Aucun tatouage ni aucune boucle d'oreilles, et bien des avocats ou autres hommes d'affaires arboraient une chevelure plus longue que la sienne.

Parviendrait-elle, un jour, à pénétrer dans une pièce où se trouvait Devin Fitzgerald sans que son cœur s'emballe aussitôt ? Elle en doutait un peu.

— J'ai fini tout ce que j'avais à faire au bureau. Le temps de me changer et je repars faire les courses. Nick va bien ?

— Nick va très bien. Toi pas. Donc, pas de courses.

— Pardon ? répéta-t-elle, sa fatigue ne lui ayant pas encore ôté tout son potentiel de résistance.

— J'ai dit : pas de courses. Tu vas finir par t'effondrer, Robin ! Passe tranquillement l'après-midi avec nous. S'il te plaît…

Eût-il omis cette dernière prière, elle aurait explosé sur-le-champ, et cette pensée lui fit aussitôt comprendre autre chose : il avait raison, elle était à bout de nerfs. Alors qu'elle n'avait jamais été d'humeur instable, elle se surprenait trop souvent à pleurer sans raison.

Ce matin, déjà, elle s'était accrochée avec un collaborateur à cause d'une simple virgule mal placée !

Perdue dans ses pensées, elle ne remarqua pas que Devin s'était approché d'elle, mais, soudain, elle sentit sa main contre sa joue et, vaincue, se laissa aller contre cette paume, tel un chiot en mal de caresses.

Alors, très lentement, comme s'il voulait lui faire comprendre qu'il la laisserait se dégager de son étreinte à tout moment, il l'entoura de ses bras.

— Je n'aime pas te voir ainsi, Robin, dit-il doucement. Tu es censée vivre certains des meilleurs moments de ta vie.

— C'est le cas, riposta-t-elle d'un ton qui, même à ses propres oreilles, parut rien moins que convaincant.

— Ferais-tu à Nicolas Fitzgerald et à son père l'honneur de les accompagner pour un pique-nique cet après-midi ? En échange, je te promets de t'aider à finir tout ce que tu as à faire à notre retour.

— Toi ? Alors que tu ne peux même pas franchir le seuil d'une épicerie sans ameuter les foules ?

— J'ai apporté perruque et lunettes noires.

— Cela ne changerait pas grand-chose ! Tu ne saurais pas quoi faire dans une laverie automatique !

— Robin ! Tu aurais dû me dire que ta machine à laver était en panne ! Je l'aurais fait réparer aussitôt ! Pourquoi me l'avoir caché ?

Elle haussa les épaules, subitement envahie de l'irrésistible envie de s'abandonner entre les bras protecteurs. Mais voilà pourquoi elle ne lui avait pas parlé de la machine à laver : elle ne voulait pas dépendre de lui, en quelque domaine que ce soit !

— Qu'as-tu d'autre à faire ?

— Acheter des vêtements d'hiver à Nicolas, poster un paquet, passer au pressing et à l'épicerie et… bref, régler toutes sortes de détails dont tu n'as plus à t'occuper personnellement depuis longtemps !

— Qu'en sais-tu ? Mais là n'est pas la question. L'épicier et le blanchisseur livrent certainement à domicile. Tu peux commander les vêtements de Nicolas par correspondance ; quant à ton paquet, il n'en est pas à un jour près, je suppose ?

— Oui, mais…

— Alors c'est réglé ! Allons-y ! Ton fils et moi allons nous occuper de tout. File te changer et détends-toi un peu en attendant !

— Mais je…

Il posa un doigt sur ses lèvres pour lui intimer le silence. Elle aurait dû s'obstiner à refuser, elle le savait. Mais l'énergie de lutter lui manqua, et la tentation fut trop grande. Passer un après-midi entier avec Devin et Nicolas, rien que tous les trois, comme une vraie famille, était l'un de ses rêves.

Un rêve dangereux… L'étreinte de Devin se resserra imperceptiblement.

— L'hiver approche à grands pas. Passer les dernières journées d'automne en allées et venues d'un magasin à l'autre est un non-sens !

— Je ne sais pas quoi dire.

— « Oui » serait un bon début.

— La dernière fois que je t'ai dit oui, Devin, je me suis retrouvée en train d'accoucher en pleine nuit dans un fossé noyé de neige !

— Mais vois comme tout s'est bien arrangé ! dit-il en déposant un baiser sur son front. Dépêche-toi, junior et moi t'attendons.

Le temps que Robin comprenne qu'il l'avait embrassée,

il était déjà retourné auprès de Nicolas, sans lui laisser le loisir de protester.

Après avoir pillé placards et réfrigérateur et habillé Nicolas en petit bûcheron pour leur promenade dans les bois, Devin voulut tester la machine à laver et eut tôt fait de comprendre en quoi consistait la panne — et également qu'il ne pouvait y remédier. Aussi contacta-t-il le détaillant d'électroménager le plus proche pour s'en faire livrer une nouvelle.

Ce ne fut que lorsqu'il eut raccroché qu'il s'inquiéta de nouveau du silence de Robin. Il l'avait déjà appelée une fois, mais n'avait pas reçu de réponse. Et elle aurait dû les avoir rejoints depuis bien longtemps.

— Que penses-tu, fiston ? demanda-t-il à son fils. Dois-je aller la chercher ?

Nicolas, tout sourires dans son parc, se contenta pour tout conseil de brandir en babillant le livre en tissu que Devin lui avait apporté. Puis il entreprit de le mâchonner.

— On ne peut pas dire que tu sois d'une aide précieuse ! dit Devin en souriant.

Puis il se dirigea vers la chambre de Robin et y frappa discrètement. Sans obtenir de réponse.

Ouvrant le battant, il passa la tête dans l'entrebâillement.

— Robin ?

Il découvrit aussitôt qu'elle l'avait pris au mot : en fait de détente, elle s'était profondément endormie !

L'espace d'un instant, il envisagea de ne pas la réveiller. Ce sommeil lui était plus que nécessaire. Mais il pressentait aussi qu'elle lui en voudrait s'il la laissait dormir. Et, de toute façon, elle pourrait toujours faire une petite sieste dans le pré où les Fitzgerald père et fils avaient prévu de l'inviter à déjeuner.

Il s'approcha et vint s'asseoir sur le bord du lit. Elle avait troqué son tailleur contre un débardeur et un jean assez moulant pour stimuler son imagination — ainsi qu'une partie moins abstraite de son anatomie — et tenait à la main la chemise à carreaux qu'elle comptait porter par-dessus.

Attendri, il se demanda si elle se doutait un tant soit peu du calvaire qu'elle lui faisait vivre. Il passait quatre jours par mois avec Nicolas et, durant ces quatre jours, il s'estimait chanceux de voir sa mère ne serait-ce que deux heures en tout. De sorte que, le reste du temps, il ne vivait que sur les souvenirs de la nuit où ils avaient fait l'amour.

Leur union lui avait paru si parfaite, si naturelle alors, comme s'ils n'eussent été créés tous deux que dans cet unique dessein. Et au fur et à mesure que la passion les emportait, toute objectivité lui avait échappé, et il s'était donné à cette femme sans réserve, sans même s'interroger une seule seconde sur l'avenir.

Et le matin suivant, à son réveil, il s'était retrouvé seul dans la chambre.

A partir de là, il avait tout fait de travers, hésitant à gâcher le souvenir d'une nuit si féerique par une insistance déplacée alors que la jeune femme elle-même, certainement embarrassée, avait choisi de le quitter sans bruit. Il s'était pourtant promis de la recontacter plus tard, quand le temps serait venu. Mais ce temps-là n'était pas venu assez tôt.

Il tendit la main pour caresser les cheveux bruns. Il aimait beaucoup cette nouvelle coupe à la garçonne, encore assez longue pour que les fins cheveux glissent comme de la soie entre ses doigts. Et il adorait la façon dont ses mèches retombaient sur son front, alors qu'elles frisottaient étrangement sur sa nuque.

Pas de doute : il se languissait d'amour comme un collégien !

La caresse ne troubla pas le moins du monde Robin tant elle dormait profondément. Alors il effleura de son index la ligne de sa mâchoire, les courbes de ses lèvres dont il n'avait jamais pu oublier la saveur. Robin était une femme généreuse, et, aussi brève qu'ait été leur nuit, elle s'était donnée à lui sans retenue. Et, en cet instant même, il brûlait du désir de goûter de nouveau à ces lèvres, d'en tester la douceur, la tiédeur, l'abandon. Un désir si compulsif qu'il se retrouva penché sur Robin avant même d'avoir pris conscience de son intention.

Elle ouvrit lentement les yeux puis, toujours plongée dans ses rêves, supposa-t-il, sourit.

— Un baiser pour la Belle au bois dormant, dit-il. Je ne savais comment te réveiller autrement.

— C'est l'usage, en effet, répondit-elle d'une voix encore ensommeillée.

Il sourit, lui aussi, tout en retenant son souffle, tant la perspective de briser le charme le terrifiait.

Ce scrupule ne concernait que lui, cependant, car du salon leur parvint soudain un vagissement rageur. Robin se redressa en sursaut.

— Tu as laissé Nicolas seul ?

— Calme-toi, il est dans son parc. Et ce n'était que pour une minute. Je vais aller le chercher. Mais si tu es trop fatiguée pour sortir…

— Non, pas du tout. J'arrive.

Devin sortit, ravi. Il lui avait volé un baiser, et elle n'avait pas protesté. Mieux même, elle lui avait souri ! Et il n'aurait pu imaginer plus beau miracle que celui-là !

— Nous allons écraser toutes les fleurs ! s'exclama Robin lorsque Devin lui désigna du doigt l'endroit choisi pour leur pique-nique.

L'après-midi était particulièrement doux et ensoleillé pour une journée d'automne, et abeilles et papillons régnaient en maîtres sur le pré. Ce dernier n'était qu'à quelques minutes de la ferme, de l'autre côté d'un bosquet de chênes et de cerisiers sauvages, au bord d'un ruisseau qu'ils étaient sur le point de traverser à gué.

— Qu'arrive-t-il aux fleurs sauvages dès les premières gelées, à ton avis ? demanda Devin en tendant la main pour aider Robin à traverser le cours d'eau.

— Elles se cachent sous la terre et hibernent ?

— Pas du tout ! Le Bonhomme Hiver les écrase sans scrupule, lui ! Nous, en revanche, nous serons plutôt des jardiniers, parce que nous emporterons sous nos semelles le pollen qui ensemencera le pré pour le prochain printemps.

Robin accepta à contrecœur sa main tendue : l'intimité de la scène heurtait encore ses dernières réserves de rationalité. Elle, Devin, Nicolas, dans un pré de fleurs sauvages balayées par la brise sous un ciel sans nuages ? C'était trop beau pour être vrai !

Alors qu'ils s'engageaient dans le petit chemin de terre qui traversait le pré, Devin passa sa main sous son bras comme s'il craignait qu'elle ne rebrousse chemin.

— Venais-tu souvent ici, enfant ?

— A l'époque, on y faisait brouter le bétail, et je devrais le louer pour cet usage, je suppose. Mais j'aime imaginer cette étendue herbeuse-là baignée de soleil, et ne produisant rien d'autre que pissenlits et pâquerettes.

— Tu connais tant de choses sur tout. Tu es très éclectique, tout compte fait.

— Pour un simple chanteur de rock ?

— Je n'ai pas dit cela.

— Non, c'est moi qui le dis. Mais il est vrai qu'il me serait aisé de céder à la facilité d'une vie de strass et de gloire.

— Parfois, il m'arrive d'oublier que des milliers de femmes soupirent rien qu'en entendant ta voix s'élever de leur chaîne stéréo.

— Cela t'arrive-t-il vraiment ?

— Non, pas souvent, dit-elle.

Pour rien au monde, elle n'aurait avoué qu'elle avait elle aussi acheté tous ses disques et qu'elle les faisait écouter à Nicolas chaque fois que l'absence de Devin leur pesait à tous deux. Et les articles ! Mon Dieu, elle en avait lu tant et tant à son sujet ! Chaque semaine, à la librairie, elle raflait le moindre des magazines à scandales existant dans l'espoir de découvrir ce que faisait Devin lorsqu'il n'était pas avec elle !

— Le contraire m'eût étonné…

— T'arrive-t-il, à toi, d'oublier ta célébrité ? Ne te demandes-tu pas à chaque instant si on ne voit pas uniquement la star en toi, et non l'homme que tu es ?

— En général, oui. Mais pas avec toi.

Elle accepta cette remarque comme un compliment, mais fronça aussitôt les sourcils lorsqu'il ajouta avec un clin d'œil taquin :

— Parce que, en fait, je sais que tu ne vois en moi que la star ! Non, je plaisante !

— Tu as peut-être raison dans une certaine mesure, cependant.

— Comment cela ?

— Ne crois-tu pas que nos relations seraient moins compliquées si tu n'étais pas qui tu es ?

— Bien sûr. Nous serions certainement mariés et dans l'attente de notre deuxième enfant. Tu m'aurais facilement joint pour m'annoncer que tu étais enceinte, et je t'aurais conduite devant l'autel. En ce moment même, je serais certainement en train de gagner notre vie en labourant ce champ ou en mettant des bébés au monde. Tandis que toi, tu serais à la maison, occupée à changer des couches et à regretter à longueur de journée d'avoir épousé le premier venu.

— Tu n'es pas tout à fait le premier venu.

— Aucun scénario n'est plus facile qu'un autre, tu sais, dit-il en haussant les épaules. Qu'on soit musicien, fermier, médecin, ami, amant, mari… tout ne dépend que de la façon dont on le met en scène.

— Le nôtre se déroule à merveille. J'en suis… surprise.

— A quoi t'attendais-tu donc ?

— Honnêtement ? Avant tout, à un chantage financier quelconque. Et aussi à des appels de ton agent, m'expliquant ton impossibilité de venir, suivis d'une avalanche de jouets plus chers les uns que les autres pour te faire pardonner d'avoir déçu ton fils. Mais, au contraire, tu sembles tout organiser sans peine : tu te présentes toujours à ma porte au jour et à l'heure dits. Seul… Sans gardes du corps ou paparazzi déchaînés…

— Ce n'est pas sans peine.

Il n'ajouta rien, mais Robin ne fut pas dupe. Une seule nuit lui avait suffi pour comprendre ce qu'était sa vie. D'ailleurs, elle ne s'expliquait toujours pas par quel miracle il parvenait à entrer et sortir des aéroports sans se faire repérer. Et encore moins comment il lui était possible de ménager de telles plages de liberté dans son emploi du temps sans susciter la curiosité de son entourage.

— Merci de nous offrir ces moments de présence sans conditions, dit-elle. Sans caméras, sans complications… Rien que des moments de complicité paisible entre un fils et son père…

— Nous offrir ?

Elle sentit son cœur s'affoler, inspira une profonde bouffée d'air frais.

— Oui, nous. Ce n'est pas aisé d'être une mère célibataire. Ce serait encore pire, j'imagine, d'être une mère célibataire harcelée par des paparazzi campant sur sa pelouse !

— Tu pourrais toujours les envoyer faire les courses ! plaisanta-t-il, lui arrachant un petit rire.

Puis, redevenant sérieux, il enchaîna :

— J'ai fait de mon mieux pour te rendre les choses plus faciles, du moins, autant que tu me le permettais. Hélas, notre secret sera éventé un jour, tu le sais, n'est-ce pas ? Mais quoi qu'il arrive, Robin, je t'en prie, n'oublie jamais que nous sommes deux dans tout cela. Nous pourrons résoudre n'importe quel problème du moment que nous ne le laissons pas s'installer entre nous, dans notre couple.

Elle réfléchit à ces paroles tandis qu'ils continuaient à marcher en silence. De quel couple voulait-il parler ?

Sûrement pensait-il à celui qu'ils formaient en apparence, celui d'un homme et d'une femme résolus à élever leur enfant dans les meilleures conditions possibles. Oui, ce ne pouvait être que cela…

Mais il l'avait embrassée à deux reprises depuis le début de la journée. Et, en ce moment même, il lui tenait toujours la main. De plus, ne l'avait-elle pas trouvé penché au-dessus d'elle à son réveil, souriant comme s'il détenait soudain tous les secrets de bonheur de la vie ?

Le chemin sur lequel il l'entraînait désormais était loin d'être sans danger, hélas. Et il avait beau n'être qu'un simple chemin de terre bordé d'inoffensives fleurs sauvages, il n'en était pas moins destiné à la conduire à l'aplomb même du gouffre qui séparait son existence de celle de Devin Fitzgerald.

Mon Dieu ! Comme elle était belle en cet instant, alors que les rayons du soleil projetaient sur ses joues des ombres mouvantes ! Et pourtant si pâle, aussi !

Devin n'en était que plus frustré encore. Pourquoi s'obstinait-elle à refuser son aide ? L'intégrité de Robin était très certainement l'une des premières qualités qu'il avait appréciées en elle, et c'eût été injuste de la lui reprocher maintenant. Ce qui n'empêchait nullement qu'il ait dû ravaler sa colère, au cours des mois écoulés, à la voir ainsi assumer tant de responsabilités seule alors qu'il brûlait de les partager avec elle.

— Il s'est enfin endormi, dit-elle soudain en cessant de tapoter le dos du nourrisson, dont les pleurs avaient duré dix bonnes minutes.

— Et seul un tremblement de terre pourrait le réveiller ! Viens donc t'asseoir près de moi.

Il indiquait la place libre, sur la couverture, à quelque distance de l'endroit où reposait leur fils. Elle ne s'exécuta pas immédiatement, s'affairant quelques instants auprès de l'enfant, puis rejoignit Devin.

Il s'était allongé de tout son long, les bras croisés sous la nuque, et fit mine de ne pas avoir remarqué qu'elle demeurait à bonne distance.

— Pourquoi ne ferais-tu pas une petite sieste, toi aussi ?

— Et toi, que feras-tu en attendant ?

— Je te regarderai dormir.

— J'en doute. La patience n'est pas ton point fort.

— Crois-tu ? Tu pourrais être surprise, je t'assure ! répondit-il tout en fixant le ciel d'un air faussement attentif.

Il l'entendit bouger et retint son souffle, se gardant bien de tourner la tête vers elle.

— Que regardes-tu ? demanda-t-elle, intriguée.

Du coin de l'œil, il vit qu'elle s'était allongée à son côté, mais toujours à distance respectueuse.

— La version naturelle du test de Rorschach.

— Celui des taches d'encre ?

— Ici, ce sont des taches de nuages. Qu'est-ce que tu vois ?

Elle demeura un long moment silencieuse, et il eut peur qu'elle n'entre pas dans ce jeu quelque peu enfantin, il le reconnaissait volontiers.

— Des hippocampes et des étoiles de mer.

— Des étoiles de mer ?

— Là, regarde.

Elle lui désignait quelque chose du doigt, mais il ne prit pas la peine de regarder.

— Tu es trop loin. Nous ne regardons pas les mêmes nuages. Rapproche-toi donc un peu.

— Ce sont les mêmes nuages, voyons !

— Mais vus sous un angle différent.

Il l'entendit glisser de quelques centimètres dans sa direction.

— Ce sont bien les mêmes nuages, reprit-elle. Mais il n'y a plus d'hippocampes, ils se sont changés en… dauphins.

— Ne bouge pas, dit-il en se rapprochant. Je vais tester ton angle de vue. Voyons voir. Des dauphins, dis-tu ? Pas pour moi. Ce que je distingue, c'est… Charlie Chaplin avec sa canne.

— Quoi ?

— Tu ne le vois pas, là, avec sa canne et son chapeau ? Cela m'étonne. Il est justement en train de faire le clown pour toi !

— Que vois-tu d'autre ?

— Des nœuds papillons. Des tentes de cirque. La rade de New York.

— Tu dois bientôt y donner un concert, n'est-ce pas ?

— Comment le sais-tu ? s'étonna-t-il en tournant la tête vers elle.

— J'ai dû le lire quelque part.

— Aimerais-tu y assister ?

Elle croisa son regard.

— Tu sais bien que c'est impossible ! Je n'ai personne pour garder Nicolas, et je ne peux certainement pas l'emmener avec moi ! Notre secret serait vite éventé !

— Il a beau être un enfant de l'amour, ce n'est tout de même pas écrit sur son front !

— Un enfant de l'amour ?

Il reprit son observation céleste.

— Tu préfères l'alternative ? Enfant naturel, illégitime ?

— Je préfère « fils ».

— La nuit où Nicolas fut conçu, j'étais bien un peu amoureux de sa mère. Enfant de l'amour me semble tout à fait justifié.

Il perçut sa surprise, mais elle demeura silencieuse.

— Je me demande d'ailleurs souvent si elle ne ressentait pas la même chose à mon égard, elle aussi. Je crois que oui.

— Ce genre de conversation ne nous mènera à rien, Devin ! Tu avais raison, il nous faut être amis pour le bien de Nicolas. Mais toute autre relation ne ferait que compliquer les choses !

— C'est vraiment ce que tu crois ?

— Il est évident que nous éprouvons certains… sentiments l'un envers l'autre, mais il n'y a rien de plus normal à cela : nous avons passé une nuit ensemble, mis au monde un enfant ensemble, et c'est aussi ensemble que nous le regardons grandir !

— Il y a toutes sortes de sentiments, Robin, dit-il en roulant sur le côté et en calant son coude au sol pour appuyer son menton sur sa paume. Quel sentiment penses-tu qu'il y ait entre nous ?

— Il y en a plus d'un, me semble-t-il. La colère, tout d'abord. La méfiance. La peur.

— Ah !

Il lui saisit le menton pour la forcer à tourner la tête vers lui.

— Mais cela ne te ressemble pas de ne voir que le mauvais côté des choses. Quels sont les autres ?

— Quels sont les tiens ?

Son regard parut si vulnérable à Devin que, l'espace d'un instant, il crut qu'il n'aurait pas le courage de le soutenir. Il y réussit, néanmoins.

— Je ne ressens aucune colère envers toi, dit-il d'une voix sourde.

— Oh ! que si ! Tu m'en veux de ne pas te laisser faire davantage pour nous !

— C'est vrai, je suis frustré de ne pouvoir te rendre la vie plus facile. Quant au manque de confiance, ce n'est pas vrai, je te confierais ma vie. Tu es honnête et juste. Intelligente. Et dotée d'une sagesse qui m'impressionne chaque jour davantage. Pour ce qui est de la peur… tu es la seule à l'éprouver. Mais tu as raison : cette peur est entre nous, elle aussi.

— J'ai peur parce que je ne sais pas vraiment qui tu es, Devin. Es-tu l'homme qui se fait acclamer par des admiratrices déchaînées ou celui qui vient rendre visite à Nicolas, celui qui lui apporte des lapins en peluche rose et lui raconte des histoires à dormir debout rescapées de son enfance ?…

— Nick t'en a parlé ? Je vais lui en dire deux mots. Il m'avait promis de garder le secret !

— Qui es-tu, Devin ?

— Je suis l'homme que tu regardes en cet instant, le père de ton enfant. Je suis cet homme-là et personne d'autre.

— Tu es un homme assez riche pour acheter ce que tu veux et qui tu veux ! La plupart de tes amis se droguent et usent d'un langage peu recommandable pour Nicolas. Tu as été marié à une femme sans âme, et un millier d'autres tambourinent à la porte de ta loge après chaque concert, prêtes à faire tes quatre volontés et à se laisser congédier par ton agent le lendemain ! Je ne comprends pas la vie que tu mènes, et j'ai bien peur de ne pas te comprendre non plus !

— As-tu terminé ?

— Oui, hélas !

— Cela signifie-t-il que tu es consciente d'être allée trop loin ?

— Tu voulais savoir ce que je ressentais. Tu le sais à présent.

— Tu te sens perdue, et je le comprends. Laisse-moi t'éclairer un peu. Je peux acheter tout ce dont j'ai envie, en effet, mais je n'achète pas les gens. Jamais… Jamais non plus je n'abandonne mes amis quand ils ont besoin de moi, quelle que soit leur façon de parler ou de vivre. Et je milite depuis des années contre la drogue.

— Tu n'as pas à te…

— J'ai épousé une femme que je croyais aimer parce que la solitude m'était devenue insupportable. Hélas, j'ai eu tôt fait de m'apercevoir qu'elle était très bonne actrice — bien plus dans la vie réelle que sur la scène, d'ailleurs —, et j'ai su tout ce qu'il y avait à savoir sur la difficulté des relations entre hommes et femmes dans l'année qui a suivi. Mais, rassure-toi, je ne refais jamais deux fois la même erreur ! Et, en effet, de nombreuses femmes s'offrent régulièrement à moi, et plus encore prétendent que j'ai bénéficié de leurs faveurs. Quoi qu'il en soit, sache que je ne collectionne plus les conquêtes depuis bien longtemps, et qu'à mes yeux notre nuit représentait bien plus qu'une aventure d'un soir. Et s'il y a bien une chose en laquelle je crois toujours, c'est l'amour !

— Que veux-tu de moi, Devin ?

— Que tu ouvres les yeux, et que tu croies à ce que tu vois !

Elle ne protesta pas, et il en conçut un vif soulagement. Mais il devinait aussi que les mots avaient atteint leurs limites. Aussi laissa-t-il échapper un long soupir. Son prochain mouvement serait décisif, et la peur lui nouait déjà le ventre.

Il se pencha sur sa bouche.

— Oublie ce que tu as entendu, Robin. Oublie ce que tu as lu. Voilà qui je suis.

Ses lèvres étaient souples et fondantes sous les siennes. Il sentit dans son dos la chaleur des rayons du soleil et, en lui, une brûlure, à la fois physique et émotionnelle. Son baiser fut bien moins timide que le précédent : forçant les lèvres de Robin, il plongea dans la chaude moiteur de sa bouche, caressant sa langue de la sienne.

Elle laissa échapper un faible gémissement — pas une protestation, mais quelque chose de plus primitif, indéfini — puis fit remonter sa main. Il sentit ses doigts dans ses cheveux.

Alors, plus qu'un sentiment de triomphe, ce fut un sentiment de gratitude qui submergea Devin. Sa paume vint se poser sur un sein plus généreux que dans son souvenir.

— J'envie mon fils depuis si longtemps, chuchota-t-il tout contre ses lèvres.

Lorsqu'il reprit sa bouche, ce fut un baiser plus exigeant encore, et Robin se plaqua contre lui en l'entourant de ses bras pour l'attirer davantage à elle. Quand il sentit ses mains douces, agréablement fraîches, contre sa peau nue, son souffle se fit plus court. Pour patient qu'il fût, hélas, cette vertu l'avait déserté à la seconde même où Robin avait laissé échapper son premier gémissement de plaisir. Et son propre plaisir en cet instant même était tel qu'il avait l'impression de s'élancer vers le ciel, et que seul le corps envoûtant de cette femme l'ancrait à la terre.

Dieu sait jusqu'où il serait allé si elle ne l'avait pas doucement repoussé. Il avait perdu la tête dès qu'elle s'était abandonnée à lui, et n'avait plus eu qu'une seule envie : celle de lui faire l'amour, là, en plein champ, sous le soleil d'automne, à quelques mètres de leur fils endormi.

Mais à la seconde même où il sentit sa résistance, il recouvra tous ses esprits. Il désirait Robin Lansing plus que tout, certes. Mais, surtout, il désirait tout d'elle. Et pas seulement ses captivants baisers et son corps enchanteur…

Il se détacha d'elle, sans la libérer de son étreinte, toutefois, la contemplant avec tendresse le temps de mettre son corps, son cœur et son souffle sous la coupe de sa volonté.

— Ne t'attends surtout pas à ce que je te fasse des excuses ! dit-il enfin.

— Tu ne le ferais pas ?

— Ce serait un sacrilège !

— Tu as vraiment décidé de nous compliquer la vie, n'est-ce pas ?

— C'est bien la dernière chose que je souhaite, Robin !

Elle leva sur lui un regard troublé, mais un léger sourire étirait ses lèvres.

— Je crois que je me rappelle maintenant pourquoi je suis devenue la mère de Nicolas.

— Ah ?

— Des milliers de fois, je me suis demandé comment j'avais pu laisser cette nuit se terminer ainsi.

— Et, aujourd'hui, tu as la réponse ?

Elle garda le silence quelques instants, puis roula sur le dos.

— Je te montrerai mes dauphins et mes étoiles de mer en échange de tes nœuds papillons.

Il se rallongea, l'attirant à lui de façon à ce qu'elle niche sa tête au creux de son épaule. Puis ils fixèrent le ciel.

6

— Tu es dans l'erreur, Robin, et tu le sais ! Tu pourrais obtenir tout ce que ton cœur désire pour peu que tu ôtes enfin tes œillères !

Judy balança Nicolas dans les airs comme le faisait si souvent son père, arrachant au bambin l'inévitable cascade de gloussements. Elle avait fait à Robin la surprise d'une visite pour le week-end, et cette dernière en avait été enchantée, naturellement, mais, depuis quelques minutes cependant, la suspicion lui gâchait un peu son plaisir : la conversation s'était bien trop vite orientée sur Devin à son goût. Pas une seconde ne s'était écoulée depuis leur troublant pique-nique sans qu'elle pense à lui, soit, mais de là à ce que Judy devine si précisément ses préoccupations !

— Pas du tout ! se défendit-elle avec ardeur en plongeant ses deux mains dans l'eau savonneuse de la vaisselle. Ma relation avec Devin n'est qu'une relation artificielle, dictée par les circonstances ! C'est pourquoi je suis… enfin, c'est pourquoi il est…

— Tiens, tu vois ? Tu n'arrives même pas à le dire ! rétorqua Judy en reposant Nicolas par terre près du camion en plastique qu'elle lui avait apporté. C'est pourquoi tu es quoi ? Tombée amoureuse de lui ?

— C'est précisément ce que je ne souhaite pas dire ! Je suis la mère de l'enfant de Devin, et père et fils s'adorent. L'idéal serait en effet que Devin tombe amoureux de moi et que nous puissions ainsi former une famille !

— Es-tu en train de dire que tu crois Devin capable de simuler ce sentiment pour obtenir ce qu'il veut ?

— Ce que je crois, c'est qu'il cherche peut-être à se convaincre qu'il y a plus entre nous qu'une simple amitié, de façon à pouvoir passer plus de deux week-ends par mois avec son fils, même si cela implique que je fasse aussi partie de sa vie !

— Tu dois avoir raison ! Après tout, qu'aurais-tu à offrir à un homme tel que lui, toi, une petite gourde de la campagne sans qualité aucune !

Piquée au vif, Robin se força cependant à récurer posément une dernière casserole avant de répondre :

— Je sais que j'ai beaucoup à offrir à un homme, et peut-être en souhaiterai-je un jour un autre dans ma vie. Mais Devin n'est pas celui-là.

— Je vois… Tu ne l'aimes pas, tout simplement, dit Judy. Tout s'éclaire maintenant !

Robin s'essuya lentement les mains, puis fit face à son amie.

— Sais-tu que tu peux être parfaitement odieuse quand tu le veux ?

— Laisse-moi te dire ce que je pense, d'accord ?

— Tu le feras que je le veuille ou non, de toute façon !

Son amie lui renvoya un sourire malicieux qui s'évanouit aussitôt.

— Je sais à quel point tu aimais Jeff, Robin. Tout le monde l'aimait. Il était comme un frère pour moi. Vous avez été amis très longtemps avant de devenir amants, et il est normal qu'en apprenant qu'il était mourant tu aies aussi eu l'impression que tu perdais une partie de toi-même.

— Cette souffrance-là n'a pas disparu.

— Bien sûr que non. Elle te hantera toujours. Mais tu as repris le dessus, et, aujourd'hui, il y a un homme dans ta vie qui te fait éprouver d'autres émotions que celles que tu as vécues avec Jeff.

— Ce n'est pas…

Judy leva la main pour l'arrêter.

— Je suis désolée, mais je veux être sincère avec toi, Robin. Jeff et toi auriez vécu heureux s'il n'avait pas disparu, j'en suis convaincue. Mais je sais aussi que votre amour s'est développé très progressivement. Alors que tu as eu le coup de foudre pour Devin Fitzgerald dès l'instant où vous vous êtes rencontrés !

— Nous n'avons passé cette nuit ensemble que parce que nous avions tous deux besoin de réconfort.

— Allons donc ! Tu es éperdument amoureuse de cet homme, Robin, et ce, depuis le premier jour. C'est pour cela que tu n'as pas insisté davantage pour lui annoncer ta grossesse : tu mourais de peur ! Et, aujourd'hui, tu es tout aussi terrifiée parce que ces émotions sont nouvelles pour toi. Et surtout incontrôlables.

— C'est toi qui es incontrôlable, Judy !

— Non, je suis franche. Plus franche que tu ne l'as jamais été envers toi-même !

Robin se pencha pour renvoyer son petit camion jaune

à Nicolas. Lorsqu'elle se releva, ce fut pour acquiescer d'un hochement de tête.

— C'est vrai. Je l'aime. Est-ce ce que tu voulais m'entendre dire ?

— C'est un début.

— Et Devin s'efforce de tomber amoureux de moi. Il tient plus que tout à ce que nous formions une famille.

— Qui te dit qu'il n'est pas déjà amoureux de toi ? Depuis le premier jour, tout comme toi ?

— Je ne crois pas aux miracles, Judy ! Et, surtout, je me méfie ! Devin veut Nicolas. Je n'ai jamais vu un homme aussi entiché d'un bébé !

— Ne crois-tu pas que c'est tout à son honneur ?

— Bien sûr que si ! Mais ne vois-tu pas où est le danger ? Comment savoir s'il m'aime pour ce que je suis, ou tout simplement parce que je suis la mère de son fils ? Qu'adviendra-t-il si nous décidons de vivre ensemble et qu'il découvre un jour qu'il ne m'aime pas vraiment ? Quelles seraient alors mes chances de conserver Nicolas s'il en exige la garde ?

— Evidentes ! Il a une vie chaotique et toi simple et saine.

— Mais je perdrais Devin, néanmoins ! Nous ne serions même plus amis. Et peut-être aussi mon fils ! Non, vraiment, je ne peux pas prendre un tel risque !

— Robin, tu ne peux tout de même pas laisser la mort de Jeff peser sur chacune de tes décisions jusqu'à la fin de ta vie ! Oui, c'est vrai, tu n'es nullement à l'abri d'une autre perte douloureuse, personne ne l'est ! Mais toujours faire en sorte de ne rien avoir à perdre n'est pas un bon moyen d'envisager l'avenir. Tu redoutes de perdre Devin un jour ? En attendant tu ne l'as même pas encore ! Crois-tu vraiment que ce soit mieux ?

Robin resta silencieuse. Judy poussa un soupir résigné et consulta sa montre.

— L'homme en question ne devrait plus tarder. Mieux vaudrait commencer à te préparer.

Robin fixa son amie avec stupeur.

— Comment ?

— Tu m'as très bien entendue. Devin ne va plus tarder.

— Comment le sais-tu ?

— Tout simplement parce qu'il m'a appelée au début de la semaine pour me demander de venir garder Nicolas ce soir.

— Tu es venue sur sa demande ?

— Devin et toi allez vous évader un peu le temps d'une soirée, et il savait que tu refuserais à moins de pouvoir faire garder Nicolas en toute confiance.

Robin ouvrit la bouche pour parler, mais aucun son n'en sortit.

— C'est toi qu'il vient voir, reprit Judy. Pas Nick. N'est-ce pas un signe suffisant pour toi ? Et ne sois pas si furieuse. Il n'avait guère le choix : il savait pertinemment que tu refuserais toute invitation directe !

— Il ne s'est pas trompé !

— Accepte de dîner en tête en tête avec lui, Robin. Et si tu sens que le moment est opportun, avoue-lui tout ce que tu m'as confié. Sa réaction pourrait bien surpasser tes espérances… Ou tes craintes, conclut Judy en haussant les épaules. Peut-être as-tu raison de te méfier, après tout. Mais le seul moyen de t'en assurer est de l'affronter.

Postée devant la fenêtre, Robin n'écoutait plus. Sous

ses yeux s'étendait la cour où Devin avait joué, enfant, et, un peu plus loin, la vieille grange où il avait répété ses premiers succès.

Aujourd'hui, c'était elle qui occupait cet endroit. Elle était aussi la mère de son fils, et, à l'évidence, Devin avait déjà conquis le cœur de sa meilleure amie.

Elle soupira. Qu'elle le veuille ou non, elle appartenait de bien des façons à cet homme, et force lui était d'admettre les faits : lentement, inexorablement, Devin Fitzgerald l'attirait dans sa vie et dans le cercle de ses bras.

Elle aurait pu refuser. Arguer que ce n'était pas l'un des week-ends dont ils étaient convenus pour les visites et éconduire résolument Devin.

Mais elle était là, dans la Cherokee, vêtue de la robe blanche à laquelle elle n'avait pu résister, la veille, en faisant des achats pour Nicolas. Cette impulsion inexplicable eût-elle été un présage qu'elle n'en aurait pas été autrement surprise : en effet, quelle mère dotée d'un minimum de bon sens aurait l'idée de s'habiller en blanc avec un enfant en bas âge ? Non, décidément, même le destin paraissait jouer le jeu de Devin…

— Je m'attendais à tout…, dit Devin. Meurtre, crise d'hystérie, silence obstiné.

— Tu l'aurais mérité. Me mettre devant le fait accompli était lâche…

— J'aurais de beaucoup préféré t'inviter de vive voix, mais j'étais certain d'échouer !

— Depuis quand t'arrive-t-il d'échouer en quelque domaine que ce soit ?

— Depuis quand n'es-tu pas sortie sans Nicolas ?

— Parlons de Nicolas, justement ! Peut-être vais-je lui manquer ? Il peut se mettre à pleurer sans que Judy sache quoi faire et…

— Ton amie et ton fils méritent plus de confiance de ta part ! Tu as allaité Nick avant de partir, et Judy peut faire tout le reste à ta place !

— Auras-tu au moins la délicatesse de me dire où tu m'emmènes ?

— Non, je ne crois pas, répondit-il avec un sourire effronté qui manqua de faire chavirer le cœur de Robin.

Elle lui sourit en retour, bien malgré elle : son incapacité à résister au sourire de cet homme devait être congénitale, hélas !

— J'aurais toutes les raisons d'être furieuse contre toi, tu sais !

— Mais aucune n'est vraiment valable ! Détends-toi… Même la plus dévouée des mères ressent le besoin de s'évader un peu de temps en temps.

— Tu as raison. N'importe où. Avec n'importe qui.

— Avec l'homme de sa vie.

Elle ne sut que répondre à ça. Leur relation prenait depuis quelque temps un tour nettement plus intime, sans qu'elle se souvienne en avoir exprimé le souhait. Et, à son grand désarroi, le processus lui paraissait inexorablement enclenché. Elle avait besoin de Devin dans sa vie, c'était un fait, mais l'éventuel échec de leur rapprochement ne risquait-il pas de les séparer davantage, et de condamner à jamais leur amitié ?

Comme s'il venait de lire ses pensées, il reprit d'un ton assuré :

— Ensemble, nous y arriverons, mon cœur, quitte à ne faire qu'un pas à la fois. Et nous abordons le suivant :

toi et moi en tête à tête pour une soirée, sans notre petit diable, pour changer. Je ne te demande rien de plus que ce petit pas. D'accord ?

Pensive, elle fixa le paysage d'automne qui défilait sous ses yeux. Combien de temps encore parviendrait-elle à résister à Devin, et surtout aux sentiments qu'il lui inspirait ? Devait-elle à son fils d'accepter définitivement son père dans leur vie ? de donner à Devin une chance ?

— Un pas seulement, dit-elle enfin.

— Parfait. C'est tout ce que je te demande, dit-il en lui prenant la main. Au moins pour ce soir…

Inquiet, Devin regarda Robin faire quelques pas dans la suite qu'il avait louée pour la soirée. Indifférent lui-même à la perspective de braver la foule de ses admirateurs, il n'ignorait pas que la jeune femme s'affolerait à la première demande d'autographe. Aussi avait-il déniché une ravissante petite auberge isolée dans les bois et y avait-il loué une suite. Ils pourraient tous deux discuter tranquillement, puis dîner et…

Il ne voulait surtout pas penser plus avant et n'avait certainement pas amené la jeune femme ici dans l'intention de la séduire. Non que l'envie lui en manquât, bien au contraire. Cependant, il avait eu tôt fait de comprendre que la précipitation ne lui était pas bonne conseillère : il lui avait cédé une fois, et, aujourd'hui encore, n'en avait toujours pas terminé avec les conséquences.

— Nous pourrons dîner quand tu voudras, dit-il pour rompre le silence.

— Décidément, tu ne fais rien comme tout le monde, Devin ! commenta-t-elle d'un ton ironique. Habituellement, quand un homme invite une femme, c'est pour dîner dans un restaurant bondé et l'entraîner ensuite dans le cinéma le plus proche pour une partie de coude à coude entre deux rangées de parfaits étrangers.

— Nous aurions pu le faire, mais sans garantie du résultat.

— Cela te manque-t-il, parfois, de ne pas pouvoir faire les choses comme tout le monde ?

— Tu veux dire : me frayer un chemin dans la foule du vendredi soir, faire la queue pour obtenir une table, partager mon invitée avec des avaleurs de pop-corn ?

— Il faut croire qu'il y a quelques compensations pour le lourd tribut payé à la gloire et au privilège de la fortune, dit-elle avec un sourire. Cet endroit est si charmant, si paisible.

— Si intime, ajouta Devin, qui nota aussitôt que ce fait ne paraissait guère réjouir son invitée, laquelle lui tourna soudain le dos pour observer par la fenêtre le ballet de quelques mésanges autour d'une rustique mangeoire.

— J'ai apporté à la fois vin et champagne. Lequel préfères-tu ?

— Que voulais-tu donc célébrer avec ce champagne ? demanda-t-elle, un rien de suspicion dans la voix.

— Le simple fait d'avoir réussi à te faire sortir de chez toi ! Mais tu avais une autre idée en tête, semblerait-il ?

— La dernière fois que je me suis trouvée seule dans une chambre d'hôtel avec toi…

— Nous avons conçu un enfant. Je sais. Le regrettes-tu ?

— Tu sais bien que non ! Mais ça ne veut pas dire que j'ai l'intention de renouveler l'expérience !

— Ce n'est pas non plus ce que je souhaite. Pas plus

que je n'ai l'intention de t'attirer dans mon lit. Cela étant dit, prendras-tu du champagne ou non ?

— Cela étant dit, oui, j'en prendrai volontiers. Cependant, il y a tout de même une chose que je voudrais savoir, poursuivit-elle en lui faisant de nouveau face pour plonger son regard dans le sien. Par simple curiosité, s'entend. Pourquoi ne souhaites-tu pas m'attirer dans ton lit ?

Amusé, Devin fit errer son regard sur les lèvres pulpeuses.

— Voyons… Quelles pourraient être les raisons d'un comportement si étrange ? Le fait que je ne te désire pas ? Il te serait difficile de le croire dans la mesure où j'ai eu l'occasion de te prouver le contraire trois heures à peine après notre rencontre. Alors peut-être est-ce parce que je ne suis pas d'humeur à batifoler ce soir ? Non, je peux te jurer que ce n'est pas là non plus l'explication… J'en déduis donc que c'est tout simplement que je tiens trop à toi pour courir le risque de te faire fuir. Et que je souhaite prouver que je suis disposé à me priver de tout ce que je désire jusqu'à ce que tu me l'offres de ton plein gré.

— Que désires-tu donc à ce point ?

— C'est encore un peu trop tôt pour en parler, je crois.

— Ce n'est pas mon point de vue.

— Robin, tu me connais depuis assez longtemps désormais pour deviner quels sont mes souhaits ! Je veux que Nicolas et toi viviez avec moi en permanence. Je veux que tu sois dans mon lit chaque soir, et que Nicolas soit dans le sien, dans la chambre voisine. Je veux que nous regardions grandir notre fils ensemble — lui, et peut-être d'autres enfants après lui. Et, enfin, je veux vieillir à tes côtés !

Elle demeura un long moment à le contempler sans répondre, irradiant de séduction dans cette robe virginale dont l'ourlet lui arrivait bien au-dessus des genoux, donnant l'impression que les jambes joliment galbées n'en finissaient pas. Seigneur, il se souvenait encore de la soyeuse texture de ces jambes entremêlées aux siennes ! Se doutait-elle un instant de l'effet dévastateur que ce simple souvenir avait sur lui en cet instant, et sur sa résolution ?

— T'est-il arrivé de sauter à la corde, enfant ? demanda-t-elle enfin. Non, ç'aurait été humiliant pour un garçon, n'est-ce pas ? Je me rappelle la comptine que nous chantions : « Une, deux, trois, amoureuse tu tomberas, quatre, cinq, six, épouse tu deviendras, sept, huit, neuf, landau tu pousseras… » Dieu sait pourquoi, nous avons tout fait à l'envers, Devin, en commençant par le bébé. Et regarde où nous en sommes aujourd'hui !

— Où en sommes-nous ? T'aurais-je parlé mariage avant de te parler d'amour ?

— Je t'en prie. N'en parle pas.

— Ne veux-tu donc pas entendre mon opinion sur la question ?

— Pas maintenant.

— J'aimerais entendre la tienne.

— Je crois en l'amour. Mais la pensée d'être de nouveau amoureuse me terrifie.

Force était à Devin d'admirer sa franchise, ainsi que l'habileté dont elle venait de faire preuve en évitant le cœur du sujet. De sorte qu'il n'était pas plus avancé :

appréhendait-elle quelque chose qu'elle ressentait déjà ou qu'elle craignait de ressentir un jour ?

— Je vais ouvrir cette bouteille de champagne, et nous allons nous installer devant ce feu pour discuter. Et pas de Nicolas, pour une fois. Mais de nous. De nous, de nos espoirs et de nos rêves… Quand tu auras faim, je commanderai à dîner. Et quand tu seras fatiguée, je te ramènerai chez toi.

Il l'entendit exhaler un long soupir, comme si elle avait jusque-là retenu son souffle dans l'attente de quelque chose. Mais de quoi ? Il n'en savait rien.

L'espace d'un instant, il se surprit à regretter de ne pas être aussi égoïste et offensif qu'était censée l'être une vedette du rock and roll. Robin était troublée, et aussi attirée par lui qu'il l'était par elle. Pour peu qu'il tente sa chance…

Il fit volte-face avant qu'elle ne puisse déceler le tourment de la tentation dans son regard.

— Installe-toi confortablement, dit-il d'une voix un peu rauque tout en saisissant la bouteille de champagne.

Robin ne fut pas peu surprise de constater que la conversation roulait facilement, et ce, dès le deuxième verre de champagne. Tous deux étaient détendus, et elle se laissait aller à des confidences dont elle ne se serait jamais crue capable. Elle lui parla ainsi de ses premiers flirts, de la manie qu'avait Snoopy, son épagneul breton, de kidnapper sa poupée Barbie pour dormir avec, et des vacances de Noël qu'elle prévoyait de passer avec Nicolas chez ses parents, installés depuis peu dans le Wyoming.

— Ils aimeraient que nous venions vivre avec eux, précisa-t-elle.

— Qu'en penses-tu ?

— L'aéroport le plus proche est à plus de trois heures de route. Il te serait plus difficile de venir rendre visite à Nicolas.

— Très certainement.

— Cela m'ennuierait.

Il lui sourit et effleura de ses doigts — jusque-là hésitants sur le dossier du canapé — la bretelle de la robe de Robin.

— J'ai une maison dans les montagnes, tout près de Colorado Springs. Tu le savais ? Je m'y rends dès que je peux.

La caresse, innocente, la troubla si étrangement qu'elle n'osa pas le regarder.

— Il me semble en avoir entendu parler, en effet.

En fait, la vérité était tout autre : elle savait presque tout de cette maison, dont elle avait vu une photographie dans une revue d'architecture où elle figurait dans le cadre d'une étude sur les constructions contemporaines : audacieusement moderne, faite tout de bois et de verre, et assez spacieuse pour contenir tout entier l'entourage professionnel de Devin !

Toutefois, imaginer le Devin qu'elle connaissait dans cette demeure grandiose mais sans âme lui était difficile.

— La considères-tu comme ton foyer ?

— Non. Mon foyer est à Farnham Falls. T'es-tu jamais demandé pourquoi j'avais racheté cette maison ?

Robin hocha la tête : elle s'était bien souvent posé la question, en effet.

— La nuit où Nicolas est né, j'étais justement en route pour aller m'y installer. J'avais besoin d'un endroit où ne pas être dérangé, un endroit où concrétiser un projet qui me tenait particulièrement à cœur. Je comptais y jouer l'ermite pendant un bon mois au moins !

— Le destin a un peu contrarié tes plans, semble-t-il !

— Nicolas est un bien meilleur projet que celui que j'avais en tête, répondit-il en souriant.

— Quel était cet autre projet ?

— Pour tout dire, il n'en est plus à cet état, maintenant. Je suis en train d'écrire une comédie musicale qui devrait se jouer à Broadway, si tout se passe bien.

— Vraiment ? s'exclama-t-elle, impressionnée. C'est formidable !

Devin était doté d'un talent certain, cela elle l'avait toujours su, mais de là à imaginer que ce talent puisse couvrir tant de domaines différents !

— Oui, vraiment… C'est pour m'y consacrer davantage que je donne moins de concerts, ces temps-ci. Je pense même arrêter tout à fait la scène sous peu. Je préfère écrire, de toute façon, et je n'aime guère le rythme de vie frénétique que m'imposent les tournées.

— Mais pourquoi Farnham Falls ? T'exiler sous les cocotiers n'aurait-il pas été plus agréable ?

— Le spectacle a pour titre *Le Pays de mon enfance* et raconte la vie que menaient les fermiers avant l'exode rural. Pour un opéra rock, j'ai bien peur que ce ne soit un sujet écœurant de nostalgie et de sentimentalisme, ajouta-t-il avec une grimace. La mélodie principale est une berceuse que me chantait ma mère…

Robin se remémora aussitôt celle que Devin chantait souvent à Nicolas. Celle-là même qu'il lui avait fredonnée en la portant à sa voiture, le soir de la tempête !

A ce souvenir, sa gorge se noua, et elle déglutit péniblement, émue par la pensée que Devin leur ait, à son fils et à elle, fait partager l'un de ses plus tendres souvenirs.

— C'est donc pour revisiter ton enfance que tu es revenu…

— C'est un peu cela. Je voulais surtout me retrouver, et Farnham Falls me paraissait être l'endroit idéal. J'avais besoin d'être entouré de gens croyant aux mêmes valeurs que moi, de me remémorer… le bon vieux temps. Et il y avait aussi une certaine femme à Farnham Falls, une femme que j'avais rencontrée quelques mois plus tôt, et que j'espérais revoir. J'avais dans l'idée d'aller fureter un jour dans les locaux du journal pour lequel elle travaillait, histoire de me renseigner davantage, d'apprendre son nom. Et si, par chance, je l'avais croisée alors, peut-être aurait-elle accepté d'apprendre à mieux me connaître… Peut-être d'avoir une conversation comme celle-ci.

— Je t'en prie, Devin… Ne joue pas avec moi. Si ce n'est pas vrai, je…

— Je suis incapable de te mentir. Jamais je ne le ferai, Robin. Dans quelque domaine que ce soit.

Il ne lui mentait pas, elle en était intimement convaincue. Mais elle redoutait qu'il ne se mente à lui-même. Oh, il avait certainement pensé quelquefois à elle après leur nuit de folie. Et Dieu sait qu'elle avait souvent pensé à lui durant les longs mois où elle avait porté leur enfant. Mais, contrairement à elle, Devin ne devait conserver de leur rencontre que les souvenirs d'une soirée agréable au cours de laquelle un homme et une femme s'étaient réconfortés l'un l'autre.

Quand bien même il aurait fait en sorte de la retrouver, ce n'aurait été que dans l'intention de s'offrir le plaisir d'une brève liaison. A la longue, il aurait fini par la considérer telle qu'elle était : une petite campagnarde du Middle West, employée par l'insignifiante gazette d'une petite ville tout aussi insignifiante. Jolie, intelligente, mais guère le genre de femme capable de retenir un homme tel que Devin Fitzgerald. Elle n'avait pas honte de qui elle était ni aucune intention de changer, mais il fallait être réaliste.

— Tu avais le mal du pays, et tu l'as toujours sans doute. Bien souvent, l'imagination embellit nos souvenirs d'enfance. N'as-tu pas déjà remarqué que la ferme te paraît plus petite que dans ton souvenir ? C'est aussi l'impression que te ferait Farnham Falls si tu y vivais jour après jour.

Il hocha la tête, mais son regard demeurait interrogateur. Il ne semblait pas comprendre.

— Tu étais à bout, insista-t-elle. Tu l'es peut-être toujours. Mais cela ne signifie pas que les gens ou les endroits qui t'aident à te ressourcer sont ceux dont tu as vraiment besoin pour le reste de ta vie !

Il lui caressa la nuque du bout des doigts.

— Crois-tu ?

— Oui.

— Je n'ai pas l'intention de vivre en permanence à Farnham Falls, rassure-toi. Mais rien n'empêche que j'emmène avec moi ce à quoi je tiens lorsque je m'en éloigne.

— Enfin, regarde-moi, Devin ! s'enflamma-t-elle soudain, exaspérée par ces réponses trop abstraites à son goût. Je n'ai nullement l'éclat d'une femme du monde et encore moins d'un top model ! Ma vie présente n'est pas très excitante, c'est vrai, et il m'arrive de le regretter, mais vivre la tienne me serait impossible ! J'ai besoin de stabilité, de racines. Et je ne veux autour de moi que les personnes que j'aime, et non un va-et-vient incessant de parfaits inconnus ! Et c'est surtout ce que je veux pour Nicolas !

— Suis-je l'une des personnes que tu aimes ? L'une de celles que tu voudrais autour de toi ?

— Cela n'a pas d'importance ! Nous sommes trop différents, de toute façon. Jamais nous ne pourrions accorder nos vies !

— En es-tu certaine ?

Elle ne put répondre. Il avait posé la main sur sa joue et plongeait dans ses yeux un regard insistant. Elle ne lui avait énoncé que la simple vérité, celle en laquelle elle croyait de tout son cœur. Oui, malheureusement, elle en était certaine. Mais aurait-elle la force de le lui avouer ? Non. Ce serait trop douloureux, et surtout… irrévocable.

— Tu ne l'es pas, reprit-il. Tout au fond de toi, il y a une petite voix qui te crie qu'au prix de quelques compromis, de quelques sacrifices, ce pourrait être concevable. Nous sommes peut-être différents, mais nous nous complétons, aussi. Et il y a des dizaines d'endroits neutres où nous pourrions vivre ensemble.

Mon Dieu, il fallait briser le charme, et vite ! songea Robin, affolée. Cette conversation prenait un tour bien trop intime qui ne pouvait les conduire qu'au fiasco…

Hélas, tout au plus esquissa-t-elle un simple clignement de paupières, déjà piégée par le regard bleu empreint d'une telle supplique, expression d'une insoutenable solitude et aussi d'une sorte… d'espoir ?

Elle comprit qu'il allait l'embrasser. Elle pouvait

encore détourner la tête, se lever, refuser avant que cette nouvelle nuit ne complique davantage une situation déjà inextricable.

Pourtant, elle entremêla ses doigts aux cheveux bruns avec un soupir. Puis, lorsqu'il posa enfin ses lèvres sur les siennes, le soulagement la submergea, ne laissant plus la moindre place au doute, tandis que ses craintes se noyaient dans le flot du désir. Et la partie de son cœur qui se nourrissait malgré tout de l'espoir que tout était possible s'emballa soudain.

— Dis-moi d'arrêter, chuchota-t-il tout contre sa bouche.

— Non. Ne t'arrête pas, répondit-elle, alarmée à la perspective de le voir renoncer.

Il hésita pourtant une à deux secondes, leur laissant à tous deux le temps de se raviser. Mais Robin n'avait nul besoin de ces secondes, ni même de s'inquiéter de l'avenir. Plus rien n'importait plus que le désir qu'elle avait de Devin. Et bien qu'elle doutât toujours de lui, elle brûlait du besoin de le croire, en cet instant, parce que ses lèvres étaient tout contre les siennes, et que, pour rien au monde, elle ne s'en serait détachée. Quelles qu'en soient les conséquences plus tard…

— Je t'aime, Robin, murmura-t-il. Ne cherche plus à te convaincre du contraire. Et ne me dis surtout pas que cela ne suffit pas. Cela suffira si nous sommes tous deux prêts à essayer.

Puis il s'empara de sa bouche avec une ardeur farouche et elle sentit une main impatiente s'infiltrer entre les pans de sa robe cache-cœur et dégrafer habilement son soutien-gorge, puis envelopper son sein.

Un plaisir aigu monta en elle, un plaisir plus intense

qu'elle n'en avait jamais connu. Plus d'un an s'était écoulé depuis leur première étreinte, mais sa mémoire gardait la saveur de chacune des sensations qu'elle avait éprouvées alors. Ce soir, elle goûterait ces sensations avec plus de bonheur encore, car, ce soir, elle se donnait à l'homme qu'elle aimait.

Bientôt sa robe et la chemise de Devin glissèrent à leurs pieds. Mon Dieu ! Comme il lui était grisant de pouvoir enfin presser sa peau contre celle de Devin, sa poitrine contre les fermes contours du torse musclé ! de s'abandonner aux lèvres masculines dévorant la pointe de ses seins à la sensibilité exacerbée. Et de sentir enfin sous ses paumes rouler les muscles sous la fraîche texture de cette peau, ainsi que les soyeuses boucles brunes entre ses doigts.

Enfin nue contre lui, elle l'aida à ôter son pantalon et comprit à quel point il la désirait, démentant en cet instant ses promesses de patience. Lorsqu'il lui tendit la main, elle se laissa entraîner sans hésiter dans la chambre seulement éclairée par le clair de lune qui filtrait à travers les lourds rideaux. Aussitôt, Robin se pencha pour allumer la lampe de chevet. Elle voulait le voir lui faire l'amour, elle voulait se rappeler chaque geste, chaque expression.

Il l'enlaça de nouveau, la plaquant contre son corps brûlant, mais, malgré l'ardeur de son désir, il reprit sa bouche lentement, savamment, comme si toute une vie s'étendait devant eux pour profiter de leur plaisir.

Ce fut elle qui rabattit les draps et s'y glissa en lui tendant les bras. Une fois déjà, elle s'était donnée à cet homme. Il était un étranger alors. Ce soir, enfin, il ne l'était plus.

— Rien ne peut nous séparer à moins que tu ne le décides, murmura-t-il en s'allongeant sur elle.

Elle l'accueillit en elle avec un gémissement de bonheur, oubliant le monde, oubliant tout, sauf cet homme et le plaisir qu'il lui donnait. Et, soudain, plus rien ne lui parut impossible.

7

Devin avait une façon bien à lui de changer une couche, mais le résultat était là, alors… Robin le regarda fermer la dernière pression et mettre son pyjama à Nicolas. Devin, lui-même, portait un jean qui tombait sur ses hanches parce que non boutonné et une chemise ouverte qu'il avait enfilée à la hâte quand il avait bondi hors du lit pour aller voir pourquoi leur fils pleurait.

Laisser quelqu'un se lever à sa place pour s'occuper de Nicolas était un luxe inestimable, et Robin aurait pu demeurer tranquillement couchée. Pourtant, elle l'avait suivi, non qu'elle doutât de la capacité de Devin à s'occuper de son fils, mais parce qu'elle ne se lassait jamais de les voir ensemble.

Pour un peu, on aurait pu croire qu'ils formaient une vraie famille.

— Retourne chauffer le lit ! dit Devin. J'arrive dans une minute.

— Bonne chance ! répliqua-t-elle en soufflant un baiser à Nicolas sur le bout de ses doigts avant de sortir de la pièce.

*
* *

De retour dans la chambre, elle ôta son déshabillé et se glissa dans le lit, frissonnant au contact des draps frais contre sa peau nue. En plus d'être froid, ce lit lui paraissait bien souvent trop grand quand Devin en était absent, ce qui était hélas plutôt la règle que l'exception !

Depuis la nuit où ils étaient redevenus amants, il leur rendait visite plus souvent, et logeait désormais à la ferme. Mais ses engagements professionnels l'accaparaient toujours autant, et chaque fois qu'il les quittait, Nicolas et elle attendaient impatiemment son retour.

Devin revint et se débarrassa de ses vêtements puis se glissa tout contre elle pour l'enlacer.

— A peine avais-je atteint la porte qu'il s'était déjà rendormi.

— Il commence à faire ses dents, dit-elle tout en se lovant contre lui avec un soupir.

— J'ai du mal à croire qu'il aura déjà un an demain. J'ai l'impression d'avoir manqué tant de précieux moments de cette première année de vie…

— Heureusement que tu as joué l'Homme-qui-tombe-à-pic la nuit de sa naissance…

— En tout cas, pas de blizzard en vue pour notre petite fête de demain.

— J'aimerais tant que mes parents puissent venir.

Devin hésita quelques secondes avant de répondre :

— J'aimerais beaucoup les rencontrer.

— Ce serait merveilleux, Devin, dit Robin en soupirant. Mais ils ne comprennent pas notre relation, tu sais.

— Moi non plus, je ne la comprends pas.

Toute envie de dormir déserta soudain Robin. Jusque-là, Devin avait été un modèle de patience, ne faisant que très rarement allusion à l'avenir. Mais elle savait que leur relation à mi-temps lui pesait lourdement, tout comme elle lui pesait, à elle aussi. Et elle seule représentait le dernier obstacle déniant à Nicolas le droit d'avoir un père à plein temps !

Elle aimait Devin Fitzgerald, là n'était plus la question depuis longtemps. Et elle ne doutait plus de l'amour de ce dernier pour elle. Mais elle ne savait toujours pas s'il l'aimait de la façon que toute femme méritait — c'est-à-dire pour elle-même. Il aimait la mère de son fils. Il aimait la famille qu'ils formaient. Un amour fondé sur ces seules bases résisterait-il sous les projecteurs de la vie trépidante de Devin ? Elle n'en était pas certaine, malheureusement…

Pour l'instant, Nicolas et elle étaient le rocher auquel s'accrocher dans la tourmente du rock and roll, mais lorsque cette dernière les aspirerait, son fils et elle, parviendraient-ils à garder la tête hors de l'eau, ou seraient-ils tous trois condamnés par la même lame de fond ?

Perdrait-elle tout ce qui lui importait dans la vie, une fois encore ?

— La situation t'est-elle pénible à ce point ? demanda-t-elle au bout de quelques minutes, consciente que le sommeil fuyait également Devin.

— Etre auprès de toi et de Nicolas me comble. Ne pas l'être me ronge tant vous me manquez.

— Tu nous manques beaucoup, à nous aussi. Mais tu arrives désormais à te libérer de plus en plus souvent, et c'est merveilleux !

— Cela m'est de moins en moins facile, Robin. Plus mes absences sont fréquentes, plus elles engendrent de suspicion. Sans compter l'inquiétude qu'elles inspirent aux personnes qui dépendent de moi.

Cet aspect de la question n'avait jamais effleuré Robin. Pourtant, de nombreuses personnes devaient leurs moyens d'existence à Devin, en effet.

— Prends-tu vraiment beaucoup de risques pour nous rendre visite ? Je me rappelle t'avoir vu entouré de gardes du corps à Cleveland.

— Ce n'est pas un problème de sécurité. Ces précautions sont nécessaires pour me protéger de la curiosité…

— Il serait injuste de ma part de te faire subir ça indéfiniment, n'est-ce pas ?

— Je suis las, je voudrais que ça s'arrête. Je vous veux avec moi, toi et Nicolas, dans un endroit où nous pourrions passer toutes nos nuits ensemble, un endroit où je vous saurais heureux et en sécurité.

— Où ? Manhattan ? Beverly Hills ? Ta rustique petite propriété de Colorado Springs ? questionna-t-elle d'un ton plus écœuré qu'elle ne l'aurait voulu.

Il lui caressa doucement le dos.

— Non, un endroit que nous choisirions ensemble, où nous nous sentirions à l'aise. Si seulement tu voulais bien considérer la question.

— Et qu'adviendra-t-il si nous ne nous entendons pas ? Revenir en arrière sera impossible ! Je devrai tout reconstruire de nouveau !

— Je sais que tu as peur, ma chérie. Mais, parfois, il faut prendre certains risques pour avancer dans la vie.

Cette phrase lui remit à la mémoire le reproche de Judy : faire en sorte de ne rien avoir à perdre était aussi une façon de condamner l'avenir. Mais de là à concevoir de perdre Devin… et Nicolas ?

— Tu es tendue, je le sens, dit Devin en lui massant les reins avec de petits mouvements circulaires. Rigide de peur… Rien de ce que je te dirai ne pourra te convaincre, n'est-ce pas ? Tu redoutes toujours de perdre ce qui t'est le plus précieux ?

Comme elle ne répondait pas, il la fit rouler sur le dos et se pencha sur elle pour l'embrasser. Seule sa tendresse la rassurait quelque peu, il le savait. Ils avaient déjà fait l'amour avant de s'endormir, mais Robin ne se sentait jamais rassasiée. Elle aurait souhaité pouvoir garder Devin en elle à jamais, pour qu'il puisse chasser définitivement ses peurs. Elle savait que le temps de prendre une décision approchait, mais, pour l'instant, elle voulait tout oublier. Elle voulait oublier qu'un jour il ne serait peut-être plus là lorsqu'elle aurait besoin de lui.

— Joyeux anniversaire, nos vœux les plus sincères…

Nicolas eut un sourire ravi en entendant les trois êtres qui lui tenaient le plus à cœur entonner cette mélodie. Puis, sous le regard attendri de Devin et de Judy, ses yeux s'agrandirent comme des soucoupes lorsque sa mère lui apporta son gâteau d'anniversaire surmonté d'un cierge magique.

Celui-ci finit par s'éteindre et Nicolas fronça les sourcils.

— Pa !

— Désolé, fils, je ne peux pas le ressusciter. Mais je suis sûr que tu vas aimer tout autant ce qu'il y a dessous, dit Devin en ôtant la bougie et en posant le gâteau sur le plateau de la chaise haute. Vas-y ! Pioche !

— Je ne veux pas regarder ça ! s'exclama Robin en détournant la tête.

Elle avait eu la sagesse de confectionner deux gâteaux. Celui qu'elle venait de donner à Nicolas n'était qu'un muffin nappé de sucre glace, mais peu importait à l'enfant, qui se fit un plaisir d'écraser le tout du plat de la main, s'aspergeant de miettes de la tête aux pieds. Puis il porta ses doigts à sa bouche pour déguster posément celles qui s'y accrochaient encore, sous l'objectif insistant de Judy qui le mitraillait sous tous les angles.

— Quel dommage que nous ne puissions en faire autant ! dit cette dernière. Nicolas a l'air de s'amuser comme un fou !

— Il n'en est pas question ! Fourchette et serviette pour toi, Judy, s'il te plaît ! ordonna Robin en découpant le second gâteau.

— Quand le laisseras-tu ouvrir ses cadeaux ? intervint Devin.

— Quand nous lui aurons lavé les cheveux pour lui ôter les flocons de sucre glace ! Es-tu donc si pressé de le voir détruire le chef-d'œuvre que tu lui as construit ? dit Robin, malicieuse.

La sonnerie du carillon dispensa Devin d'une réponse, Robin s'étant aussitôt dirigée vers l'entrée.

Les visites étaient chose peu commune dans ce hameau isolé, mais la collègue de travail de Robin savait que Nicolas fêtait ses un an aujourd'hui et peut-être avait-elle décidé de lui apporter aussi un cadeau. Devait-elle la laisser entrer pour lui présenter Devin ? s'interrogea la jeune femme. Peut-être. Défendre leur secret envers et contre tous lui paraissait presque obscène en un jour comme celui-ci : ils fêtaient ensemble le premier anniversaire de leur enfant, et n'avaient rien à cacher.

Du moins était-ce ce qu'elle pensa juste avant d'ouvrir la porte sur l'inconnu d'âge moyen qui l'accueillit d'un large sourire insouciant.

— Vous êtes Robin Lansing ?

— En effet.

A peine avait-elle répondu qu'un autre homme — qui se cachait, à l'évidence — apparut soudain devant le premier et l'aveugla de son flash.

— Nous savons que vous êtes la mère de l'enfant de Devin Fitzgerald, et aussi que ce dernier est ici aujourd'hui, reprit le premier homme sans se départir de son exaspérant sourire. Que compte-t-il faire ? Vous l'a-t-il dit ?

Sans répondre, Robin tenta de refermer violemment le battant, mais l'homme s'accrocha à la poignée.

— Nous savons qu'il ne vous verse pas de pension. Est-ce parce qu'il n'est pas certain d'être le père ? Envisagez-vous de lui intenter un procès ?

Robin parvint enfin à lui claquer la porte au nez et à tirer le verrou. Puis elle se mit à trembler de la tête aux pieds.

— Qui était-ce ? s'enquit Judy qui venait aux nouvelles. D'autres cadeaux ?

— Un journaliste, répondit Robin qui fut elle-même surprise par le ton calme de sa voix alors que son cœur et son esprit étaient dans la confusion la plus totale. Quelqu'un de la *Gazette de Farnh*…

— Oh !

Les yeux de Judy se plissèrent.

— Alors, ça y est ! Ça commence !

— Je me demande bien comment ils l'ont appris !

Robin se dirigea vers la cuisine, s'efforçant d'ignorer les coups frappés contre la porte.

— Voyons, Robin, tu sais bien que c'est déjà un véritable miracle que la presse n'ait pas eu vent de cette affaire plus tôt ! répondit Judy avec sa franchise habituelle. Crois-tu vraiment que tes voisins, tes collègues ne savent rien ? Heureusement, tous ont fait en sorte de jouer les aveugles pour vous protéger, toi et Devin, leur héros local ! En tout cas, je ne suis pas mécontente que ce soit enfin arrivé.

— Comment peux-tu dire ça ?

— Parce que je le pense ! Devin s'épuise littéralement à respecter ce stupide arrangement que tu lui imposes ! Désormais, finis, les secrets, et ce n'est pas plus mal ! Dommage qu'il ait fallu l'intervention d'un paparazzo pour te forcer enfin à voir les choses en face !

Robin en demeura bouche bée : la réaction de son amie tenait plus du réquisitoire que du soutien compatissant qu'elle espérait !

— Robin, dit Devin qui les rejoignit, est-il normal que ton invité tambourine toujours à la porte ?

— Tout à fait, c'est la presse ! répondit Judy. Tu vas faire la une dès demain, Devin ! Du moins, celle de toute feuille de chou qui ne se respecte pas !

— Robin, ne t'inquiète pas. Tout se passera bien.

La jeune femme se contenta de le fixer d'un regard vide. Elle se sentait souillée, menacée et, pire que tout, terrorisée !

— Veux-tu que je leur parle ? reprit Devin.

— Non !

— Alors, que la fête continue ! Un petit garçon

nous attend dans le salon pour ouvrir ses cadeaux, et il a besoin de ses deux parents autour de lui en cette occasion.

Dans l'esprit de Robin, ces mots furent suivis de ceux que Devin n'avait pas prononcés : Nicolas aurait besoin de ses deux parents en toute occasion. Le temps était venu de décider de l'avenir. D'ici à quelques heures, leur vie serait affichée au vu et au su du monde entier et, désormais, aux yeux de tous, ils formeraient une famille, qu'elle en ait ou non accepté l'idée !

Alors pourquoi, pour l'amour du ciel, n'arrivait-elle toujours pas à l'admettre ? Hélas, la peur l'emportait toujours sur toute autre émotion.

— Peut-être serait-il préférable que tu partes après l'ouverture des cadeaux, Devin, dit-elle, soudain affolée. Sinon, j'ai bien peur qu'ils ne campent toute la nuit sur le pas de la porte. Et je ne suis pas encore prête à endurer cela.

Un silence tendu succéda à ces paroles.

— Que faudra-t-il donc pour que tu le sois un jour, Robin ? demanda-t-il enfin. Je t'ai déjà juré que je ne cesserai jamais de t'aimer… Faut-il donc que cette promesse soit signée de la main de Dieu lui-même pour te convaincre ?

Du coin de l'œil, Robin vit Judy s'éclipser discrètement de la pièce. Ils étaient désormais seuls entre leurs émotions et les deux journalistes qui s'agitaient toujours derrière la porte.

— Avec un peu de temps, je crois que…

— Je t'ai laissé tout le temps qu'il fallait, Robin. Près de un an ! Et tout ce que je constate, c'est que j'ai moins d'importance que tes craintes ! La mort de ton mari te hante toujours, et tu préfères me perdre que prendre le risque de reconstruire ta vie avec moi !

— Ce n'est pas vrai, je…

— C'est vrai. Je vais dire au revoir à Nicolas.

— Non, je t'en prie, reste encore un peu, le temps qu'il ouvre ses ca…

— Non, je pars maintenant, coupa-t-il sèchement.

Puis il fit volte-face et s'éloigna dans le couloir. De l'autre côté de la porte, le journaliste continuait à tambouriner au rythme des battements désordonnés du cœur de Robin. Puis, montant l'escalier quatre à quatre, elle claqua la porte de sa chambre.

Devin étreignit Nicolas sans se soucier des miettes de gâteau, ni, égoïstement, que son fils, agacé, se tortille comme un beau diable pour être reposé sur le sol.

— Je dois partir, camarade, murmura-t-il, la bouche dans les cheveux soyeux. Passe un bon anniversaire…

A cet instant, Judy apparut sur le seuil de la cuisine et s'appuya au mur. Il avait apprécié la jeune femme au premier coup d'œil. Saine, sensée, compatissante mais sans excès, l'amie de Robin incarnait les valeurs les plus positives du Middle-West.

— Elle est terrifiée à l'idée que ton amour pour elle puisse être dicté par le simple besoin d'une famille, dit-elle.

— Je sais.

— Tu ne sais pas tout. Elle a toujours douté aussi que Jeff l'aimait réellement.

Il ne prit pas la peine de répondre. Peu importait ce que Robin avait vécu avec son mari, peu importait même ce qu'elle pouvait bien ressentir aujourd'hui. Dans sa douleur d'avoir été rejeté, il ne comprenait qu'une chose :

il l'aimait de tout son être, alors qu'elle ne l'aimait pas assez pour lui donner une seule chance !

— Elle croit que Jeff l'a épousée parce qu'il se savait condamné et ne voulait pas affronter la mort seul, reprit Judy. Ils étaient déjà bons amis, et Jeff avait besoin de son réconfort et de sa présence.

— Qu'en penses-tu ?

— Je pense que c'est probablement vrai.

Devin tenta de se convaincre que c'était là un point important à la décharge de Robin. En vain. Seul comptait pour lui la réalité présente, une réalité centrée sur l'enfant qui se contorsionnait contre lui.

— Je ne reviendrai pas, dit-il.

— Tu n'es pas sérieux !

— Oh ! que si !

— Et Nicolas ?

— Ce sera à Robin de décider, dit-il, luttant pour retenir ses larmes, pour la première fois de sa vie d'adulte. Laisse-moi te dire ce que la presse va faire de cette histoire, Judy : elle va me massacrer ! A leurs yeux, je ne serai que l'irresponsable star du rock qui a engendré un fils, refuse de subvenir aux besoins de sa mère, et ne prend même pas la peine de réclamer de droit de visite !

— Tu pourrais leur dire la vérité.

— Je pourrais en effet. Mais de quoi aurait l'air Robin alors ?

— As-tu l'intention de réclamer une garde conjointe ? Tu as suffisamment prouvé que tu tenais à Nicolas rien qu'en t'infligeant ces épuisants allers et retours !

— Non.

Devin déposa un dernier baiser sur la tête de son fils avant de le reposer par terre.

— Sa panique passée, Robin comprendra que Nicolas a besoin de moi, reprit-il. Son avocat pourra contacter le mien pour instituer le droit de visite.

— Et si elle n'en fait rien ?

Une cacophonie de voix résonnait dans l'esprit de Devin. L'une lui recommandait de saisir Nicolas à bras-le-corps et de s'enfuir avec lui. Une autre de hurler au monde entier à quel point il aimait son fils, ainsi que la mère — et que cette dernière, hélas, ne s'en contentait pas. Il n'écouta que celle qui se faisait entendre au-dessus de toutes les autres.

— J'aime trop Robin pour lui faire de la peine. Et si elle ne comprend pas que Nicolas et moi avons besoin l'un de l'autre, alors je me résignerai.

— Devin, c'est…

— Quelle ironie, tu ne trouves pas ? coupa-t-il aussitôt. Plus je l'aime, moins elle y croit !

— Appelle-moi quand tu veux. Je te donnerai des nouvelles de Nicolas. Tu ne peux pas savoir à quel point je suis navrée pour toi, Devin.

Il voulut la remercier, ne fût-ce que d'un sourire, mais l'émotion l'en empêcha. Alors il s'agenouilla une dernière fois pour étreindre son fils, puis il sortit de la pièce sans un regard en arrière. Nicolas s'était mis à pleurer, et Devin se savait incapable d'en supporter davantage.

8

Si Devin l'avait aimée autant qu'il le prétendait, il serait resté. Mais même son amour pour Nicolas n'avait pas fait le poids. Car, depuis près de deux mois déjà, il avait disparu de leur vie aussi sûrement que si la nuit de blizzard où il l'avait aidée à mettre leur fils au monde n'avait jamais eu lieu.

S'il l'avait vraiment aimée, en effet, n'aurait-il pas protesté quand elle lui avait demandé de partir ?

Assise devant son bureau, la tête dans les mains, Robin s'efforçait en vain, depuis plus d'une heure, de mettre en page sa rubrique sur les nouvelles du show-biz. Sous ses yeux s'étalaient divers clichés traitant des rencontres de telle célébrité avec telle autre, autant d'informations qui lui paraissaient aussi vides de sens que des commérages de palier. A l'exception d'une seule.

Devin Fitzgerald s'était isolé dans sa propriété du Colorado pour travailler à une comédie musicale et mettait sa carrière de chanteur entre parenthèses. Mais que ses fans se consolent, assurait l'article, au dire de son entourage, l'attente en vaudrait la peine…

Elle releva la tête en entendant les pas de son amie dans son dos.

— Nick s'est enfin endormi, annonça Judy.

— Merci. Pour être venue prendre de nos nouvelles, et t'en être occupée afin que je puisse travailler.

— Devin lui manque.

Robin ne protesta pas. Ce n'était là que la triste vérité, hélas !

— Que dirais-tu d'une promenade dans les bois après sa sieste ? Nicolas est intenable depuis qu'il commence à marcher.

— Je voudrais finir cet article d'abord, répondit Robin, peu désireuse de réitérer une sortie qui ne lui rappellerait que trop de souvenirs.

Ainsi que le fait que Nicolas marchait désormais, et que Devin ne le savait même pas !

— Tu travailles trop.

— Rien de ce que je fais ces temps-ci ne convient, semble-t-il ! s'emporta soudain Robin. Excuse-moi, ajouta-t-elle aussitôt d'une voix lasse, je sais que ce n'est pas vrai. Et quand bien même cela le serait, tu aurais toutes les raisons de ne pas m'approuver.

— Je voulais simplement dire que tu n'étais pas au mieux de ta forme, rien de plus…

— Ce sont mes continuels démêlés avec la presse qui me dépriment, en fait.

— Bien sûr, cela ne peut être que ça ! riposta Judy d'un ton mi-figue, mi-raisin.

— Cela et rien d'autre, insista Robin. Les questions, les regards curieux, tout cela m'épuise. Je songe sérieusement à échanger Farnham Falls contre un endroit où je ne serai plus harcelée.

— Cet endroit existe-t-il seulement ?

— Probablement pas.

Le scandale s'était peu à peu tassé, pourtant, puisqu'ils n'avaient rien fait pour l'alimenter — l'un et l'autre se refusant à tout commentaire en dehors de la déclaration initiale de Robin assurant que Devin s'était toujours conduit honorablement. Hélas, en tant que mère du fils de Devin Fitzgerald, elle était désormais une célébrité malgré elle, et, où qu'elle aille, il y aurait toujours au moins une personne pour la reconnaître. Et, plus tard, Nicolas aussi aurait à fuir la curiosité malsaine.

— L'avocat de Devin a pris contact avec moi, dit-elle soudain.

— Pour le droit de garde ?

Robin fronça les sourcils en notant l'étonnement de Judy.

— Non. Il ne demande même pas de droit de visite. Il veut uniquement nous apporter une aide financière. Je n'y comprends rien. Devin adore Nicolas, j'en suis convaincue. Pourtant, il n'a même pas cherché à le revoir depuis son départ !

— As-tu précisé à son avocat que tu n'avais aucune intention de t'opposer à d'éventuelles visites ?

— Bien sûr que non ! Devin le sait parfaitement !

— Crois-tu ?

— Bien sûr ! Il…

— Bon sang, Robin ! Ne comprends-tu donc pas ce qui se passe ? Devin ne fera rien que tu puisses percevoir comme une menace ! Il est prêt à se résigner à ne pas voir grandir son fils rien que pour assurer ta tranquillité d'esprit ! Il n'exigera pas de droit de visite, et encore moins de droit de garde ! Si tu ne l'appelles pas toi-même pour lui demander de venir voir Nicolas, il ne le fera jamais parce qu'il te fait confiance pour prendre la meilleure décision, et je me demande bien pourquoi !

Robin fixa son amie d'un regard consterné, et lorsqu'elle put enfin parler, ce fut d'une voix à peine plus distincte qu'un murmure :

— Comment le sais-tu ?

— Il me l'a expliqué.

— Et tu ne m'en as rien dit ?

— Qu'aurais-je pu te dire que tu n'as pas déjà entendu des dizaines de fois ! Cet homme t'a prouvé qu'il t'aimait jour après jour pendant des mois entiers et tu n'en as pas tenu compte !

— Il serait prêt à renoncer à Nicolas ?

A peine eut-elle formulé cette question que Robin y répondit d'elle-même. Tout au fond de son cœur, elle savait depuis longtemps que ce n'était aucunement le tapage médiatique qui avait forcé Devin à cesser ses visites à son fils.

Il les avait cessées pour lui prouver qu'il l'aimait, elle, Robin… au point de se sacrifier pour elle !

— Appelle-le, dit Judy. Lui ou son avocat. Autorise-le au moins à voir Nicolas de temps en temps. Tu lui dois bien cela, tu ne crois pas ?

Oui, elle lui devait cela et bien plus. A lui. A Nicolas. Et enfin, à elle-même.

— Et s'il est trop tard ? s'inquiéta-t-elle en levant sur son amie un regard anxieux, quêtant un réconfort.

Mais Judy n'en avait aucun à offrir.

— Il est peut-être trop tard pour qu'il te pardonne, en effet. Peut-être en a-t-il eu assez d'attendre et s'est-il consolé dans les bras d'une autre femme. Dieu sait qu'il n'a qu'à se baisser pour en choisir une ! C'est à toi seule de déterminer si ton amour pour lui vaut la peine de tenter la chance et de risquer de le perdre s'il est déjà trop tard.

Ce constat n'était guère encourageant.

Pourtant, Robin se sentit soudain plus légère, et elle comprit du même coup que le poids qui l'oppressait jusqu'alors n'était dû qu'à l'effort qu'elle fournissait pour ne pas penser à Devin.

— Je ne vais pas téléphoner, je vais aller le voir, dit-elle d'un ton résolu. Je sais où il est.

— Je peux garder Nicolas ce week-end, si tu veux.

— Non, je l'emmène. Je l'ai trop longtemps privé d'un père, et je ne le ferai pas attendre une minute de plus, quitte à devoir effectuer les deux mille kilomètres qui me séparent du Colorado à pied !

— Alors je vais me faire un plaisir de t'aider à préparer tes bagages.

La neige se déversait d'un ciel de plomb lorsque Robin émergea de l'aéroport de Colorado Springs. Heureusement, elle avait pris ses précautions en les équipant tous deux, elle et Nicolas, de vêtements chauds. Elle le tenait dans ses bras en demandant à un chauffeur de taxi de les conduire chez Devin — à son grand étonnement, Judy lui avait donné ses coordonnées sans commentaires ni explications.

— J'hésite vraiment, lui répondit le chauffeur qu'elle s'efforçait de convaincre depuis quelques minutes déjà. C'est très loin dans les montagnes, et les routes vont être de plus en plus glissantes.

— Je vous en prie, il faut que je m'y rende dès ce soir. Je saurai vous remercier en conséquence.

L'homme soupira et regarda sa montre.

— Si vous insistez… Montez. Mais attention, une fois là-bas, je repartirai aussitôt : je dois être de retour en ville pour 10 heures.

— Aucun problème, dit Robin tout en fixant le siège-auto de Nicolas à la banquette arrière.

Elle avait dû emporter tout le nécessaire, sachant que Devin ne disposait lui-même d'aucun équipement en la matière dans la mesure où elle ne l'avait jamais autorisé à emmener Nicolas chez lui. Preuve supplémentaire, s'il en était besoin, qu'il avait accepté ses égoïstes exigences au détriment de ses plus profonds désirs. Seigneur, comme elle avait été injuste envers lui !

Nicolas ne cessa de pleurnicher en dépit de tous ses efforts pour le calmer et le trajet parut interminable à Robin, d'autant plus que la couche de neige, de plus en plus épaisse, ralentissait considérablement leur progression. Si bien qu'au fil de ces longues minutes de sombres pensées l'assaillirent.

Que ferait-elle si Devin n'était pas chez lui ? ou s'il refusait de lui parler ? Soudain, le taxi décéléra jusqu'à s'immobiliser.

— Je ne crois pas que nous pourrons continuer, madame, annonça le chauffeur. Le col a été fermé, regardez.

Scrutant la route à travers le pare-brise enneigé, Robin constata en effet que des barrières surmontées de réflecteurs avaient été placées en travers de la voie.

— Sommes-nous encore loin ?

— Non, pas vraiment. Cinq à six minutes seulement.

A pied, cela ne vous prendrait pas plus d'un quart d'heure, je pense.

Robin envisagea rapidement la situation. Devait-elle retourner passer la nuit dans un hôtel en ville et appeler Devin pour qu'il l'envoie chercher dans la matinée — du moins, si son désir de les avoir auprès de lui ne s'était pas émoussé ? Mais pourrait-elle elle-même passer une nuit de plus dans cette incertitude ? Non, c'était au-dessus de ses forces.

— La propriété donne-t-elle directement sur la route ?

— Oui, vous la trouverez derrière un grand portail en fer forgé, un peu plus haut sur la gauche. Vous ne pourrez pas porter vos bagages, mais je peux toujours vous les ramener demain lorsque les routes auront été dégagées…

Robin n'y voyait aucun inconvénient. Elle ne transportait aucun objet de réelle valeur, de toute façon.

— Vous voulez bien attendre encore un peu, le temps que je rassemble quelques articles de première nécessité pour mon fils ?

— Pas de problème.

Cinq minutes plus tard, Robin était en route, son sac à langer sur l'épaule et son fils dans les bras. Ce dernier avait cessé de rechigner à la seconde même où ils étaient descendus du taxi, probablement parce que la neige était une expérience nouvelle pour lui. Robin n'espérait guère qu'il se contente de cette occupation longtemps, mais du moins était-il chaudement vêtu et bien abrité dans la combinaison doublée que Devin lui avait un jour offerte en prévision d'un hypothétique séjour dans sa propriété.

Robin elle-même était chaussée de bottes à semelles

antidérapantes qui faciliteraient nettement sa progression. Cependant, en prenant sa décision, elle n'avait pas pensé à la signification exacte de quinze minutes dans la neige. La route était pentue, le vent coupant et glacial. De plus, Nicolas pesait son poids. Quelques mètres parcourus la mirent hors d'haleine.

L'espace d'un instant, elle songea à rebrousser chemin. Trop tard : la lueur des feux arrière du taxi se noyait déjà dans le rideau de neige. Le destin avait entériné sa décision, et elle n'avait plus d'autre choix que d'aller de l'avant.

— Réveille-toi, saint Nicolas, murmura-t-elle en levant les yeux au ciel. Ton aide ne nous sera pas superflue ! Cette fois, nous cherchons un papa !

— Pa !

Robin sourit, malgré elle, et se remit en route, priant intérieurement pour que père et fils puissent lui pardonner un jour ce qu'elle avait fait. Elle n'avait jamais été lâche, mais la mort de Jeff l'avait changée, et pas en bien. La leçon qu'elle en avait tirée, alors, était qu'il fallait profiter pleinement de la vie parce qu'elle était courte. Du moins, c'était ce qu'elle croyait. Car, en fait, elle avait seulement appris à avoir peur. Peur de souffrir, peur de se lancer, peur d'aimer et de perdre encore.

Fredonnant la berceuse de Devin, elle continua son chemin, sans regretter un seul instant d'avoir quitté l'abri sécurisant du taxi, portée par la certitude que son long voyage dans le dédale de ses émotions touchait à sa fin, ainsi que par sa conviction de pouvoir reconquérir le père de son fils.

— Nous arriverons à former une vraie famille, tu

verras, Nick. Toi, moi et papa ! Rien ne nous sera plus impossible, désormais.

— Je sais que vous avez exigé de ne pas être dérangé, mais…

La porte du studio où Devin travaillait était entrouverte, ne laissant apparaître dans l'entrebâillement que le visage inquiet de Mme Nelson.

— Cela ne semble pas vous culpabiliser outre mesure ! dit-il.

Il sourit à Mme Nelson qui n'était à son service comme gouvernante que depuis deux mois, et avait l'esprit encore encombré de préjugés peu flatteurs en ce qui concernait les habitudes de vie des célébrités, et qui plus est de celles du rock !

— Une femme du nom de Judy McAllister insiste pour vous parler au téléphone. C'est l'un des noms inscrits sur votre liste et…

— Merci, madame Nelson. Vous avez bien fait. Je vais prendre son appel.

Moins de cinq minutes plus tard, Devin enfilait ses bottes fourrées, le cœur et l'esprit dans une confusion telle qu'il s'en sentait presque engourdi.

— Je sors quelques instants ! cria-t-il à l'intention de sa gouvernante tout en dévalant l'escalier en direction de l'entrée.

Mme Nelson sortit en trombe d'une pièce et lui barra le chemin.

— Mais il y a une tempête de neige, monsieur Devin ! Ce n'est pas le moment d'aller jouer au fou du volant sur les routes !

Devin eut un sourire amusé. Mme Nelson était un obstacle de fort petite taille, et facile à contourner.

— Mon fils et sa mère sont en route pour me retrouver et je veux m'assurer qu'il ne leur est rien arrivé.

— Votre fils ? dit-elle, sceptique. Le petit bout de chou ?

— Celui-là même, répondit-il tandis que son regard se perdait au-delà de la porte de verre.

Robin n'aimerait pas cette maison, c'était certain. On y vivait comme dans un aquarium, même si les voisins se comptaient à peine sur les doigts d'une main. Mais peut-être n'y venait-elle que pour Nicolas ? Pour une visite éclair qui lui donnerait meilleure conscience ? Judy s'était montrée étrangement laconique au téléphone, ne trahissant rien des intentions ou de l'état d'esprit de son amie. Elle avait promis le secret à Robin et n'avait prévenu Devin qu'à la suite de l'avis de tempête lancé au bulletin télévisé. Sans nouvelles de Robin depuis son départ, et ayant vérifié que son vol avait bien atterri à l'heure, elle craignait que mère et fils ne se soient mis en route pour la propriété de Devin, tempête ou pas.

Il se précipita vers sa Cherokee, un modèle identique à celui qui avait failli voir la naissance de Nicolas.

Robin n'était pas inconsciente au point d'avoir loué une voiture pour s'engager sur des routes inconnues en pleine tempête de neige, il le savait. Cependant il n'était pas impossible qu'elle ait convaincu un chauffeur de taxi d'accepter la course.

Et si elle était vraiment en route comme le croyait Judy, il ne lui restait plus qu'une chose à faire : descendre en direction de la vallée et espérer la trouver en chemin. Car même pour un chauffeur professionnel, ces routes de montagne étaient une véritable gageure sous la neige, et peut-être le taxi avait-il atterri dans un fossé. Dans ce véhicule en perdition se trouvaient les deux êtres que Devin aimait le plus au monde, et il ne serait pas en paix avant de les avoir retrouvés.

— Ce ne doit plus être très loin, murmura Robin.

Cette parole d'encouragement se perdit dans le vent. Le seul être susceptible de l'entendre, de toute façon, était profondément endormi contre sa poitrine. Nicolas, bien au chaud dans sa douillette combinaison, avait finalement cédé à son épuisement.

Robin marchait depuis plus d'une demi-heure au moins. De deux choses l'une : soit le chauffeur s'était trompé dans son estimation, soit elle avait dépassé le portail.

Mais elle ne s'inquiétait pas outre mesure bien qu'elle commençât à fatiguer sérieusement. Il n'y avait aucun danger qu'elle se fourvoie : la route demeurait visible malgré la couche de neige, et quoique l'endroit soit isolé, elle ne doutait pas de trouver sous peu une maison où se réfugier. Ce ne serait peut-être pas celle de Devin, mais, au moins, son fils et elle seraient-ils en sécurité et à l'abri du froid.

Non, ce n'était pas l'inquiétude qui la tenaillait, mais sa déception de voir son espoir contrarié. Elle était si impatiente de retrouver Devin pour lui dire à quel point elle l'aimait ! Et lui assurer aussi qu'elle avait enfin eu raison de sa lâcheté, et qu'elle était prête à affronter les feux de l'enfer pour lui — pour eux. Voire un autre blizzard.

La route formait un virage en épingle à cheveux devant elle, et elle le négocia prudemment, les talons bien enfoncés dans la neige. Elle ne releva pas tout de suite la tête. Son désir d'apercevoir enfin le portail de Devin était tel qu'elle craignait en effet de le faire se matérialiser par sa simple volonté. Au bout de quelques minutes cependant, elle s'immobilisa pour scruter le paysage qui s'étendait devant elle.

Elle ne distingua aucun portail, mais une voiture, le nez dans un fossé, qu'elle reconnut immédiatement puisque c'était un modèle semblable à celui que possédait Devin.

Serrant davantage Nicolas contre elle, elle reprit lentement sa progression, puis, arrivée à environ dix mètres du véhicule, elle cria :

— Il y a quelqu'un ?

Nicolas remua, ouvrit les yeux, et se mit à pleurnicher.

— Désolée de t'avoir réveillé, mon poussin, mais je n'avais pas le choix… Hé ! Y a-t-il quelqu'un ?

La voiture n'était pas profondément embourbée et une dépanneuse n'aurait aucun mal à la remettre sur la route à l'aide d'un simple treuil. Et le conducteur, si conducteur il y avait à l'intérieur, ne devait souffrir que de quelques contusions sans gravité. Elle était à trois mètres du pare-chocs arrière lorsqu'une voix s'éleva soudain de l'habitacle.

— On peut dire que tu choisis vraiment bien tes moments pour les retrouvailles, Robin !

Elle ouvrit la bouche, et avala, ce faisant, flocons et air glacial.

— Devin ?

La porte avant racla l'accotement, mais s'ouvrit suffisamment pour que Devin parvienne à se dégager. Puis, secouant la tête comme pour s'éclaircir les idées, il s'appuya — ou plutôt s'effondra — contre la portière refermée.

— Au moins je ne suis pas sur le point d'accoucher ! marmonna-t-il.

Jamais vision n'aurait pu réjouir davantage l'œil — et le cœur — de Robin. Elle esquissa un sourire.

— Désolée, mais lorsque ma décision est prise, rien ne peut plus m'arrêter !

— Tu m'en diras tant !

La voix grave était des plus neutres et Robin regretta de ne pas pouvoir distinguer l'expression du visage masculin à travers le rideau de flocons qui les séparait. Seule sa foi la guidait désormais.

— Verrais-tu un inconvénient à te rapprocher pour que je n'aie pas à hurler ?

— Dis ce que tu as à dire…

A ces mots, elle sentit son courage refluer. Il n'y avait aucune chaleur dans son ton, rien qu'une terrible méfiance.

— Nicolas est avec moi.

Cette information n'arracha aucune réaction à Devin — preuve d'un louable stoïcisme de sa part, songea-t-elle, étant donné les circonstances.

Robin s'éclaircit la gorge et dut forcer sa voix pour reprendre :

— Je t'aime, Devin. Et je veux que nous formions enfin une vraie famille, quels que soient les compromis qui s'imposeront. Je veux que nous élevions Nick, et que, ensemble, nous ayons d'autres enfants.

Après une seconde d'hésitation, elle conclut :

— Et je ne veux plus jamais revoir de neige de ma vie ! J'ai eu ma dose de blizzard pour les vingt ans à venir ! Crois-tu qu'il nous serait possible d'emménager à Tahiti ?

Sa voix mourut dans le vent. Devin n'ouvrit pas la bouche.

— Je m'en veux tellement…

Puis, l'espace d'une vertigineuse seconde, elle crut qu'elle avait tout perdu. La seconde d'après, Devin se hissait en toute hâte hors du fossé et se précipitait pour les enlacer, elle et un Nicolas tout à fait réveillé maintenant.

— Je savais que tu venais, dit-il d'une voix rauque d'émotion. Judy m'a prévenu. Mais je ne savais pas pourquoi.

— Je venais faire amende honorable. Pourras-tu jamais me pardonner ?

Il bâillonna ces ultimes doutes d'un baiser, que leur fils bénit aussitôt à grand renfort de babillages enthousiastes.

Robin s'abandonna à cette étreinte avec un gémissement de bonheur. Peu lui importait la neige, après tout ; elle se sentirait toujours bien dans les bras de Devin, où qu'ils soient. La vie n'offrait aucune garantie, mais Robin était sûre de deux choses, au moins. L'homme qui les tenait, elle et son fils, dans le cercle de ses bras, était le pilier même de la forteresse que serait désormais leur famille. Et cette famille serait unie par la force de l'amour…

SHERRYL WOODS

Le rêve de Noël

BestSellers

Titre original : SANTA, BABY

Traduction française de JEANNE DESCHAMP

83/85, boulevard Vincent-Auriol, 75646 PARIS CEDEX 13.
Tél : 01 42 16 63 63
Service Lectrices — Tél. : 01 45 82 47 47
www.harlequin.fr

1

Amy Riley brûlait de fièvre. Elle avait le cheveu triste, des projections de bouillie sur la figure et un bébé hurlant dans les bras. Et, cerise sur le gâteau, un fils de cinq ans qui la considérait d'un œil tellement lourd de reproche qu'elle était à deux doigts de s'asseoir par terre et d'éclater en sanglots à son tour. Ce n'était pas un début très prometteur pour les fêtes.

— Mais, maman, tu avais dit qu'on irait au centre commercial aujourd'hui pour voir le Père Noël, pleurnicha Josh. Tu avais promis !

Amy fit un effort désespéré pour garder son calme.

— Je sais que je te l'avais promis, mon chéri, mais je suis tombée malade entre-temps. Je suis désolée.

Josh ne parut pas considérer que son excuse de santé faisait le poids face à la gravité des enjeux.

— Mais on est *obligés* d'y aller, maman. Sinon, le Père Noël n'aura pas notre liste. Et si personne ne lui a dit qu'on a déménagé ? Peut-être qu'il va apporter nos cadeaux dans notre ancienne maison, dans le Michigan. Et il n'y aura pas de paquet sous le sapin, demain matin.

— Le Père Noël nous trouvera, je te le promets.

— Et comment tu le sais, toi ?

— Parce que je lui ai écrit pour le prévenir, improvisa-t-elle en désespoir de cause.

Josh ne parut pas le moins du monde convaincu.

— Mais il reçoit des tonnes et des tonnes de lettres, le Père Noël ! Je suis sûr qu'il a pas le temps de tout lire !

— Bien sûr que si, il lit toutes ses lettres. Et puis il a des aides, là-bas au pôle Nord. Je sais que les cadeaux seront livrés à temps sous le sapin, déclara Amy d'un ton apaisant en songeant aux quelques jouets soigneusement emballés qu'elle avait réussi à dissimuler en haut de son armoire.

Plus qu'une nuit à passer et son grand sceptique de fils serait rassuré en constatant que le Père Noël ne l'avait pas oublié. Mais en attendant, il faudrait que Josh accepte de la croire sur parole. Avec le coût du déménagement, elle n'avait pas pu acheter grand-chose. Mais elle s'était débrouillée pour que son fils de cinq ans ait son lot de paquets à ouvrir le 25 décembre au matin. Ses parents lui avaient également remis un cadeau pour lui. Et elle avait pris la précaution de prévoir un présent de la part de son père, au cas où Ned aurait oublié d'envoyer un jouet pour son fils. Sauf à espérer un miracle sous la forme d'une livraison par courrier spécial dans l'après-midi, elle avait été bien inspirée d'anticiper la négligence de son ex-mari.

Avec un Josh hostile et capricieux sur les bras ce matin, Amy dut faire un effort pour se souvenir que son fils ne portait aucune part de responsabilité dans leur divorce. La séparation avait été si douloureuse qu'elle avait fui le Michigan avec ses deux enfants sous le bras pour venir s'installer ici, dans une banlieue de la ville de Charlotte, en Caroline du Nord, loin du Michigan où ils laissaient famille et amis. Tous ses proches avaient tenté de la convaincre d'attendre début janvier pour le déménagement. Mais l'idée de passer quelques jours de plus dans la même ville que son ex-mari avait suffi à emporter sa décision. L'année prochaine, peut-être, lorsque ses blessures seraient cicatrisées, elle envisagerait un séjour chez ses parents pour les fêtes. Mais cette année, elle ne s'en sentait tout simplement pas la force.

Amy avait réussi à se convaincre qu'ils prendraient tous trois un nouveau départ dès les premiers jours de janvier, lorsqu'elle débuterait dans son emploi au siège social de la banque pour laquelle elle travaillait déjà dans le Michigan. Lorsque son directeur lui avait proposé la mutation quelques mois plus tôt, elle l'avait vécue comme un cadeau inattendu du destin. En acceptant, elle se donnait la possibilité de s'éloigner de Ned sans avoir à courir le risque de démissionner avec deux enfants à charge.

Mais ce matin, Amy regrettait presque sa décision hâtive. Son compte en banque était dans le rouge et son moral dans les chaussettes. En pleine période de fêtes, elle se retrouvait loin de sa famille, alors qu'elle n'avait pas encore eu l'occasion de reconstituer un réseau d'amis. Et si c'était difficile pour elle, que devait ressentir le pauvre Josh ? Non seulement son fils avait été arraché à son univers familier, mais il n'avait même pas eu son mot à dire dans l'histoire.

Par chance, son fils était un petit garçon très sociable. Et il se ferait rapidement des amis en maternelle. Amy était convaincue que, dans quelques semaines tout au plus, les caprices et les accès de rage ne seraient plus qu'un mauvais souvenir.

Mais en attendant…

— Il est trop nul, cet appartement ! annonça Josh, pour la millième fois depuis une semaine qu'ils étaient arrivés à Charlotte. Et puis on s'ennuie tout le temps, en Caroline du Nord !

Luttant stoïquement pour ne pas perdre patience, Amy installa le bébé enfin apaisé dans son parc et prit Josh sur ses genoux.

— Tu vas bientôt te faire des amis, tu verras.

Il se pelotonna contre elle, la tête calée sous son menton. Ces mouvements spontanés d'affection se faisaient rares — trop rares — depuis le déménagement. La gorge serrée, Amy le serra dans ses bras.

— C'est quand que je vais avoir des copains ? demanda-t-il plaintivement.

— Bientôt. Dès que tu iras à l'école, Josh.

D'une façon ou d'une autre, elle s'arrangerait pour que cette débâcle se mue en réussite. Josh poussa un soupir à fendre l'âme.

— Il n'y a même pas de neige ici ! C'est pas beau, un Noël sans neige. Papa, il sortait toujours ma luge et on allait en faire tous les deux… Il me manque, mon papa.

— Je sais, mon grand. Et je suis sûre que tu lui manques aussi.

Amy se mordit la lèvre pour ne pas fondre en larmes. Elle aurait tant voulu pour Josh que Ned se montre à la hauteur de son rôle de père. Mais son ex n'avait pas caché sa satisfaction de les voir quitter le Michigan. Ned était tout feu tout flamme pour la nouvelle femme de sa vie. Et attendait avec impatience le futur bébé que le jeune couple avait mis en route avant même que le divorce ne soit prononcé. Depuis son départ du domicile conjugal, il prenait rarement plus de quelques minutes pour téléphoner à son fils. Et ses coups de fil ne cessaient de s'espacer. Ned, avait-elle découvert, fonctionnait sur le mode « loin des yeux, loin du cœur ». Et comme il voyageait très souvent pour son travail, il passait son temps à oublier qu'il avait déjà une femme et deux enfants à la maison. Josh, Emma et elle n'avaient été présents ni à sa vue, ni dans son cœur lorsqu'il partait en déplacement.

Mais aujourd'hui, 24 décembre, elle ne voulait s'appesantir ni sur ses rancœurs ni sur sa déception. Même si elle était malade, déprimée, et qu'elle rêvait de rester couchée, la tête cachée sous la couette, elle s'emploierait à rendre mémorable pour Josh ce premier Noël dans leur nouvel environnement. Emma était encore trop jeune pour remarquer grand-chose, à part les guirlandes lumineuses sur leur maigre petit sapin. Mais Josh, lui, avait déjà des attentes précises par rapport aux fêtes. Et elle voulait le convaincre que sa vie en Caroline vaudrait celle qu'il avait eue dans le Michigan. Qui sait même s'il ne serait pas plus heureux ici, à la longue, loin des conflits qui avaient déchiré le couple parental ?

Elle ébouriffa ses boucles brunes qui auraient mérité une coupe.

— On fera des cookies, tout à l'heure, d'accord ? En écoutant des chants de Noël. Et ce soir, on boira un chocolat chaud, avec des marshmallows et on regardera plein de dessins animés. Ce sera sympa, non ?

Josh avança une lèvre boudeuse.

— Si j'vois pas le Père Noël aujourd'hui, ce sera pas un Noël pour de vrai.

Amy réprima un soupir. Elle avait voulu créer une

tradition de Noël pour ses enfants et elle en payait le prix aujourd'hui. Josh se raccrochait au rituel et refusait d'entendre parler de changement. Cela dit, elle pouvait difficilement se plaindre de ses exigences. Tout ce qu'il demandait, c'était de parler quelques instants avec le Père Noël. Il n'avait pas réclamé de cadeaux exorbitants. Et il était plutôt de bonne composition, dans l'ensemble. Il faisait même tout son possible pour l'aider à s'occuper d'Emma. Avec une patience touchante, il la berçait dans sa poussette ou lui montrait ses livres d'images en lui racontant des histoires qu'il mettait en scène en les mimant à sa manière. Josh était la crème des grands frères, la plupart du temps. Et Amy ne comptait plus les occasions où il avait pris sur lui dans les moments difficiles.

Combien de temps encore, au demeurant, son petit garçon réclamerait-il de grimper sur les genoux du Père Noël ? Rien ne prouvait que l'année prochaine, à la même époque, il croirait encore à la magie du bonhomme barbu portant des cadeaux aux petits enfants.

Avec deux aspirines de plus et une bonne douche brûlante, il devait y avoir moyen de se « booster » pour quelques heures. Amy fit la grimace. La simple idée d'un centre commercial noir de monde suffisait à lui donner de violents élancements dans la tête. Et elle avait l'impression que ses jambes la portaient à peine. Mais l'expression désespérée de Josh la convainquit de faire au moins une tentative.

— Tu peux rester ici et surveiller ta sœur ? Essaie de la distraire, d'accord ?

— Pour quoi faire ?

— Pour que je puisse prendre une douche.

Elle ne donna pas plus d'explications, de crainte d'éveiller des espoirs auxquels elle ne pourrait pas forcément répondre. Mais les yeux de Josh s'illuminèrent.

— Et après, on ira voir le Père Noël ? s'écria-t-il, surexcité.

— Nous irons *peut-être* voir le Père Noël. Si je me sens un peu mieux.

Josh se suspendit à son cou.

— Je suis sûr, sûr, sûr, que tu vas être guérie, maman !

Il se laissa glisser de ses genoux et s'accroupit devant le parc pour sourire à sa sœur à travers le filet.

— Tu vas rencontrer le Papa Noël, Emma. Toi tu ne le connais pas encore parce que t'es trop petite. Mais c'est un gros monsieur rigolo qui rit tout le temps en faisant « ho ho ho ».

Josh se lança dans une démonstration en se tenant le ventre.

— Il est gros avec une barbe blanche et des vêtements rouges et il faut lui dire de quoi on a le plus envie à Noël. Et si t'as été sage, il te l'apporte. Cool, non ? Le Père Noël, c'est le meilleur du monde… A part maman, bien sûr, rectifia-t-il en levant les yeux vers elle pour lui adresser son plus beau sourire.

Amy ne put s'empêcher de rire de son jeune diplomate en herbe. Malade ou pas malade, il paraissait difficile de priver son fils du Noël qu'il attendait. Portant la main à son front brûlant, elle se dirigea au radar vers la salle de bains. En priant pour qu'elle ne rende pas son petit déjeuner dans la hotte de l'homme en rouge.

*
* *

Nick DiCaprio venait de traverser la semaine la plus pourrie de sa misérable existence. Le psychologue des services de police de la ville de Charlotte avait informé sa hiérarchie, lundi, qu'il était atteint d'un syndrome d'épuisement professionnel, avec « difficulté dans la gestion de ses affects, notamment la colère ». Et le psy de conclure qu'il serait « hautement irresponsable » qu'il reprenne le service actif dans l'immédiat.

Génial… Comme s'il avait besoin d'un psy pour savoir qu'il tournait en rond avec une fureur gigantesque. Il avait dû assister, impuissant, aux agissements d'un forcené qui avait terrorisé son propre enfant pour se venger de son ex-femme. Il en aurait volontiers pris un pour taper sur l'autre, au cours de cette journée de cauchemar. A commencer par les types du groupe d'intervention spéciale qui lui avaient interdit de participer à l'action. Si seulement ils l'avaient laissé faire comme il l'entendait, ils auraient peut-être pu éviter le drame…

Nick se versa une énième tasse de café et contempla d'un œil sombre la vaisselle qui s'entassait dans l'évier. Il ne voyait pas en quoi le fait de ressasser cette scène insupportable en compagnie d'un psychologue contribuerait à améliorer son humeur.

Non seulement, il était condamné à subir leur fichu blabla psychomachintruc, mais Noël approchait à grands pas. Aujourd'hui, 24 décembre, la terre entière était prise d'une frénésie d'achats proprement répugnante. Si on lui infligeait ne serait-ce qu'*un* chant de Noël supplémentaire, il se mettrait la tête dans le four et ouvrirait le gaz. Ou, à défaut, il prendrait une cuite magistrale — se soûlerait jusqu'à rouler ivre mort sous la table. Oui, voilà. Excellente idée. S'il se cantonnait à la seconde solution, son crétin de psy aurait le plaisir de constater que ses pulsions autodestructrices n'étaient pas aussi violentes qu'il le soupçonnait.

Lorsque le téléphone sonna, Nick ne se leva pas pour répondre. Il était incapable de citer ne serait-ce qu'une seule personne au monde avec qui il aurait envie de communiquer ce matin. Sans parler de tous les interlocuteurs qu'il *savait* vouloir éviter à tout prix. Sa famille, par exemple. Les DiCaprio au grand complet semblaient avoir été gagnés par l'euphorie des fêtes et leur bonne humeur lui donnait envie de mordre.

Le répondeur se mit en marche avec un petit déclic.

— Nick, décroche ton téléphone, c'est un ordre !

Une indiscutable panique vibrait dans la voix de sa sœur.

— Réponds, Nick, nom d'un chien ! Je sais que tu es à la maison. Et j'ai un gros, gros problème.

Nick soupira. Lorsque Trish se sentait perdre pied, elle n'hésitait jamais à entraîner le reste du monde dans sa chute. S'il ne décrochait pas maintenant, elle serait là dans moins de dix minutes, à tambouriner à sa porte. Ou pire que cela, même : elle était capable d'utiliser sa clé et d'envahir son territoire. Pour le mêler au drame, quel qu'il soit, dont elle considérait être victime.

Il souleva le combiné avec une telle brusquerie qu'il faillit l'arracher de son support.

— Quoi ? Qu'est-ce que tu veux ?

— Ouf ! Nick ! Tu es là ! s'écria Trish, sans même paraître remarquer la férocité de son ton. J'ai besoin de toi dans la galerie marchande. Il faut que tu viennes tout de suite.

— Plutôt mourir, oui. Tu es folle ou quoi ?

Trish était payée pour coordonner les animations du centre commercial à l'occasion des fêtes de fin d'année. Mais c'était son problème. Pour sa part, il ne mettrait jamais les pieds dans cet antre infernal. Même s'il avait été en pleine forme, il aurait refusé. Mais dans l'état où il se trouvait aujourd'hui, ses « pulsions auto-agressives », comme disait son psy, pourraient se muer en instinct de meurtre. Et il ne répondrait plus de lui.

— Je ne suis pas folle, non. Juste dans une panade monumentale. Le Père Noël a appelé ce matin pour annoncer qu'il se mettait en congé maladie. Je pense qu'il avait surtout la flemme de sortir par ce temps et qu'il a préféré rester au coin du feu. Mais, dans un cas comme dans l'autre, il reste que nous sommes le 24 et que je suis en panne de Père Noël.

— Tu n'as qu'à en embaucher un autre, grommela-t-il, indifférent à son problème. Il faut que je te laisse, Trish.

— Non ! Stop ! Je *t'interdis* de me raccrocher au nez, Nicolas DiCaprio ! Si tu oses me faire ce coup-là, je dirai aux parents que tu es en pleine dérive et que le psy de la police pense que tu traverses une phase profondément dépressive. Et tu sais comment maman réagira.

Nick hésita. Se faire tyranniser par Trish était une chose. Mais il y avait pire encore : subir l'inquiétude de sa mère. Ses parents n'avaient jamais approuvé son choix de carrière. Et ils pourraient s'emparer de cette histoire de syndrome d'épuisement professionnel pour faire pression et tenter de le convaincre de démissionner de la police. Si sa sœur était infernale, leur mère surprotectrice, elle, avait toutes les qualités nécessaires pour le rendre carrément fou.

— Et si tu interrogeais Rob ? suggéra-t-il, en demandant mentalement pardon à leur frère aîné pour cet acte de haute trahison. Vu comme il adore les fêtes, je suis sûr qu'il ferait un Père Noël d'exception.

— Rob et Susan ont programmé une journée en forêt pour couper eux-mêmes leur sapin avec les enfants. C'est leur tradition du 24, souviens-toi.

Nick émit un grognement. Comment avait-il pu oublier ? L'année précédente, il avait commis l'imprudence de se joindre à eux. Et cette « brève » sortie en famille lui avait coûté une journée entière. L'arbre, en effet, devait être choisi à l'unanimité. Et tout le monde dans la famille avait le droit de vote. Y compris la petite Annie, âgée d'à peine un an, à l'époque. Et, évidemment, pas moyen de tomber d'accord sur un malheureux sapin. Il n'avait jamais réussi à comprendre sur quels critères ils avaient pris en compte le vote d'Annie, qui ne s'exprimait encore que par vagissements. Au bout de quelques heures d'errance en forêt, il avait pris la décision solennelle de ne jamais amorcer une tradition familiale. Et même de ne jamais amorcer le pas en direction d'une famille, d'ailleurs.

— Et Stephen ? s'enquit-il avec un regain d'espoir.

Son frère Stephen, pour autant qu'il avait pu en juger, n'avait jamais eu de tradition de Noël particulière. Et on ne faisait pas plus célibataire que lui. En fait, Stephen était plus ou moins la brebis galeuse de la famille. Mais Nick savait qu'on pouvait compter sur Trish pour faire appel à sa bonne volonté. Elle était la seule, parmi les DiCaprio, à comprendre son esprit rebelle. En retour, Stephen faisait pour elle ce que personne d'autre ne parvenait à obtenir de lui. Elle trouvait même le moyen de l'obliger à se montrer à certains repas de famille. Et à supporter que leur mère soit aux petits soins avec lui.

— J'ai déjà appelé Stephen. Mais j'ai la sombre impression qu'il s'est couché hier soir dans un état proche du coma éthylique. Quand j'ai entendu sa voix empâtée au téléphone, j'ai pensé qu'il ne passerait pas très bien, en Père Noël.

Nick regretta amèrement de ne pas s'être imbibé de boisson lui-même lorsqu'il en était encore temps.

— Bon... Et qu'attends-tu de moi, au juste ? demanda-t-il sombrement.

La voix de Trish se fit suave, comme si elle pressentait une victoire imminente.

— Juste un petit service de rien du tout : revêtir la tenue rouge et remplacer le Père Noël au pied levé. Ce n'est pas compliqué du tout, tu verras. Tu auras juste à faire « ho ho ho » et à écouter les enfants énumérer les cadeaux sur leur liste. Tu te gardes bien de faire la moindre promesse : tu écoutes, c'est tout. Et tu te laisses photographier. Simple comme bonjour.

— Pendant combien de temps ?

— J'ai besoin de toi dès maintenant. Et le centre commercial reste ouvert jusqu'à 18 heures. C'est juste l'affaire de quelques heures.

Quelques heures en enfer.

— Trish, honnêtement... Me déguiser en Père Noël, ce n'est pas vraiment mon style. Il doit y avoir une autre solution. Tu ne peux pas faire appel à une agence d'intérim ou un truc comme ça ?

— N'importe quoi ! On est le 24 au matin, Nick. Tous les bons Père Noël sont déjà retenus depuis longtemps. Je n'ai pas le temps de me lancer dans un recrutement plus qu'aléatoire. Et je ne vois pas pourquoi je le ferais, puisque je t'ai sous la main et que tu n'as rien à faire de la journée. S'il te plaît, Nick… Tu as toujours été super avec les enfants.

Super, il l'avait été, oui. Aux yeux des enfants de Rob, il passait pour le tonton idéal. Il avait accompagné les garçons à des matchs de foot. Et même gardé le bébé à quelques occasions. Mais après ce qui était arrivé au petit Tyler Hamilton moins de un mois plus tôt, il préférait se tenir à distance des chères têtes blondes. Même ses neveux, il ne voulait les voir que de loin à Noël. Et, surtout, ne pas se retrouver avec eux sans le soutien d'autres adultes.

Et pourtant, malgré ses réticences, il se demandait au fond de lui-même — mais vraiment très, très au fond — si ce n'était pas l'occasion pour lui de se racheter. Il n'avait rien pu faire pour sauver Tyler. Il pouvait donc passer la journée à essayer d'obtenir une rédemption.

Non, songea-t-il avec lassitude. « Rédemption » n'était pas le mot. Juste une sorte de dette cosmique à régler. Passer une journée entière à sourire et à feindre alors qu'il détestait Noël : l'idée ne manquait pas de sel, au fond.

— Tu me le revaudras, Trish.

— Bien sûr. Mais pour une fois que tu fais quelque chose pour moi et non l'inverse…

— Je te demande pardon ?

— Je conserve la liste des services que je t'ai rendus au fil des années, mon cher grand frère. En commençant par le rendez-vous que je t'ai obtenu avec Jenny Davis.

Nick revit en pensée la jolie rousse qui avait déchaîné son imagination à dix-sept ans.

— Tu n'as joué aucun rôle dans ma rencontre avec Jenny !

— C'est là que tu te trompes. Elle ne voulait rien savoir de toi jusqu'au moment où je lui ai expliqué que tu étais quelqu'un de vraiment super. J'ai également accepté de lui prêter mon pull en cachemire préféré. Et de lui donner mon CD de Kenny Chesney.

— Tu l'as achetée ? s'écria-t-il, incrédule.

C'était la nouvelle la plus humiliante qu'il avait entendue depuis longtemps.

— Je pouvais bien faire quelques sacrifices pour mon frère préféré.

— Désolé, Trish, mais vu la façon désastreuse dont mon histoire avec Jenny s'est terminée, je ne mettrais pas cet exploit sur le tapis, à ta place.

Jenny, avec qui il était sorti pendant toute l'année de terminale et qui l'avait plaqué la veille du bac, avait été la première d'une longue série de mésaventures sentimentales. Il avait commis à peu près toutes les erreurs possibles, dans ses relations malencontreuses avec le sexe opposé. Mais il ne pouvait en faire le reproche à Trish. Sa sœur n'avait joué aucun rôle dans ses rencontres ultérieures. Il avait fait tous ces choix absurdes sans aide extérieure. Et s'était fourvoyé, tout seul, comme un grand.

— Ne t'inquiète pas pour ça, Nicky. La liste des services que je t'ai rendus couvre au moins deux pages. Je l'ai scotchée à côté de ma table de chevet afin de l'avoir sous la main pour des cas comme celui-ci. Je te vois dans une heure au plus tard, alors ? Viens directement dans mon bureau. J'aurai ton costume sous la main. Je suis sûre qu'on va s'amuser.

— Tu veux ma mort, sœurette ? marmonna-t-il tout bas.
— Pardon ?
— Non, rien, laisse tomber. Je serai là dans une heure.
— Je t'adore, Nicky.

En temps normal, il lui aurait répondu qu'il l'adorait aussi. Mais, là, il avait surtout très envie de l'étrangler.

2

Le parking était déjà une jungle lorsque Amy et les enfants arrivèrent enfin au centre commercial. Se doucher, se laver et se sécher les cheveux avait pris du temps. Puis elle s'était perdue à plusieurs reprises dans les quartiers d'une ville encore inconnue. Résultat : ils arrivaient à l'heure de pointe et l'encombrement était maximal. Une file de voitures s'était formée devant l'entrée, et des véhicules tournaient en rond dans les allées en attendant qu'une place hypothétique se libère. D'énormes nuages noirs s'étaient amoncelés depuis le matin, dissimulant presque entièrement le soleil. N'étant pas familière du climat, Amy se demandait ce que présageait ce ciel lugubre. Elle savait que les chutes de neige étaient rares, en Caroline. Mais l'air était si glacial qu'elle n'aurait pas été surprise de voir tomber quelques flocons.

L'année précédente à la même époque, même épuisée et enceinte de huit mois, elle avait senti l'allégresse des fêtes la gagner. Mais aujourd'hui, elle n'éprouvait pas grand-chose hormis sa fatigue. Et le temps sinistre n'était pas fait pour lui remonter le moral.

— Là ! cria Josh du haut de son rehausseur, à l'arrière.

Tu vois la dame, avec tous ses sacs ? Elle va partir. On va vite prendre sa place.

Amy repéra la dame en question à deux allées de là.

— Il y a déjà une demi-douzaine de voitures qui se préparent à foncer pour s'y mettre. Mais ne t'inquiète pas, mon chéri. Nous trouverons à nous garer. Il faut juste un peu de patience. C'est chaque année pareil, la veille de Noël. Mais on finit toujours par avoir un coup de chance.

— Et tu crois que le Père Noël sera là ? demanda Josh avec inquiétude. Puisqu'il est dans le Michigan, chaque année, comment il fait pour être dans deux endroits à la fois ?

— J'ai téléphoné. Et on m'a garanti que le Père Noël serait ici, aujourd'hui.

— Oui, mais il quittera peut-être le centre plus tôt que d'habitude. Il faut bien qu'il parte sur son traîneau pour livrer des cadeaux dans le monde entier. D'habitude, on y allait toujours le matin, voir le Père Noël. Et après, papa et moi, on achetait ton cadeau, tous les deux.

Amy sourit à son grand inquiet de fils. C'était au moins un trait qu'il avait hérité d'elle. Même si elle aurait souhaité lui transmettre des qualités plus joyeuses que son aptitude à se faire du souci pour un oui ou pour un non.

— J'ai vérifié, Josh. Le Père Noël sera au centre commercial jusqu'à 18 heures.

— Et il est quelle heure, maintenant ?

— Deux heures et demie. Nous avons tout le temps.

— Sauf si on arrive pas à se garer, maman, rétorqua Josh sombrement.

Amy elle-même commençait à douter de la réussite de cette entreprise hautement hasardeuse. Les gens étaient fous. Juste sous leur nez, deux automobilistes concurrents se faisaient face, aussi déterminés l'un que l'autre à réquisitionner une place sur le point de se libérer. Mais ils étaient tellement collés l'un contre l'autre que le véhicule sortant n'avait même pas la possibilité de reculer.

— Les gens étaient plus gentils dans le Michigan, fit observer Josh, sourcils froncés.

— Non, ils sont pareils ici. Mais le jour du réveillon, tout le monde est un peu énervé. Et il arrive qu'il y ait des disputes.

Une grosse goutte de pluie s'écrasa sur le pare-brise. Le moral d'Amy dégringola un peu plus bas encore. Comment ferait-elle si le virus qui lui avait violemment coupé les jambes ce matin se muait en pneumonie ?

— Je parie que le Père Noël ne leur apportera pas de cadeaux, à ceux-là, prédit Josh d'un air sévère. Avec tous les gros mots qu'ils disent, ils ont aucune chance. Regarde le monsieur, là-bas. Il arrête pas de crier. Et il a levé le doigt comme tu m'as dit qu'il fallait jamais, jamais faire.

Amy aurait préféré que son fils de cinq ans n'ait pas été familiarisé dès son plus jeune âge avec la pratique du doigt d'honneur. Mais Ned, son père, appartenait à la catégorie des conducteurs agressifs. Et elle avait été obligée de négocier ferme pour empêcher Josh de reproduire quelques-uns des gestes préférés de son ex-mari.

— Assez porté de jugements, jeune homme, rétorqua-t-elle juste au moment où un emplacement se libérait sous leur nez.

La conductrice eut même la gentillesse de reculer de

manière à leur assurer la place. Puis elle leur adressa un signe aimable de la main en partant.

— Tu vois : il y a des gens sympa en Caroline, commenta Amy à l'intention de son fils. Et maintenant, dépêchons-nous de déplier la poussette de ta sœur avant qu'il ne se mette à pleuvoir pour de bon.

L'opération prit du temps. Surtout lorsqu'il fallut convaincre une Emma furieuse et gesticulante de se laisser attacher. Avec une énergie étonnante pour un petit bout d'être humain de quelques kilos à peine, Emma se débattit et hurla si fort qu'Amy crut que sa tête allait exploser. Mais dès que la poussette se mit en mouvement, la petite fille oublia sa colère, et lui adressa un sourire si radieusement angélique qu'Amy se demanda si elle avait imaginé les sanglots déchirants qu'elle venait d'entendre. C'était le côté extraordinaire d'Emma : elle était capable de passer d'une émotion à une autre avec une rapidité saisissante.

A l'entrée du centre commercial, elle regarda Josh droit dans les yeux.

— Tu ne te sauves pas, aujourd'hui, tu m'entends ? Tu ne connais pas la galerie marchande. Alors tu restes à côté de moi et tu me tiens la main.

Josh lui jeta un regard peiné.

— Arrête, maman ! Je ne suis plus un bébé !

— C'est soit ça, soit on rentre directement à la maison, rétorqua-t-elle d'un ton sans appel. Je ne veux pas te perdre au milieu de ces hordes de gens.

Josh prit un air persécuté mais s'exécuta quand même. Dès qu'ils furent à l'intérieur, il commença à la tirer d'autorité le long d'une série de boutiques. Chaussures, lingerie, téléphones portables, prêt-à-porter… Les enseignes étant les mêmes partout, Amy avait l'impression trompeuse d'être déjà venue là mille fois. Josh devait se sentir en terrain familier, lui aussi, car il avançait d'un pas sûr, comme s'il savait où il allait.

Elle ralentit le pas devant un magasin de jouets, mais Josh n'eut même pas un regard pour les jeux en devanture.

— Dépêche-toi, maman ! Je suis sûr que le Père Noël est par là. Tu vois tous ces gens, là-bas ? Je parie qu'il y est. Vite, vite !

— Mais, mon chéri, il ne va pas s'envoler… Arrête de courir comme ça.

— Il faut faire la queue pour parler au Père Noël, maman. Et je suis sûr qu'il va y avoir plein, plein d'enfants…

Avant qu'Amy puisse répliquer, Josh, pourvu des antennes spéciales propres aux enfants, repéra son idole.

— Le voilà ! cria-t-il, surexcité. Tu le vois ? Il est au milieu de tous ces arbres de Noël. On dirait qu'il est dans son atelier de fabrication de cadeaux.

Le regard de Josh s'éclaira.

— Ouah ! C'est trop classe, maman. Je n'avais encore jamais vu ça dans le Michigan. Tu as apporté ton appareil ? On fera des photos pour les envoyer à papa.

Son excitation était contagieuse. Même Emma, captivée par le scintillement des lumières, semblait gagnée par l'allégresse générale. Josh, les yeux brillants, ne tenait plus en place.

— Il faut que j'aille voir ! cria-t-il en se dégageant.

Courant comme une flèche, il se faufila entre les badauds. Amy tenta de le suivre avec la poussette en le rappelant. Mais, en moins d'une seconde, son fils avait disparu, comme s'il avait été englouti par la foule. Prise à la gorge par une panique aveugle, Amy sortit Emma pour la serrer dans ses bras. Abandonnant la poussette, elle courut dans tous les sens en criant : « Josh, Josh ! » Le tout dans l'indifférence générale. Jusqu'au moment où une jeune femme s'immobilisa, le visage préoccupé.

— Que se passe-t-il ? demanda-t-elle en lui posant une main réconfortante sur le bras. Je peux vous aider ?

Amy tremblait si fort qu'elle n'émit qu'une suite de sons incohérents.

— Tout va s'arranger, madame. Reprenez votre souffle et expliquez-moi ce qui se passe. Mon nom est Trish DiCaprio, au fait, précisa la jeune femme en montrant son badge. Je suis animatrice du centre commercial.

— Mon fils…, répondit Amy. Il a repéré le Père Noël et il est parti comme une fusée… Et pas moyen de le retrouver. La galerie est bondée et nous ne connaissons personne, ici. C'est la première fois que nous venons dans ce centre commercial et…

Elle parlait trop et trop vite, maintenant. Mais c'était tellement rassurant d'avoir enfin quelqu'un avec qui partager son inquiétude. Elle aurait voulu se cramponner à la dénommée Trish DiCaprio et ne plus la lâcher.

— Quand l'avez-vous perdu des yeux ?

— Il y a une minute tout au plus.

La jeune femme lui adressa un sourire réconfortant.

— Alors il ne peut pas être bien loin. Mon frère tient le rôle du Père Noël, mais il est policier en réalité. Et il saura exactement ce qu'il faut faire. Je vais lui parler et nous retrouverons votre fils en moins de temps qu'il n'en faut pour le dire. Vous voulez bien attendre ici une minute pendant que je glisse un mot à l'oreille du Père Noël ?

Amy hocha la tête. Elle pressait sa fille si fort contre sa poitrine que le bébé se mit à gémir. Une femme d'une soixantaine d'années au visage avenant apparut alors à son côté avec la poussette d'Emma. Amy la regarda dans un état second en se demandant d'où elle sortait.

— J'ai vu votre petit garçon détaler et vous êtes partie derrière lui en oubliant la voiture pour enfant de la petite, expliqua la dame en la contemplant avec sollicitude. Ça va aller pour vous ? Je peux vous tenir compagnie un instant, en attendant que la jeune femme revienne, si vous le souhaitez.

Amy eut les larmes aux yeux devant tant de gentillesse.

— Merci d'avoir récupéré la poussette. Je ne sais pas où j'avais la tête…

— Nos têtes, nous les perdons facilement, nous les femmes, quand nous nous faisons du souci pour nos enfants. Comment s'appelle-t-il, votre petit garçon ?

— Josh.

La dame sourit.

— Ah, tiens… Moi aussi, j'ai un fils qui s'appelle Josh. Mais en format adulte, bien sûr.

Elle secoua la tête.

— Si vous saviez comme mes enfants m'en ont fait voir lorsqu'ils étaient petits ! Ils avaient l'art de disparaître au moment où je m'y attendais le moins. Mais croyez-moi, ils finissaient toujours par ressurgir. Aujourd'hui, ils ont leurs propres enfants qui leur font quantité de coups pendables à leur tour. Comment appelle-t-on cela, déjà ? Ah oui, le « karma », je crois.

Amy renifla et la dame lui tapota l'épaule d'un geste réconfortant.

— Ne soyez pas inquiète, vous le retrouverez, votre

petit. Vous allez sûrement le voir réapparaître avant même qu'ils ne commencent les recherches.

Elle parlait avec tant de conviction qu'Amy sentait sa panique s'apaiser. Elle réussit à esquisser un sourire.

— Je vous remercie, madame. Et j'apprécie votre gentillesse. Si vous voulez continuer à faire vos courses, je pense que je suis à peu près calmée, maintenant.

— Oh, je ne suis pas pressée. D'ailleurs je ne me suis même pas présentée : Maylene Kinney. Je vais attendre ici avec vous que cette charmante jeune femme revienne avec de l'aide. Je vous ai entendu dire que vous étiez nouvelle venue à Charlotte ?

Amy acquiesça d'un signe de tête.

— Et quel est votre nom ?

— Amy. Amy Riley.

— Soyez la bienvenue dans notre ville, Amy. J'admets que ce n'est pas la façon la plus agréable d'entamer une nouvelle vie quelque part, mais je sais aussi qu'un jour viendra où vous rirez de cet épisode.

Elle sourit.

— Peut-être vous faudra-t-il attendre que votre fils soit adulte et que ses propres enfants lui en fassent voir de toutes les couleurs à leur tour. Mais, tôt ou tard, vous évoquerez cet incident avec amusement, vous pouvez me croire !

Le doux accent du Sud de Maylene et son bavardage amical tenaient l'angoisse à distance. Mais Amy ne cessait de scruter la foule dans l'espoir de voir apparaître les boucles brunes de Josh. C'était trop affreux de rester plantée là à attendre… Elle avait besoin de chercher, d'agir, de bouger. Elle était toujours tellement attentive à ne jamais perdre ses enfants de vue. Comment avait-elle pu laisser son fils s'échapper aujourd'hui dans cette ville inconnue ? Elle aurait dû lui serrer la main plus fort, elle aurait dû bondir pour le rattraper, elle aurait dû…

Amy gémit tout haut en songeant que Josh pouvait être n'importe où, entre les mains de n'importe qui. Son imagination désordonnée lui livrait en vrac les scènes les plus cauchemardesques. Et cette fois, lorsque les larmes commencèrent à couler, plus moyen de les arrêter. Devant le désarroi de sa mère, Emma, solidaire, éclata en sanglots à son tour. Maylene leur passa un bras autour des épaules et murmura des paroles de réconfort.

— Je ne peux pas rester ici comme un piquet, sanglota Amy. Il faut que j'agisse. Que je parte à la recherche de Josh. C'est insupportable d'être là sans bouger…

— Vous allez partir à sa recherche, Amy. Mais avec de l'aide et de façon organisée. Si vous courez dans tous les sens, vous risquez de vous manquer, Josh et vous.

Amy ne pouvait qu'admettre que Maylene avait raison. Avec un hochement de tête, elle accepta le paquet de mouchoirs en papier que lui tendait l'adorable sexagénaire.

— Je suis désolée… Je vais essayer d'être un peu plus raisonnable.

Mais, de sa vie, elle ne s'était sentie aussi désemparée.

Nick songea que s'il devait émettre un seul « ho ho ho » supplémentaire, il allait hurler. Il devait être environ 9 heures du matin lorsqu'il avait pris du service en enfilant sa volumineuse tenue rouge rembourrée avec des coussins pour simuler la bedaine du Père Noël. La ridicule barbe blanche lui procurait des démangeaisons insoutenables et son bonnet lui tombait régulièrement sur les yeux. S'il arrivait à convaincre ne serait-ce qu'une personne ici-bas qu'il était réellement le Père Noël, il voulait bien l'avaler tout rond, ce foutu chapeau, d'ailleurs. Même les enfants en bas âge le dévisageaient d'un air suspicieux.

Malgré son incapacité à incarner son improbable personnage, la queue d'enfants qui attendaient une audience semblait ne jamais devoir prendre fin. Et il avait le dos brisé sur son fichu trône en velours — une sorte de siège improvisé dépourvu des qualités ergonomiques les plus élémentaires. Il ne manquerait pas de le préciser à sa sœur avant de l'étrangler, tout à l'heure. Rien d'étonnant si le Père Noël pressenti s'était désisté au dernier moment.

Il avait réussi à ingurgiter deux biscuits à la sauvette en guise de déjeuner. Puis à avaler une misérable gorgée de jus d'orange juste avant que Trish ne lui arrache la bouteille des mains pour le faire poser avec un père et ses trois fils. Taraudé par la faim et la soif, Nick envisageait de s'attaquer au stock de bonbons destinés aux enfants et d'en engloutir une dizaine d'un coup. Quant aux effets sur sa vue des flashes ininterrompus qu'il prenait dans les yeux depuis le matin, il préférait ne pas y penser. Pas de parents, apparemment, qui n'aient prévu d'immortaliser la rencontre entre leurs chères têtes blondes et le bonhomme à la barbe fleurie.

Seule consolation : son rôle n'exigeait que très peu de talent d'improvisation. Le plus difficile étant pour lui d'introduire une note de gaieté dans sa voix. Pour le reste, il pouvait se contenter de pousser ses « ho ho ho » bourrus et de demander aux petits monstres ce qu'ils espéraient recevoir pour Noël. Jusqu'à présent, il n'avait pas commis de faute de parcours majeure. Pas un enfant, en tout cas, n'avait sauté de ses genoux en hurlant que le Père Noël était un imposteur.

Pas encore, en tout cas.

Il tourna les yeux vers la minuscule crevette qui se tenait toute raide et empruntée devant lui.

— Continue à être bien sage, alors. Si tu obéis à tes parents, le Père Noël t'apportera la belle poupée que tu as demandée.

Les grands yeux d'un bleu de porcelaine s'écarquillèrent.

— C'est vrai ? Juré ?

La petite avait un air tellement sidéré qu'il se demanda s'il n'avait pas commis un impair monumental. « Surtout, *surtout*, tu ne leur fais aucune promesse ! » l'avait adjuré Trish. Mince… Comme un imbécile, il avait mangé la consigne. Il coula un regard inquiet du côté de la mère qui le rassura d'un clin d'œil. Ouf… Il n'aurait pas voulu être à l'origine d'un Noël sinistre pour toute une famille.

Juste à ce moment, il vit surgir Trish dans son champ de vision. Fine mouche, sa sœur l'avait évité avec soin jusqu'à présent. Il l'avait juste entrevue au moment de la séance de pose avec les gagnants de Dieu sait quel « Grand Jeu de Noël » organisé par le centre commercial. Il nota qu'elle paraissait pâle, préoccupée et sur les nerfs.

— Qu'est-ce qui se passe, Trish ? Ne me dis pas que tu as *encore* un problème ?

Elle se pencha pour lui murmurer à l'oreille :

— Juste une maman paniquée qui a égaré son fils de cinq ans dans la foule.

Les intestins de Nick se nouèrent.

— Préviens les agents de sécurité. Et la police. Tout de suite.

— Pour les agents de sécurité, c'est fait. Mais la maman me paraît très angoissée et elle risque de craquer à tout moment. Je pense que ta présence pourrait la sécuriser. Tu es habitué à affronter ce genre de situation. Et je préfère éviter une intervention de la police, dans la mesure du possible.

— Pourquoi pas la police ? C'est idiot !

— J'ai mes raisons, Nick.

Il lui jeta un regard sévère.

— Ne me dis pas que tu veux éviter de gâcher ta sacro-sainte animation de Noël ! Tu as peur que ça fasse mauvaise impression si on en parle à la télé ?

Trish se hérissa.

— Ne me parle pas sur ce ton méprisant, O.K. ? Cela fait partie de mon boulot de gérer ce genre d'incident avec le plus de finesse et de doigté possible.

Ça, c'était son problème. Pas le sien. Le coup de l'enfant disparu, on le lui avait déjà fait moins de un mois plus tôt. Et l'affaire s'était terminée par un drame. Il refusait de se trouver mêlé de nouveau à une histoire qui pouvait tourner au tragique. Quant aux médias, il avait eu amplement l'occasion d'observer comment ils traitaient ce genre d'« actualité brûlante ». Il avait vu sa tête en première page des journaux. Sans parler des chaînes de télévision qui diffusaient les images en boucle.

— Si tu ne veux pas que la police intervienne, arrange-toi avec les gars de la sécurité. Je leur laisse volontiers le rôle du héros sauveteur.

Nick ne cherchait même pas à dissimuler sa réticence. Il ne voulait pas être mêlé à cet incident. Et Trish devrait pouvoir le comprendre ! Même s'il lui était soi-disant redevable de toutes sortes de mystérieux services, il y avait des limites à ce qu'on pouvait exiger de lui en ce moment.

— Mais j'ai déjà dit à la jeune maman que tu étais de la police, Nick ! Je sais que tu n'es pas en service actif, ces temps-ci. Mais elle est malade d'angoisse. Mets-toi à sa place : c'est le soir du réveillon et son petit garçon disparaît. Ils viennent juste d'emménager ici et elle ne connaît personne à Charlotte. Ce n'est pas étonnant qu'elle soit dans tous ses états. S'il te plaît, Nick… Il faut que tu fasses quelque chose. Passe en mode professionnel, pose les questions habituelles, organise les recherches. Ça la tranquillisera en attendant que les surveillants de l'équipe de sécurité retrouvent son fils. Ce sera juste l'affaire de quelques minutes.

Nick était nettement moins optimiste qu'elle sur la question. Le centre commercial était gigantesque et la foule plus dense, plus hystérique qu'à l'ordinaire. Si le petit garçon ne paniquait pas, personne ne lui prêterait la moindre attention. Il sentit une brûlure familière à l'estomac et tâtonna à la recherche des médicaments anti-acides qu'il avait toujours sur lui. Mais, comme un idiot, il avait oublié de les transférer dans sa tenue de Père Noël.

— Et que fais-tu des enfants qui attendent dans la queue ?

Finalement, il préférait encore voir défiler une cinquantaine de terreurs supplémentaires sur ses genoux, plutôt qu'affronter une seule mère désespérée dont l'enfant s'était égaré dans cette cohue.

— Je leur expliquerai que le Père Noël a besoin de prendre une pause. Ça arrive, tu sais. Ils patienteront un moment.

Trish le regardait de ce même air implorant dont elle avait toujours usé, petite fille, pour parvenir à ses fins. Un truc qui marchait immanquablement avec Stephen. Mais, bizarrement, il n'était pas si bien immunisé que cela, de son côté.

Sans se laisser rebuter par son silence, Trish revint à la charge avec de nouveaux arguments imparables.

— Le personnel de sécurité sera là dans un instant, mais, en attendant, j'ai besoin qu'un vrai policier prenne la situation en main, Nick. Tu as dit toi-même qu'il valait mieux que la police intervienne. S'il te plaît… Il n'y a que toi qui puisses m'aider à canaliser l'angoisse de la jeune maman.

Il compara sa propre expérience professionnelle avec celle du vigile de base et se résigna à l'inévitable. Pour tirer une épine du pied de Trish, dans un premier temps. Mais surtout parce qu'il n'avait pas vraiment le choix. Porter assistance à une personne en difficulté était devenu un réflexe professionnel après avoir longtemps été un principe de base de son éducation. Et même avec sa tenue de clown obèse et son syndrome d'épuisement professionnel, il restait flic jusqu'au fond des tripes. Et le fichu instinct de sauveur allait avec.

— Trouve le moyen de me faire descendre d'ici sans provoquer une insurrection et je calmerai cette femme en l'aidant à chercher son fils. Mais à une condition…

Il ménagea un temps de silence pour darder sur Trish un regard implacable.

— Une condition ?

— Si, dans une demi-heure, le gamin n'a pas ressurgi, je veux voir rappliquer tous les flics de Charlotte pour qu'ils passent la galerie au peigne fin. Et je me fiche de tes problèmes de relations publiques.

Trish lui jeta les bras autour du cou et l'embrassa sur sa joue barbue.

— Merci, Nicky. Je vais faire une annonce pour dire que le Père Noël prend une petite pause. Puis je te conduirai jusqu'à elle.

Nick calcula que son ratio de bonnes actions de la journée était largement atteint. Et que ses dettes morales envers Trish seraient réglées *ad vitam aeternam*. Avec un peu de chance, une fois que le petit garçon serait retrouvé, il pourrait s'éclipser par une entrée de service et retourner chez lui sans plus avoir à pousser un seul « ho ho ho ».

Mais, alors même qu'il formait ce plan B, il vit l'expression consternée sur les visages des tout-petits lorsqu'ils apprirent que le Père Noël était temporairement hors service. Il soupira. Inutile d'espérer prendre le large maintenant. Il était peut-être le Père Noël le plus minable que la planète ait jamais porté. Mais ces gamins n'avaient que lui, en l'occurrence. Et puisqu'il était lancé sur la mission, il la mènerait jusqu'à son terme.

3

En attendant le retour de l'animatrice du centre commercial, Amy continuait d'appeler Josh à perdre haleine, malgré les assurances de Maylene qui lui répétait qu'elle se fatiguait les cordes vocales pour rien.

— Les enfants n'entendent que ce qui les intéresse, Amy. Economisez donc votre voix pour lui dire que vous l'aimez, lorsque vous le retrouverez.

— Pour l'instant, j'ai surtout envie de lui tordre le cou. Il était censé ne pas me quitter d'une semelle !

Malgré sa colère, Amy savait que Maylene voyait juste. Lorsque Josh ressurgirait, son premier réflexe serait de le serrer dans ses bras. Même si elle était furieuse et terrifiée. Comment avait-elle pu le perdre aussi vite ? Sachant qu'il se dirigeait vers le Père Noël, elle aurait dû le rattraper en un rien de temps. Il devait être tout près, au milieu de cette foule pressée et de ces enfants surexcités qui couraient dans tous les sens, ivres de la magie des fêtes. Mais elle avait beau scruter la ronde incessante des silhouettes en mouvement, Josh n'était nulle part en vue.

Au bout de ce qui lui parut être une éternité, la jeune animatrice réapparut avec le Père Noël sur les talons.

Son sauveur était grand et bien enrobé, grâce à sa tenue amplement rembourrée. Difficile de lui donner un âge, à cause des cheveux blancs et de la barbe. Mais s'il s'agissait du frère de Trish, il ne devait pas être très âgé. La trentaine tout au plus. Comme elle. Une soudaine montée d'espoir accéléra les battements de son cœur. Peut-être avait-il également des enfants, ce qui le rendrait plus sensible à sa détresse ?

— Voici mon frère, annonça Trish. Et ne vous fiez pas au costume. C'est le meilleur inspecteur de police de toute la ville de Charlotte. Grâce à lui, vous retrouverez votre fils en un rien de temps.

Levant le visage vers « le meilleur inspecteur de tout Charlotte », Amy se sentit aspirée par une paire d'yeux d'un bleu profond derrière les fausses lunettes rondes de presbyte. Elle ressentit une sorte de déclic, un frémissement dans tout le corps — totalement déplacé, vu les circonstances. Son réflexe premier, presque irrépressible, aurait été de se jeter dans les bras de cet homme et de se raccrocher à lui de toutes ses forces. De préférence pour ne plus jamais le lâcher. Elle avait certes cessé de croire au Père Noël depuis longtemps. Mais si cet homme était effectivement un inspecteur de police expérimenté, elle était prête à voir en lui un grand cadeau du destin.

— Nicolas DiCaprio, dit-il sobrement.

Son expression, peu joviale, contrastait avec le personnage qu'il incarnait. Amy ouvrit de grands yeux.

— C'est amusant... Nicolas, comme le grand saint du même nom, ancêtre du Père Noël ?

Le visage du policier se radoucit et un rapide sourire lui effleura les lèvres.

— Rien de plus éloigné de moi que la sainteté, madame. Trish a été abandonnée par son Père Noël attitré. Et c'est sous la contrainte que j'ai accepté de le remplacer au pied levé. Sous ses airs charmants, ma sœur est un maître chanteur redoutable.

Trish lui donna un coup dans les côtes.

— Ne sois pas si modeste, Nick. Tu as toujours été un saint, à ta façon.

Amy sentit le regard de la jeune femme glisser sur elle avec un intérêt soudain plus marqué.

— Nick est un des derniers hommes authentiquement bons et généreux que je connaisse, poursuivit-elle avec conviction. Et même s'il cache bien son jeu aujourd'hui, il est plutôt beau garçon. Sexy, même. Et c'est un athlète. Ne vous fiez pas au ventre rond du costume.

Le Père Noël — ou plutôt Nick — l'interrompit sans lui laisser terminer l'inventaire complet de ses qualités viriles.

— Je crois que ce sont mes qualifications professionnelles qui intéressent madame.

Trish eut une moue contrite.

— Oui, bien sûr. J'ai déjà expliqué que tu étais un inspecteur de talent. Nick a d'excellentes références. S'il y a quelqu'un ici qui peut retrouver votre fils, c'est…

De nouveau, Nick lui coupa la parole.

— Et si nous parlions de l'enfant égaré, justement ?

Son ton était bourru, légèrement exaspéré. Le « passage de pommade » dont il venait de faire l'objet semblait l'avoir mis très mal à l'aise.

— Tiens, Trish, passe-moi ton bloc-notes, s'il te plaît… Votre nom, madame ? demanda-t-il en se tournant vers elle.

— Amy Riley.
— Et votre fils ?
— Josh Riley.
— Age ?
— Cinq ans.
— Taille ? Couleur de cheveux ?

Amy débita les données requises avec un sentiment croissant d'impatience. Elle savait qu'il avait besoin de ces informations de base. Mais chaque seconde passée *à ne pas* chercher Josh lui apparaissait comme une seconde irrémédiablement perdue. Depuis le temps qu'ils parlaient sans rien faire, son fils avait peut-être déjà atteint l'autre extrémité du centre commercial.

Et cela dans la meilleure des hypothèses…

— Décrivez-moi sa tenue.

A la torture, elle mentionna le blouson rouge vif, le jean, le sweat-shirt Spiderman et l'écharpe rouge et vert que Josh portait enroulée autour du cou.

— Je sais que vous avez l'impression que nous perdons un temps précieux, madame Riley. Mais songez à tous les enfants présents aujourd'hui dans le centre commercial. Si nous fournissons une description précise à l'équipe de surveillance, cela peut faire toute la différence.

Elle hocha fébrilement la tête.

— J'ai une photo d'identité sur moi.

Amy sortit le petit cliché de son portefeuille et ne put s'empêcher de le regarder. La photo avait été prise au début de l'année scolaire, alors qu'ils vivaient encore dans le Michigan. Sa gorge se noua devant la joyeuse frimousse de son aîné, avec le sourire partiellement édenté et la mèche rebelle qu'elle n'avait jamais réussi à discipliner.

— Voilà, c'est lui. Il a les cheveux un peu plus longs maintenant, mais la photo est ressemblante.

Nick eut un rapide sourire en l'examinant.

— Il a l'air sympa, votre gamin.

Cessant enfin son interrogatoire, il se tourna vers sa sœur.

— Trish, comment fonctionne votre système de diffusion sonore ?

— Il ne porte qu'à proximité. Quelques-uns des grands magasins du centre ont leur propre système. Je pourrais écrire une annonce et leur demander de la diffuser ?

— Parfait, oui. Pendant ce temps, nous allons essayer de diffuser un appel ici. Pour le message, fais au plus simple, surtout. « Le Père Noël demande au petit Josh Riley de venir le voir tout de suite. »... Vous pensez que cela pourrait capter son attention, madame Riley ?

Amy acquiesça avec force.

— Oh ! oui, oui ! Ça pourrait marcher ! Il avait tellement hâte de vous voir... enfin, le Père Noël, je veux dire. C'est pour ça que je l'ai perdu, d'ailleurs. Je n'avançais pas assez vite à son gré. Il voulait vous examiner de près, dans votre atelier. Puis prendre sa place dans la queue.

— Et vous êtes certaine qu'il ne s'y trouve pas ?

— C'est la première chose que j'ai vérifiée, bien sûr. J'étais sûre qu'il y serait ! Et je ne comprends pas ce qui a pu le détourner de son but. Il n'avait que cette idée de Père Noël en tête. Alors pourquoi serait-il allé ailleurs ?

— Les petits garçons sont ainsi faits, fit observer Nick gentiment. Ils sont impulsifs, se laissent distraire facilement et ont l'esprit d'aventure. Trish, tu t'occupes de tes annonces ?

Quelques secondes plus tard, la voix de Trish s'éleva dans le micro demandant avec insistance « au petit Josh Riley de rejoindre au plus vite le Père Noël qui l'attend ». Mais à la profonde déception d'Amy, l'appel ne donna aucun résultat. Elle avait beau scruter la foule, ni blouson rouge ni boucles brunes ne se dessinèrent dans son champ de vision. Elle jeta un regard en coin à Nick et vit qu'il paraissait soucieux, sous sa barbe.

— Il est vraiment perdu, n'est-ce pas ? murmura-t-elle d'une voix étranglée, en serrant sa boule de mouchoirs en papier dans son poing.

Nick lui prit la main et lui appliqua une pression réconfortante.

— Pas de panique, O.K. ? Votre aventurier de cinq ans est tout au plaisir de son escapade. Et il ne fait pas attention à ce qui se dit dans un micro. Les enfants ont d'autres préoccupations que de s'occuper de ces trucs de « grands », madame Riley.

— Amy, chuchota-t-elle.

— Amy, alors. Vous essayez de garder votre sang-froid, d'accord ? On va le retrouver, votre petit Josh.

— Evidemment qu'on va le retrouver, renchérit Maylene.

C'était la première fois qu'elle ouvrait la bouche depuis l'arrivée de Nick. Amy, qui avait presque oublié sa présence, lui adressa un sourire reconnaissant. Le calme optimisme de Maylene lui faisait du bien. Comme si la disparition de Josh devenait moins dramatique à la lumière de son expérience de femme et de grand-mère.

— Je crois que je connais votre mère, Nick. Nous

sommes membres de la même « Société des chapeaux rouges »... C'est une association, ajouta-t-elle à l'intention d'Amy, réunissant des joyeuses sexagénaires — et au-delà — qui se retrouvent pour prendre le thé dans une ambiance fantaisiste, coiffées de chapeaux rouges exubérants et exhibant des tenues violettes farfelues. Et Laura DiCaprio passe son temps à nous vanter les mérites de son fils inspecteur de police. Votre mère est vraiment très fière de vous, jeune homme.

Nick parut aussi interdit que lorsque sa sœur avait chanté ses louanges.

— Je crois me souvenir que vous avez été impliqué récemment dans une affaire très médiatisée, non ? ajouta Maylene, le front barré par un pli pensif, comme si elle cherchait à rassembler ses souvenirs. Rappelez-moi cette...

— Ce n'est peut-être pas le moment, non, rétorqua Nick froidement.

Maylene parut d'abord déconcertée par la sécheresse de son ton. Mais elle dut soudain se souvenir de quelque chose car elle hocha la tête.

— Je suis désolée, je papote, je papote... Alors qu'il faut que vous vous mettiez à la recherche de Josh.

— Tout à fait, oui. Ça va aller, Amy ?

Une telle sollicitude émanait de cet homme qu'elle faillit fondre en larmes.

— Ça ira mieux lorsque je verrai réapparaître mon fils.

— Il ne devrait plus tarder à ressurgir, répondit Nick d'un ton rassurant. Je vois les gars de l'équipe de surveillance qui arrivent. Nous allons organiser les recherches. Une fois que tout le monde s'y sera mis, cela risque d'aller très vite.

Bizarrement, Amy le crut. Elle trouvait réconfortante

l'idée qu'un officier de police se porte volontaire pour incarner le Père Noël dans un centre commercial bourré d'acheteurs stressés, de ménagères harassées et d'enfants hyperactifs. Que Nick DiCaprio ait accepté de dépanner sa sœur dans des circonstances où la plupart des hommes auraient pris la fuite en disait long sur sa personnalité. Il avait bien précisé que Trish l'avait embauché sous la contrainte. Mais quand même…

Avec sa main toujours logée dans la sienne, Amy sentit sa panique se dissiper. Son grand « saint Nicolas » à elle n'était peut-être qu'un substitut déguisé, mais elle n'en avait pas moins la conviction qu'il constituait à lui seul un miracle. Et que, d'une façon ou d'une autre, il ferait réapparaître son jeune fugueur.

Nick eut le temps de s'assurer que Josh ne se trouvait pas dans le village du Père Noël avant que le personnel de sécurité ne se rassemble autour de lui. Il connaissait le centre commercial comme sa poche et put organiser une stratégie efficace de recherche. Il fit circuler la photo de Josh, décrivit sa tenue par le menu, puis dispatcha les vigiles dans les endroits qui lui paraissaient les plus susceptibles d'attirer un jeune héros de cinq ans lancé dans une aventure solitaire.

Tout en donnant ses ordres, il avait conscience du regard d'Amy posé sur lui. Et la confiance qu'il lisait dans ses grands yeux mélancoliques, assombris par la peur, lui rappelait celle qu'il avait vue sur les traits de la mère du jeune Tyler Hamilton. Mitzi Hamilton s'en était remise à lui avec le même abandon tranquille, persuadée qu'il lui ramènerait son fils. Nick frissonna au souvenir de la tragédie. Et dire que Maylene Kinney avait failli mettre ce drame sur le tapis ! Par chance, elle s'était bien récupérée lorsqu'elle s'était aperçue de son impair. Et Amy était trop distraite et tendue pour avoir capté le discret échange de regards entre Maylene et lui. Il ne voulait surtout pas que la jeune femme le presse de questions sur ses récentes apparitions dans les médias.

Ce n'était le moment ni pour elle ni pour lui de se pencher sur cette tragédie. Ils avaient besoin de tabler l'un et l'autre sur un dénouement positif. Il était important pour Amy qu'elle croie en lui. Et, de son côté, il devait éviter à tout prix de faire des amalgames entre les deux histoires. C'était sur *cette* mère et sur *cet* enfant qu'il resterait focalisé. Il voulait croire que le petit Josh était en sécurité pas très loin de là. Envisager des possibilités plus sinistres l'amènerait sur des voies où il n'était pas prêt à retourner.

Il n'en restait pas moins qu'il voulait mener ses recherches tambour battant avant qu'Amy Riley ne cède à la panique. Et surtout avant que son petit garçon ne fasse une mauvaise rencontre. Tous les endroits où pullulaient les enfants constituaient également des viviers où sévissaient des prédateurs en tout genre.

Laissant le personnel de sécurité s'égailler dans le centre bondé, il se tourna vers Amy.

— Tenez, laissez-moi prendre le bébé, d'accord ? Cela nous permettra de confier la poussette à Trish et de nous déplacer plus facilement dans cette foule.

La petite fille aux boucles blondes, avec son nœud rose dans les cheveux, lui adressa un sourire si radieux qu'il en eut un pincement au cœur.

— Qui est cet ange ? demanda-t-il en rendant son sourire à l'enfant.

— Elle s'appelle Emma et elle a onze mois. Mais je peux la porter, moi aussi. Je ne voudrais pas qu'elle crachote sur votre costume.

— Ne vous inquiétez pas, j'ai une grande pratique des bébés. Une de mes nièces est à peine plus âgée que cette demoiselle.

Il tapota le dos de la petite fille, qui poussa un soupir d'aise et se cala doucement contre sa poitrine. C'était bon, ce contact avec un corps léger d'enfant, chaud et confiant dans ses bras. Il était toujours un peu ému de sentir un tout-petit se pelotonner dans son étreinte. Mais son émotion se teintait aujourd'hui d'une pointe de tristesse. Comme si sa bonne vieille solitude prenait soudain un goût amer.

Refusant de s'appesantir sur ses états d'âme de célibataire, il ramena son attention sur la crise en cours.

— Y a-t-il un magasin dans ce centre que votre fils aime particulièrement ?

Amy secoua la tête.

— C'est la première fois que nous venons ici. Notre arrivée à Charlotte remonte tout juste à une semaine et nous n'avons pas encore pris nos habitudes dans cette ville. Je me suis même perdue à plusieurs reprises en venant ici. Il aurait sans doute été plus raisonnable de rester à la maison. Mais c'est une tradition, dans la famille, d'aller rendre visite au Père Noël le 24. Et je ne voulais pas décevoir Josh. C'est déjà bien assez difficile pour lui de vivre ici, loin de son père qui est resté dans le Michigan.

Un coup d'œil sur la main d'Amy lui confirma qu'elle ne portait pas d'alliance.

— Vous êtes divorcée ?

Lorsqu'elle hocha la tête, son anxiété monta d'un cran.

— Et vous êtes certaine que son père se trouve effectivement dans le Michigan en ce moment ? s'enquit-il d'une voix trop tendue.

Amy lui jeta un regard surpris.

— Tout à fait, oui. Pourquoi ?

— Et quels sont les termes du divorce ? Sur le plan de la garde des enfants, je veux dire ?

— J'ai la garde exclusive. Mais Josh passera les vacances d'été avec son papa. Quel est le rapport ?

— Et votre mari est en accord avec ces dispositions ?

— Absolument, oui. Mon ex-mari était content de nous voir partir. Mais pourquoi toutes ces questions, à la fin ? Ned n'a rien à voir avec la disparition de Josh aujourd'hui.

Nick plongea les yeux dans les siens.

— Vous êtes sûre de ce que vous avancez ? Il n'existe aucune chance, même ténue, pour que votre ex-mari ait enlevé votre fils ?

Elle secoua vigoureusement la tête.

— Je vous dis que Ned était impatient d'avoir les mains libres ! Il n'en a plus que pour sa nouvelle femme et pour son bébé à naître. Si j'ai une chose à lui reprocher, c'est de se désintéresser de Josh, justement. Et je vois de moins en moins où vous cherchez à en venir.

Nick songea à Mitzi Hamilton qui avait été tout aussi persuadée que *jamais* son ex-mari n'aurait pu enlever leur enfant. Ils avaient perdu un temps précieux à chercher un inconnu pour finir par découvrir que Tyler était entre les mains de son propre père, un homme tellement déterminé à se venger que rien n'avait pu l'arrêter dans sa quête désespérée de « justice ». Comment était-il censé vérifier qu'Amy Riley lui disait la vérité au sujet de sa situation conjugale ?

Il fouilla son regard une fois de plus, cherchant à décrypter son expression. Elle avait l'air inquiète et désorientée, mais totalement sincère.

— Et si votre mari avait changé d'avis ? Et qu'il était venu ici pour tenter de récupérer son petit garçon ?

Amy haussa les épaules.

— Je n'y crois pas une seconde. Mais je veux bien l'appeler, si cela peut vous tranquilliser.

— Appelez-le, oui. Sur son fixe.

— Pourquoi pas le portable ?

— Parce que, s'il répond sur son téléphone mobile, cela ne nous permettra pas de le localiser. Je veux être certain qu'il se trouve bien chez lui, dans le Michigan.

Amy parut déconcertée mais elle composa le numéro.

— Ned ? dit-elle au bout d'un bref temps d'attente. C'est Amy. Je…

Elle marqua un temps d'arrêt et tourna vers lui un regard paniqué, comme si elle réalisait brusquement qu'il lui fallait une excuse pour justifier son appel. Elle n'avait clairement pas l'intention de révéler à son ex-mari que leur fils avait échappé à sa vigilance.

— Je… je me demandais juste si tu avais pensé à envoyer un cadeau pour Josh. Nous n'avons encore rien reçu.

Nick respira plus librement. Il avait la certitude, désormais, que le père de Josh n'était pas impliqué dans sa disparition. Amy échangea encore quelques mots d'une voix tendue puis raccrocha.

— Voilà. Vous êtes satisfait ?

Il hocha la tête.

— Désolé. Mais je voulais être sûr.

— Quelque chose me dit qu'il serait bon que je sache pourquoi cette question vous tarabustait à ce point.

— Simple réflexe professionnel. Je suis flic dans l'âme, Amy. Autrement dit, méfiant.

— Je ne suis pas tout à fait certaine de vous croire, répliqua-t-elle en scrutant ses traits d'un regard beaucoup trop attentif à son goût.

Nick n'aimait pas la voir douter de lui. Cela ne lui plaisait pas du tout, même. Mais il savait que ce serait infiniment plus cruel encore de lui assener la vérité.

— Faites-moi confiance, O.K. ?

— Je n'ai pas d'autre choix que de croire en vous, rétorqua-t-elle dans un souffle. Que faisons-nous, maintenant ?

Nick tenta de se mettre dans la peau d'un garçon de cinq ans.

— A-t-il pu décider d'acheter une bricole pour le Noël de son père ?

Amy fronça les sourcils.

— Je ne pense pas, non. Nous avons déjà envoyé un cadeau pour Ned en son nom, la semaine dernière.

— Et pour vous ? Peut-être a-t-il eu envie de vous offrir quelque chose ?

Des larmes brillèrent dans les yeux ambre — des yeux d'une couleur très peu usuelle.

— Je ne crois pas, non. A ma connaissance, Josh n'a pas d'argent sur lui. Il n'avait qu'un seul projet pour aujourd'hui, c'était de voir le Père Noël. Même quand nous sommes passés devant un magasin de jouets, il ne s'est pas intéressé à ce qu'il y avait en vitrine. Il était dans tous ses états, ce matin, quand je lui ai dit que j'étais malade et que nous ne pourrions pas aller au centre commercial. Je m'en suis tellement voulu de le décevoir que je me suis habillée et que nous sommes venus quand même.

Les larmes qui mouillaient les yeux d'Amy finirent par lui rouler sur les joues.

— J'aurais dû être plus ferme et rester à la maison. C'était un signe que les choses allaient mal tourner.

— Allons, Amy, vous ne pouviez absolument pas prévoir cet incident. Cessez de vous flageller ainsi. Vous vous torturez pour rien.

Elle porta les mains à ses joues livides.

— Ce que je n'arrive pas à comprendre, c'est *pourquoi* il ne s'est pas précipité ici. Je vous jure que c'est la première fois que Josh se comporte de cette façon.

Nick prit son air le plus rassurant.

— Avec les enfants, il y a toujours une première pour tout. Mes neveux et nièces passent leur temps à désarçonner leurs parents.

— C'est ce que disait aussi Maylene…

Amy s'interrompit net et regarda autour d'elle.

— Où est-elle ? Oh, mon Dieu… Elle est repartie et je ne lui ai même pas souhaité un joyeux Noël. Alors qu'elle a été si gentille avec moi.

Nick la considéra avec étonnement. Quelle autre femme qu'Amy se soucierait d'avoir oublié de saluer une inconnue alors qu'elle nageait en pleine angoisse ?

— Ne vous inquiétez pas pour Maylene. Elle a bien

vu que vous étiez très stressée. Puisque vous connaissez son nom, vous pourrez lui passer un petit coup de fil tout à l'heure, en rentrant, pour l'informer que Josh est sain et sauf.

— Vous croyez qu'il le sera ?

— Je *sais* que tout va bien se passer, assura-t-il fermement.

Parce que c'était la seule chose qu'il pouvait lui dire en la circonstance. Il serait toujours temps d'adapter son discours, si le petit Josh ne réapparaissait pas dans la demi-heure.

Le visage expressif d'Amy refléta une nouvelle montée de panique.

— Et s'il était sorti du centre commercial pour essayer de retourner à la voiture ?

Nick réprima une grimace. S'il y avait une hypothèse sur laquelle il préférait ne pas s'attarder, c'était bien celle-là. Un enfant de cinq ans seul sur un parking formait une proie rêvée pour un éventuel kidnappeur. Sans parler du danger que représentaient les automobilistes survoltés en butte à d'insolubles problèmes de stationnement.

— Vous croyez que c'est une possibilité ? demanda-t-il.

Elle réfléchit un instant puis secoua la tête.

— Non. Il était trop focalisé sur le Père Noël. Et il avait repéré l'endroit où vous vous trouviez. Mais *où* peut-il bien être allé se fourrer ?

— C'est une chose de voir l'atelier du Père Noël à distance, mais n'oubliez pas que Josh a une taille d'enfant. Comme il est intrépide, il s'est lancé. Mais en se rapprochant de son but, il a pu le perdre de vue et se retrouver pris dans un océan de jambes inconnues.

Amy lui jeta un regard malheureux.

— Si seulement je lui avais agrippé la main plus fermement… Je lui avais interdit de me lâcher, pourtant. Je lui ai dit et répété que je ne voulais pas qu'il s'éloigne.

— Vous avez fait ce que vous deviez faire, Amy. Et vous n'y pouvez rien si votre fils vous a échappé dans cette cohue. Cela aurait pu arriver à n'importe quelle mère… Qu'en diriez-vous, si nous allions nous promener un peu ?

Elle le considéra, bouche bée.

— Nous promener ? Mais pourquoi ? C'est ici qu'il voudra venir. Je vous ai déjà dit que seul le Père Noël l'intéresse.

— Eh bien, justement… Le Père Noël, vous l'avez sous la main. C'est pourquoi nous allons nous montrer un peu, vous et moi. Histoire d'aider Josh à repérer son idole. Lorsque je suis arrivé ici, ce matin, et que j'ai traversé le centre commercial, je me suis imaginé un instant être le joueur de flûte de Hameln. Les enfants me suivaient à la trace. Si Josh est à la recherche du Père Noël, il verra peut-être l'attroupement.

— Oui, mais s'il vient ici, persuadé que vous êtes toujours dans votre atelier ? demanda-t-elle avec inquiétude. Il était tellement pressé de prendre sa place dans la queue pour vous voir…

— Peut-être. Mais il a changé d'avis en cours de route, de toute évidence. Donc, je suppose que quelque chose d'autre a dû attirer son attention.

Il se tourna vers sa sœur, qui fendait la foule pour les rejoindre.

— J'ai fait passer l'annonce dans les grands magasins, déclara-t-elle.

— Parfait. Dis-moi, Trish, tu peux guetter Josh s'il arrive ici ?

Sa sœur acquiesça aussitôt.

— Pas de problème. Je reste ici et j'ouvre l'œil. Je vais garder sa photo, comme ça, je pourrai la lui montrer pour le rassurer. Tu as ton téléphone portable sur toi, Nick ?

Il hocha la tête.

— Bon. Je t'appelle dès que j'ai du nouveau.

Trish considérait Amy avec un regard plein de sympathie. Nick, lui, jeta un rapide coup d'œil à sa sœur. Même si Trish ne le rappelait pas à l'ordre, il avait conscience qu'il mettait à mal son animation en jouant les Père Noël buissonniers. Il se souvint de la panique dans sa voix, ce matin-là, au téléphone, lorsqu'elle avait découvert que sa recrue l'avait abandonnée.

— Cela te pose un gros problème si le Père Noël prolonge encore un peu sa pause, Trish ?

Sa sœur tourna les yeux vers Amy, pâle, tremblante et qui semblait avoir du mal à tenir sur ses jambes.

— Ne t'inquiète pas pour ça, Nick. Je trouverai une excuse. Je vais leur dire que le Père Noël est resté coincé dans l'ascenseur de son atelier.

Nick sourit de son inventivité. Trish avait toujours eu l'esprit vif. Et un talent certain pour l'improvisation.

— C'est une excuse qui devrait fonctionner.

Il retint la petite main d'Emma qui riait aux éclats en tirant sur sa fausse barbe.

— Doucement, jeune fille… Ce n'est pas le moment de trahir mon déguisement. Si les enfants s'aperçoivent que je suis un usurpateur et non le vrai Père Noël, nous risquons une mutinerie.

Un faible sourire joua sur les lèvres d'Amy. Mais son

regard restait assombri par la peur. Elle faisait des efforts héroïques pour demeurer calme et composée. Mais elle devait être à la limite de ses résistances psychiques. Elle était seule dans une ville inconnue, fraîchement divorcée. Son fils avait disparu un soir de réveillon, et un flic lui avait posé toutes sortes de questions déstabilisantes.

Alors qu'il lui tirait mentalement son chapeau pour saluer son courage, Amy leva vers lui un regard très particulier. C'était un regard qui semblait abdiquer toute volonté, comme si elle s'en remettait à lui, pour ainsi dire… corps et âme. Son expression terrifia Nick. Pendant une fraction de seconde, il fut tenté de lui coller Emma dans les bras et de tourner les talons. Mais il savait qu'il n'en ferait rien. Il se sentait désormais pleinement engagé. Trish avait fait appel à lui pour retrouver cet enfant, il irait jusqu'au bout de sa mission. Pour Amy, dans un premier temps. Mais peut-être également pour lui-même. Sans compter qu'Amy Riley éveillait chez lui une curiosité qui n'avait rien à voir avec la disparition de son fils. Haussant mentalement les épaules, il repoussa cette pensée malencontreuse surgie de nulle part. Il était indéniable qu'Amy le fascinait. Mais ce serait particulièrement malvenu de sa part de passer en mode séduction dans des circonstances aussi critiques.

— Où allons-nous ? demanda-t-elle lorsqu'ils se mirent en marche, ralentis par la masse compacte que formait la foule en mouvement.

— Partout et nulle part. Le but est juste d'attirer le maximum de monde et d'attention. En espérant que Josh sera pris dans la vague et que la foule le portera jusqu'à nous.

Une stratégie un peu bricolée, certes. Mais Nick était

connu pour mettre en œuvre des tactiques parfois peu orthodoxes. Et trouver un enfant à la recherche du Père Noël en se servant dudit personnage comme appât était ce qu'il pouvait choisir de plus astucieux.

4

Nick n'avait pas exagéré en se comparant au joueur de flûte de Hameln : le Père Noël agissait effectivement comme un aimant sur les enfants. Amy n'en revenait pas de les voir affluer de partout, comme hypnotisés par le personnage. Elle ne pouvait s'empêcher de se demander si le véritable Nick, sous son costume rembourré, exerçait le même attrait magnétique sur les femmes que son personnage sur les bouts de chou de quatre à six ans. Sa sœur avait fait une allusion dans ce sens. Et il ne semblait pas si inhibé que cela, malgré l'attention massive dont il faisait l'objet.

Quant aux hordes d'enfants accrochés à ses basques, il s'en accommodait avec autant de bonne humeur que des tentatives d'Emma pour arracher sa fausse barbe. Même s'il avait grommelé qu'il exerçait le rôle sous la contrainte, il ne paraissait démonté ni par les silences pétrifiés des tout-petits ni par les avalanches de questions des plus grands. Il s'accroupissait pour échanger quelques mots avec ses jeunes admirateurs et écoutait avec attention, comme si chacun de ses adorateurs en herbe était unique au monde. Entre deux vagues d'angoisse, Amy notait les sourires émerveillés et les regards rêveurs. Tout en restant attentif aux enfants, Nick n'oubliait pas leur objectif. Et elle voyait son regard acéré fouiller la foule sans répit.

— Vous avez des enfants ? demanda-t-elle avec curiosité, profitant d'un des rares moments où Nick n'était pas assiégé.

Sa question le fit tressaillir.

— Non, pourquoi ?

— Vous êtes super avec Emma. Et très à l'aise avec votre jeune fan-club. Je suis impressionnée par votre patience. Vous ne vous énervez jamais.

Il haussa les épaules.

— Je tiens mon rôle, c'est tout. Que deviendrait la réputation du Père Noël si je laissais mon naturel grincheux prendre le dessus ? Même si je ne suis pas d'humeur festive cette année, je ne me sens pas le droit de gâcher le plaisir de ces mômes pour autant.

Amy le soupçonnait plutôt de cacher un cœur tendre sous des dehors bourrus.

— Vous m'avez dit que vous aviez des neveux et nièces. Ce sont les enfants de Trish ?

— Non. De notre frère aîné. Il a trois fils et une fille.

— Et la fille a l'âge d'Emma ?

— Un an de plus… Mais pourquoi ces questions ? s'enquit-il en lui jetant un regard pénétrant.

Ce fut à son tour de hausser les épaules.

— Parler canalise mon angoisse.

Mille fois, elle avait cru repérer la silhouette de Josh dans la foule, mille fois, elle avait appelé, et mille fois elle avait été déçue de découvrir un visage inconnu.

— J'avoue que je suis terrifiée, reconnut-elle dans

un murmure. Je… je ne peux pas m'empêcher de penser qu'il a peut-être disparu pour de bon.

La compassion dans le regard de Nick la fit frémir. Il était inquiet, lui aussi. Elle le voyait à son expression tendue chaque fois qu'il pensait qu'elle ne faisait pas attention à lui.

— Et ne me dites pas qu'il va ressurgir d'un instant à l'autre, reprit-elle en se hérissant.

— Amy, ne vous découragez donc pas si vite. Il n'y a pas si longtemps que nous cherchons.

Regardant sa montre, elle dut reconnaître que le cauchemar ne durait que depuis vingt-cinq minutes à peine. Elle avait l'impression d'avoir revécu en pensée sa vie entière — ainsi que celle de Josh — depuis la dernière fois qu'elle avait posé les yeux sur son fils. Mais, entre elle et l'homme en costume rouge qui lui tenait la main, une entente s'était formée. Une entente plus forte, plus confiante que celle qui l'avait unie à son mari dans les derniers temps de leur mariage. Sans doute parce que les situations de crise suscitaient des états émotionnels exacerbés.

— Vous avez raison. Mais une demi-heure, ça peut être plus long que l'éternité. Ce qui ne veut pas dire que je renonce à espérer, bien sûr, précisa-t-elle farouchement. Mais en attendant, je préférerais que vous évitiez de me parler sur ce ton paternaliste, car cela me porte sur les nerfs.

Elle vit un mélange de remords et de désarroi dans le regard de Nick.

— Je suis désolé…

Amy prit une profonde inspiration.

— Non, c'est à moi d'être désolée. Je sais que vous

faites tout ce qui est en votre pouvoir pour m'aider. Mais… mais je suis morte de peur.

— Bien sûr que vous avez peur. C'est humain. Mais nous le retrouverons, Amy.

Elle entendit un petit gloussement ravi. Levant les yeux, elle vit qu'Emma s'attaquait cette fois au bonnet du Père Noël. Amy eut tout juste le temps d'entrevoir des cheveux noirs et bouclés sous la perruque avant que Nick ne remette son couvre-chef en place.

— Vous êtes sûr que vous ne voulez pas que je la porte ? Elle doit vous distraire de votre rôle.

— Emma est très bien là où elle est. Sans compter qu'elle nous sert d'appât.

— D'appât ?

— Comme je suis grand, elle trône au-dessus de la foule. Ce qui permettra à Josh de la repérer. Et si je me mets à la place de ce jeune homme, j'imagine qu'il risque d'être un peu vexé que sa petite sœur ait trouvé le Père Noël avant lui.

Amy dut s'incliner devant la pertinence de l'argument.

— Vous devez être un excellent inspecteur, Nick.

Son compliment parut lui faire un choc. Ce n'était pas la première fois qu'il se crispait lorsqu'on mentionnait ses compétences. Amy avait du mal à comprendre pourquoi les appréciations positives sur son travail le mettaient aussi mal à l'aise, alors qu'il ne donnait pas l'impression d'être particulièrement inhibé par ailleurs. Etait-il si modeste ? Ou avait-il connu un échec récent qui le faisait douter de lui-même ? Peut-être à l'occasion de « l'affaire très médiatisée » à laquelle Maylene avait fait allusion, avant que Nick ne la rembarre plutôt sèchement ?

— Pourquoi dites-vous cela alors que nous n'avons pas trouvé votre fils ? riposta-t-il froidement.

Elle fut tentée de lui demander de but en blanc pourquoi il se hérissait ainsi chaque fois qu'il était question de ses talents professionnels. Mais elle se contint.

— On sent que vous êtes brillant et intuitif. Avec de bonnes capacités d'empathie. La personnalité de mon fils, vous l'avez captée d'emblée, par exemple. Comme si vous partagiez ses raisonnements.

Pendant une fraction de seconde, l'expression préoccupée s'évanouit. Et ses yeux bleus pétillèrent derrière les petites lunettes rondes.

— Je pense que Josh et Emma ont à peu près la même différence d'âge que Trish et moi. Et je peux vous dire que j'ai mal vécu l'arrivée d'une fille dans la famille. C'était déjà bien assez compliqué d'avoir deux frères. Mais une petite sœur, en plus… J'ai fait grise mine, lorsqu'on m'a annoncé qu'une mini-calamité en rose allait nous tomber sur le coin de la figure.

— Mais Josh adore Emma ! C'est un grand frère très responsable.

— En surface, il se montre grand, sûr de lui et protecteur. Mais je suis persuadé qu'il traverse des petites phases d'insécurité, malgré tout. La naissance d'un bébé, pour un aîné, c'est tout un univers qui s'effondre.

Amy secoua la tête.

— J'avoue que j'ai du mal à vous imaginer en « insécurité » vis-à-vis de quoi que ce soit. Vous avez l'air tellement solide…

— J'avais cinq ans, à l'époque. Il n'en faut pas beaucoup, à cet âge, pour vous faire douter de vous. Mes parents étaient fous de joie à l'idée d'avoir enfin une fille. Après trois garçons et des montagnes de camions, de petites voitures et de Meccano, la maison s'est soudain remplie de poupées, de robes et d'une pléthore de froufrous roses.

Elle sourit du tableau qu'il brossait ainsi que de son frisson faussement horrifié.

— Et comment vos deux frères ont-ils réagi ? Ils étaient verts de jalousie, eux aussi ?

— Rob, l'aîné, n'a pas été affecté du tout. Il avait neuf ans, ne s'intéressait qu'au sport et s'est à peine aperçu que la famille comptait un membre de plus. Stephen, qui est plus jeune que moi, ne m'a pas paru traumatisé non plus. Il ignorait superbement le petit vermisseau qui braillait dans son berceau. Mais avec le recul, je me demande si ce n'est pas à cette époque qu'il a commencé à se rebeller pour attirer l'attention.

— Et vous ? Comment avez-vous réagi ?

— J'alternais entre le rejet et la fascination. D'un côté, ce bébé fille m'intriguait, mais, de l'autre, je la haïssais parce que ma mère n'avait de temps et d'attention que pour elle. La naissance de Stephen ne m'avait pas fait du tout la même impression. Lui est passé comme une lettre à la poste… Ça doit être tout ce tralala avec ces poupées et ces chiffons, conclut-il avec un léger sourire.

Amy le considéra avec amusement.

— Et maintenant ? Vous êtes toujours aussi partagé ?

— Toujours, oui. Mais notre princesse Trish règne sans partage, elle. Pourquoi, sinon, un homme normalement doué de raison aurait-il accepté d'endosser le costume du Père Noël un 24 décembre ?

— Parce que la paye sera bonne, peut-être ?

— Inexistante, oui ! Je suis là pour rendre service.

Ou, en tout cas, par la grâce des méthodes coercitives dans lesquelles Trish excelle.

— Le chantage, par exemple ?

Nick hocha la tête.

— Hélas…

— Vous pouvez m'en dire plus ?

— Pas dans l'immédiat, non.

— Dans ce cas, je préfère continuer de croire que Trish fait de vous ce qu'elle veut. J'aime bien ce que cela révèle de vous.

— Quoi ? Que je suis une bonne poire ? riposta-t-il, clairement amusé.

— Non, que vous aimez votre sœur. Et le reste de la famille ? Vous êtes proche aussi de vos parents ?

Il réfléchit un instant avant d'admettre :

— Je les vois souvent, oui. Par pur masochisme, sans doute, puisque je donne ainsi l'occasion à ma mère de me harceler sans merci. Le fait que je sois flic la terrifie. Alors, je me montre chez eux de temps en temps pour qu'elle constate que je suis encore entier. Tout en gardant un minimum de distance pour éviter que ses questionnements angoissés ne me mènent tout droit à l'hôpital psychiatrique.

— Ah, c'est pour ça que vous avez paru si surpris, lorsque Maylene a dit que votre mère était fière de vos prestations professionnelles ?

— Tout à fait, oui. J'ai toujours su que j'avais la vocation. Mais mes parents ont tout essayé pour me dissuader. Cela fait dix ans que je suis dans le métier et ils n'ont pas encore renoncé à l'espoir de me reconvertir. Si j'ai le malheur de rouspéter sur un aspect quelconque de mon travail, ils reviennent à la charge avec une énergie décuplée, comme deux bulldozers qu'ils sont. C'est en jouant sur mes légitimes angoisses que ma chère sœur a réussi à faire pression sur moi aujourd'hui.

Amy l'examina avec attention.

— A vous convaincre de tenir le rôle du Père Noël, vous voulez dire ? Et de quoi vous a-t-elle menacé ?

Il sourit, même s'il semblait regretter d'avoir trop parlé.

— Je vous le dirai peut-être mais une autre fois. Pour le moment, nous devons rester focalisés sur Josh.

Amy pouvait difficilement soutenir le contraire. Elle ne cessait de détailler les visages des enfants attroupés autour d'eux. Pourquoi, mais *pourquoi* Josh ne venait-il pas rejoindre leurs rangs ? Et comment expliquer que le personnel de surveillance ne l'ait pas encore retrouvé ?

Elle tressaillit lorsque la musique du téléphone mobile de Nick s'éleva. Retenant son souffle, elle vit Nick prendre la communication et écouter en silence, hocher la tête, puis regarder autour de lui pour se repérer avant d'indiquer leur localisation exacte à son interlocuteur.

— ... O. K... ça marche. On part à votre rencontre.

— Qui a appelé ? s'enquit-elle dans un souffle.

— Ils ont trouvé un petit garçon qui se promenait tout seul. Il dit s'appeler Josh.

Le cœur d'Amy chavira.

— Il est sain et sauf ?

— Il pleure et il réclame sa maman. Mais pour le reste, il se porte comme un charme.

— Dieu soit loué ! Où est-il ?

— A l'autre extrémité du centre. Un gars de la sécurité passe nous prendre dans une voiturette électrique. J'ai dit qu'on partait à sa rencontre.

Amy s'élança en courant dans la direction qu'il lui indiquait.

— Hé, pas si vite ! protesta-t-il en la rattrapant. N'oubliez pas que c'est le Père Noël que guette notre agent de sécurité.

— Oui… bien sûr. Je suis désolée.

Il lui effleura l'épaule.

— Il n'y a pas de mal, Amy. Tiens, le voici qui arrive.

Amy monta à bord du véhicule électrique et s'installa à côté du conducteur pendant que Nick passait à l'arrière avec Emma.

— Vous étiez là quand on a retrouvé Josh ? demanda Nick au responsable de sécurité qui conduisait.

— Non. J'ai juste eu un appel me demandant de vous récupérer.

La voiturette n'avançait pas très vite à cause des attroupements causés par la vue du Père Noël roulant avec un bébé dans les bras. Ils progressaient même si lentement, par moments, qu'Amy se faisait violence pour ne pas descendre et poursuivre à pied. Mais même s'il lui en coûtait de rester assise, elle ne voulait pas perdre un temps précieux en prenant le risque de se perdre. Dans quelques secondes, elle allait revoir Josh. Son fils. Sain et sauf. Son cœur battait si fort et si vite qu'elle était au bord de l'étourdissement. Nick devait sentir son impatience, car il lui posa une main rassurante sur l'épaule.

— Nous y sommes presque, Amy. Vous devriez l'apercevoir bientôt.

La voiturette de golf vira sur la gauche pour emprunter un nouveau couloir, puis ralentit et s'immobilisa. Amy chercha Josh des yeux mais ne vit qu'un jeune officier de sécurité à la mine déconfite.

— Je regrette, madame, balbutia le jeune surveillant sans oser soutenir son regard.

Aspirée par un vertige brutal, elle se sentit vaciller, comme si elle venait de se vider de son sang.

— Ne me dites pas qu'il s'est enfui de nouveau ?

— Que s'est-il passé ? demanda la voix sévère de Nick dans son dos.

L'officier secoua la tête.

— Ce n'était pas votre fils, admit-il piteusement. Il avait à peu près le même âge et il s'appelait Josh, comme lui. Mais ses parents sont venus le récupérer, il y a à peine une minute.

Le jeune homme croisa brièvement son regard puis le détourna aussitôt.

— Je suis vraiment, vraiment désolé, madame. J'ai appelé les autres pour leur expliquer et les recherches ont repris de plus belle. Nous n'avons pas perdu trop de temps, heureusement.

Amy sentit son dernier reste de courage se briser comme une corde sous le coup d'archet du musicien. Les larmes ruisselèrent sur ses joues, des sanglots muets soulevèrent sa poitrine. Ce fut à peine si elle vit Nick placer Emma sans mot dire entre les mains du jeune surveillant médusé. Mais elle sentit ses bras l'envelopper.

— Je sais que vous êtes forte, Amy. Ne vous effondrez pas maintenant. Reprenez courage et nous allons recommencer à chercher. Rien n'est perdu.

— Je sais qu'il ne faut pas que je craque, chuchota-t-elle.

Mais elle avait beau lutter, elle ne parvenait ni à

arrêter le flot des larmes ni à cesser de se cramponner à lui. Nick pensait qu'elle était forte, mais il se trompait. Elle avait besoin de puiser un peu d'énergie en lui avant de reprendre son chemin de croix.

— Ça va aller mieux, reprit-elle. Laissez-moi juste une minute encore.

Nick lui frotta le dos comme il avait frotté celui d'Emma un peu plus tôt. Il n'y avait rien de sensuel dans son geste. C'était juste un lent mouvement de massage, réconfortant et doux. Mais il y avait si longtemps que personne ne l'avait touchée avec tendresse qu'elle aurait voulu rester noyée ainsi dans son étreinte, les yeux clos pour oublier l'horreur de la disparition de Josh.

Pas une seule fois, pendant son divorce, elle ne s'était autorisée à s'appuyer sur ses proches. Elle avait voulu leur montrer qu'elle tenait bon, qu'elle s'en sortait la tête haute. Mais cette nouvelle épreuve était une épreuve de trop. Ses réserves étaient épuisées. A sec. Et elle avait besoin de partager son fardeau. Nick, un inconnu à qui elle n'avait rien à prouver, venait combler un vide immense en la prenant dans ses bras. Quel mal y avait-il à s'agripper encore un peu ? Le visage enfoui contre sa poitrine rembourrée, elle percevait à peine les faibles relents de naphtaline de son costume. Ils étaient masqués par la fraîcheur des notes d'agrume de son eau de toilette et un soupçon de menthe qui flottait dans son haleine. Les paroles d'une vieille chanson où il était question de « maman embrassant le Père Noël » traversèrent son esprit et elle ne put s'empêcher de sourire.

— C'est quoi, ça ? s'enquit Nick doucement en lui glissant un doigt sous le menton pour plonger son regard dans le sien.

Amy se sentit rougir.

— Rien.

— Vous avez pourtant souri. Alors qu'il y a deux minutes à peine vous inondiez encore mon costume de larmes.

— C'est juste un souvenir qui m'est revenu. Un truc sans importance.

Leurs regards restaient arrimés l'un à l'autre. Malgré la peur qui lui nouait le ventre, Amy sentit l'air s'électrifier entre eux.

— Il n'est pas insignifiant, ce détail, puisqu'il amène un sourire à vos lèvres.

Elle aurait préféré qu'il ne lui parle pas de ses lèvres. Et qu'il ne les regarde pas. Ni même qu'il y pense. Elle inventa la première excuse qui lui vint à l'esprit.

— Je pensais à Josh. Qu'il sera furieux d'apprendre qu'il a manqué un trajet en voiturette électrique.

Nick ne parut qu'à demi convaincu par son explication.

— Nous nous arrangerons pour qu'il fasse un petit tour. Etes-vous prête à reprendre ?

Avec les derniers mouchoirs offerts par Maylene, Amy s'essuya les yeux. Puis elle gratifia Nick d'un sourire forcé.

— Prête, oui. Merci pour l'épaule secourable.

Elle posa la main sur le bras de Nick pour le remercier, mais il se raidit comme si elle l'avait brûlé.

— Désolée d'avoir mouillé votre costume.

— Il séchera, répondit-il d'une voix soudain distante. Mais ne perdons pas plus de temps.

Déconcertée par ce soudain revirement d'humeur, elle se contenta de hocher la tête et s'efforça de régler son pas sur ses grandes enjambées alors qu'il repartait déjà avec Emma dans les bras. Un jour, peut-être, elle aurait l'occasion de résoudre le mystère que représentait Nick DiCaprio. Elle aurait aimé débrouiller les fils de sa personnalité riche en paradoxes. Mais le moment présent ne s'y prêtait pas. Et à voir comme il avait été prompt à reprendre ses distances, elle ne pouvait s'empêcher de se demander si le bon moment arriverait jamais…

Nick venait de vivre une descente aux enfers. Il avait serré dans ses bras la femme qui lui paraissait taillée sur mesure pour tenir une place dans son étreinte, dans sa vie et dans son cœur. Mais — à moins qu'il ne retrouve son fils et dans les plus brefs délais — Amy finirait, inéluctablement, par le haïr. Tout comme la mère de Tyler Hamilton, à qui il inspirait désormais un sentiment d'horreur. Et il ne pouvait que lui donner raison. Les espoirs qu'elle avait placés en lui, il les avait déçus. Et il avait la sombre impression que cette histoire avec Amy et Josh prenait le même chemin.

La brutale déception qu'Amy venait de vivre avait dû l'anéantir. Voir l'espoir mourir dans ses yeux lui avait déchiré les entrailles. Et il pouvait à peine la regarder tant le désespoir qu'il percevait en elle le terrassait.

— Allons voir au village du Père Noël s'il y a eu du nouveau.

Trish avait promis de l'appeler s'il se passait quoi que ce soit, bien sûr. Mais Nick commençait à être sérieusement à court d'idées. Les seules qui lui venaient à l'esprit étaient tellement lugubres qu'il préférait les oublier. Même s'il avait conscience qu'il ne pourrait pas continuer à faire l'autruche beaucoup plus longtemps.

— Si vous voulez, oui, acquiesça Amy d'une voix sans timbre.

Nick se garda bien d'inventer un mensonge réconfortant pour essayer de lui remonter le moral. Elle savait aussi bien que lui que, plus le temps passait, plus les chances de retrouver Josh sain et sauf diminuaient. Non seulement il avait épuisé ses réserves d'entrain, mais il n'était pas certain de parvenir à feindre l'optimisme. De fait, il était presque aussi anxieux qu'Amy, à présent.

Lorsqu'ils approchèrent de l'atelier, Trish les repéra de loin et se porta à leur rencontre pour éviter que l'arrivée du Père Noël ne provoque une trop grande agitation. Son regard inquiet se posa alternativement sur Amy et sur lui.

— Toujours rien ?

— Pas encore, non, répondit-il.

Trish prit la main d'Amy dans la sienne.

— Je suis désolée pour le faux espoir qu'on vient de vous donner. Ça a dû être un choc terrible. Voulez-vous vous rafraîchir un moment ? Manger ou boire quelque chose ? Je vous propose de vous poser un instant dans mon bureau. Nick peut poursuivre les recherches tout seul.

Amy secoua la tête.

— Merci, c'est gentil, mais je ne suis pas fatiguée. Et je ne pourrais pas rester assise sans bouger, de toute façon… En revanche, Nick, vous devriez reprendre votre poste, non ? Les enfants vont finir par perdre patience.

— J'y retournerai, oui. Mais pas avant d'avoir retrouvé votre fils.

— Mais tous ces enfants qui attendent dans la queue…, protesta-t-elle. Ils vont être tellement déçus !

— Il est vrai qu'ils doivent trouver le temps long.

Nick examina sa sœur d'un regard critique.

— Mais avec un peu de rembourrage supplémentaire, Trish devrait pouvoir prendre la relève.

Sa suggestion absurde arracha un sourire à Amy. Ce qui était exactement l'effet qu'il espérait. Il se sentit soudain un peu moins sombre.

— Ce n'était pas une plaisanterie.

Trish lui jeta un regard noir.

— Un Père Noël avec une voix de soprano ? Oublie ton idée de génie, grand frère. Tu as mission de retrouver Josh *tout de suite* et de vite revenir pousser tes « ho ho ho ». Si je n'avais pas vu, *de mes yeux vu,* qu'Amy est réellement malade d'inquiétude, j'aurais soupçonné un coup monté pour que tu puisses te soustraire à tes obligations.

Amy ouvrit de grands yeux.

— Vous croyez qu'il serait capable d'ourdir une machination pareille ?

— Sans une hésitation. Je pourrais vous raconter des histoires, au sujet de mon frère, à vous faire dresser les cheveux sur la tête. Il…

Nick décida que ces deux-là étaient en danger de se coaliser contre lui s'il n'y prenait pas garde.

— Amy n'a pas de temps à perdre à écouter le récit de mes forfaits. Nous allons reprendre nos recherches.

La curiosité qu'il avait lue dans le regard d'Amy s'évanouit instantanément. Mais elle tourna la tête par-dessus l'épaule lorsqu'il l'entraîna vers une nouvelle aile du centre.

— Plus tard, d'accord ? lança-t-elle à Trish. Je veux un récit détaillé.

Sa traîtresse de sœur sourit.

— Promis, juré. Vous saurez tout.

Nick secoua la tête. Il s'arrangerait pour éviter qu'Amy et Trish ne passent plus de cinq minutes en tête à tête. Non seulement sa sœur serait capable de raconter des anecdotes embarrassantes, mais il la soupçonnait de vouloir orchestrer un rapprochement entre Amy et lui.

Ce n'était pas la première fois qu'il voyait cette redoutable lueur entremetteuse dans les yeux de Trish. Or, chaque fois qu'elle s'était mis en tête de « booster » sa vie sentimentale, il s'était retrouvé le bec dans l'eau avec son cœur meurtri sous le bras…

5

Nick fit quelques pas en tenant le coude d'Amy, puis s'immobilisa. Même s'il aurait préféré ne pas avoir à le faire, il n'avait plus le choix. La décision, il aurait déjà dû la prendre dix minutes plus tôt. Attendre encore serait irresponsable. Même s'il avait des choses à se prouver, il refusait que son auto-réhabilitation se fasse aux dépens de Josh. La sécurité de l'enfant passait avant tout. Et tant pis pour son ego malmené.

Il tendit le bébé à Amy.

— Attendez-moi ici une seconde, O.K. ? J'ai oublié de dire quelque chose à Trish.

Amy acquiesça d'un signe de tête et récupéra Emma qui protesta tant et plus. Touché que la petite fille rechigne à se séparer de lui, il fendit la foule impatiente et rejoignit sa sœur. Trish considéra sa mine sombre avec inquiétude.

— Que se passe-t-il ?

— Je ne voulais pas t'en parler devant Amy, mais il est temps de faire intervenir la police. Je ne suis pas tranquille sur le fait que ce gamin n'ait toujours pas refait surface. Même si c'est une journée un peu folle, un enfant seul aurait dû attirer l'attention.

Trish pâlit.

— Tu crois que…

Il l'interrompit avant qu'elle puisse formuler sa pensée à voix haute.

— J'essaie de ne pas tirer de conclusions hâtives. Il se peut que Josh soit un enfant très débrouillard et autonome et qu'il se balade sans paniquer, même dans un endroit inconnu. Mais c'est peu vraisemblable. A cet âge-là, les enfants s'inquiètent assez vite lorsqu'ils perdent leur mère de vue dans la foule. Je ne veux pas ajouter à la frayeur d'Amy, mais je me sentirai plus tranquille avec des renforts. Ne serait-ce que pour surveiller le parking et vérifier qu'il ne s'y passe rien d'inquiétant.

Consciente de l'urgence, Trish accepta sans protester.

— Tu as raison. J'appelle tout de suite.

— Précise-leur que j'ai pris la direction des recherches à titre privé. Mais que j'aurais besoin d'un coup de main.

Sourcils froncés, Trish sortit son téléphone de sa poche. Nick était ennuyé pour elle. Il savait qu'elle s'était démenée pour organiser cette animation et qu'un conte de Noël avec un dénouement dramatique la mettrait dans une posture difficile. Mais il n'avait pas le choix. En demandant des renforts, il se donnait une chance supplémentaire pour que l'épisode se termine, envers et contre tout, par un « happy end ».

— Je sais que tu voulais éviter l'intervention de la police, Trish, mais je ne peux pas prendre le risque.

Sa sœur lui posa la main sur le bras.

— Mais cela va de soi, Nick ! Il ne manquerait plus qu'on subordonne la vie d'un enfant à des soucis de relations publiques. Je ne me le pardonnerais pas, s'il arrivait quelque chose à ce petit garçon par suite d'une négligence de notre part.

Il émit un rire amer.

— C'est à moi que tu dis ça ?

Trish lui jeta un regard pénétrant.

— Tu tiens le coup, Nick ? Je regrette de t'avoir impliqué dans cette histoire. Ça doit être un cauchemar pour toi. Tu peux peut-être laisser un de tes collègues prendre la relève, dès qu'ils arriveront à la rescousse ?

Il secoua fermement la tête.

— Impossible. Amy compte sur moi.

— C'est bien ce qui m'inquiète, murmura Trish en le couvant d'un regard inquiet. Je sais comment tu réagiras si l'affaire se termine par un drame.

— Ne t'inquiète pas, tout va bien pour moi. Ou, du moins, tout *ira* bien dès que Josh sera sain et sauf dans les bras de sa mère.

Amy berçait Emma dans ses bras et s'efforçait de refréner son impatience en attendant le retour de Nick. Elle se répétait comme un leitmotiv qu'ils n'étaient pas les seuls à s'intéresser à Josh et que les recherches, par ailleurs, se poursuivaient activement. Mais elle avait besoin de rester en mouvement. Etre piquée là, sur place, toute seule à attendre, accroissait sa panique, comme si le temps passait trop vite et trop lentement à la fois.

— Désolée d'avoir été aussi long, déclara Nick en la rejoignant. Je propose que nous empruntions ce passage, à gauche. Nous ne l'avons pas encore exploré.

— Votre sœur doit s'arracher les cheveux d'avoir perdu son Père Noël. Je pourrais chercher seule, Nick.

— Je croyais que nous avions déjà réglé cette question. Je reste persuadé que l'effet « Père Noël » joue en notre faveur. Avez-vous une autre photo de Josh dans votre portefeuille ? Nous pourrions la montrer dans différents magasins et demander aux vendeurs s'ils l'ont vu passer. Un enfant de cet âge faisant ses achats sans être accompagné par un adulte attire forcément l'attention.

Amy haussa les épaules.

— On peut toujours essayer… Mais je ne vois pas avec quel argent Josh se serait mis en tête d'acheter quoi que ce soit.

— Les enfants sont parfois secrets. Il est possible qu'il ait économisé sans que vous le sachiez. C'est un garçon attentionné ?

Amy songea au petit déjeuner que Josh avait tenté de préparer le jour de la fête des Mères. Au bloc d'argile peint en couleurs vives avec l'empreinte de sa main, qu'il lui avait offert pour son anniversaire.

— Il fait de grands efforts pour l'être, en tout cas.

— Il se peut qu'il ait repéré quelque chose et qu'il ait décidé de vous l'offrir. Vous souvenez-vous d'avoir mentionné un désir, une envie, récemment ?

Amy réfléchit un instant, puis fit non de la tête.

— Rien du tout, vraiment ? insista-t-il, comme s'il refusait de croire qu'une femme puisse ne rien vouloir pour elle-même.

— J'étais très occupée à aménager notre nouvel appartement. Et je n'ai jamais aimé accumuler les objets.

— Vous n'avez pas repéré une écharpe sur un catalogue ? Ou des boucles d'oreilles ou un bracelet ou je ne sais quoi ?

Elle baissa les yeux sur son jean, agréablement usé

et confortable, et le pull rouge qui faisait partie de ses standards de l'hiver depuis au moins quatre ans.

— Je suis tout sauf une figure de mode, Nick. Je m'habille pour travailler, bien sûr. Mais des tenues classiques. Et je ne porte pas de bijoux.

Nick engloba sa silhouette d'un bref regard appréciateur.

— A mes yeux, vous êtes parfaite.

Elle sentit ses joues s'empourprer. Surtout pendant la fraction de seconde où elle sentit son attention fixée sur la rondeur de ses seins sous la laine douce.

Il détourna la tête avec brusquerie et reprit d'une voix légèrement étranglée :

— Oublions les vêtements, alors. Mais il a pu penser aux chocolats. C'est un grand classique de Noël. Vous avez un faible pour le chocolat ?

Sa question la fit rire.

— Quelle femme n'en a pas ? Mais je me contente d'une banale tablette achetée au supermarché. Les chocolats fins, je n'y pense même pas. Ils n'entrent pas dans mon budget.

Nick se frotta le front.

— Bon… Reprenons les choses depuis le début. Quelles consignes avez-vous données à Josh au cas où il se perdrait ?

— De se mettre à la recherche d'un surveillant ou d'un policier. Puis de rester tranquille et d'attendre qu'on vienne le chercher.

— Et vous pensez qu'il a bien assimilé la leçon ? Il s'est déjà perdu ?

— Jamais, non. D'habitude, il s'arrange toujours pour rester près de moi.

— Parlerait-il à des inconnus ?

— Seulement à une personne en uniforme. Et je sais qu'il a intégré la consigne. Il n'ouvre la porte qu'à des personnes qu'il connaît. Et il ne monterait jamais en voiture avec un inconnu. Même avant de rentrer avec les parents d'un copain, il me demande toujours la permission.

Nick hocha la tête.

— C'est très bien. Ferait-il une scène si un inconnu l'abordait ?

— Il ne se laisserait pas faire, j'en suis sûre, répondit-elle avec conviction.

C'était au moins une chose qu'elle savait avec certitude. Si une personne malintentionnée avait essayé d'enlever Josh, son fils se serait débattu. Et quelqu'un aurait forcément remarqué quelque chose. Faire le point sur les mesures de sécurité que Ned et elle avaient enseignées à Josh lui rendit une certaine sérénité.

— Finalement, je commence à croire que vous avez raison : Josh a dû se mettre en tête de faire ses achats de Noël tout seul. Il ne pense probablement même pas qu'il est perdu. Quand il est absorbé par un projet, il ne voit pas le temps passer. Si un objet en vitrine a attiré son attention, il est sans doute entré dans le magasin sans même imaginer que je puisse me faire du souci. Il a tendance à jouer au grand et à se prendre pour l'homme de la maison, depuis notre divorce.

Son explication parut alléger l'humeur de Nick.

— Alors explorons les boutiques. Même si vous dites ne pas vous intéresser aux chocolats de luxe, votre fils a peut-être été attiré par une de ces belles boîtes dorées, décréta-t-il en pénétrant dans une confiserie.

Amy le suivit à l'intérieur. Elle ressentait un tel

soulagement à l'idée que Josh était sans doute tranquillement occupé à faire ses achats que la tête lui tournait un peu. Les riches effluves de chocolat lui caressaient les narines. Elle regarda rêveusement les truffes et les palets, les bouchées et les ganaches. Elle n'avait quasiment rien avalé depuis le matin et l'eau lui montait à la bouche. La dernière fois qu'elle avait succombé à un plaisir aussi décadent remontait à avant son mariage, lorsque Ned lui avait acheté un ballotin pour la Saint-Valentin. C'était un des rares gestes attentionnés que son ex-mari avait eus pour elle. Un de ceux qui avaient réussi à la convaincre qu'il était l'homme avec qui elle voulait partager sa vie.

Elle vit Nick questionner la vendeuse et lui montrer la photo de Josh. Lorsque la femme secoua la tête, elle détourna les yeux et attendit. Ce fut seulement lorsqu'ils eurent quitté la confiserie qu'elle vit le petit sachet doré dans la main de Nick.

— Tenez, dit-il. Cela vous redonnera des forces.

Elle s'immobilisa, interdite.

— Mais je vous ai dit que je n'étais pas amateur de chocolats fins !

Il sourit.

— Je vous aurais peut-être crue sur parole si je ne vous avais pas vue les dévorer des yeux.

Touchée, elle ouvrit le sachet et trouva quatre beaux chocolats à l'intérieur. Les yeux clos, elle les huma longuement pour s'imprégner de leur arôme. Nick la regarda procéder avec amusement.

— J'ai entendu dire qu'ils étaient encore meilleurs quand on les mettait en bouche.

Elle lui tendit le sachet par acquit de conscience, même si elle mourait d'envie d'ingurgiter les quatre.

— Vous en voulez un ?

Il déclina l'offre en riant.

— Si je dis oui, vous risquez de m'écharper. Je le vois à votre regard féroce.

Amy rougit.

— A ce point ? Je vous en prie, servez-vous.

— Non, sincèrement. Je me contenterai du plaisir de vous regarder les déguster.

Sans dissimuler son soulagement, elle prit un chocolat noir fourré, mordit doucement dedans et ferma les yeux lorsque les notes raffinées vinrent lui caresser la langue.

— Mmm..., soupira-t-elle.

Lorsqu'elle souleva de nouveau les paupières, Nick la considérait avec une drôle d'expression. Il avait l'air un peu sonné, en fait.

— Qu'y a-t-il ? demanda-t-elle.

— Je me demandais juste quel effet cela ferait de...

Il s'interrompit net.

— Mais peu importe. Poursuivons, Amy.

De nouveau, il partit si vite qu'elle eut du mal à le suivre. Avec Emma qui riait dans ses bras, il entra et sortit d'une demi-douzaine de boutiques. Sans succès chaque fois.

— Peut-être est-ce pour Emma qu'il pense acheter un cadeau ? suggéra-t-elle. J'ai vu un magasin de jouets, lorsque nous sommes arrivés, tout à l'heure.

— Continuons à chercher de façon systématique, Amy. J'espère, d'autre part, que nous aurons bientôt des nouvelles de Trish. Il est fort possible que Josh finisse par se diriger vers le village de Noël lorsqu'il aura fini ses emplettes.

Le cœur battant, elle se raccrocha à cette possibilité.

— Oui. Je pense que c'est exactement ce qui va se passer, proclama-t-elle pour se donner de l'espoir.

Ils poursuivirent leur parcours, explorant, interrogeant, passant de boutique en grand magasin. Mais personne n'avait vu un petit garçon solitaire faisant ses achats de Noël. La joyeuse musique festive diffusée par les haut-parleurs résonnait comme une parodie grinçante aux oreilles angoissées d'Amy.

— Comment avez-vous atterri à Charlotte ? demanda Nick.

Découvrant la vitrine d'un grand magasin avec une maquette de village couvert de neige, des elfes et des rennes mécaniques, Amy songea, le cœur serré, que Josh aurait adoré le spectacle. Sur le point de fondre en larmes une fois de plus, elle fit un effort pour se ressaisir.

— L'ambiance était très tendue, après mon divorce. Et je travaillais pour une banque qui a son siège social ici. Mon patron savait que je traversais une phase difficile dans ma vie privée et il m'a proposé une mutation. Je me suis jetée sur l'opportunité.

— Josh était content de venir vivre ici ?

— Non, admit-elle. Son père lui manque. Et il ne comprend pas pourquoi nous avons quitté le Michigan. Je m'efforce de ne rien laisser transparaître devant lui de ce que je pense de mon ex-mari. Car je trouve qu'un enfant n'a pas à être partie prenante dans les conflits qui opposent deux adultes.

— Je suis entièrement d'accord, acquiesça Nick avec conviction. Je vois trop de parents instrumentaliser leurs enfants, pour en faire des armes de guerre qui leur servent à s'entre-déchirer sans merci… Mais j'avoue que je suis un peu surpris que votre mari ait accepté de vous laisser partir aussi loin avec ses enfants, fit-il observer en l'examinant avec attention.

— Je n'ai jamais dit que Ned méritait l'amour que Josh a pour lui, rétorqua-t-elle avec amertume. Il était raisonnablement présent pour Josh et Emma tant qu'il les avait « dans les jambes », comme il disait. Mais depuis que nous sommes séparés, il se désintéresse complètement d'eux. Au bout de quelques mois, je me suis dit que ce serait plus facile pour les enfants de grandir loin de leur père, en Caroline du Nord, plutôt que de souffrir au quotidien de son indifférence.

— Ce n'est pas un cadeau, cet homme-là, apparemment, commenta Nick, sourcils froncés.

— Pas vraiment, non. Mais il m'a donné deux enfants merveilleux. C'est pourquoi je ne peux pas le haïr complètement.

Elle plongea son regard dans celui de Nick.

— Pourquoi étiez-vous si inquiet, tout à l'heure, à l'idée que mon ex-mari pouvait être impliqué dans la disparition de Josh ?

— Dans mon métier, on voit parfois des cas de divorce très conflictuels. Le parent qui n'a pas la garde ne s'incline pas toujours devant les décisions des tribunaux. Et il arrive qu'il décide de se faire « justice » lui-même.

Sa réponse avait été trop rapide, son expression trop lisse. Notant qu'il évitait son regard, Amy insista.

— Vous êtes intervenu sur ce genre de cas ?

— Cela m'est arrivé, oui.

Son expression était tendue, presque douloureuse, nota Amy.

— Et cela peut tourner mal ?

— Assez, oui. Mais oublions tout cela. Nous savons que votre mari est dans le Michigan, donc nous sommes tranquilles de ce point de vue.

Amy comprit qu'il ne voulait pas en dire plus. Ce qui ne fit qu'exciter davantage sa curiosité. Mais Nick changea promptement de sujet avant qu'elle puisse le questionner plus avant.

— Cela ne doit pas être facile, pour vous, de passer les fêtes dans une ville où vous ne connaissez encore personne. Surtout avec deux enfants en bas âge…

Elle lui jeta un regard qui signifiait qu'elle n'était pas dupe de sa manœuvre. Mais elle répondit néanmoins à sa question.

— J'ai découvert aujourd'hui à quel point c'était dur. Noël est une tradition importante, dans la famille. En tout cas pour Josh. Nous avions l'habitude d'aller à la messe spéciale destinée aux enfants. Puis nous rentrions à la maison pour boire un chocolat chaud, et préparer des biscuits et un verre de lait pour le Père Noël. Ensuite, c'étaient les dessins animés de Noël, jusqu'à ce que Josh s'endorme devant la télévision. Ned le portait alors dans son lit et nous mangions les cookies après avoir placé les cadeaux sous le sapin.

Nick sourit.

— Et le lait ? Vous ne le buviez pas ?

Amy fronça les narines.

— Du lait chaud ? Berk ! Nous le vidions dans l'évier et nous laissions le verre vide à côté de l'assiette où subsistaient quelques miettes de cookies.

Elle poussa un brusque soupir.

— Ces traditions vont me manquer.

— Vous en créerez d'autres. Et vous garderez une partie des anciennes. La visite au Père Noël le 24, par exemple.

Il marqua une hésitation avant d'ajouter :

— Venez vous joindre à ma famille pour la messe de Noël, si cela vous tente. Je comptais faire l'impasse cette année, mais j'irai, si vous pensez que cela ferait plaisir à Josh de maintenir cette tradition.

Amy porta un mouchoir à ses yeux soudain humides. Elle était touchée par sa proposition. Et émue qu'il admette comme une évidence que Josh allait bientôt refaire surface.

— Vous feriez cela ? Mais vous ne connaissez même pas Josh. Et vous ne devez pas avoir une très bonne impression de lui — ni de moi, d'ailleurs.

— Il n'a rien fait de bien effroyable, votre aventurier de cinq ans. Quant à vous, je sais que vous êtes une bonne mère. Je vous le répète : cela peut arriver aux meilleurs parents d'égarer un enfant.

— Je vous remercie, Nick. Mais je ne veux pas que vous changiez vos projets pour nous. Vous dites que vous n'aviez pas l'intention d'assister à l'office de Noël avec votre famille. Je suppose que vous aviez prévu tout à fait autre chose.

— Je n'avais rien prévu du tout, non.

Amy lui jeta un regard surpris.

— Vous vous prépariez à passer le réveillon seul ?

— Il y a des tas de gens qui le font. Et qui survivent. Apparemment, l'épreuve n'est pas mortelle.

— Pas mortelle, non. Mais solitaire. Vous ne seriez pas mieux avec votre famille ?

— C'est pour ça que je vous propose de vous joindre à nous. Cela me ferait gagner des points dans l'estime de mes parents, si je montrais le bout de mon nez ce soir. Et peut-être que cela me ferait autant de bien qu'à Josh, au fond. Je dois avoir besoin de maintenir mes traditions, moi aussi.

Elle chercha son regard.

— Qu'est-ce qui vous fait éprouver ce besoin, Nick ?

— J'ai quelques vieux démons qui demandent à être apaisés, répondit-il de manière évasive.

Il était manifestement hanté par quelque chose, mais quoi ? Désireuse de l'aider à son tour, Amy lui posa la main sur le bras.

— Je ne veux pas être indiscrète, Nick, mais si cela peut vous soulager de les évoquer, ces démons, vous trouverez en moi une oreille attentive. Depuis le moment où nous avons commencé à chercher Josh, j'ai senti que quelque chose vous perturbait.

L'espace d'un instant, elle crut qu'il allait se confier enfin. Mais elle le vit soudain devenir livide. Il se détourna brusquement, comme s'il voulait éviter d'être reconnu.

— Nick ? Que se passe-t-il ? Vous avez croisé quelqu'un ? Vu quelque chose ?

— Entrons ici, rétorqua-t-il en s'engouffrant dans un magasin de chaussures pour hommes.

Avant de le suivre, Amy se retourna pour regarder autour d'elle. Mais personne dans la foule ne retint particulièrement son attention. On voyait défiler des familles entières ; certaines gaies et rieuses, d'autres effarées par la cohue, l'agitation et le bruit. Deux ou trois hommes seuls passaient au pas de course, avec une expression stressée. Quelques femmes chargées de paquets regardaient les vitrines au passage. Plus loin, un groupe d'adolescentes échangeaient des fous rires et prenaient des poses pour attirer les regards des garçons qui traînaient en bande.

Elle vit Nick échanger quelques mots avec le vendeur du magasin de chaussures. Celui-ci secoua la tête et ils ressortirent.

— Que s'est-il passé, Nick ?

Il fronça les sourcils.

— Rien.

— Vous mentez mal. C'était votre petite amie du moment ? Ou une ex ?

— Je ne crois pas que cela vous concerne. Mais il ne s'agit pas d'un problème amoureux, non.

Son ton glacial lui fit l'effet d'une gifle en pleine figure. Son refus de se confier à elle l'attristait. Mais elle en demandait trop, bien sûr. Nick n'était pas un ami. Juste un inspecteur de police qui avait accepté de l'aider. De quel droit se mêlerait-elle de sa vie privée ?

Cela dit, il l'avait questionnée aussi, de son côté. Et ce qu'il lui avait demandé au sujet de sa relation avec Ned n'était pas forcément en lien avec la recherche de Josh. D'ailleurs, ne venait-il pas de l'inviter à l'accompagner à la messe de Noël ? Avec sa famille, en plus. Il se passait quelque chose entre eux. Les vibrations qu'elle ressentait en présence de Nick n'étaient pas seulement dues au survoltage émotionnel occasionné par la disparition de son fils. Et bizarrement, alors même qu'elle avait pris la ferme décision de se consacrer en exclusivité à son nouveau job et à ses enfants, elle aurait été curieuse de voir où le trouble entre Nick et elle les aurait menés.

Mais cette curiosité s'était éteinte au moment où il avait choisi de lui mentir et de la tenir à distance. Elle sortait d'une union avec un homme qui avait été un grand expert *ès* mensonge, tromperie et autres dissimulations. Ce ne serait pas très avisé de sa part de s'embarquer dans une nouvelle relation sur des bases de départ aussi bancales. Imaginer qu'il puisse exister des points communs entre son ex-mari et saint Nicolas DiCaprio, qui ne lui avait témoigné que générosité et désintéressement jusqu'ici, avait certes quelque chose d'absurde. Mais, avec deux enfants en bas âge, elle ne pouvait prendre le risque de faire un second choix malencontreux.

En proie à une nouvelle poussée d'angoisse, Amy secoua la tête. Comment pouvait-elle s'attarder sur ces considérations, alors que son fils avait disparu ? Nick était son meilleur atout pour le retrouver. Et elle avait plus que jamais besoin de son aide. Mais dès qu'elle aurait récupéré son fils, Nick DiCaprio et elle poursuivraient des chemins séparés.

Alors même qu'elle prenait sa résolution, Amy sentit un vide se creuser dans sa poitrine. Comme si elle venait de perdre quelque chose de beau et de précieux qui s'était trouvé juste à portée de main.

6

Nick s'en voulait d'avoir été aussi abrupt avec Amy. Il avait vu la tristesse assombrir ses yeux ambre lorsqu'il l'avait rembarrée. Mais qu'aurait-il pu lui répondre, hormis un de ces mensonges qu'elle semblait flairer de loin ? Quant à la vérité, elle aurait été insoutenable à entendre. « Ah oui, tiens, je viens de croiser la mère d'un enfant décédé. Un petit garçon qui avait disparu et que je m'étais fait fort de retrouver. » Comment Amy pourrait-elle continuer à faire confiance à l'officier de police qu'il était, s'il mettait en avant de tels antécédents ? Son premier réflexe serait de demander qu'un de ses collègues prenne la relève.

Or, pour des raisons qu'il préférait ne pas analyser de trop près, Nick ne voulait pas céder la place. Comme il l'avait expliqué à sa sœur, il tenait à mener cette recherche jusqu'à son terme. Et pas seulement parce que Amy comptait déjà pour lui. Il avait besoin de reprendre confiance en lui, et le destin semblait lui avoir tendu une perche. D'une façon ou d'une autre, il se prouverait à lui-même qu'il pouvait retrouver l'enfant et le rendre à sa mère. Et il montrerait aux autres comme à lui-même que l'histoire tragique de Tyler Hamilton ne l'avait pas détruit. Il devait en passer par là, s'il voulait reprendre le service actif. Et redevenir lui-même. Car s'il ne pouvait plus être flic, quelle identité lui restait-il ?

Ses motivations étaient donc partiellement égocentriques. Nick le reconnaissait non sans une part de remords. Sa carrière faisait partie intégrante de sa vie, et il ne voulait pas la voir partir en fumée. Il savait au fond de lui qu'il restait, envers et contre tout, l'un des meilleurs flics de tout Charlotte. Il avait les éloges et les rapports écrits de ses supérieurs pour le prouver. S'il voulait repartir du bon pied, il lui fallait juste surmonter sa colère et retrouver son ancienne assurance. Le psy avait raison sur ce point. Mais pas en se tripotant l'esprit pendant des heures pour décortiquer ses états d'âme. Retrouver Josh serait une thérapie infiniment plus efficace.

Même s'il estimait que son encombrant costume de Père Noël représentait un atout, il aurait donné cher, par moments, pour en être débarrassé. S'il avait été habillé normalement, il aurait pu se fondre dans la foule et progresser plus rapidement. Cela dit, c'était sans doute grâce à son costume que la mère de Tyler Hamilton ne l'avait pas reconnu, quelques minutes plus tôt. Une discussion avec Mitzi Hamilton était la dernière chose dont il avait besoin en ce moment. Il continuait à faire des cauchemars dans lesquels il voyait son visage livide à l'instant où il avait dû lui annoncer qu'elle ne reverrait plus jamais son fils vivant.

— Nick ?

Il plongea les yeux dans le regard interrogateur d'Amy.

— Oui ?

— Tout va bien ?

Il se força à lui adresser un sourire rassurant.

— Ça va, oui. On continue ?

De nouveau, elle parut déçue par sa réponse, comme si elle avait espéré qu'il sortirait enfin de son mutisme. Malheureusement, tant qu'ils n'auraient pas retrouvé Josh, il devait garder son lourd secret pour lui. C'était ça ou précipiter Amy en plein cauchemar.

Amy revint sur sa première analyse des réticences de Nick. Quelque chose le taraudait, c'était évident. Elle l'avait senti dès le début. Peut-être devrait-elle lui arracher des confidences de force, même s'il était décidé à se taire. Penser à autre chose qu'à son fils leur ferait du bien à l'un comme à l'autre. Quels que soient les démons que Nick avait mentionnés, elle se sentait prête à l'aider à les affronter.

— Vous savez, Nick, il ne vous est pas interdit de me parler.

Il lui jeta un regard perplexe.

— Mais nous parlons déjà, il me semble.

— Oui, mais de rien d'essentiel.

— Je ne suis pas d'accord. Vous avez évoqué votre divorce. Et je sais que vous souffrez, ici, loin de votre famille. Il me semble que nous n'avons pas échangé que des banalités.

— Vous avez raison dans une certaine mesure. Vous savez déjà pas mal de choses à mon sujet. Mais, sur vous, je n'ai que très peu d'éléments. A part le nombre de vos frères et sœur. Et les manœuvres de votre mère pour essayer de vous faire changer de métier.

— C'est ma vie résumée en quelques mots, éluda-t-il.

Elle se tut un instant pour refaire défiler leur conversation dans son esprit. Une remarque qu'il avait faite lui paraissait décisive. Comme si elle contenait la clé qui pourrait l'aider à comprendre ce qui tourmentait Nick.

— Je ne crois pas que les choses soient aussi simples, déclara-t-elle calmement. Il me semble que ce n'est pas sans raison que vous aviez prévu de ne pas assister à la messe de Noël ce soir. Etes-vous en colère contre la vie, Nick ? S'est-il passé quelque chose qui ait ébranlé vos certitudes ?

Il détourna la tête. Mais elle avait eu le temps d'entrevoir la douleur dans son regard.

— De quoi s'agit-il ? insista-t-elle. C'est un problème professionnel, n'est-ce pas ? Avez-vous eu un coup dur ? Une enquête qui s'est terminée tragiquement ?

Voyant l'expression de Nick se durcir sous son grimage jovial, elle comprit qu'elle avait visé juste.

— Laissez tomber, Amy, O.K. ? riposta-t-il d'une voix tranchante. Je refuse d'aborder le problème, que ce soit avec vous ou avec quelqu'un d'autre. Et surtout pas alors que nous avons un enfant perdu à retrouver.

Malgré l'âpreté de son ton, elle ne se laissa pas intimider.

— Quelque chose me dit que c'est justement le moment pour vous d'en parler. On sent qu'un drame pèse sur vos épaules. D'ailleurs, qui sait si cet épisode passé n'interfère pas sur votre concentration et ne vous empêche pas de tout mettre en œuvre pour…

— Absolument pas, non. Quand je suis sur une enquête, rien ne peut m'en distraire. Même pas une jolie femme qui pose trop de questions et s'intéresse à ce qui ne la regarde pas. Maintenant, allez-vous, oui ou non, remettre de l'ordre dans vos priorités ? Vous n'êtes pas ici pour me psychanalyser, mais pour regarder autour de vous. Vous pourriez passer à quelques mètres de Josh et ne pas vous apercevoir de sa présence !

Amy se sentit blêmir. L'accusation était d'autant plus cruelle qu'elle la savait justifiée. Pour échapper un moment aux griffes de l'angoisse, elle avait choisi de « soigner » Nick, alors qu'il ne lui avait rien demandé. Qu'il ait besoin de parler, elle en demeurait persuadée. Mais ce n'était ni son rôle ni sa fonction de le pousser à s'épancher. Et rien ne l'autorisait, pour ruser avec ses propres peurs, à pénétrer par effraction dans les zones profondes où celles de Nick faisaient rage.

— Je suis désolée d'avoir été indiscrète, murmura-t-elle, défaite.

Il accepta ses excuses d'un hochement de tête. Evitant de la regarder, il scruta la foule. Le ventre noué, elle fit de même de son côté. Et fut reprise à la gorge par la vertigineuse multiplicité de visages d'enfants anonymes. Et pas un qui ne soit son fils. *Où était Josh ?* Si elle devait passer une seconde de plus sans le voir, une seconde de plus sans que Trish appelle Nick sur son portable pour le prévenir que son fils avait enfin ressurgi, elle était en danger de perdre pied.

Alors qu'elle sentait un hurlement de terreur gonfler dans sa poitrine, Amy repéra soudain une masse de cheveux bruns à l'aspect familier. L'enfant était trop loin pour qu'elle puisse distinguer ses traits. Et pourtant… Elle connut une bouffée d'espoir qu'elle s'efforça d'endiguer. Tant de fois, déjà, elle s'était trompée en croyant reconnaître son enfant.

Mais lorsque son regard tomba sur la longue écharpe vert et rouge qui traînait par terre derrière le petit garçon, son cœur délivré fit un grand bond joyeux dans sa poitrine. Ce cache-nez était un modèle unique puisqu'elle l'avait tricoté elle-même.

— Là ! cria-t-elle en attrapant le bras de Nick pour lui indiquer la petite silhouette décidée. Il entre dans cette boutique, là-bas. Vous aviez raison ! Il fait les magasins ! C'est incroyable !

Nick plissa les yeux.

— Où cela, dites-vous ? Vous êtes certaine qu'il s'agit bien de Josh ?

Comme ce dernier disparaissait à l'intérieur de la boutique, Amy se mit à courir sans répondre, en entraînant son « Père Noël » derrière elle. Fendre le flot humain qui envahissait le centre relevait du tour de force. Jusqu'au moment où Nick lui saisit le coude et la guida en leur frayant un passage. Que ce soit à cause de sa carrure, de sa détermination ou de son costume, la foule, en tout cas, s'ouvrit devant eux comme les flots devant Moïse.

— Je ne le vois toujours pas, Amy.

— Je l'ai vu s'engouffrer là-dedans. Vite !

Les joues en feu, elle s'immobilisa devant la vitrine où des mannequins en cire arboraient de gracieux sous-vêtements en dentelle.

— Non, je rêve ! Il est entré dans un magasin de lingerie !

Nick lui jeta un regard circonspect.

— Votre fils de cinq ans s'intéresse à ce genre d'articles ?

— Vous vous demandiez quelle idée de cadeau il pourrait avoir pour moi. Je crois que nous avons la réponse. Son père m'offrait rituellement, chaque année, une pièce de lingerie de luxe. Et, apparemment, Josh semble vouloir perpétuer la tradition. Quand je disais qu'il se prenait désormais pour le petit homme de la maison, je n'imaginais pas que ce serait à ce point !

Nick avait toujours l'air vaguement déconcerté.

— Incroyable… J'avoue que c'est le dernier endroit où j'aurais pensé à chercher un petit garçon de cet âge.

Devant l'entrée de la boutique, Amy le vit hésiter. Et crut comprendre ce qui occasionnait sa réticence. La plupart des hommes aimaient voir leurs compagnes dans des dessous sexy, mais seraient morts de honte à l'idée d'être surpris en train d'en acheter. Amusée, elle leva les yeux vers lui.

— Ne me dites pas qu'un grand garçon comme vous se laisse effrayer par deux soutiens-gorge et trois culottes.

Il fronça les sourcils.

— Ce sont les femmes qui grouillent là-dedans qui me terrifient.

— N'oubliez pas que nous sommes le 24 décembre. La plupart des acheteurs sont des hommes cherchant un cadeau de dernière minute. Ce serait plutôt à moi d'être embarrassée.

— Vous êtes sûre et certaine que votre Josh fait ses courses de Noël là-dedans ?

Amy sourit. Au milieu de la foule des adultes pressés, elle distinguait nettement la silhouette de Josh. Ou, du moins, son cache-nez qui traînait derrière lui. Soulagée et d'humeur à rire, elle hocha la tête. Dressé sur la pointe des pieds, il fouillait dans un bac offrant des articles en solde.

— Là, Nick ! Regardez ! Il tient un tanga à la main ! Rouge !

Au lieu de tourner les yeux dans la direction qu'elle lui indiquait, Nick chercha son regard et ne le lâcha plus. L'air entre eux se mua soudain en fournaise tropicale.

— Un tanga rouge, vous dites ?

Ce fut plus fort qu'elle : Amy éclata de rire.

— Le Père Noël n'est pas censé avoir ce genre de pensées ! Je suppose que je devais avoir plus ou moins la même expression dans la confiserie. Alors, vous venez, oui ou non ? Vite avant qu'il ne nous file encore une fois entre les doigts !

— Je ne pense pas qu'il serait bon pour la réputation du Père Noël d'être repéré dans un magasin de lingerie, en train de loucher sur les strings. Je vais plutôt rester ici avec Mlle Emma pour surveiller la sortie. Je serai là en renfort au cas où il vous échapperait.

— Poule mouillée ! lança-t-elle en riant.

Elle pouvait de nouveau plaisanter, à présent qu'elle avait son fils vivant sous les yeux.

— Absolument, oui, reconnut-il sans complexe.

Amy ne perdit pas de temps à chercher à le convaincre. Se frayant un chemin dans le magasin bondé, elle fondit droit sur Josh. Pendant quelques instants, elle s'offrit le luxe de le regarder sans rien dire, se contentant de savourer la joie de le voir là, sain et sauf.

Puis elle s'accroupit à côté de lui.

— Josh Riley, tu ne peux pas imaginer comme je suis heureuse de te retrouver, murmura-t-elle en l'attirant dans ses bras pour le serrer avec force dans son étreinte.

Elle éprouvait un soulagement intense, merveilleux, comme si toute l'angoisse accumulée depuis une heure s'écoulait hors d'elle, libérant chaque tissu, chaque muscle.

— Oh non ! protesta Josh en se dégageant. Il ne fallait pas que tu me voies, maman !

Effarée, elle secoua la tête. Josh n'avait pas idée de ce qu'elle venait de traverser.

— Et pourquoi ne fallait-il pas que je te voie ?

Josh soupira patiemment.

— Mais parce que je suis en train de t'acheter ton cadeau ! Et je voulais que ce soit une surprise…

Amy, pour sa part, ne voulait plus qu'une chose : couvrir son jeune fugueur de baisers. Mais elle devait d'abord lui faire comprendre qu'il avait passé les limites.

Peignant une expression sévère sur ses traits, elle plongea son regard dans le sien.

— Cadeau ou pas cadeau, Joshua Riley, as-tu pensé une seconde que je pourrais être morte d'inquiétude en ne te voyant plus nulle part ?

Visiblement surpris, Josh cligna des paupières.

— Tu t'es fait du souci, maman ?

Elle le secoua doucement par les épaules.

— A ton avis ? Jamais tu n'as eu la permission d'aller faire les courses tout seul ! Et c'était la première fois que tu venais dans ce centre commercial, en plus ! Quand tu m'as lâché la main, j'ai cru que tu allais faire la queue pour voir le Père Noël, mais tu as changé d'avis en route. Je ne savais pas où tu étais et je me faisais un sang d'encre. Tu sais que tu dois toujours me demander l'autorisation avant d'aller quelque part. Ce que tu as fait est grave, très grave.

L'accusation laissa Josh perplexe.

— Mais je suis allé voir le Père Noël ! Seulement, la queue était *trop* longue, maman. Et je veux te faire un cadeau pour remplacer celui de papa. Comme ça tu ne seras pas triste…

Amy se mordit la lèvre. Difficile de se raccrocher à sa légitime colère face à de pareils arguments. La candide générosité de Josh lui allait droit au cœur. Résistant à la tentation de reprendre son jeune héros dans les bras, elle fronça les sourcils.

— Et comment savais-tu où il fallait aller ?

— L'année dernière, j'étais avec papa pour t'acheter ton cadeau. Donc j'avais vu que c'était un magasin où il y a des dames en petite culotte dans la vitrine. Mais j'ai cherché longtemps parce que tu me dis toujours que j'ai pas le droit de parler aux gens que j'connais pas. Donc je pouvais pas trop demander. Et y a plein, plein de magasins avec des gens partout qui bouchent le passage. Mais là, je suis sûr que c'est le bon magasin. Car il est pareil que celui où j'étais avec papa l'an dernier.

Il avait l'air si fier de lui qu'Amy en aurait pleuré. Elle dut cligner des paupières pour contenir les larmes qui menaçaient.

— Oh, mon chéri, mais je n'ai pas besoin d'un cadeau comme ça ! C'est beaucoup trop cher, Josh. Et tu n'as pas d'argent !

— Si, j'ai de l'argent !

Josh ouvrit la main et lui montra fièrement les quelques billets qui s'y trouvaient.

— Papa m'en a donné avant qu'on parte du Michigan.

Il souleva le tanga rouge.

— Tu la trouves belle, la petite culotte, maman ?

Pour Amy, elle avait surtout l'air inconfortable. Tout aussi inconfortable, en fait, que celles que Ned lui avait offertes au fil des années et qui, pour la plupart, avaient fini au fond d'un tiroir. Elle ne voulait pas que son fils dépense le peu d'argent qu'il avait pour acheter un objet destiné à stagner dans un recoin oublié de sa commode. Sans compter que ce n'était pas le cadeau idéal qu'une mère pouvait accepter de son fils.

— Ce que je trouve, c'est que tu es un garçon vraiment extraordinaire de vouloir acheter un si beau cadeau pour ta maman. Mais je préférerais que tu gardes l'argent que ton papa t'a donné pour le moment où tu auras vraiment envie de quelque chose pour toi.

Elle s'interrompit pour le regarder avec la sévérité requise.

— Mais il faudra que tu attendes longtemps avant de pouvoir le dépenser, parce que, avec la bêtise que tu viens de faire, tu vas être privé de sortie jusqu'à l'âge de trente ans.

Le visage de Josh se décomposa.

— Trente ans ! Mais j'ai pas fait de bêtise. Je voulais juste t'acheter un cadeau. Je pensais que tu serais contente !

— Acheter un cadeau, c'est une très gentille intention, Josh. Mais tu n'as pas le droit, à ton âge, de te sauver sans rien dire. Sais-tu que toute l'équipe de sécurité du centre commercial est à ta recherche depuis plus d'une heure ? Et même un policier !

Entendant cela, Josh parut enfin prendre conscience de l'énormité de ce qu'il avait fait.

— Ouille, ouille ! chuchota-t-il. Tu crois qu'ils sont fâchés contre moi ?

— Je pense qu'ils seront soulagés d'apprendre qu'il ne t'est rien arrivé de grave, Josh. Et je sais qu'ils apprécieront que tu leur présentes tes excuses.

Son fils hocha docilement la tête.

— D'accord, maman. Je leur demanderai pardon. Tu sais quoi ? On pourrait vite, vite repasser à l'appartement, et on leur apporterait plein de cookies.

Josh semblait avoir compris sa leçon. Pour le moment, en tout cas. Car elle passerait vraisemblablement les dix prochaines années de sa vie à la lui répéter sous différentes formes. Avec un petit garçon aussi précoce, elle risquait de s'arracher les cheveux plus souvent qu'à son tour.

— Tu me promets que tu ne te sauveras plus jamais, Josh ?

— Promis, juré, maman.

— Bon. Eh bien, j'ai une surprise pour toi. Il y a quelqu'un qui t'attend juste à la porte du magasin. Quelqu'un qui veut s'assurer par lui-même que tu es sain et sauf, avant d'appeler tous les autres qui te cherchent et leur dire qu'on t'a retrouvé. Remets ce truc-là à sa place, dans le bac, et sortons vite d'ici.

Josh se sépara à contrecœur de son tanga rouge et prit bravement la main qu'elle lui tendait.

— C'est qui ? demanda-t-il avec impatience pendant qu'ils traversaient la boutique. Qui veut me voir ?

Avant qu'elle puisse répondre, son regard s'illumina.

— J'ai deviné ! C'est papa ! Papa est venu passer Noël avec nous ! Youpi !

Amy eut le cœur serré d'avoir à doucher l'enthousiasme de son fils. En cet instant, elle aurait volontiers étranglé son ex, qui n'avait même pas pris la peine d'envoyer un jouet pour Noël à son fils. Mais à quoi bon s'énerver ? Ned était ce qu'il était. Et elle ne pouvait pas passer le reste de ses jours à lui inventer de savantes excuses.

— Non, mon chéri, ce n'est pas ton père.

L'éclat dans les yeux de Josh se ternit.

— Ah bon…, murmura-t-il, déçu.

— Mais c'est presque une aussi bonne surprise, tu verras.

— Papi et mamie ? s'enquit-il avec nettement moins d'entrain.

Amy n'eut pas le temps de lui fournir plus d'explications. Josh venait d'aviser Nick avec Emma dans les bras. Ses joues devinrent écarlates et son regard s'éclaira de nouveau. Il n'y avait plus trace de déception sur son visage radieux.

— Papa Noël ! s'écria-t-il. Tu m'as apporté le papa de Noël !

Pour la seconde fois, ce jour-là, il lui lâcha la main pour s'élancer seul vers son but. Mais cette fois le Père Noël était là pour le rattraper et l'enlever dans ses bras.

7

Nick avait gardé les yeux rivés sur Amy alors qu'elle traversait la boutique pour rejoindre son fils. Emma s'était mise à rire et à gazouiller gaiement en pointant le doigt sur sa mère et sur Josh. La petite fille avait manifestement reconnu son grand frère et affichait sa joie à le revoir. Nick sentit une émotion douloureuse lui transpercer la poitrine alors qu'il assistait à ces retrouvailles.

C'était une belle scène comme celle-ci qui aurait dû clôturer l'affaire Hamilton. Il aurait été juste que la mère de Tyler, elle aussi, serre son enfant perdu contre son cœur en versant des larmes de joie. Mais rien de tel ne s'était produit pour Mitzi. Il était arrivé seul chez elle avec sa terrible nouvelle. Une nouvelle qu'il avait tenu à annoncer lui-même. Paralysé par l'impuissance, il avait vu le sang se retirer du visage de la jeune mère. Il l'avait rattrapée lorsque ses jambes s'étaient dérobées, et l'avait tenue pendant qu'elle sanglotait. Mais, de sa vie, il ne s'était senti si démuni. Et il ne parvenait même pas à imaginer qu'un événement, même aussi heureux que celui qui se déroulait en cet instant sous ses yeux, pourrait atténuer un jour la force destructrice de ce souvenir.

Lorsque Josh le repéra, poussant un cri de joie et lâchant la main d'Amy, Nick tomba à genoux pour intercepter l'enfant, qui venait se jeter dans ses jambes. Pendant une fraction de seconde, il oublia Tyler et Mitzi, et ne ressentit qu'un immense soulagement. *Cette* recherche-là s'était bien terminée. *Ce* garçon avait retrouvé sa mère. Et il avait joué un rôle, au moins partiel, dans ces heureuses retrouvailles.

Son regard glissa sur Amy, qui rayonnait comme si elle venait d'ouvrir le plus somptueux des cadeaux de Noël.

— Merci, articula-t-elle.

Avant qu'il puisse répondre, Josh gigota pour se libérer et l'examina d'un regard attentif.

— J'ai déjà rencontré le Père Noël l'année dernière. Et il avait pas la même tête que toi.

Nick réprima un sourire.

— Le Père Noël a eu une année difficile. J'ai pris un coup de vieux.

Josh ne parut pas convaincu.

— Et je ne reconnais pas ta voix non plus. Tu parles comme les gens d'ici. Ce n'est pas l'accent du pôle Nord.

Du coin de l'œil, Nick entrevit l'expression amusée d'Amy. Il improvisa sur-le-champ.

— Tu sais, Josh, le Père Noël doit toujours s'adapter à l'endroit où il arrive en visite. Pour que les enfants d'ici me comprennent, je parle comme eux.

Josh eut une moue sceptique.

— Ah oui ? C'est d'accord si je te dis tout de suite ce que je veux pour Noël ? Comme ça, je ferai pas la queue. C'est à cause de la queue que je me suis perdu. Il y avait trop de monde et je suis parti.

Nick échangea un regard avec Amy. A en juger par

son sourire, elle était prête à lui offrir le soleil, la lune et les étoiles avec. Mais il se sentait, pour sa part, d'humeur un peu moins indulgente envers le jeune fugueur.

— On va en discuter, toi et moi, d'accord ? D'homme à homme.

— D'accord, acquiesça Josh, le regard brillant.

Nick dut se faire violence pour ne pas sourire.

— Je ne suis pas sûr que les petits garçons qui se sauvent et qui font des frayeurs à leur maman devraient recevoir un cadeau du Père Noël. Qu'en penses-tu, toi ?

Josh ouvrit de grands yeux incrédules.

— Tu me demandes de décider si je dois avoir un cadeau ou pas ?

— Je pense que nous pouvons y réfléchir ensemble, toi et moi. Qu'est-ce que tu en dis ?

Le petit garçon se concentra avec le plus grand sérieux.

— Voilà ce que je pense : j'ai pas fait exprès d'inquiéter maman. Moi, ce que je voulais, c'était lui faire une surprise. Pour qu'elle ait un vrai cadeau sous le sapin même si papa n'est pas là. Et ça, c'est une bonne action, non ? Même que maman a dit que j'étais un petit garçon extraordinaire.

Nick faillit éclater de rire. Amy ne devait pas avoir la vie facile avec ce jeune homme à l'esprit retors. Josh avait des facultés de raisonnement étonnamment développées pour un enfant de son âge. A moins qu'il ne s'agisse tout simplement de bons réflexes d'autoprotection. Nick se souvenait d'avoir eu cette même faculté, enfant, à se sortir par le raisonnement des situations les plus délicates. Et sa mère s'était montrée tout aussi tolérante qu'Amy. Poser les règles et appliquer les sanctions avait toujours incombé à son père. Or, Josh n'avait personne autour de lui pour tenir le rôle. En sa qualité de Père Noël, il pouvait, pour aujourd'hui en tout cas, se charger de rappeler quelques consignes de prudence élémentaires.

— C'est vrai que ton idée était généreuse, Josh. Donc, je suis d'accord : ça compte pour une bonne action. Mais partir sans prévenir, même avec de bonnes intentions, c'est une bêtise. Une grosse bêtise, même. Beaucoup de gens, ici, dans le centre, se sont fait du souci pour toi.

Le garçonnet parut sincèrement contrit.

— Oui, je sais. Maman me l'a dit… Mais je vais leur demander pardon, alors ça va s'arranger, conclut l'enfant avec un regain immédiat d'optimisme.

Nick jeta un regard à Amy.

— C'est bien que tu présentes tes excuses aux gens qui ont passé beaucoup de temps à essayer de te retrouver. Mais je veux être sûr que tu comprennes pourquoi c'est grave, ce que tu as fait.

— Parce que maman a eu très peur, c'est ça ?

— C'est déjà une raison, oui.

Nick se demanda comment faire passer son message sans terrifier Josh et sans le priver de sa confiance en la vie. Son étonnante absence d'inhibition lui rendrait sûrement de grands services, par la suite. Et il ne voulait pas briser cet élan en lui. Même si la pauvre Amy n'avait pas fini de vivre des moments difficiles…

Il considéra Josh d'un œil sévère.

— Mais il y a une autre raison : c'est dangereux, pour quelqu'un de ton âge, de se promener seul dans un endroit comme ici, où il y a beaucoup de monde. Dans de grandes foules, comme celle-ci, un enfant n'est pas en sécurité. Il lui faut la protection d'un adulte.

Josh plissa le front d'un air pensif. Il n'était pas de

ceux qui prenaient les affirmations des « grands » pour argent comptant, de toute évidence.

— Et pourquoi, c'est dangereux, par exemple ?

Nick se demanda dans quelle mesure il pouvait entrer dans les détails. Et finit par opter pour une stratégie dérivée.

— Tu crois au Père Noël, n'est-ce pas ?

— Ben ouais !

— Eh bien, le Père Noël voit beaucoup de choses. Les bonnes et les mauvaises.

Josh hocha la tête.

— Oui, c'est pour ça que je suis toujours sage. Enfin… très souvent, rectifia-t-il après un rapide regard à Amy. Jusqu'à aujourd'hui, quoi.

Nick dissimula un sourire.

— Bon… Tu es d'accord avec moi quand je dis que le Père Noël sait beaucoup de choses ?

— Oui.

— Alors, tu ne penses pas que tu peux le croire sur parole, quand il affirme que c'est dangereux pour un garçon de cinq ans de se promener seul dans un grand centre commercial comme celui-ci ?

Un reste de scepticisme marquait l'expression de Josh.

— Mais je suis resté seul longtemps et il s'est rien passé de mal.

— Cette fois-ci, non. Tu as eu beaucoup de chance, Josh. Mais il ne faudra plus jamais prendre le risque. Tu comprends cela ?

— Oui, je crois.

— Bon, alors réfléchis à ma proposition. Si tu veux que le Père Noël discute avec toi de ta liste de cadeaux, il faudra lui promettre de ne pas recommencer.

L'attrait des cadeaux aidant, Josh acquiesça solennellement.

— D'accord, je promets. Je regrette, maman, dit-il en se tournant vers Amy.

Nick jugea prudent de le mettre en garde.

— Le Père Noël saura si tu tiens parole ou non. Donc, il faut que tu promettes pour toujours.

Josh lui jeta un regard inquiet.

— Pour toujours ? C'est très, très long… C'est une promesse qui compte même pour quand j'aurai dix ans ?

— Plus longtemps que ça encore. Jusqu'à ce que tu sois vraiment grand. Et, même là, il faudra tâcher de ne jamais faire pleurer ta maman.

Josh poussa un petit soupir.

— Je vais essayer, mais ça va être long… Tu as une maman, toi ? demanda-t-il soudain en l'examinant de près.

Nick fit oui de la tête.

— Et elle s'inquiète pour toi ?

— Oh ! oui, admit-il spontanément.

Mais il évita de préciser que, même à son âge, il lui arrivait encore de lui faire de la peine.

— Mais tu es le Père Noël !

— Les mamans se font aussi du souci pour les grands. Et même si ça te paraît long, je suis sûr que tu peux y arriver.

— J'essaierai, chuchota Josh d'une voix altérée par le doute.

— Je te propose de réfléchir à ma proposition, O.K. ? Et on en reparlera quand tu auras fait la queue pour venir me voir.

Le regard de Josh s'éclaira.

— Ça marche ! Je vais me mettre dans la queue tout de suite !

Il allait s'élancer vers le village du Père Noël lorsque Nick le rattrapa in extremis par la main.

— Hep ! Pas si vite, jeune homme ! Qu'est-ce que tu viens de me promettre ?

Josh fit la grimace.

— Ah oui… Maman ? On peut aller faire la queue, maintenant ?

Avant qu'Amy puisse répondre, Nick jeta un coup d'œil sur la file interminable. S'il devait affronter cette multitude d'enfants impatients, ce ne serait que justice s'il se ménageait une petite récompense sur la fin. Il voulait être sûr de revoir cette petite famille — sûr de passer plus de temps en leur compagnie. Une fois dégagé de ses obligations, il aurait les mains libres pour persuader Amy de l'accompagner à l'office de Noël ce soir. Et quelque chose lui disait que si Amy et ses enfants étaient à ses côtés à l'église, sa vie pourrait prendre un nouveau tournant.

— Ecoute, Josh, comme la queue est très longue, je te propose d'aller manger d'abord un petit quelque chose avec ta mère et ta sœur, et de revenir quand il y aura moins de monde.

— Tu crois qu'on aura le temps ? s'inquiéta Josh.

— Je ne partirai pas avant de t'avoir vu.

Nick se tourna vers Amy.

— L'idée vous convient ? Cela ne vous fera pas de mal de vous mettre quelque chose sous la dent. L'aire de restauration est juste en face. Je recommande chaudement la pizza.

Amy parut hésiter quelques instants, puis son visage s'éclaira.

— En fait… je meurs de faim ! Ce matin, j'étais grippée et je ne pouvais rien avaler. Mais l'angoisse a chassé le virus, apparemment. Pouvons-nous vous rapporter quelque chose ?

Nick déclina d'un signe de tête.

— Ça ira, merci.

— Alors, à tout à l'heure.

Elle commença à s'éloigner avec Emma calée sur une hanche et en tenant la main de Josh. Mais elle se ravisa et revint sur ses pas. Avant que Nick ait pu anticiper son geste, elle se dressa sur la pointe des pieds et lui posa un baiser sur la joue.

— Merci de m'avoir aidée à retrouver Josh, chuchota-t-elle, les yeux humides de larmes. Tu ne peux pas imaginer comme…

Sa voix se brisa et elle se tut. Il essuya la larme solitaire qui glissait sur sa pommette.

— Je crois que je peux m'imaginer, si. Et je suis heureux d'avoir pu être à ton côté, Amy.

Son regard trouva le sien.

— Je n'oublierai jamais ce que tu as fait pour nous… Ni les questions sans réponse dont je t'ai harcelé, ajouta-t-elle avec l'ombre d'un sourire.

Même si la remarque se voulait être une forme atténuée de menace, il ne put s'empêcher de rire.

— Je crois que tu es la personne la plus opiniâtre que je connaisse.

Elle sourit.

— Tiens-le-toi pour dit, alors. Tu es sûr que tu ne veux pas que je te rapporte quelque chose ?

— Rien, répéta-t-il.

Il attendit qu'Amy se soit éloignée dans la foule pour compléter à voix basse :

— … à part vous trois.

Trish surgit derrière lui juste à temps pour surprendre ses dernières paroles.

— Alors ? On dirait que tu n'as pas seulement retrouvé un garçonnet perdu, grand frère. Tu as aussi remporté un bonus ?

Pour une fois, il ne ressentit même pas la tentation de l'envoyer bouler.

— Qui sait ? Ça se pourrait.

— J'ai assisté au baiser, entre parenthèses. Et j'ai beaucoup aimé ton expression abasourdie.

Trish l'attrapa par le bras et lui adressa un clin d'œil.

— Noël est bel et bien la saison des miracles, finalement.

Juste au moment où elle prononçait le mot « miracle », leur mère, Laura DiCaprio, surgit de la foule, les joues en feu et coiffée du foulard dont elle couvrait ses cheveux pour cuisiner.

— Ah, te voilà ! s'exclama-t-elle, hors d'haleine, en l'examinant de la tête aux pieds. Nicky, tu fais un magnifique Père Noël, conclut-elle d'un ton approbateur.

L'arrivée de sa mère prenait Nick par surprise. Et il ne pouvait s'empêcher de se demander ce qui motivait sa présence. Surtout qu'à en juger par son apparence elle s'était interrompue au beau milieu de ses préparatifs culinaires pour se précipiter ici ventre à terre. Soupçonnant Trish d'avoir ourdi quelque complot contre lui, il la gratifia d'un froncement de sourcils mauvais. Mais sa sœur haussa les épaules.

— Inutile de me regarder comme ça. Je ne suis pas responsable. Nous n'avons pas communiqué de la journée, maman et moi.

Il se tourna de nouveau vers sa mère.

— Que fais-tu ici, maman ? Et ne me dis pas que c'est une coïncidence, car je sais que tous tes cadeaux de Noël sont prêts depuis au moins un mois.

— Ils sont emballés depuis septembre, figure-toi.

— Ce n'est pas ce que j'appelle une réponse directe.

— Et je ne suis pas non plus un de tes suspects ! répondit Laura DiCaprio en se hérissant.

— Maman, s'il te plaît…

— Bon, d'accord. Maylene Kinney m'a appelée. Elle m'a parlé du petit garçon qui avait disparu et…

La voix de sa mère se perdit dans un murmure.

— Et ?

— Et j'ai eu besoin de m'assurer par moi-même que… que tu tenais le coup. J'ai laissé ton père tourner en rond tout seul sur le parking. Espérons qu'il finira par trouver une place.

Elle leva vers lui un regard hésitant.

— C'est terminé ? L'enfant égaré a été retrouvé ?

— Il va bien, oui, répondit Nick sèchement.

Que la nouvelle de la disparition de Josh se soit ébruitée ne lui paraissait pas être un bon signe. Il suffirait qu'un journaliste égaré ait vent de l'histoire et le centre grouillerait bientôt de reporters. Il cloua Trish d'un regard sévère.

— Si les médias débarquent, tu t'arranges pour ne pas me mêler à l'histoire, tu m'entends ? Dis-leur que c'était une fausse alerte. Ou, si tu préfères ne pas mentir, explique-leur que Josh a retrouvé sa mère et que tout s'est bien terminé. Mais, surtout, que mon nom ne soit pas mentionné.

Trish le regarda avec consternation.

— Je ferai de mon mieux. Mais je préfère te dire tout de suite qu'il y a déjà une journaliste, dans le centre, qui fait un reportage sur les adeptes du cadeau de Noël de dernière minute. J'essaierai de lui demander de garder le silence. Mais je ne te promets pas que ce sera facile. Pour un reporter, c'est l'histoire rêvée : « Nouveau miracle de Noël : une maman retrouve son petit garçon perdu le soir du réveillon ».

— Si elle se contentait d'écrire cela, je n'y verrais pas d'inconvénient. Mais tu sais aussi bien que moi que si elle parle de moi, il y aura des comparaisons…

— Si on parle de toi, tu seras un héros, Nicky, intervint sa mère. Tu ne crois pas que ce serait une bonne chose après… après ce qui s'est passé ?

— Je ne veux pas être une célébrité et je n'ai rien accompli d'héroïque aujourd'hui, à part enfiler cette foutue tenue de Père Noël ! J'aurais mieux fait de me couper la main plutôt que de te répondre au téléphone ce matin, Trish !

Alors même qu'il prononçait ces mots, il visualisa sa rencontre avec Amy. Il se revit en discussion avec le petit Josh, si vif et si précoce, se souvint de ce qu'il avait ressenti en tenant Emma dans ses bras. Et convint qu'il n'aurait voulu manquer ces moments pour rien au monde.

Il lut dans le regard de Trish qu'elle comprenait.

— Bon. Je retourne prendre mon poste avant que ces enfants ne déclenchent une émeute, annonça-t-il sombrement. Pendant ce temps, Trish, tu devrais peut-être aller trouver Amy et la mettre en garde en ce qui concerne la journaliste. Je ne sais pas si elle a d'ores et déjà été repérée mais, dans le doute, il vaut mieux qu'elle soit préparée. Dis-lui de rester dans l'aire de restauration jusqu'à ce que tu reviennes la chercher. J'ai promis à Josh qu'il pourrait venir voir le Père Noël avant la fermeture du centre commercial.

Les yeux de sa mère brillèrent de curiosité.

— Amy ? C'est la maman du petit garçon perdu ? Maylene m'a dit qu'elle était jolie comme un cœur et que c'était une mère seule qui venait juste d'emménager à Charlotte.

— C'est exact.

Nick nota avec résignation que l'expression de sa mère se faisait rêveuse, comme si elle entendait déjà les premiers accords d'une marche nuptiale.

— Je viens avec toi, Trish, annonça Laura avec un large sourire. Je ferais volontiers connaissance avec cette jeune personne. Peut-être accepterait-elle de venir partager notre repas de Noël demain, avec ses enfants ?

Trish semblait avoir du mal à dissimuler son amusement. A seconde vue, Nick la suspecta d'ailleurs de ne même pas faire l'effort de dissimuler quoi que ce soit.

— Tu as des commentaires à faire, grand frère ?

Il soupira.

— A quoi bon ? Vous n'écoutez jamais un mot de ce que je dis, de toute façon.

— Comment peux-tu affirmer une chose pareille, Nicolas DiCaprio ? s'insurgea sa mère. Nous t'entendons, mais nous lisons parfois aussi entre les lignes. Viens, Trish. Allons trouver cette jeune femme… Nick, quand ton père arrivera, envoie-le-moi, tu veux bien ?

Nick suivit le duo des yeux et déglutit. S'il n'y avait pas eu l'essaim d'enfants surexcités qui l'appelaient à grands cris, il les aurait retenues de force. Ou les aurait au moins accompagnées pour protéger la pauvre Amy. Il avait la sombre impression qu'elle serait plus en sécurité avec une horde de journalistes survoltés qu'avec cette paire de conspiratrices, en mission pour offrir à leur frère et fils ce cadeau prisé entre tous : un amour de Noël.

Amy prit des parts de pizza et des boissons pour Josh et pour elle, et chercha une table où s'asseoir. Ce ne fut pas une mince affaire. Presque toutes étaient occupées, et elle avait le plus grand mal à manœuvrer la poussette d'Emma entre les consommateurs. Non sans appréhension, elle vit Josh s'efforcer de maintenir leur plateau en équilibre.

— Par ici ! appela Trish en lui faisant de grands signes. Ma mère vous a trouvé une table.

Soulagée, Amy se dirigea vers la sœur de Nick.

— Merci beaucoup. C'est vraiment très gentil. Nick a repris ses fonctions ?

— Oui, ça y est. Je l'ai laissé avec un enfant sur les genoux à dispenser de judicieux conseils. Mais il m'a demandé de vous dire qu'il valait mieux que vous restiez tranquille ici, et que vous évitiez de vous montrer avant que je ne revienne vous chercher.

Surprise par cette mise en garde, Amy demeura un instant interdite.

— Ah bon ? Pourquoi ?

Trish fit la moue.

— Je suis désolée. Mais nous pensons que des rumeurs ont pu se répandre au sujet d'un enfant disparu. Et, dans la mesure où Nick est intervenu, cela pourrait faire les choux gras des médias. Je vais tenter l'impossible pour les tenir à distance, y compris la correspondante du journal local qui enquête déjà sur place pour un article qui n'a rien à voir avec vous. Nick a pensé que vous préféreriez ne pas être assiégée par les paparazzi.

Trish marqua soudain une hésitation.

— Je dis ça, mais cela vous amuserait peut-être de répondre aux interviews ?

Amy frémit. A présent que Josh était en sécurité à son côté, elle n'avait plus envie de penser à l'incident et encore moins d'en parler.

— Oh non, surtout pas…

Mais Josh, qui n'avait pas perdu un mot de la conversation, ouvrit de grands yeux enthousiastes.

— Oh ! si, maman ! Comme ça, on passerait à la télé ! Ce serait trop génial ! On pourrait enregistrer un CD et l'envoyer à papa et à papi et à mamie…

— Toi, tu n'as pas ton mot à dire, rétorqua Amy fermement. Tu ne voudrais tout de même pas que ton papa apprenne que tu t'es sauvé, Josh !

— Mais je pourrais dire à la télé que je regrette d'avoir fait une bêtise.

Amy secoua la tête pendant que Trish dissimulait un sourire.

— Allons nous asseoir et réjouissons-nous que cette histoire se soit bien terminée. D'ailleurs, il faut que je fasse manger Emma. Elle doit être morte de faim.

— Ma mère sera ravie de vous donner un coup de

main, déclara Trish. Elle est super avec les enfants. Venez, elle est juste là.

Trish la guida jusqu'à une table miraculeusement restée libre, que monopolisait une femme à la cinquantaine bien tassée. Amy songea qu'elle devait avoir à peu près l'âge de sa propre mère. A en juger par son allure, Mme DiCaprio avait dû quitter précipitamment sa cuisine, sans prendre le temps de se changer. Il y avait des traces de farine sur ses vêtements et elle avait enfilé en guise de manteau quelque chose de vert et d'informe qui devait être la veste de chasse de son mari. Malgré son apparence échevelée, la mère de Trish et de Nick lui adressa un sourire rayonnant.

— Vous devez être Amy. Maylene Kinney vous a décrite à la perfection… Ah, et voici le jeune homme qui avait pris la poudre d'escampette.

Josh hocha la tête.

— Je suis privé de sortie jusqu'à trente ans, annonça-t-il d'un ton résigné en laissant son plateau pencher dangereusement.

— C'est le risque quand on part à l'aventure, mon garçon. Mais tu es en sécurité, maintenant. C'est l'essentiel.

Mme DiCaprio rattrapa le plateau in extremis et le posa sur la table.

— Oh, elle a l'air bonne cette pizza ! Je vais en prendre une part aussi. Je suis dans les tartes, les gâteaux et les cookies depuis ce matin, et je n'ai pas eu le temps de déjeuner. Ne m'attendez pas pour manger. Je reviens tout de suite.

Amy la suivit pensivement des yeux. Laura DiCaprio lui faisait penser à ces tempêtes tropicales qui, en s'éloignant, laissent soudain un grand calme dans leur sillage.

— Elle est toujours comme ça ?

Trish se mit à rire.

— Du matin jusqu'au soir. Dites, cela ne vous ennuie pas si je vous laisse entre ses mains quelques instants ? Je voudrais aller voir où en est le Père Noël. Il avait l'air un peu bougon, tout à l'heure.

— Pas de problème, allez-y.

Amy se souvint alors des questions qu'elle se posait au sujet de Nick. Elle se demandait s'il n'aurait pas été impliqué récemment dans une enquête qui se serait mal terminée. Ce qui expliquerait sa méfiance des médias. Et sa crainte que les journalistes ne fassent « leurs choux gras » de cette histoire de disparition d'enfant.

— Trish, avant que vous partiez, je peux vous poser une question ?

L'expression de la sœur de Nick se fit plus réservée.

— Oui, bien sûr. A quel propos ?

— Votre frère.

Amy s'écarta pour ne pas être entendue de Josh. Elle ne voulait pas détruire ses illusions au sujet du Père Noël.

— Y a-t-il une raison particulière pour laquelle il préfère éviter que les journalistes ne se mêlent de cette histoire ? Une raison qui fait que Nick préfère rester dans l'ombre ?

Trish hésita un instant puis secoua la tête.

— C'est à Nick qu'il faudra le demander… Je vais vraiment être obligée de vous abandonner. Il viendra vous chercher bientôt, je pense. Ou alors il m'enverra. Dans tous les cas de figure, je vous laisse aux mains de ma mère, pour le moment. N'hésitez pas à faire appel à elle si vous avez besoin de quelque chose.

Sur un petit signe de la main, Trish s'évanouit dans

la foule. Mais même si la sœur de Nick était restée très évasive, Amy avait la certitude, désormais, qu'il s'était bel et bien passé quelque chose. Et elle souhaitait obtenir des éclaircissements avant que les choses n'aillent plus loin entre Nick et elle. Tout semblait indiquer qu'elle avait affaire à un homme bourré de qualités. Et il était entouré d'une famille adorable, à en juger d'après Trish et sa mère.

Mais Nick avait un secret. Et elle en avait eu plus que sa part des hommes qui pratiquaient la dissimulation comme une seconde nature…

8

Amy songea que cette journée du 24 décembre avait été une étonnante succession de hauts et de bas. Laura DiCaprio et elle écoutaient Josh raconter avec force détails tout ce qu'il avait vu, entendu et observé alors qu'il se promenait seul dans le centre commercial avec ses quelques dollars en poche. La mère de Nick semblait charmée par le bavardage incessant de son fils. Et il n'en fallait pas plus pour faire le bonheur de Josh. Il avait un petit côté cabotin et n'était jamais aussi heureux que lorsqu'il captivait son auditoire.

Mais ce qui inquiétait surtout Amy, c'est qu'il parlait de ses pérégrinations solitaires avec fierté, comme s'il attendait la première occasion pour renouveler l'expérience.

— Tu te souviens de ce que tu as promis au Père Noël, n'est-ce pas ? l'interrompit-elle, sourcils froncés.

— Que je ne me sauverais plus jamais ? Mais, tu sais, j'étais pas vraiment perdu, maman. Je savais que tu étais là.

— Mais moi, je ne savais pas où tu étais, *toi*. Et ça, ce n'était pas bien du tout. Tu comprends ?

Josh fourra son dernier morceau de pizza dans sa bouche avant de répondre avec impatience :

— Oui, je comprends. On y va, maintenant ?

Se souvenant de la mise en garde de Trish, Amy jeta un regard interrogateur à Mme DiCaprio, qui comprit aussitôt son dilemme.

— Josh, je pense que ta mère a besoin de se reposer encore un moment. Elle ne se sentait pas bien, ce matin. Et elle a eu la peur de sa vie, tout à l'heure, lorsque tu avais disparu.

Josh avança la lèvre inférieure en une expression boudeuse qui fit bouillir le sang d'Amy.

— Ecoute, Josh, si tu fais cette tête, nous quittons le centre commercial tout de suite et tant pis pour le Père Noël ! C'est clair ? Tu vas rester assis ici bien tranquillement pendant que je fais manger Emma. C'est une chance que j'aie prévu un petit pot et un biberon dans mon sac. J'ai dû avoir l'intuition que la visite au Père Noël serait plus mouvementée que prévu.

— Oh, maman, maman, s'il te plaît, je peux aller voir le Père Noël pendant que tu donnes la purée de carottes à Emma ? Mme DiCaprio pourrait m'emmener !

Josh dut voir son expression exaspérée car il soupira d'un air résigné.

— Bon, d'accord. Je t'attends.

— Sage décision, approuva-t-elle.

— Josh, qu'est-ce que tu vas commander au Père Noël ? demanda Mme DiCaprio pour le distraire.

Il secoua gravement la tête.

— Je peux pas te le dire. C'est comme quand on fait un vœu. Si on en parle, il se réalise pas.

Mme DiCaprio lui confia à voix basse :

— Tu sais, je le connais très bien, le Père Noël. Je pourrais lui glisser un petit mot en ta faveur.

L'expression de Josh se fit pensive. Mais il maintint son refus.

— Non, ça va. Je crois qu'on est assez copains, le Père Noël et moi. Je lui dirai moi-même.

Laura DiCaprio rit doucement.

— Tu sais quoi, Josh ? Tu es un garçon plein d'assurance, avec une confiance en toi étonnante. Tu me fais penser à un autre enfant que j'ai bien connu.

— Ton fils ? devina Josh.

— Exactement.

Elle montra les mèches argentées qui dépassaient sous son foulard.

— Tu vois tous ces cheveux gris ? C'est à cause de lui qu'ils ont changé de couleur. Il suffisait que je tourne le dos trois secondes, et il avait déjà inventé une nouvelle bêtise. J'ai quatre enfants, tous adultes maintenant. Mais il n'y en a qu'un seul sur le nombre qui a réussi à me faire vieillir avant l'heure.

Alors qu'Amy écoutait, fascinée, Mme DiCaprio lui adressa un discret clin d'œil.

— Et il continue de me donner des cheveux blancs, avec la profession qu'il a choisie.

Josh suivait la conversation avec le plus vif intérêt.

— C'est quoi, son travail, à ton fils ? Je pourrai peut-être faire le même, quand je serai grand.

— Il est officier de police. Et même s'il a du talent pour son métier, je me fais du souci tout le temps.

— Le Père Noël dit que les mamans sont toujours inquiètes pour leurs enfants. Même quand ils sont grands et qu'ils ont de la barbe…

— Le Père Noël dit vrai, acquiesça gravement Laura DiCaprio.

— Et tu te fais aussi du souci pour Trish ?

— Parfois, oui. Parce qu'elle travaille trop et ne s'amuse pas assez. Mais elle n'a pas un métier dangereux, au moins.

Amy songea à Nick et se le représenta en jeune polisson espiègle, assez semblable à Josh. Cette pensée lui donna une tout autre vision de l'homme qu'il était. Elle envisagea un instant de questionner Mme DiCaprio sur ce qui tourmentait son fils. Mais Trish avait raison : c'était à Nick lui-même de lui fournir une explication.

— Amy ?

Elle tressaillit.

— Excusez-moi, j'étais perdue dans mes pensées. Vous m'avez posé une question ?

— Je vous demandais si vous aviez des projets pour demain, tous les trois.

— Evidemment qu'on a des projets ! intervint Josh en écarquillant de grands yeux. C'est Noël : on ouvre les cadeaux !

Laura DiCaprio sourit.

— Je pensais à la phase qui suit l'ouverture des cadeaux, en fait… Amy, vous accepteriez de passer l'après-midi chez nous et de vous joindre à la grande et tumultueuse famille DiCaprio pour le dîner ? Ce sera agité, comme chaque année, mais les fils de Rob ont plus ou moins l'âge de Josh. Et il a une petite fille qui est juste un peu plus grande qu'Emma.

Amy appréciait l'hospitalité spontanée de la mère de Nick. Mais elle ne pouvait décemment accepter.

— Je pense que Josh sera ravi de faire leur connaissance. Mais demain ne me paraît pas être un bon jour. Je ne veux pas vous envahir en pleine fête de famille.

— Allons donc, quelle idée ! Ce sera un plaisir, au contraire. Je cuisine toujours pour une armée. La dinde est gigantesque, et tout le monde pourra emporter des restes. Et je me suis mise à la pâtisserie il y a déjà un mois.

Elle jeta un regard dépité sur ses vêtements couverts de farine.

— Comme vous voyez, je n'ai pas encore fini. J'espère encore enfourner quelques cookies avant le premier office ce soir.

— Dans ce cas, je ne veux surtout pas vous retarder. Nous attendrons tranquillement ici que Trish revienne.

— Oh, je ne suis pas à dix minutes près… J'ai mis la pâte à refroidir au réfrigérateur. Je n'aurai plus qu'à découper les cookies et à les mettre au four pendant que je m'habillerai pour aller à l'église.

— Nous aussi, avant, on y allait, à l'église pour Noël, fit observer Josh.

— Et cette année ? Vous n'avez rien prévu ? s'inquiéta Laura DiCaprio.

— Nous n'avons pas encore eu le temps de prendre nos habitudes à Charlotte. Nick nous a vaguement proposé de nous joindre à vous.

Le regard de sa mère s'éclaira.

— Ah, vraiment ? C'est une excellente idée ! Ainsi, vous ferez connaissance avec le reste de la famille dès ce soir. Et vous n'aurez plus aucune excuse pour ne pas vous joindre à nous demain.

— On peut y aller, maman ? plaida Josh. Allez… S'il te plaît…

Amy avait le sentiment que l'invitation de Mme DiCaprio n'était pas dépourvue d'arrière-pensées. Mais Josh avait l'air tellement heureux à l'idée de passer Noël avec d'autres enfants qu'elle n'eut pas le cœur de lui dire non.

— Si vous m'assurez que ce n'est pas un dérangement pour vous, j'accepte volontiers. L'idée de préparer un dîner de Noël juste pour nous trois n'était pas très réjouissante.

— Absolument ! Les fêtes, c'est fait pour être passé en compagnie… Ah, tiens, voici Trish qui revient vous chercher, apparemment.

Mme DiCaprio se leva.

— Je vais vous laisser avec ma fille et tenter de retrouver mon mari sur le parking. S'il est toujours à tourner en rond à la recherche d'une place de stationnement, je sens que je vais en entendre parler longtemps !

Lorsque Amy se leva à son tour, Mme DiCaprio, à son grand étonnement, la serra spontanément dans ses bras.

— J'ai été ravie de faire votre connaissance, Amy. Je pense que le hasard — ou le destin ? — fait parfois singulièrement bien les choses.

Sur ces mots, elle prit leur plateau, vida les restes dans la poubelle et s'éloigna sur un signe joyeux de la main. Trish observa la scène d'un regard mi-amusé mi-interrogateur.

— Alors ? J'imagine que nous vous verrons à la maison demain soir ?

— Votre mère fait partie de ces femmes à qui on ne dit pas non facilement.

— C'est une maîtresse femme, en effet. Avec un côté bulldozer. Mais seulement lorsqu'elle agit pour la grande cause.

— La grande cause ?

— Offrir à mon frère le cadeau de Noël qui ferait enfin son bonheur.

Amy rougit lorsqu'elle comprit en quoi consistait ledit présent. Gênée, elle posa la première question qui lui traversa l'esprit.

— Comment est-ce que ça s'est passé avec la journaliste, alors ?

— Elle a été compréhensive. A priori, rien ne devrait transpirer.

Amy sourit.

— Donc Josh peut aller voir le Père Noël maintenant ?

— Tout à fait. C'est pour ça que je suis venue vous chercher. Le centre ferme dans une demi-heure, mais il reste encore quelques enfants dans la queue. Je pense que vous vous fondrez sans difficulté dans la masse. Les gens ont entendu parler d'une disparition d'enfant, mais il n'y a aucune raison pour qu'ils fassent le rapport avec votre petite famille.

— Et le Père Noël ? Il a été interviewé, finalement ?

L'ombre d'un sourire joua sur les lèvres de Trish.

— La journaliste a essayé, mais il a refusé tout net. Et elle n'a pas insisté, car il était dans une situation hautement dramatique, avec un bout de chou cramoisi sur les genoux qui s'époumonait furieusement.

Amy ne put s'empêcher de rire.

— Et comment l'a-t-il pris ?

— Il n'a pas dévié de son texte, répondit Trish avec fierté. Il a continué à pousser ses « ho ho ho » sans perdre le rythme et a demandé au petit ce qu'il voulait pour Noël. L'enfant a même fini par se calmer.

— Maman ! intervint Josh avec impatience. Si on n'y va pas maintenant, ça sera trop tard pour le Père Noël !

Amy jeta un regard d'excuses à Trish.

— Tu as raison, Josh. C'est parti.

Alors qu'elle réinstallait dans sa poussette une Emma à moitié endormie qui n'avait même plus la force de protester, Amy sourit, savourant un instant de plaisir anticipé. Il y avait des années qu'elle ne s'était pas réjouie à ce point à l'idée d'aller rendre visite au Père Noël.

La queue avait notablement diminué lorsqu'ils arrivèrent au village. Et personne ne vint prendre place derrière eux. La foule épuisée désertait les lieux et un flux continu se dessinait vers les sorties. Lorsque vint le tour de Josh, ils étaient toujours les derniers à attendre. Dès l'instant où Josh et Emma furent sur les genoux du Père Noël, le photographe leur tira le portrait et leur tendit le Polaroid.

— Cadeau de la maison, annonça-t-il en rassemblant hâtivement son matériel pour partir à son tour au pas de course.

Emma devait se sentir en terrain familier, car elle se cala avec un soupir d'aise contre la poitrine de Nick et ferma de nouveau les yeux. La vue de sa fille dans les bras de cet homme troubla le cœur d'Amy. Quelque chose lui disait que cette vision perdurerait en elle bien après que les couleurs de la photo auraient commencé à s'estomper.

— Alors, jeune homme ? Quels cadeaux te feraient plaisir ? demanda Nick de sa grosse voix de Père Noël.

Josh, en grand frère responsable, récita à la fois sa liste et celle de sa petite sœur. Amy connaissait les deux par cœur. Les attentes de Josh étaient raisonnables, et elle savait que les jouets convoités seraient sous le sapin le lendemain matin. Le seul souhait qu'elle ne pouvait accorder à Josh était la présence de son père le matin de Noël.

Une fois la consultation terminée, Nick se leva avec Emma dans les bras et vint la rejoindre.

— Toujours d'accord pour la messe de Noël, ce soir, Amy ? Je peux te donner des indications pour y aller. Si nous nous retrouvons un peu avant, j'aurai le temps de te présenter le reste de ma famille.

Il s'interrompit pour lui jeter un regard scrutateur.

— A moins que la rencontre avec ma mère ne t'ait coupé radicalement toute envie de rencontrer les autres DiCaprio ?

Elle rejeta cette inquiétude d'un haussement d'épaules.

— Ta mère est incroyable. Elle nous a invités tous les trois pour le dîner de Noël, demain.

Il ne parut pas autrement surpris.

— Je le sentais venir gros comme une maison.

— Ce n'est pas toi qui lui as donné l'idée ?

— Mon célibat est déjà un élément suffisant, en soi, pour lui inspirer ce genre d'initiative, rétorqua-t-il, pince-sans-rire. Je préfère t'avertir d'emblée : son invitation est cousue de fil blanc. C'est de la manœuvre pure et dure.

— C'est ce qu'il m'a semblé comprendre, admit-elle.

— Et alors ?

Elle rougit légèrement.

— Et alors quoi ?

— Que penses-tu de ses tentatives de rapprochement ?

— J'ai accepté son invitation, répondit-elle simplement. Et toi ? Comment vis-tu les choses ?

Un large sourire se dessina sous la fausse moustache.

— Plutôt agréablement, reconnut-il. Tu m'attends une

minute, le temps que je me débarrasse de ce costume ? Et je vous raccompagne jusqu'à votre voiture.

Amy jeta un regard appuyé à Josh.

— Mauvaise idée, murmura-t-elle.

— Oui, évidemment. Où avais-je la tête ?

Il chercha Trish des yeux.

— Hé, sœurette ? Cela pose problème si je garde cet attirail pour le moment ?

Trish se mit à rire et acquiesça d'un signe de la main.

— Va, va...

Le regard perplexe de Josh se posa alternativement sur Trish puis sur Nick.

— Trish, c'est ta sœur ?

— Euh... oui, admit Nick en se caressant nerveusement la barbe.

— Alors la dame, là... Mme DiCaprio... c'est ta maman ? conclut Josh.

Nick hocha la tête.

Amy retint son souffle pendant que Josh digérait l'information. Après un temps d'intense réflexion, son fils regarda Nick dans les yeux.

— Ouais, trop classe ! Je connais la *vraie* maman du Père Noël ! C'est trop cool qu'on ait déménagé ici, maman. Mes copains du Michigan, ils vont jamais vouloir me croire. Je peux les appeler, là ?

Amy sourit, soulagée. Non seulement la croyance de Josh au Père Noël avait survécu à cette épreuve de réalité, mais elle en sortait même renforcée.

— Bien sûr que tu peux leur téléphoner. Dès que nous serons rentrés à la maison.

Josh sauta de joie.

— On y va vite, alors ? C'est moi qui prends la poussette d'Emma !

— D'accord. Mais tu ne t'éloignes pas trop, promis ?

Josh jura qu'il serait prudent et partit d'un pas tranquille, en jetant de fréquents coups d'œil par-dessus l'épaule pour s'assurer que le Père Noël et elle étaient toujours sur ses talons.

Amy sourit à son compagnon à la barbe blanche.

— J'ai l'impression que ta petite discussion avec lui a fait son effet. Elle a eu plus d'impact que tous mes conseils.

— Il aura vite oublié ses promesses, pronostiqua Nick. Idéalement, il faudrait que je lui fasse une petite piqûre de rappel de temps en temps.

— Je pourrais m'en charger, protesta-t-elle faiblement.

Mais l'idée que Nick veuille maintenir une présence dans leurs vies pour administrer ses « piqûres de rappel » n'était pas faite pour lui déplaire.

— Oui, bien sûr. Tu peux le lui rappeler aussi. Mais j'ai l'avantage de représenter une figure d'autorité, en ma qualité de Père Noël.

Elle eut un sourire en coin.

— Tu ne crois pas que le costume sera un peu chaud, arrivé le mois de juillet ?

— Je peux en conclure que je ferai toujours partie de vos fréquentations cet été ?

Amy se sentit rougir de plus belle.

— L'avenir nous le dira, je suppose.

— J'ai oublié de te demander quelque chose d'important, au fait.

Elle lui jeta un regard interrogateur.

— Ah bon ?

— Que veux-tu pour Noël, Amy ?

Leurs regards s'arrimèrent l'un à l'autre et son cœur fit comme un petit salto dans sa poitrine.

— J'ai tout ce qu'il me faut et au-delà. Mon fils est de nouveau en sécurité auprès de moi.

— Et cela te suffit ? Entièrement ?

— Pour le moment, oui, assura-t-elle sans parvenir à se soustraire à l'intensité magnétique de son regard.

Il pencha la tête et lui effleura les lèvres. Puis réitéra le baiser en s'attardant une seconde de plus.

— Cela t'inspirera peut-être quelques idées supplémentaires pour ta liste de souhaits, murmura-t-il sans la quitter des yeux.

En effet, oui. Des idées, elle en avait soudain en quantité. Mais était-il bien raisonnable d'avoir des envies classées X à soumettre au Père Noël ? Elle était curieuse de savoir ce que l'intéressé en pensait.

L'éclat brûlant dans le regard de Nick était déjà en lui-même une réponse. Assurément, leurs deux listes de souhaits se recoupaient. Avant qu'elle puisse se prononcer sur ce qui venait de se passer entre eux, une jeune femme vint taper sur l'épaule de Nick. Lorsqu'il se retourna, son expression se pétrifia. Exactement comme lorsqu'il l'avait entraînée précipitamment dans le magasin de chaussures pour hommes.

— Je peux vous parler un instant, Nick ?

— Bien sûr, acquiesça-t-il, visiblement à contrecœur.

L'inconnue au visage triste se tourna vers elle.

— Je suis désolée de vous interrompre, mais c'est la première fois que j'ai l'occasion de parler à Nick depuis… depuis…

Sa voix s'étrangla et elle secoua la tête.

— Je suis désolée, mais je ne peux toujours pas prononcer les mots.

— Rien ne vous oblige à en parler, protesta Nick faiblement. Je vous en prie, ne vous faites pas violence.

« Il a l'air anéanti, songea Amy. Comme si la proximité de cette jeune femme était une torture. »

— Si, si. Je tenais à vous voir, murmura l'inconnue. J'ai même appelé au bureau de police pour vous joindre, mais on m'a dit que vous étiez en congé.

Nick ne dit rien et se contenta de hocher brièvement la tête.

— A cause de ce qui s'est passé, n'est-ce pas ?

— Oui, répondit-il d'une voix tendue.

— Je suis désolée… Vraiment désolée. C'est ma faute.

Nick la considéra d'un regard incrédule.

— *Votre* faute ? Comment pouvez-vous dire une chose pareille ?

— Si je vous avais parlé de mon ex-mari depuis le début, si je vous avais donné tous les éléments… les choses se seraient peut-être passées différemment, acheva-t-elle dans un murmure.

Nick lui posa les deux mains sur les épaules.

— Non, Mitzi, vous n'êtes en rien responsable de ce qui est arrivé. Si quelqu'un ici a quelque chose à se reprocher, c'est moi. Je n'ai pas réussi à…

Mais elle l'interrompit avec force.

— Non ! C'est justement la raison pour laquelle je tenais à vous parler. Je savais que vous vous en vouliez.

— A qui d'autre pourrais-je en vouloir qu'à moi ? rétorqua-t-il avec impatience.

Mitzi poussa un soupir las.

— Ni vous ni moi, nous ne sommes en faute. Et

même mon ex-mari n'était sans doute pas responsable de ses actes. Il faut qu'il soit très atteint, psychiquement, pour avoir agi comme il l'a fait. Seul un grand malade pouvait espérer regagner mon amour en me prenant notre enfant et en lui faisant le mal qu'il lui a fait.

Un violent frisson parcourut la jeune femme.

— Je pense qu'il a besoin d'une aide psychiatrique. Même si son acte n'a eu d'autre but que la vengeance.

— Espérons qu'il trouvera en prison l'aide psychologique dont il a besoin. L'essentiel, pour l'instant, c'est qu'il ne soit plus en mesure de s'en prendre à qui que ce soit.

Amy assistait à cet échange avec un sentiment d'horreur croissant. Elle comprenait à présent pourquoi Nick avait tenu à rester à son côté jusqu'à ce que Josh soit retrouvé sain et sauf. Il avait tenté de réussir là où il avait échoué pour un autre petit garçon. Pour le fils de cette jeune femme qu'il n'avait pu ramener à sa mère. Ce n'était pas étonnant qu'il lui ait paru aussi tourmenté. Pas étonnant non plus qu'il lui ait posé toutes ces questions au sujet de Ned. L'heure entière qu'ils avaient passée à rechercher Josh avait dû lui apparaître comme le remake cauchemardesque d'une histoire qui s'était achevée par la pire des tragédies.

La dénommée Mitzi se tourna vers elle.

— Je suis désolée de m'être interposée ainsi. Mais lorsque j'ai reconnu Nick sous sa tenue, j'ai pensé qu'il était important que je lui parle. Je voulais que Nick sache qu'à aucun moment, jamais, je ne lui en ai voulu. Je pense que c'est important qu'il l'entende de ma bouche.

Amy jeta un coup d'œil à Nick et il lui sembla qu'il

se tenait plus droit, comme si un poids lui avait été ôté des épaules.

— Vous avez un cœur incroyablement généreux, Mitzi.

— Si c'est le cas, c'est parce que j'ai eu le privilège d'avoir un fils merveilleux Et, pour cela, je serai toujours reconnaissante. Même s'il n'a vécu que brièvement, mon enfant m'a beaucoup appris. Et c'est ce dont je choisis de me souvenir. Pas de la façon dont il est mort, mais de la façon dont il a vécu… Joyeux Noël, inspecteur, chuchota-t-elle en embrassant Nick.

— Joyeux Noël, Mitzi, répondit-il d'une voix étranglée.

La jeune femme serra un instant la main de Nick puis se détourna et se fondit de nouveau dans la foule. Bouleversée, Amy essuya une larme sur la joue de Nick.

— Je suis désolée pour tout ce que je t'ai fait revivre cet après-midi, murmura-t-elle.

Il trouva son regard et parvint à articuler :

— Moi, je ne suis pas désolé. Pas si cette aventure a permis que Josh, Emma et toi, vous entriez dans ma vie. Comment pourrais-je jamais regretter ça ?

Il appela Josh qui décrivait des cercles autour d'eux avec la poussette, pour la grande joie d'Emma qui riait aux éclats.

— On y va, les gars ? Le Père Noël n'a pas de temps à perdre. Il a ses cadeaux à livrer.

Son regard glissa sur elle.

— Mais avant de s'envoler, avec un peu de chance, le Père Noël peut encore voler un dernier baiser sous le gui ?

Amy se mit à rire.

— Le Père Noël peut toujours essayer. J'ai passé la journée à me demander si cette barbe chatouillait ou non.

Avec un large sourire, Nick se tourna vers Josh.

— Ne regarde pas, d'accord ?

— Ne regarde pas quoi ? s'étonna Josh.

— Fais ce qu'on te dit, ordonna Amy en riant. Ta maman va embrasser le Père Noël.

Josh ouvrit de grands yeux.

— Nooon ? Trop cool !

Cool, oui, songea Amy alors que ses lèvres s'entrouvraient sous celles de Nick. Ou du moins… pas si « cool » que cela, en fait, mais *brûlant*, plutôt.

Lorsqu'ils sortirent du centre commercial, l'air était glacial et la neige, pour la plus grande joie des enfants, tombait à gros flocons. Mais le blizzard pouvait souffler tant et plus : elle avait chaud à l'intérieur. Et le Noël qui s'annonçait promettait d'être le plus chaleureux de toute son existence.

Épilogue

Noël, un an plus tard

— Alors, jeune homme ? demanda Nick à Josh de sa voix tonitruante de Père Noël. Qu'aimerais-tu trouver sous le sapin, cette année ?

Amy aurait été incapable de dire comment Trish avait réussi à convaincre Nick d'endosser la tenue du Père Noël pour la deuxième année consécutive. Il avait pourtant dit et répété qu'il avait détesté tenir le rôle. Peut-être avait-il accepté uniquement parce qu'il savait qu'elle viendrait au centre commercial avec Josh et Emma pour leur visite rituelle ?

Josh examina le Père Noël d'un long regard scrutateur puis son expression se fit résolue, comme s'il venait de prendre une décision importante. Il lui jeta un rapide regard en coin puis attira la tête du Père Noël vers lui pour lui chuchoter quelque chose à l'oreille.

Nick écouta un instant, puis tourna aussitôt les yeux vers elle. Un large sourire s'affichait sur ses traits.

— C'est un cadeau un peu spécial, fiston. Je pense que, pour ça, il faut d'abord demander l'avis de ta maman.

Amy soupira. Un chiot, peut-être ? Josh en rêvait

depuis toujours. Mais il savait que ce n'était pas possible d'avoir un chien dans un petit appartement comme le leur. Qu'allait-elle faire, maintenant ?

— Josh, mon chéri, je t'ai déjà expliqué que nous ne pouvions pas avoir de chien. Quand nous aurons un jardin, plus tard, peut-être.

Bizarrement, le sourire de Nick s'élargit. Désemparée, elle l'interrogea du regard.

— Ce n'est pas un chiot qu'il a demandé ?

Soulevant Emma dans ses bras, Nick descendit pour la rejoindre.

— Quoi alors ?

— Un nouveau papa. Et il a l'air de penser que le Père Noël conviendrait bien pour le rôle.

Les joues d'Amy s'empourprèrent.

— Oh, mon Dieu, je suis désolée…

— Pourquoi désolée ? Il me semble que l'idée mérite qu'on s'y arrête.

Sous le choc, elle ouvrit de grands yeux.

— Je te demande pardon ?

— Peut-être pas aujourd'hui. Mais un de ces jours prochains, pourquoi pas ?

— Quand tu auras eu le temps de réfléchir à cette déconcertante proposition, tu veux dire ? rétorqua-t-elle, pince-sans-rire.

Il rit. Non pas le « ho ho ho » bruyant du Père Noël, mais le rire d'un homme dont elle savait désormais qu'il avait un merveilleux sens de l'humour.

— Oh, cela fait déjà un moment que je réfléchis à la question, en fait… Et toi ? L'idée t'a déjà traversé l'esprit ?

Ce fut à son tour d'éclater de rire.

— Je ne sais pas comment j'aurais pu ne pas y

penser, alors que tes parents et Trish passent leur temps à multiplier de savantes allusions !

— Alors c'est quoi, ta réponse ? s'impatienta Josh. Est-ce qu'il va être mon nouveau papa ou non ?

— Je pense que nous devrions laisser à ta maman le temps de réfléchir un petit moment, Josh. Peut-être espérait-elle une demande un peu plus romantique, d'ailleurs.

Josh parut intrigué.

— C'est quoi, une demande romantique ?

— Des bougies et des mots tendres, mon garçon. Tu peux déjà commencer à y penser pour quand tu seras grand. En attendant, si je vous raccompagnais jusqu'à votre voiture, tous les trois ? J'ai entendu une rumeur circuler et je voudrais m'assurer qu'elle est exacte.

— Quel genre de rumeur ? s'enquit Amy, intriguée par son ton mystérieux.

— Tu verras.

Ils se dirigèrent vers l'entrée qu'ils avaient empruntée tous les trois le jour fatidique où ils étaient arrivés dans le centre commercial pour la première fois, un an plus tôt, jour pour jour. Lorsque Nick poussa la porte, elle laissa échapper une exclamation de surprise : la neige tombait si dru qu'on voyait à peine à dix mètres. Une légère couche blanche couvrait déjà le sol. Et le parking qui se vidait rapidement se transformait en un univers virginal, soudain paré d'une beauté mystérieuse.

— De la neige ! hurla Josh en s'élançant droit devant lui, la tête renversée pour cueillir les gros flocons sur sa langue.

Puis il revint brusquement sur ses pas et jeta les bras autour de la taille volumineuse du Père Noël.

— Merci, merci, merci !

Nick adressa un clin d'œil à Amy.

— Je suis désolé, bonhomme, mais ce n'est pas le Père Noël qui décide du temps.

Peut-être pas, non. Mais si Josh était un petit garçon heureux et épanoui aujourd'hui, c'était en grande partie grâce à lui. Et elle était également redevable à Nick de la sensation de joie, de légèreté… et d'amour qu'elle ressentait depuis un an.

A ses yeux, le Père Noël — Nick — leur avait donné tout ce dont ils pouvaient rêver. Avec la promesse de mille fois plus encore…

Best-Sellers n°494 • roman

Un nouveau jour - Joan Johnston

Kristin Lassiter est bouleversée : Bella Benedict, la mère de Max, son grand amour de jeunesse, lui demande de venir lui rendre visite en Angleterre, dans son château de famille. Bella, que Kristin n'a jamais revue depuis le jour où Max lui a brisé le cœur, dix ans auparavant. Pourquoi son ex-belle-mère cherche-t-elle soudain à la contacter ? Et quelle est cette fameuse mission qu'elle dit vouloir lui confier ? Une mission qui, apparemment, est susceptible de lui rapporter beaucoup d'argent. Kristin hésite. Elle élève seule sa petite Félicity et elle a vraiment du mal à s'en sortir financièrement. La proposition de Bella pourrait certes être un moyen de remédier à ce problème, mais elle craint de rouvrir d'anciennes blessures en croisant Max... Et ce qu'elle redoute encore plus, c'est que son secret - celui que le chagrin l'a conduite à préserver toutes ces années - n'éclate au grand jour.

Best-Sellers n°495 • suspense

L'inconnu de Shadow Falls - Maggie Shayne

Depuis des années, Olivia Dupree, professeur de littérature, voue une admiration sans bornes à Aaron Westhaven, un célèbre romancier qui vit caché. Aussi est-elle très surprise lorsque ce dernier accepte de venir parler au cours de la conférence qu'elle organise pour ses étudiants. Mais le jour prévu, quelle n'est pas la stupeur d'Olivia lorsqu'elle est convoquée par la police à l'hôpital, au chevet d'un inconnu victime d'une tentative de meurtre... Une stupeur qui ne fait que s'accroître quand elle apprend que sa carte de visite se trouvait dans la poche de cet homme qui a perdu la mémoire... Qui peut bien être cet étranger séduisant et mystérieux ? Est-il l'écrivain qu'elle avait fini par considérer comme son âme sœur ? Et si ce n'est pas le cas, que faisait-il à Shadow Falls avec sa carte de visite dans la poche ? Soudain, prise de panique, Olivia craint de voir ressurgir le secret d'un passé qu'elle fuit depuis seize ans.

Best-Sellers n°496 • suspense

Noir Secret - Brenda Novak

Brillante substitut du procureur, Grace Montgomery ne s'attendait pas à voir un jour ressurgir les terribles démons de son passé. A l'âge de neuf ans, Grace a en effet été victime des désirs pervers de son beau-père, le révérend Barker, un homme pourtant respecté de tous dans la petite ville de Stillwater. Et même après la mystérieuse disparition du révérend, ce n'est que dans la fuite et le silence qu'elle a trouvé refuge. Un refuge, hélas, bien fragile. Car aujourd'hui, alors que les souvenirs viennent forcer les portes de sa conscience, d'importantes zones d'ombres persistent, assorties d'un obscur malaise qui l'invite à penser qu'elle a joué un rôle dans la disparition de son bourreau. Sinon pourquoi, après toutes ces années, se sentirait-elle toujours coupable ? Résolue à clore ce chapitre douloureux de son existence, Grace n'a plus le choix : elle doit retourner à Stillwater pour exhumer le passé...

BestSellers

Best-Sellers n°497 • thriller

Frayeur - Michelle Gagnon

Appelée sur une nouvelle scène de crime à Phoenix, Kelly Jones, agent spécial du FBI, découvre une mise en scène macabre : le corps de la victime a été minutieusement découpé, et ses différents membres, artistement répartis aux extrémités d'un socle en forme d'étoile. Pire encore, Kelly comprend bientôt que ce qu'elle a vu n'est que l'un des rouages d'un projet macabre plus vaste encore, et que le meurtrier séquestre Madison, une jeune adolescente de seize ans. Un kidnapping sur lequel enquête son fiancé, Jake Riley, un ancien flic brillant et charismatique reconverti dans la libération d'otages. Perturbée par la tournure des événements mais épaulée par Jake, Kelly est prête à tout pour déjouer le complot derrière lequel, elle en est persuadée, se cache un adversaire plus redoutable que jamais. Un adversaire qui exige une rançon aussi inédite qu'effroyable.

Best-Sellers n°498 • roman

L'héritière australienne - Lynne Wilding

A la mort de son père, Carla Stenmark hérite d'un domaine viticole dans la Barossa Valley, en Australie. Une propriété dont son père ne lui a jamais parlé. Pas plus que de son passé secret, qu'elle découvre à la lecture de son journal intime : accusé à tort d'avoir séduit la fiancée de son frère, Rolfe a été renié et banni par son propre père. En s'installant à Sundown Crossing avec son fils, c'est donc un double défi que Carla s'apprête à relever : remettre en état un vignoble en friche depuis des années, et renouer avec le clan Stenmark, bien qu'héritière d'un fils maudit…

Best-Sellers n°499 • historique

La malédiction des Carlyle - Shannon Drake

Angleterre, 1892.

A l'idée d'affronter le comte de Carlyle, dont la réputation suffit à la faire frissonner, Camille est terrifiée. Hélas, elle n'a pas le choix : son tuteur, l'homme qui l'a recueillie alors qu'elle n'était encore qu'une enfant, et qu'elle aime par-dessus tout, a été injustement emprisonné au manoir des Carlyle. Alors peu importent les rumeurs qui prétendent que le comte est l'héritier d'une redoutable malédiction qui touche quiconque essaie de l'approcher, Camille est déterminée à rencontrer cet homme et à obtenir la libération de son protecteur. Mais sa détermination vacille dès son arrivée au manoir. Car derrière le masque terrifiant que le comte porte en public, elle découvre un regard profondément troublant, celui d'un homme blessé qui détient la clé d'un terrible secret…

Best-Sellers n°500 • thriller

Tabous - Nora Roberts

A près de soixante-dix ans, Eve Benedict est de ces stars qui ont bâti leur carrière par un travail acharné, mais aussi par le talent et la beauté. Un oscar et deux Tony Awards ont consacré ce parcours sans défaut. Quatre maris, des amants et de multiples liaisons lui ont construit une image sulfureuse. En faisant appel à la journaliste Julia Summers pour rédiger ses mémoires, Eve a décidé de se mettre à nu, sans tabou, quitte à dévoiler ses zones d'ombre, déclencher des scandales ou détruire des réputations. Mais à peine Julia a-t-elle emménagé avec son fils dans la propriété de Beverly Hills qu'un climat de menace s'installe : lettres anonymes, cambriolages… Pour l'une comme pour l'autre, écrire ce livre va désormais devenir une question de vie ou de mort. Car de ce face-à-face entre Eve et Julia, aussi subtil que cruel, un secret inavouable va émerger. Un secret mortel pour qui se risquerait à le divulguer.

Best-Sellers n°501 • historique

Sur ordre du roi - Margaret Moore

Pays de Galles, 1205

Promise par le roi au ténébreux Madoc de LLanpowell, lady Roslynn de Werre redoute de rencontrer son fiancé, que tous surnomment « l'ours de Brecon ». Hélas, après la trahison dont s'est rendu coupable son époux disparu, elle est désormais à la merci du roi et doit se plier à ses ordres. Et puis, même si cette alliance ne lui apportera jamais l'amour auquel elle aspire, elle représente sa seule chance de s'éloigner de la cour, où elle subit les pires humiliations depuis la mort de son mari. Aussi accepte-t-elle de se rendre au manoir de LLanpowell pour s'offrir au sombre Madoc en dépit de ses réticences. Mais alors qu'elle pensait que le guerrier accepterait sa main - et sa fortune – sans hésiter, Roslynn a la surprise de découvrir que ce mariage lui déplaît au moins autant qu'à elle. Pis encore ! Madoc refuse catégoriquement de prendre pour épouse une femme choisie par un autre… Désespérée à l'idée de retourner auprès du roi, Roslynn décide alors de tout faire pour séduire l'ombrageux guerrier…